Brigitte Riebe
Der Kuss des Anubis

cbj

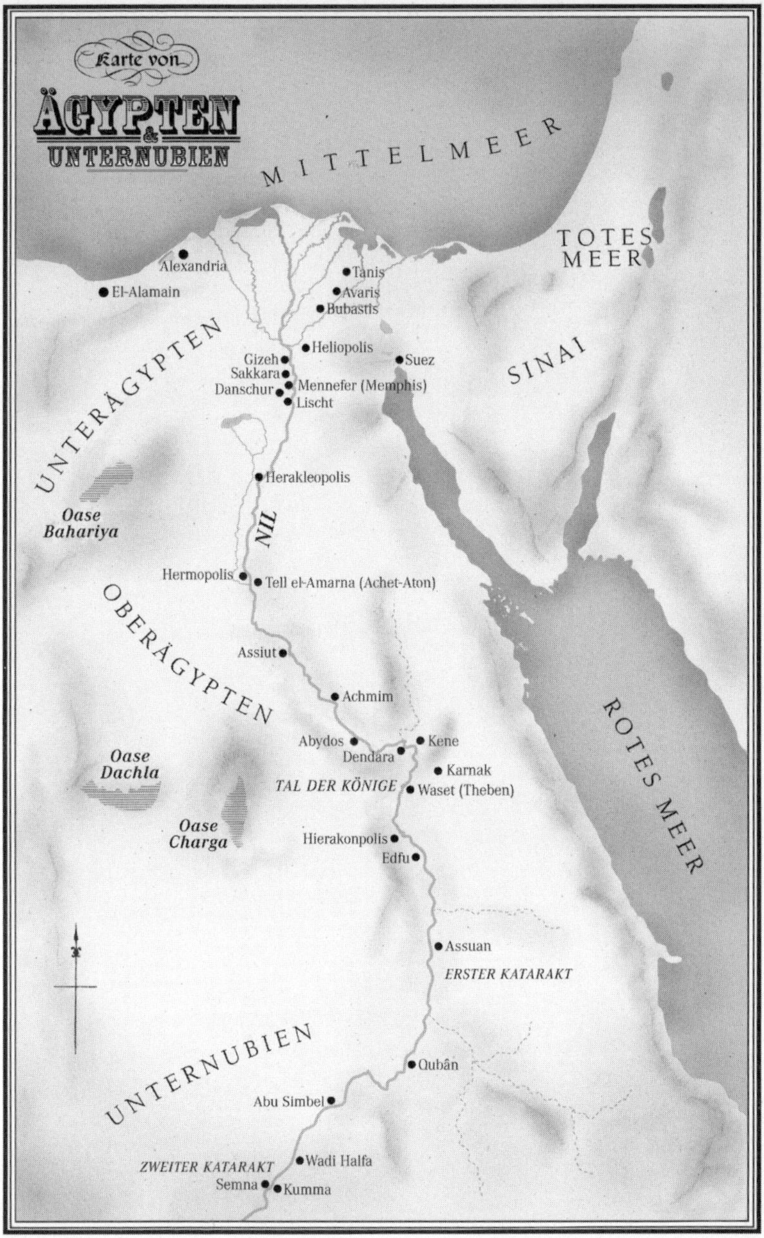
Karte von
ÄGYPTEN
&
UNTERNUBIEN
MITTELMEER
TOTES MEER
Alexandria
El-Alamain
Tanis
Avaris
Bubastis
Heliopolis
Suez
Gizeh
Sakkara
Danschur
Mennefer (Memphis)
Lischt
UNTERÄGYPTEN
SINAI
Herakleopolis
Oase Bahariya
NIL
Hermopolis
Tell el-Amarna (Achet-Aton)
OBERÄGYPTEN
Assiut
Achmim
ROTES MEER
Abydos
Kene
Dendara
Karnak
Oase Dachla
TAL DER KÖNIGE
Waset (Theben)
Oase Charga
Hierakonpolis
Edfu
Assuan
ERSTER KATARAKT
UNTERNUBIEN
Qubân
Abu Simbel
Wadi Halfa
ZWEITER KATARAKT
Semna
Kumma

Foto: © Jorinde Gersina

DIE AUTORIN

Brigitte Riebe, 1953 geboren, ist promovierte Historikerin und arbeitete zunächst als Museumspädagogin, später als Verlagslektorin. Seit 1990 lebt sie als freie Schriftstellerin in München. Seit dem Erscheinen ihres Bestsellers »Der Palast der blauen Delphine« liegt der Schwerpunkt ihrer Arbeit auf dem historischen Roman. Heute gehört sie in Deutschland zu den Top-Autorinnen des historischen Genres. »Der Kuss des Anubis« ist ihr erster Jugendroman.

Brigitte Riebe

DER KUSS DES ANUBIS

cbj

cbj
ist der Kinder- und Jugendbuchverlag
in der Verlagsgruppe Random House

Mix
Produktgruppe aus vorbildlich bewirtschafteten
Wäldern und anderen kontrollierten Herkünften
www.fsc.org Zert.-Nr. SGS-COC-001940
© 1996 Forest Stewardship Council

Verlagsgruppe Random House FSC-DEU-0100
Das für dieses Buch verwendete FSC-zertifizierte
Papier *München Super Extra* liefert Arctic Paper
Mochenwangen GmbH.

1. Auflage
Erstmals als cbj Taschenbuch November 2010
Gesetzt nach den Regeln der Rechtschreibreform

Lektorat: Frank Griesheimer
Umschlaggestaltung: Hauptmann & Kompanie,
Werbeagentur, München – Zürich, Hanna Hörl
Umschlagfotos: Shutterstock/Christoph Villedieu,
Ilya Yakushev
Karte auf Seite 3: Umwerk, München
KK · Herstellung: AnG
Satz: Uhl + Massopust, Aalen
Druck und Bindung: GGP Media GmbH, Pößneck
ISBN: 978-3-570-40055-5
Printed in Germany

www.cbj-verlag.de

Folge deinem Herzen, solange du lebst!
Lehre des Ptahhotep

Wer kämpft, kann verlieren.
Wer nicht kämpft, hat schon verloren.
Bertolt Brecht

Prolog

Alle schienen nur noch zu rennen, als wäre auf einmal der ganze Palast in Bewegung geraten. Türen schlugen auf und zu, knappe Befehle ertönten. Etwas Fiebriges, Ungutes lag in der Luft.

Jetzt wartete sie schon so lange vor dem Raum, in dem ihr Vater verschwunden war, und noch immer war er nicht herausgekommen!

Längst hatte sie aufgehört, die bunten Wandfresken mit ihren Schmetterlingen und Vögeln zu bewundern, und auch die blauen Äffchen, von Ast zu Ast tanzend, so täuschend echt gemalt, als wären sie lebendig, interessierten sie nicht mehr.

Sie wollte nur noch weg von hier, zurück nach Hause, dorthin, wo sie sich endlich wieder sicher und geborgen fühlen konnte.

»Pass doch auf, Kleine!« Ein dunkelhäutiger Mann mit einem großen Wassergefäß wäre beinahe über sie gestolpert. »Hier bist du allen nur im Weg! Kannst du nicht nach draußen gehen, in den Garten? Dort wärst du besser aufgehoben!«

Etwas in seiner Stimme brachte sie dazu, zu gehorchen. Außerdem stand die Tür offen, die zum Garten führte, und ein leichter Sommerwind hatte zarte Duftwolken hereingeweht. Sie machte ein paar zögerliche Schritte, dann jedoch zog es sie unwiderstehlich weiter.

Es wurde angenehmer und kühler, je weiter sie kam. Über ihr hohe Bäume, deren Blätter leise raschelten, vor ihr Beete, in denen rote, weiße und blaue Blumen wuchsen. Wie groß und herrschaftlich hier alles war, verglichen mit dem Garten zu Hause!

Zwischen den Blumen entdeckte sie plötzlich eine Katze. Ihr Fell schien im Sonnenlicht zu lodern, so rot war es, während Beine und Ohren dunkler gezeichnet waren. Ohne nach links und rechts zu schauen, strebte die Katze einem niedrigen Busch zu.

Das Mädchen konnte gar nicht anders, als ihr zu folgen.

»Das wirst du schön bleiben lassen!« Woher war auf einmal dieser rundliche Junge mit den abstehenden Ohren gekommen, der sich ihr in den Weg stellte? Er war ein Stück größer als sie, trug die Jugendlocke, die seinen ansonsten rasierten Kopf schmückte, und schaute sie empört an. »Man stört keine Katzenmutter und ihre Jungen!«

»Sie hat kleine Kätzchen?«, rief das Mädchen. »Kann ich sie sehen?«

»Meinetwegen«, sagte der Junge und schob den Busch auseinander. Da lag sie, die Feuerkatze, und an ihren Zitzen tranken vier Junge, zwei flammend rot wie die Mutter, zwei so dunkel, als hätten die Flügel der Nacht sie gestreift.

»Die gehören alle dir?« Vor Aufregung konnte das Mädchen kaum noch schlucken.

»Natürlich«, sagte der Junge. »Und bald wird mir auch alles andere hier gehören.«

Sie verstand nicht, was er damit sagen wollte, aber das war ihr in diesem Moment auch egal. Alles, was jetzt zählte, waren diese flauschigen Fellbündel, von denen ihr eines der roten besonders gut gefiel, weil es ein wenig zerzaust und damit noch niedlicher aussah.

Eine Frage kam ihr in den Sinn: »Würdest du vielleicht …«

Der Junge reckte seinen Hals, legte den Finger auf die Lippen.

»Der Falke ist zum Himmel geflogen!«, hörte sie eine Männerstimme aufgeregt schreien.

»Es ist so weit«, sagte der Junge. »Jetzt ist die Reihe an mir.«

Erst nach einer ganzen Weile schien er sich zu besinnen, dass sie noch immer neben ihm stand.

»Du kannst dir eines aussuchen«, sagte er.

»Ist das dein Ernst?«, fragte sie, beklommen vor Freude. »Darfst du das denn überhaupt?«

»Alles darf ich«, sagte er und in seine Augen kam ein seltsamer Glanz. *»Der Falke ist zum Himmel geflogen* – und der neue Falke und Pharao von Kemet* bin ich!«

* Mit einem Sternchen gekennzeichnete Wörter sind in einem Glossar am Ende des Buches kurz erklärt.

Erstes Kapitel

»Der Falke muss zum Himmel fliegen …«

Was hatte der Mann mit dem messerscharfen Profil da gerade gesagt? Mius Herz machte einen holprigen Satz und schien danach härter gegen die Rippen zu schlagen. Beinahe wäre der Krug mit dem Dattelbier auf dem Boden gelandet, so feucht fühlten ihre Handflächen sich auf einmal an.

Sie hatte diesen Satz niemals vergessen – doch damals hatte er anders geklungen. Und dieser scheinbar winzige Unterschied genügte, um am ganzen Körper Gänsehaut zu bekommen. Trotzdem brachte Miu es fertig, Becher und Krug halbwegs ruhig auf den Tisch zu stellen.

Dann sah sie sich die beiden genauer an.

Die Männer waren mittelgroß und kräftig, mit muskelbepackten Armen und breitem Brustkorb. Soldatentypen, wie sie unwillkürlich dachte, der eine beinahe im Alter ihres Vaters, der andere ihr lediglich ein paar Jahre voraus. Neben dem rechten Nasenflügel des Jüngeren saß eine dunkle Warze, an der er ständig herumfingerte. Man hätte sie ohne Weiteres für Onkel und Neffe halten können, die sich in der Schenke *Zum Graureiher* ein paar entspannte Stunden gönnten.

»Wollt ihr vielleicht auch etwas zu essen bestellen?«, fragte Miu. Das war das Erstbeste, was ihr einfiel, um sich noch länger in der Nähe der beiden Männer aufzuhalten.

Kopfschütteln. Die Männer sahen sich an. Das Mädchen konnte deren Anspannung fast körperlich spüren.

Irgendetwas trieb Miu zum Weiterreden. »Für Tante Tahebs berühmten Gänsebraten kommen die Gäste sogar von weit her. Sie legt das Fleisch über Nacht in Honig und Kräuter ein und röstet es anschließend auf dem Grill, so kross, dass…«

»Verzieh dich, Kleine!« Die Stimme des Älteren war schneidend. »Wir haben alles, was wir brauchen.«

Widerstrebend setzten ihre Füße sich in Bewegung. Sie ging, als wäre der Boden klebrig.

»Du kannst mir ruhig vertrauen«, hörte sie nun hinter ihrem Rücken. »Den ersten Schlag hat er bereits einstecken müssen. Und was den zweiten betrifft, so verläuft alles nach Plan. Niemand schöpft bislang auch nur den geringsten Verdacht…«

»Was ist mit dir, Miu?« Tante Taheb musterte sie besorgt. »Du bist ja auf einmal ganz grün um die Nase! Hast du etwa wieder unreife Feigen genascht?«

Niemand konnte so dreinschauen wie Taheb, vorwitzig und treuherzig zugleich. Miu öffnete den Mund, um ihr das Herz auszuschütten, schloss ihn allerdings sehr schnell wieder.

So einfach lagen die Dinge in der Familie nun mal nicht.

Genau genommen war Taheb gar nicht ihre richtige Tante, sondern die Cousine ihrer Mutter, die sie vor neun Jahren verloren hatte. Außerdem sah Papa es nicht gern, wenn sie im *Graureiher* aushalf, weil er sich seit einiger Zeit nicht mehr besonders mit Nefer verstand, Tahebs Mann, der, wie Miu aus Erzählungen wusste, früher als Schreiber und Vorlesepriester einen ungleich höheren Rang bekleidet haben musste.

»Hast du auf einmal deine Zunge verschluckt?«, sagte Taheb stirnrunzelnd.

Aus den Augenwinkeln sah das Mädchen, wie der Ältere ein abgeschabtes Kupferstück auf den Tisch legte. Beide schoben ihre Hocker nach hinten. Wenn sie jetzt nicht blitzschnell reagierte, würde sie womöglich gar nichts mehr über den perfiden Plan erfahren, den die beiden Männer offenbar ausheckten.

Miu verzog das Gesicht und presste sich beide Hände auf den Bauch, als ob ihr plötzlich übel geworden wäre.

»Dann sieh zu, dass du nach Hause kommst«, lenkte Taheb ein. »Und werd endlich vernünftig. Du bist schließlich alt genug, um zu wissen, dass eine Bedienung, die in der Mittagszeit schlappmacht, für ein Lokal die reinste Katastrophe ist!«

Sie zeterte noch ein wenig weiter, aber Miu nahm es ihr nicht krumm. Wer Taheb kannte, wusste, dass ihre schlechte Laune so schnell verfliegen würde wie ein Schwarm Ibisse, der sich aus dem Schilf erhebt.

Miu lief den beiden Männern hinterher. Schon nach ein paar Schritten fluchte sie halblaut, denn sie war auf eine gezackte Tonscherbe getreten. Im *Graureiher* verkehrten viele Schiffer, die nach der Zeche ihre Becher draußen achtlos wegwarfen. Flussgesindel, so nannte Taheb sie, während der sonst so penible Nefer sich in ihrer Gegenwart seltsamerweise wohlzufühlen schien.

Die scharfe Scherbe hatte ihre Sohle geritzt, es brannte, und Miu entdeckte ein paar Tropfen Blut, die sie mit dem Kleidersaum abwischte. Zum Glück ließ der Schmerz rasch nach. Dennoch leistete sie innerlich Abbitte bei ihrem Vater. Er konnte es nicht leiden, wenn sie barfuß herumlief wie ein Bauernmädchen, wo er ihr doch neue Binsensandalen geschenkt hatte. Sie gab sich alle Mühe, ab jetzt auf beides gleichzeitig zu achten: die zwei Männer vor ihr und den staubigen Boden unter ihren Füßen.

Schemu, die Erntezeit, neigte sich dem Ende zu, und ganz Kemet wartete inbrünstig auf die Flut. Niemals waren die Fliegen lästiger als in diesen unendlichen Sommerwochen, bevor die Tränen der Göttin Isis* den Nil endlich über seine Ufer treten lassen und dem ganzen Land Leben und Fruchtbarkeit zurückgeben würden. Heute schienen diese Plagegeister es ganz besonders auf Miu abgesehen zu haben. Wild wedelnd gegen die Attacken ankämpfend, bewegte sie sich vorwärts, hielt sich jedoch, um bloß keinen Verdacht zu erregen, stets ein ganzes Stück hinter den Männern.

Sie trennten sich schon nach Kurzem an einer Weggabelung.

Wem von beiden sollte sie sich nun an die Fersen heften?

Der Ochsenkarren, der den Älteren mitnahm, enthob sie einer Entscheidung. Jetzt also schlich sie dem Warzenkerl hinterher, der selber noch unschlüssig schien, wohin der Weg ihn führen sollte, denn er blieb zwischendrin stehen, kratzte sich am Schädel und schien zu überlegen. Schließlich wandte er seine Schritte zum Markt, was Miu nur recht sein konnte, denn im mittäglichen Gewimmel von Händlern und Käufern würde es um einiges leichter für sie sein, ihm unauffällig zu folgen. Plötzlich schien er es gar nicht mehr besonders eilig zu haben, sondern schlenderte von Stand zu Stand, ließ sich einen Mandelkuchen geben, den er genüsslich verschlang, und schlug danach auch den aufgebrochenen Granatapfel nicht aus, den eine lachende Bauersfrau ihm entgegenhielt. Als der Saft seinen Mund rot färbte, sah er aus wie ein Spitzbube, der heimlich in der Speisekammer nascht, und plötzlich begann Miu zu zweifeln.

Wenn sie sich doch getäuscht hatte?

Denn eigentlich *konnte* doch gar nicht wahr sein, was Miu in Tahebs Schenke zufällig gehört hatte – dass jemand einen Anschlag gegen Tutanchamun* plante, den göttlichen Pharao*!

Ein sirrendes Geräusch, das beide zusammenzucken ließ.

Es war lediglich ein Händler gewesen, der ein geflochtenes Seil geschickt durch die Luft tanzen ließ, um Käufer anzulocken. Doch der junge Mann, dem sie folgte, war zutiefst erschrocken. Sein Gesicht wirkte plötzlich angespannt, er sah sich nach allen Seiten um.

Instinktiv hatte Miu sich gebückt, als hätte sie etwas auf dem Boden verloren. Dabei zog sie sich das bunte Band aus dem Haar, mit dem Großmama Raia ihre Mähne jeden Morgen im Nacken bändigte, und schob es mit dem Fuß beiseite. Als sie sich wieder erhob, unterschied sie sich in nichts mehr von den meisten anderen hier: ein Mädchen in einem nicht mehr ganz sauberen Kleid, das trotz aller Ermahnungen meist ein wenig krumm ging.

Er spazierte weiter, bis zum Ende des Platzes, und plötzlich wurde Miu klar, zu welchem Stand er wollte.

Ihre Aufregung wuchs.

Der Schlangenbeschwörer hatte seine Flöte sinken lassen. Die Kobra, nicht länger von seinem Gefuchtel gebannt, kringelte sich in ihrem Korb ein, den er rasch verschloss, als drohe Gefahr. Reine Schau, wie sie wusste, denn diesen Tieren waren die Giftzähne gezogen worden, eine schmerzhafte Prozedur, die sie manchmal sogar das Leben kostete.

Der junge Mann beugte sich über die Körbe.

Miu sah, wie der Schlangenbeschwörer einen festen Lederhandschuh überstreifte, bevor er einen anderen Deckel öffnete und wilde Gesten folgen ließ. Augenblicklich schoss eine Schlange aus den geflochtenen Binsen, den Kopf hoch erhoben, den Hals gespreizt. Um den Hals trug sie ein breites, schwarzes Schuppenband, das sich von dem rötlichen Körper abhob.

Jetzt wich der Warzenkerl schnell zurück.

»Da tust du gut daran.« Der Schlangenbeschwörer grinste. »Denn bei ihr ist alles intakt. Man muss sie übrigens ordentlich aushungern, dann sind diese Kobras unschlagbar – wie dieses Schätzchen hier, das nach Beute giert.« Sein Handschuh drückte die Schlange wieder in den Korb zurück. »Hast du genug gesehen?«

Der andere nickte. »Ich komme wieder«, sagte er. »Wie vereinbart.«

Miu vertiefte sich scheinbar in ein reichhaltiges Angebot bemalter Töpfe, das nebenan auf einer Decke ausgebreitet war. Der junge Mann eilte an ihr vorbei und verließ den Markt. Er ging in Richtung Fluss und strebte der Anlegestelle der Fähre zu, die hinüber zum Westufer führte!

Jetzt begann die Angelegenheit brenzlig zu werden, denn

dort drüben begann das Reich des Anubis*. Jenseits des Nils lagen nicht nur das Tal der Könige* und das Dorf der Nekropolenarbeiter, sondern auch die Arbeitshallen und Geschäftsräume ihres Vaters, der als Balsamierer die Menschen für ihre letzte Reise rüstete. Es war Miu nicht ausdrücklich untersagt, ihn dort aufzusuchen, aber sie wusste dennoch, wie sehr es ihm gegen den Strich ging, sollte sie unangemeldet auftauchen. Vermutlich würde Papa dann über kurz oder lang wieder damit anfangen, dass man sie verheiraten müsse, damit er die Verantwortung los sei und endlich ein anderer auf sie aufpasste, was dann wieder tagelang die Stimmung zwischen ihnen vergiften würde. Außerdem gab es dort in den Arbeitshallen ihres Vaters jemand ganz Bestimmtes, dem sie vorerst besser nicht unter die Augen kam, um seine Fantasien nicht noch weiter anzustacheln.

Zögernd betrat sie die schwach besetzte Fähre.

Was, wenn der Kerl misstrauisch wurde und merkte, dass sie ihn verfolgte? Und wenn schon – sie konnte jetzt nicht einfach aufgeben. Nicht nachdem sie ihm bis hierher gefolgt war!

Doch Mius Befürchtungen erwiesen sich als grundlos. Kein einziges Mal drehte er sich nach ihr um, sondern starrte nach vorn, auf die grünliche Wasserfläche, die tief genug stand, um zahllose Sandbänke freizugeben, auf denen sich Krokodile in der Sonne räkelten.

Kaum drüben angekommen, sprang er ans Ufer und rannte los, als wäre ihm ein Rudel bissiger Hunde auf den Fersen. Miu ihm nach. Und plötzlich fiel es ihr wie Schuppen vor den Augen: Sein Ziel war der *Palast der leuchtenden Sonne*, die Sommerresidenz des Pharaos, ebenfalls auf dem

Westufer gelegen, ein riesiges Areal mit zahllosen älteren und neu errichteten Gebäudeteilen, das einen eigenen Hafen besaß sowie einen Park, von dessen legendärer Schönheit ganz Waset* munkelte. Allerdings war es nur wenigen vergönnt, ihn mit eigenen Augen zu betrachten, denn die seltenen Bäume und exotischen Pflanzen, die dort unter sorgfältiger Obhut gediehen, waren allein für die Augen des Königs, seiner Großen Königlichen Gemahlin sowie des Hofstaats bestimmt.

Natürlich gab es eine vielköpfige Dienerschaft, die alles zu bewirtschaften und instand zu halten hatte, und zu jener musste der Warzenkerl gehören, denn er lief zielstrebig zu einer der Nebenpforten, die auf sein Klopfen hin geöffnet wurde.

Wie von Zauberhand war er dahinter verschwunden.

Miu blieb noch eine Weile schwer atmend stehen und spürte den Schweiß, der ihr in Bächen über den Rücken lief, ebenso wie die Wunde in der Sohle, die sie während der Verfolgung vergessen hatte. Wie schön wäre es, jetzt in dem kleinen Lotosteich zu baden, der das Herzstück ihres Gartens bildete! Doch von dieser Erfrischung trennte sie im Augenblick nicht nur das grüne Band des Flusses, sondern vor allem die schwere Last, die ihr auf dem Herzen lag.

Sie würde so gerne mit jemandem darüber reden können.

Papa kam nicht infrage. Sein Lieblingsmotto lautete: Ein kluger Mann verschließt die Augen vor Dingen, die ihn nichts angehen, und kümmert sich stattdessen um sein Geschäft und seine Familie.

Dann lieber doch zurück zu Tante Taheb?

Die Vorstellung, dort Nefer, ihrem Mann, zu begegnen, hielt Miu davon ab. Früher hatte sie es genossen, in seiner Gegenwart Schreiben und Lesen zu üben. In letzter Zeit aber mied sie nach Möglichkeit seine verdrossene Miene, und auch Nefer schien alles andere als erpicht auf ihre Anwesenheit, als würden sie sich in stillschweigender Übereinkunft aus dem Weg gehen.

Und Iset?

Die einstige Herzensfreundin hatte Miu viel zu lange vernachlässigt – auch wenn es auf strikte Anordnung ihres Vaters hin geschehen war –, um plötzlich mit einer Räubergeschichte wieder bei ihr aufzutauchen.

Es machte keinen Sinn, sich unter der stechenden Sonne weiterhin den Kopf zu zerbrechen. Erfrischt und ausgeruht würde ihr vielleicht eher etwas einfallen. Energisch zog Miu los, zur Fähre, die gerade wieder am Ablegen war, sprang mit einem Satz auf die Planken und versuchte beim gleichmäßigen Schlag der Ruder, so etwas wie Ordnung in ihre wirren Gedanken zu bringen.

Auf einmal war ihr, als höre sie Mamas ruhige Stimme.

»Wasser ist nachgiebig und es fließt. Du fühlst keinerlei Widerstand, wenn du hineintauchst, und es wird dich nicht aufhalten. Und dennoch geht es stets dorthin, wo es will, denn am Ende kann ihm nichts und niemand widerstehen …«

Miu vermisste sie so schrecklich. Und schon den ganzen Vormittag hatte sie den Albtraum von letzter Nacht erfolgreich weggeschoben, doch jetzt überfiel er sie erneut mit aller Macht, jener schreckliche Albtraum, der sie schon seit Jahren verfolgte und stets verstört und nass geschwitzt aufwachen ließ.

Die winzige, dunkle Kammer, in der sie schon viel zu lange eingesperrt ist. Das Johlen und Grölen der Menschen draußen, das immer lauter ansteigt, bis sie Angst bekommt, ihre Ohren könnten platzen. Die Tür, die plötzlich aufspringt und Licht hereinströmen lässt, grelles, hartes Licht, das in den Augen schmerzt. Die große Hand, die sie am Arm packt und hinauszerrt.

»Das musst du sehen, Kleines, mach schon, so etwas darfst du keinesfalls verpassen ...«

Miu wurde speiübel, wie bislang jedes Mal, wenn diese Bilder sie quälten. Sie hielt den Kopf so ruhig wie möglich und versuchte, die bösen Gedanken zu verscheuchen.

»Du wirst mir doch nicht etwa seekrank?« Ein Mann stand auf einmal neben ihr. »Dabei könnte der Fluss gemächlicher gar nicht sein!« Sein mächtiger Bauch wabbelte beim Reden über dem Lendenschurz, den eine breite Borte zierte. Er schwitzte erbärmlich.

Offenbar hielt er Miu für leichte Beute. Sogar ihr ärgerliches Kopfschütteln schien er misszuverstehen.

»Brauchst doch nicht schüchtern sein.« Ein schmieriges Lächeln. Und näher kam er auch noch! »So ein hübsches, junges Ding wie du! Wenn du magst, kann ich dich gern ein bisschen ablenken. Würde dir das keinen Spaß machen?«

Wie konnte so ein widerlicher Kerl denken, dass er in irgendeiner Weise anziehend auf ein junges Mädchen wirkte?

Miu tat das, was Raia ihr für solche Fälle beigebracht hatte, machte Sichelaugen und setzte ihre arroganteste Miene auf. Es schien zu wirken, trotz der Übelkeit, gegen die sie noch immer zu kämpfen hatte. Er murmelte Undefinierbares und zog sich auf die andere Seite der Fähre zurück.

Der kleine Sieg tat gut, und als sie am Ostufer anlegten, ging auch ihr Atem wieder ruhiger, wenngleich Miu plötzlich spürte, wie müde sie war. Steifbeinig wie ein alter Esel schlich sie durch die Straßen, die sich nur allmählich wieder mit Menschen und Karren füllten, weil jeder, der jetzt nicht unbedingt draußen sein musste, bis zu den Abendstunden die Hitze mied.

Erst als die weiße Mauer in Sicht kam, die ihr Haus umgab, atmete sie auf. Viel Zeit dafür blieb allerdings nicht, denn auf der Schwelle hatte sich Anuket aufgebaut, das dunkle Gesicht in besorgte Falten gelegt. Die alte Dienerin war schon so lange im Haus, dass sie dem Mädchen manchmal wie ein vertrautes Möbelstück vorkam.

»Wie siehst du denn schon wieder aus!«, rief sie voller Empörung und versperrte Miu mit ihrer schmächtigen Gestalt den Eingang. »Blutverschmiert und schmutzig wie aus der Gosse!«

»Ist Großmama da?« Am liebsten hätte sie Anuket einfach weggeschubst.

»Nein, aber …«

»Wann kommt sie wieder?«, unterbrach Miu die Dienerin.

»Woher soll ich das wissen? Ich bin doch wie immer die Letzte, die in diesem Haus etwas erfährt!«

»Mutemwija«, dröhnte es hinter ihr. Es gab nur einen, der sie so nannte, und auch nur, wenn er besonders wütend war – Papa! Die steile Falte zwischen den Brauen verriet seinen Gemütszustand ebenso wie die gefährlich schmal gewordenen Lippen. »Wie oft hab ich dir schon gesagt, dass du besser auf dich achten musst. Wir sind schließlich nicht irgendjemand! Wann nur wirst du das endlich lernen?«

Wieso war er überhaupt zu Hause – mitten am Tag?

»Was machst du denn hier?«, stammelte Miu.

»Als ob ich es nicht im Blut gehabt hätte!« Er kam näher, schnüffelte an ihr und verzog dabei das Gesicht. »Du stinkst ja schlimmer als ein ganzer Trupp Soldaten nach einem strengen Fußmarsch! Ab mit dir in den Teich, und zwar schnell – und danach will ich ein frisches Kleid an dir sehen. Niemand aus meiner Familie lässt sich so gehen, schon gar nicht meine einzige Tochter!«

Miu hatte seinen wundesten Punkt getroffen.

Keiner in Waset achtete mehr auf Ordnung und Sauberkeit als der Balsamierer Ramose; sein unablässiges Bestreben, alles abzuwaschen, was mit seiner Tätigkeit im »Haus der Reinigung« auch nur im Geringsten in Verbindung gebracht werden konnte, grenzte fast schon an Besessenheit. Außerdem liebte er schwere Düfte. Auch jetzt roch er wieder, als hätte er in Moschusöl und Wasserlilienextrakt geradezu gebadet.

»Ist etwas passiert?«, fragte er. Es war ebenso einfach, Papa zum Poltern zu bringen, wie schier unmöglich, ihn auf Dauer hinters Licht zu führen. Er schien einen sechsten Sinn für alles zu besitzen, was hinter seinem Rücken geschah. Irgendetwas an ihrem Ausdruck hatte ihn wohl auch jetzt misstrauisch gemacht. »Hast du etwas angestellt? Dann heraus damit!«

Miu musste schlucken und war einen Augenblick lang versucht, seiner Aufforderung zu folgen und ihm alles zu erzählen. Doch dann wäre ja herausgekommen, dass sie wieder heimlich bei Taheb ausgeholfen hatte, und neuer Streit damit unausweichlich.

Was genau hätte sie ihm auch erzählen sollen?

Dass sie aufgrund eines einzigen Satzes, den sie aufgeschnappt hatte, überzeugt sei, das Leben des Königs sei in Gefahr? Sie, ein Mädchen von noch nicht einmal sechzehn Jahren, wollte so etwas Ungeheuerliches herausgefunden haben?

Stumm schüttelte Miu den Kopf, dann deutete sie auf ihren Fuß.

»Hab mir wehgetan«, sagte sie und schämte sich ein bisschen, wie kindisch das klang.

»Worauf wartest du dann noch? Die Wunde muss sauber werden – und die ganze Miu mit dazu.« Fürs Erste schien der Zorn ihres Vaters verraucht. »Und komm mir erst wieder unter die Augen, wenn du einigermaßen ordentlich aussiehst!«

Plötzlich war es ganz einfach, zu gehorchen.

Miu ging zum Teich, schlüpfte aus ihrem Kleid und spürte, während sie langsam hineinwatete, wie das Wasser bei jedem Schritt höher stieg und ihr erhitzter Körper sich abzukühlen begann. Dann hielt sie die Luft an und tauchte unter, bis sie das Gefühl hatte, alles, was heute passiert war, abgewaschen zu haben. Anschließend wickelte sie sich in ein Tuch, ging in ihr Zimmer und legte sich auf das Bett.

Eigentlich hatte Miu nur für ein paar Momente ausruhen wollen, doch als sie wieder erwachte, hatte die Göttin Nut* bereits ihre schützenden Flügel ausgebreitet und es war draußen stockdunkel geworden. Im Zimmer aber sorgte eine mit Öl gefüllte Tonschale, in der ein Docht schwamm, für gelbliches Licht.

Hell genug, um festzustellen, dass eine fürsorgliche Hand sich um ihr leibliches Wohl gekümmert hatte, wenngleich jemand sich bereits dreist davon bedient hatte. Das Schälchen Linsensuppe und das Fladenbrot auf dem Tablett am Fußende waren unberührt. Daneben jedoch lagen abgenagte Hühnerknochen und ein paar Knorpelreste.

Im ersten Moment glaubte Miu, noch zu träumen, denn das anmutige Wesen, das es sich neben ihrem Bett bequem gemacht hatte, war über Wochen verschwunden gewesen, und sie hatte schon befürchtet, es niemals wiederzusehen.

Miu streckte sich, legte ihre Hand auf den warmen Körper und begann, das weiche Fell zu streicheln, das unter ihrer Berührung vibrierte. Hart ragte der knöcherne Grat der Wirbelsäule heraus; alles Fleisch schien wie weggeschmolzen. Pau hatte keine einfache Zeit hinter sich, das konnte Miu spüren.

»Pau«, flüsterte sie, in unendlicher Erleichterung. »Meine Pau – dass du nur wieder da bist!«

Die Feuerkatze hob den Kopf und stieß ein helles Begrüßungszirpen aus. Ein zweiter Ton folgte, ein hohes, durchdringendes Fiepen.

Sie war nicht allein gekommen!

Da lagen zwei faustgroße, quicklebendige Fellknäuel an ihrem Bauch, die nach verlorenen Zitzen jammerten.

Eines dunkel gestromt, das andere lohfarben wie sie selber.

*

Irgendwann würde seine Frau sich zu fragen beginnen, warum Nefer jetzt immer freiwillig das nächtliche Aufräumen, Saubermachen und Zuschließen des *Graureihers* übernahm, zumal sie ja wusste, wie sehr er diese Arbeiten verabscheute. Vielleicht tat sie das ja schon längst, seine Frau, eine Lebenskünstlerin auch in schwierigen Tagen, die ihren wachen Kopf hinter einem kindlichen Blick und einem strahlenden Lächeln zu verstecken wusste. Aber selbst wenn es so war, blieb Nefer nichts anderes übrig, als trotzdem mit diesen verhassten Arbeiten weiterzumachen.

So lange, bis er endlich bekommen hatte, was er so dringend brauchte.

Nefer stellte die Hocker mit den Beinen nach oben auf die Tische, um leichter kehren zu können, und horchte in das Dunkel. Es war schon eine ganze Weile her, dass die Letzten hinausgetorkelt waren, Vater und Sohn, beide volltrunken. Ihre Zeche war trotzdem kaum der Rede wert gewesen. Kein Wunder, denn Taheb und er konnten es sich ja nicht leisten, den Bierpreis vernünftig zu erhöhen. Jedenfalls sofern sie nicht riskieren wollten, ihre Gäste zu verprellen.

Wenigstens hatte die Lage des *Graureihers* so nah am Wasser gewisse Vorteile, wenngleich Nefer vor neun Jahren noch nicht daran gedacht hatte, als sie die Pacht der kleinen Schenke übernommen hatten. Viel anderes war ihnen auch nicht übrig geblieben, nach der hastigen Flucht aus der Sonnenstadt*, mit nahezu leeren Händen und in ständiger Angst, die Häscher könnten sie jederzeit auch in Waset aufspüren und zur Rechenschaft ziehen.

Ein Dasein dritter Klasse, bestenfalls, das war es, was ihnen nun bevorstand, und vermutlich wäre es ohne große Änderungen bis zum Ende ihrer Tage genauso weitergegangen – hätte es nicht jene geheimen Lagepläne gegeben, die ihm ein unerwarteter Verbündeter kurz vor seinem Tod hatte zukommen lassen. Jemand von früher, als er noch als Schreiber hatte arbeiten dürfen, ein Mann, dem sie damals mindestens so übel mitgespielt hatten wie ihm.

»Tu du es für mich.« Manchmal glaubte Nefer, den rasselnden Atem des Sterbenden noch zu hören. »Ich selbst bin dazu nicht mehr in der Lage. Mach sie fertig, diese miesen Verräter, und bring sie zur Strecke, genauso wie sie uns damals gnadenlos zur Strecke gebracht haben. Verdient haben sie es allemal!«

Ein Hoffnungsschimmer, immerhin.

Und vielleicht sogar mehr als das, falls das Glück ihn nicht für immer vergessen hatte.

Nefer fluchte, weil die nachlässig gebundenen Binsen des Besens sich im feuchten Zustand aufzulösen begannen und den Schmutz auf dem Boden mehr verteilten als zusammenfegten. War das vielleicht die passende Arbeit für einen Mann, der einmal zu den größten Hoffnungen im Lebenshaus* gehört hatte?

Allein an das zu denken, was er für immer verloren hatte, genügte, um alle Kraft aus seinem Körper schwinden zu lassen. Schwach und mutlos fühlte Nefer sich in solchen Augenblicken, vor der Zeit gealtert, beschwert von einer unsichtbaren Bürde, die er auch jetzt noch nicht ablegen konnte, nicht nach all den Jahren, die seit seiner Erniedrigung vergangen waren. Eines nur hielt ihn dann aufrecht, und er versuchte, diese Vision auch jetzt wieder heraufzubeschwören, obwohl es immer schwieriger wurde, je mehr Zeit verstrich: der Gedanke an Rache.

War da nicht draußen ein Geräusch gewesen? Oder spielten ihm bloß seine Ohren einen Streich?

Nefer stellte den Besen beiseite und ging zur Tür. Es dauerte, bis seine Augen sich einigermaßen an das Dunkel gewöhnt hatten; es war Neumond und die Nacht so schwarz wie das Innere eines Grabes.

Niemand zu sehen, weit und breit.

»Hast du noch einen anständigen Schluck für einen guten Freund?« Nefer schrak zusammen, während der andere breit zu grinsen begann. Wie ein Geist stand er plötzlich vor ihm, ein recht korpulenter Geist allerdings, deutlich schwammiger als bei ihrer ersten Begegnung. »Mein Boot hab ich ein ganzes Stück weiter unten am Ufer festgemacht. Ganz nach deinen Wünschen. Musst also nicht gleich wieder loszetern wie beim letzten Mal! Deine Frau ist doch sicherlich nicht mehr hier, oder?«

Der Mann drängte sich dreist an ihm vorbei in die Schenke, packte einen Hocker, stellte ihn zurück auf den Boden und setzte sich. Dann erst ließ er den stoffumwickelten Packen, den er unter dem Arm getragen hatte, auf den Tisch fallen.

»Dass du dich auch mal wieder blicken lässt«, murmelte Nefer und stellte widerwillig Krug und Becher vor ihn hin. Er konnte nur hoffen, dass Taheb bereits schlief. Zum Glück wohnten sie jetzt in dem kleinen, zweistöckigen Haus, das einige Schritte entfernt lag, und nicht mehr in den engen, niedrigen Räumen direkt über der Schenke, wo an Ruhe niemals zu denken gewesen war. »Und spät dran bist du auch, Ipi. Ich war schon am Zuschließen.«

»Hab schließlich noch was anderes zu tun, von Sonnenaufgang bis zum Einbruch der Dunkelheit, falls du dich vielleicht daran erinnerst? Außerdem kann es bei unserem Geschäft doch gar nicht spät genug sein. Oder wäre es dir lieber, ich würde tagsüber hier auftauchen und dein feiner Polizistensohn könnte uns zusammen sehen?«

»Lass gefälligst Ani aus dem Spiel«, zischte Nefer. »Wie oft hab ich dir das schon gesagt?«

»Ach, ich hör es immer wieder gerne.« Sein Spott war beißend. »Ein bisschen Spaß wird wohl noch erlaubt sein, bei der Plackerei, die du von uns erwartest!«

»Du machst dir ja nicht gerade die Hände dabei schmutzig!«

»Einer muss sagen, wo es langgeht. Und du kannst den Göttern danken, dass ich es bin«, entgegnete Ipi.

»Als ob ihr es um meinetwillen tun würdet!«, raunzte Nefer. »Ohne meine kostbaren Lagepläne könntet ihr euer Vorhaben ohnehin vergessen. Aber was bringt mir das? Immer nur warten, warten, warten – ich bin es so leid!«

»Was, wenn wir endlich fündig geworden wären?« Ipi schien jedes einzelne Wort zu genießen.

»Das hast du schon mehrmals behauptet. Und es war immer gelogen. Hör also lieber auf mit deinen fadenscheinigen Versprechungen. Ich glaube nur an das, was ich sehe.« Er deutete auf seinen Kopf. »Mit diesen meinen Augen!«

Ipi steckte seine lange Nase in den Krug, als gäbe es im Augenblick nichts Wichtigeres, wich aber schnell angewidert zurück. »Diese Plörre kannst du selber saufen, du verdammter Geizhals!«, rief er. »Wenn du nicht augenblicklich einen anständigen Wein rausrückst, bist du mich schneller los, als du bis drei zählen kannst.«

Nefer begann, vor sich hin zu grummeln, ging aber doch nach nebenan und kam mit dem Gewünschten zurück. Ipi trank gierig, dann wischte er sich mit dem Handrücken über den Mund.

»Und neugierig bist du gar nicht?« Seine Augen flackerten. »Das wäre mir aber ganz neu!«

»Lass endlich deine Spielchen…«

»Schon gut, schon gut!« Ipis Hände schossen nach oben und Nefer wich unwillkürlich ein Stück zurück. Den Gestank des Todes wurde sein Besucher niemals ganz los, egal wie sehr er sich wusch oder parfümierte. »Wirst staunen, mein Alter!« Er begann, den Stoff aufzurollen, in Streifen geschnittenes, reichlich verschmutztes Leinen, wie es in Kemet hauptsächlich für das Einwickeln von Mumien in Gebrauch war. »Und?«, sagte er schließlich. »Hat es dir bei diesem Anblick endgültig die Sprache verschlagen?«

»Das ist alles?«, fragte Nefer und starrte ihn an.

»Was soll das heißen? Etwas mehr Begeisterung für mein Mitbringsel hätte ich von einem ehemaligen Schreiber schon erwartet!«

»Du bringst mir Papyrusrollen?«

»Ja, aber welche – direkt aus *seinem* Grab! Wir haben es gefunden, kapierst du endlich? Obwohl sie es so schlau versteckt hatten. Das ist es doch, was du die ganze Zeit wolltest! Damit hast du mir seit Jahr und Tag in den Ohren gelegen. Und ich hab es den anderen, die die Drecksarbeit erledigen müssen, genauso weitergegeben. Einer von ihnen kennt mehr als die paar jämmerlichen Zeichen, die ich tagtäglich gebrauche. Er sagt, es gebe keinerlei Zweifel. Wir sind genau da, wohin wir immer wollten. Ist das kein Grund zum Feiern, Alter?«

Nefer schüttelte den Kopf, so heftig und anhaltend, als würde es niemals wieder damit aufhören wollen.

»Nichts hast du verstanden! Gar nichts!«, presste er hervor. »Ich hätte ebenso gut zu einem Tauben reden können.«

»Moment mal! Wir haben endlich das Grab des großen Ketzers entdeckt, und du …«

»Papyrus ist geduldig«, unterbrach Nefer ihn wutentbrannt. »So ein Schriftstück könnte jeder herstellen, der die heiligen Zeichen kennt, und es damit auf allereinfachste Weise fälschen. Damit komme ich nicht weit.« Jetzt schrie er vor Aufregung. »Ihr müsst ihn ganz auswickeln, bis auf die Knochen! Nichts, was ihr bereuen werdet, denn da ist mit Sicherheit noch einiges für euch Gierhälse drin, wenn ihr wirklich die Ersten gewesen sein wollt. Steckt euch meinetwegen die kostbaren Steine in die Backentaschen oder sonst wohin, daran bin ich nicht interessiert. Ich brauche etwas, das es nur ein einziges Mal gibt. Einen unschlagbaren Beweis!«

»Und was sollte das genau sein?« Ipi, der sonst das Maul gern weit aufriss, wirkte plötzlich eingeschüchtert.

»Den Herzskarabäus. Ja, bring mir den Herzskarabäus des Pharaos – und ich kann dir bald deinen größten Wunsch erfüllen!«

*

Ganz Waset lag in tiefem Schlummer, nur Miu war hellwach, obwohl sie sich inzwischen so müde fühlte, dass sie schon anfing, alles doppelt zu sehen. Immer wieder rief sie sich die Ereignisse des vergangenen Tages in Erinnerung, ließ vor ihrem inneren Auge ablaufen, was sie gesehen und gehört hatte, und zerpflückte jede Einzelheit, in der Hoffnung, sie hätte sich vielleicht doch getäuscht. Aber sosehr sie sich auch anstrengte, die Dinge blieben, wie sie waren.

Selbst der Blick auf Pau und ihre Jungen, im Schlaf eng

an den Leib der Mutter geschmiegt, machte sie nicht ruhiger, ganz im Gegenteil. Denn jedes Mal wenn Miu ihre wiedergefundene Katze ansah und das doppelte Geschenk, das sie ihr gemacht hatte, stiegen seltsame Erinnerungen in ihr auf, die ihre Ratlosigkeit nur noch vergrößerten.

Als erstes Rot am Himmel den Morgen ankündigte, fiel Miu schließlich doch in einen traumlosen Schlaf, aus dem sie hochschrak, als sie Anuket im Hof mit dem Frühstücksgeschirr klappern hörte. Jetzt würde es nicht mehr lange dauern bis zu Papas allmorgendlichen Ermahnungen, die heute gewiss besonders streng ausfallen würden. Großmama, die Einzige, die sie ab und zu davor retten konnte, liebte es, lange zu schlafen, und hasste es, dabei gestört zu werden. So blieb Miu nur eines: ein gezwungenes Lächeln aufzusetzen und zu ertragen, was eben nicht zu ändern war.

Sie wusch Gesicht und Hände in der Alabasterschale, die ihr Vater ihr zum letzten Geburtstag geschenkt hatte, zog sich an, kämmte sich, rührte frisches Malachitpulver auf der Schminkpalette an, um die Augen mit sattem Grün zu betonen, genau so, wie er es am liebsten an ihr sah – und machte sich innerlich auf das Schlimmste gefasst.

Aber sie hatte sich getäuscht.

Er schien so tief in Gedanken, dass er offenbar kaum bemerkte, wer ihm gegenübersaß. Er hatte auch keinen großen Appetit, nicht einmal Anukets berühmtes Feigenmus, von dem er sonst nicht genug bekommen konnte, schien ihm heute zu schmecken. Schon nach ein paar Bissen schob er seinen Schemel zurück und stand auf.

»Kann spät werden heute«, sagte er. »Ein Auftrag, der großes Fingerspitzengefühl erfordert.« Er verdrehte die Augen.

Das bedeutete reiche Kunden, wie Miu beizeiten gelernt hatte. Leute, die sich die Ewigkeit etwas kosten lassen.

Miu nickte. Der Blick ihres Vaters wurde streng.

»Und du bleibst bei Raia, verstanden? Ich will nicht wieder von meinen Kunden zu hören bekommen, dass man dich allein in der Stadt herumstromern sieht!«

Ihr zweites Nicken fiel deutlich zögernder aus.

Sie blieb sitzen, bis seine Schritte verklungen waren. Dann atmete sie erleichtert aus, längst entschlossen, ihre Beobachtungen von gestern zu vertiefen. Auf das Westufer würde sie heute allerdings verzichten, denn sie wollte nicht riskieren, dem Warzenkerl vor dem *Palast der leuchtenden Sonne* in die Arme zu laufen. Doch wer sollte sie schon daran hindern, Besorgungen auf dem Markt zu machen?

Anuket war mit dem schmutzigen Geschirr im Küchenbau verschwunden; die beste Gelegenheit, ihren Plan unverzüglich umzusetzen. Miu sprang auf, schaute vorsichtig nach rechts und links, aber niemand war zu sehen, der sie hätte aufhalten können. Also lief sie los.

Über der Stadt lag noch ein Rest von Morgenfrische, doch die dräuende Hitze, die nicht mehr lange auf sich warten lassen würde, war bereits zu spüren. Trotzdem war der Markt gut besucht, ein Gewimmel von Menschen, Tieren und Waren, deren unterschiedliche Gerüche und Aromen ihr in die Nase stiegen. Jedes Fitzelchen Boden schien belegt; sie musste achtgeben, um auf keine der Binsenmatten zu treten, wo die Bäuerinnen ihr Obst- und Gemüseangebot ausgelegt hatten. Zwischendrin hatten sich die Oasenleute ausgebreitet mit dem gräulichen Salz, das zu jeder Jahreszeit begehrt war. Unter dem Geschnatter von

Enten und Gänsen in engen Käfigen hielt Miu Ausschau nach dem Warzenkerl.

Doch leider entdeckte sie ihn nirgendwo.

Weil er gerade Dienst im Palast tun musste?

Weil sie sich doch getäuscht hatte und alles lediglich eine Ausgeburt ihrer Fantasie war?

Oder weil er bereits zugeschlagen hatte?

Ein fürchterlicher Gedanke, der Miu die Nackenhärchen aufstellte und sie umso schneller weitergehen ließ.

Am Stand des Schlangenbeschwörers, den sie als Nächstes ansteuerte, standen zwei Männer, die dessen übliche Vorführung verfolgten. Für Miu nichts Neues: die graubraune, giftlose Kobra, die müde tänzelte, kannte sie ja bereits von gestern. Ihre Augen flogen über die anderen Körbe auf dem wackligen Tisch.

Sechs, zählte sie. *Sechs!*

Waren es gestern nicht sieben gewesen?

Miu war sich alles andere als sicher, doch jetzt fühlte sie ihn wieder wachsen, jenen hässlichen Klumpen in der Magengrube.

»Ist das alles, was du zu bieten hast?«, sagte sie in forschem Tonfall. »Das arme Tier stirbt ja förmlich an Altersschwäche, so lahm bewegt es sich nur noch!«

Einer der beiden Männer lachte, der andere sah sie verdutzt an. Mit finsterer Miene öffnete der Schlangenbeschwörer einen weiteren Korb.

»Mit der hier im Kornspeicher werdet ihr alle Ratten und Mäuse los«, sagte er zu den Männern gewandt, als bestünde Miu aus Luft. »Die räumt überall gründlich auf!«

Das Tier war dick wie ein Kinderarm und auf dem Rücken strohgelb. Nicht das, wonach Miu Ausschau hielt.

Inzwischen schienen die Männer ebenfalls Lust bekommen zu haben, mehr zu sehen.

»Ja, zeig sie uns, deine gefährlichen Viecher«, rief der eine. »Ich will sie alle in Augenschein nehmen!«

Der Blick, den der Schlangenbeschwörer Miu zuwarf, während er hantierte, war beinahe so giftig wie das Sekret seiner Vipern. Doch sie war ja zum Glück nicht allein. Das machte ihr Mut, einen neuerlichen Vorstoß zu wagen.

»Da war doch noch so eine Rötliche«, sagte sie. »Mit einem breiten schwarzen Band um den Hals ...«

»Halt den Mund!«, fiel ihr der Schlangenbeschwörer ins Wort. »Und hau endlich ab! Hast du dich nicht schon gestern hier herumgetrieben?«

Miu zuckte die Achseln. »Kannst du oder willst du nicht antworten? Vielleicht weil du ...«

Sie konnte nicht weiterreden, so schnell war er bei ihr, umklammerte ihre Arme und begann, sie wie wild zu schütteln.

»Was willst du?«, schrie er. »Was hast du aufdringliches Balg hier zu suchen?« Seine Nägel waren lang wie Krallen und bohrten sich in ihr Fleisch. Er hatte den Mund mit den bräunlichen Zahnstumpen weit aufgerissen, als würde er sie am liebsten verschlingen. Sein Atem roch nach Kraut und Zwiebeln; Spucke rann ihm über das Kinn.

Keiner der beiden Männer machte Anstalten, Miu zu Hilfe zu kommen. Und wenn er als Nächstes seine Reptilien auf sie hetzte?

Sie stieß einen Schrei aus, denn jemand packte sie von hinten, und auch ihr Angreifer wurde von einem untersetzten Mann mit leuchtend blauer Schärpe von ihr weggerissen.

»Raufereien auf dem Markt sind verboten«, hörte sie eine Stimme sagen, die ihr nur allzu vertraut war. »Das dürfte doch jedem bekannt sein!«

Ani, ausgerechnet Ani! Röte schoss in ihr Gesicht und sie wünschte sich nur noch weit, weit weg.

»Was machst du denn hier, Miu?«, rief er.

Mit einem Mal schien ihr Mund sich mit zu vielen Wörtern zu füllen, ein zäher, klebriger Brei, der ihr das Antworten unmöglich machte.

Ani schien es nichts auszumachen. Er wandte sich an den Schlangenbeschwörer.

»So ein großer, starker Kerl wie du gegen ein hilfloses Mädchen – dass du dich nicht in Grund und Boden schämst! Noch ein einziges Mal etwas in dieser Art, und du betrittst den Markt nie wieder, dafür werde ich sorgen, verstanden?«

Der Schlangenbeschwörer nickte hastig. Seine beiden Kunden hatten inzwischen das Weite gesucht.

»Was soll jetzt mit der Kleinen geschehen?« Sein bulliger Kollege, ebenfalls von der Flusspolizei, wie seine blaue Schärpe zeigte, in der ein schmaler Dolch steckte, musterte Miu neugierig. »Wieso setzt du dich eigentlich so für sie ein? Kennst du sie etwa näher?«

»Das will ich meinen. Und lass dein anzügliches Grinsen. Miu gehört zur Familie.« Sein Blick war besorgt. »Ich bringe sie jetzt am besten nach Hause.«

Vorsichtig schaute sie auf zu dem jungen Medjai*, der ihr früher so vertraut wie ein großer Bruder gewesen war. Doch in letzter Zeit wusste sie nicht mehr genau, was sie fühlen sollte, wenn sie ihm begegnete. Manchmal träumte sie sogar von ihm, und es fühlte sich gut an, diese nächtlichen Bilder noch ein Stück weit hinein in den Tag zu tragen, damit Ani wenigstens auf diese Weise ein Weilchen länger bei ihr blieb. Jetzt gerade war es allerdings pure Verlegenheit, die sie in seiner Gegenwart durchflutete.

»Musst du nicht«, stieß sie hervor. »Ich kann ebenso gut allein gehen.«

»Keine besonders gute Idee«, erwiderte Ani. »Komm schon, Miu, ich hab schließlich nicht den ganzen Tag Zeit.«

Es blieb ihr nichts anderes übrig, als neben ihm herzutrotten, erneut wortlos, weil sie sich nun erst recht schämte. Er ging schnell und gab sich Mühe, das linke Bein dabei nicht allzu sehr nachzuziehen, aber sein Hinken fiel ihr dennoch auf. Der Feldzug nach Kusch* im Heer des Pharaos hatte ihn innerlich wie äußerlich verwandelt.

Wie erwachsen er binnen Kurzem geworden war!

Raia sagte, der kalte Atem des Anubis habe ihn gestreift. Auch wenn Ani niemals darüber redete – von dem großen, unbekümmerten Jungen, der heimlich von zu Hause fortgelaufen war, um Soldat zu werden, war jedenfalls nicht mehr viel übrig.

»Willst du mir nicht endlich sagen, was wirklich los war?«, fragte er nach einer Weile. »Du bist doch sonst nicht auf den Mund gefallen. Was hattest du auf dem Markt zu suchen, in aller Früh und auch noch mutterseelenallein?«

Sie schielte schräg nach oben, was ihm natürlich nicht entging. Genauso hatte sie ihn immer angeblinzelt, wenn sie ihn zu etwas herumkriegen wollte, früher, als sie beide noch Kinder gewesen waren. In seine Augen kam ein winziges Lächeln, und Miu begann, sich ein wenig zu entspannen. Schließlich war Ani Polizist – und vielleicht genau der Zuhörer, den sie so dringend brauchte!

»Ich hab da zufällig etwas gehört, nein, eher aufgeschnappt«, sagte sie. »Sie wollen den Pharao töten. Zwei Männer, aber vielleicht sind es ja sogar noch mehr.«

»*Das* haben sie gesagt?« Sein Lächeln war verschwunden.

»Natürlich nicht. So unvorsichtig würde doch niemand sein. Sie haben es umschrieben, aber so, dass man es sofort versteht, wenn man sich einigermaßen auskennt.« Miu runzelte die Stirn und strengte sich an, den Tonfall des Gehörten so exakt wie möglich wiederzugeben: *»Der Falke ist zum Himmel geflogen …«*

Er reagierte kaum, jedenfalls nicht so, wie sie es erwartet hatte. Und plötzlich wusste sie auch, weshalb. Bei den Krallen des Seth* – aus schierer Aufregung hatte sie sich versprochen!

»Der Falke muss zum Himmel fliegen.« Ja, so war es richtig! »Genau das haben die beiden Männer gesagt.«

Anis schmales, glatt rasiertes Gesicht blieb höflich und unbeteiligt.

»Du bist ihnen auf der Straße begegnet?«, fragte er weiter. »Wo genau?«

»Nein, es war bei euch im *Graureiher*. Als ich ihnen Bier serviert habe.«

Er blieb abrupt stehen. Die wulstige Narbe auf seiner Stirn, ebenfalls eine unschöne Erinnerung an den Feldzug nach Kusch, schien plötzlich dunkler geworden zu sein.

»Im *Graureiher*, bei meiner Mutter? Wenn das eine Art Spiel sein soll, Miu, dann ist es ein sehr dummes.« Ani sagte das so ruhig und flüssig wie einen Vers, den er vor langer Zeit auswendig gelernt hatte. »Und du solltest auf der Stelle damit aufhören.«

Er glaubte ihr kein Wort. Miu wurde heiß.

»Das ist kein Spiel«, sagte sie. »Was glaubst du denn, warum ich noch einmal hierher zurückgekommen bin? Die beiden planen einen Anschlag, oder was sonst sollte das deiner Meinung nach heißen? Deshalb hab ich sie ja auch verfolgt.«

»Du hast – was?«

»Na ja, wenigstens einen der beiden«, räumte sie ein. »Den mit der Warze am Nasenflügel. Der Ältere mit dem Geierprofil hatte sich beizeiten mit einem Ochsenkarren davongemacht, da bin ich eben dem jüngeren Warzenkerl nach, erst auf den Markt, wo er sich bei diesem Schlangenbeschwörer von vorhin herumgetrieben hat, später weiter auf die Fähre und dann hinüber bis zum Palast auf dem Westufer ...« Sie stieß einen tiefen Seufzer aus. »Plötzlich war er verschwunden. Ich wette, er gehört zur Dienerschaft des Pharaos!«

Anis lange Beine setzten sich in Bewegung. Es war, als wäre sie gar nicht mehr vorhanden.

»Was hast du denn auf einmal?« Miu gab sich Mühe, ihn wieder einzuholen. »Du kannst doch jetzt nicht einfach so davonrennen! Dabei weißt du noch nicht einmal alles ...«

Er hielt inne, sah sie eindringlich an.

»Und du musst endlich lernen, Fantasie von Wahrheit zu unterscheiden, Miu, sonst wirst du über kurz oder lang in allergrößte Schwierigkeiten geraten. Du oder die Menschen, die es gut mit dir meinen.« Noch nie zuvor hatte sie ihn derart ernst gesehen.

Er behandelte sie wie ein unreifes Gör, das sich irgendetwas ausgedacht hatte! Dabei spürte Miu seit diesem Morgen noch deutlicher, wie real die Gefahr war, in der der König schwebte.

Sie biss die Zähne zusammen, um ihre Enttäuschung nicht zu zeigen, und ging einfach weiter.

Schweigend erreichten sie das Haus ihres Vaters.

Anuket öffnete und zeigte ihre breitestes Lächeln, als sie Ani erblickte. Und auch Raia, ihre Großmutter, die gleich hinter der Dienerin erschien und Miu in Empfang nahm, schien über den unerwarteten Besuch höchst erfreut.

»Ich habe Miu auf dem Markt getroffen«, sagte Ani, bevor Raia ihn löchern konnte. »Ganz zufällig. Und da dachte ich, ich bringe sie besser nach Hause, jetzt, wo sich kurz vor dem Jahreswechsel immer mehr Gesindel von sonst woher auf den Straßen Wasets herumtreibt.«

Raia und er tauschten beredte Blicke.

Wieso fühlte Miu sich eigentlich immer ausgeschlossen, wenn die Verwandten ihrer toten Mutter zusammenkamen?

»Wie klug von dir. Ganz in meinem Sinn«, sagte Raia. »Hast du schon gefrühstückt, Ani?«

»Längst.« Er hatte es plötzlich sehr eilig. »Und zurück in die Wache muss ich auch. Bis bald!«

Miu sah ihm nach, wie er davonging, das linke Bein leicht nachgezogen.

»Was für ein Jammer!«, hörte sie Großmama neben sich murmeln. »Wo er doch so ehrgeizige Pläne hatte! Aber er macht es gut, der Junge, trotz allem. Das muss man ihm lassen!« Ihr Tonfall veränderte sich. »Und jetzt zu dir. Du siehst aus, als wolltest du mir dringend etwas erzählen.«

Miu folgte ihr auf der schmalen Treppe nach oben in ihr Allerheiligstes, in das die Familie nur äußerst selten gebeten wurde. Allein schon dort einzutreten, empfand sie als Auszeichnung. Die kleinen, hoch gelegenen Fenster verbannten die Hitze; jeder einzelne Gegenstand verriet Raias erlesenen Geschmack. Es mochte noch so drückend sein, niemals hatte sie Großmama verschwitzt oder nachlässig gekleidet gesehen.

Manchmal kam es ihr vor, als wäre Raia ganz aus Licht gemacht. Das mochte an ihren silbernen Haaren liegen, die so gut zu den weißen Kleidern passten, die sie am liebsten trug. Bis auf ein paar tiefere Falten um Augen und Mund war ihr bräunliches Gesicht stets heiter und entspannt, und es umgab sie lediglich ein Hauch von frischem Zyperngras, ganz anders als Papa, dessen betäubende Geruchswolken ihn stets schon von Weitem ankündigten.

»Das alles gab es bei Hof zu lernen«, hatte sie einmal lächelnd gesagt, als Miu sie nach ihrem Geheimnis gefragt hatte. »Und zwar ziemlich schnell, wenn man seinen Verstand einigermaßen beieinanderhatte. Dort war es lebensnotwendig, sich eine zweite Haut zuzulegen, sonst wäre man über kurz oder lang zugrunde gegangen.«

Jetzt redete sie wieder von der Sonnenstadt, die ein ganzes Stück nilabwärts lag und in der seit Langem niemand mehr wohnte. Papa wurde schon ungehalten, wenn man das Wort nur in den Mund nahm, und daher ließ sie es in seiner Gegenwart lieber blieben. Dabei erschien Miu alles, was damit zu tun hatte, wie eines von Raias Märchen, von denen sie früher nicht genug bekommen konnte. Sie hatte jedes Wort davon in sich aufgesogen, so lange, bis diese Geschichten ein Teil von ihr geworden waren.

Miu ließ sich auf einem der niedrigen Hocker nieder, streckte die Beine aus und genoss die Kühle der glasierten Fliesen auf ihrer Haut.

»Nun, mein Mädchen?«, hörte sie Großmama sagen. Sie

hatte eine außergewöhnliche Stimme, kräftig und weich zugleich, die auch für große Räume taugte.

Miu begann zu erzählen, stockend zunächst und mit zahlreichen Pausen, doch allmählich begannen ihre Worte zu fließen. Sie gab sich Mühe, so nah wie möglich bei ihren Beobachtungen zu bleiben, fügte nichts hinzu und ließ auch nichts aus. Als sie bei ihrem zweiten Besuch auf dem Markt und der Attacke des Schlangenbeschwörers angelangt war, spürte sie, wie der alten Frau schier der Atem stockte.

»Du warst mutig, Miu«, sagte sie schließlich, ohne sie bis dahin auch nur ein einziges Mal unterbrochen zu haben. »Aber leider auch sehr unvorsichtig, was sich oftmals als äußerst unheilvolle Kombination erweisen kann. Als Erstes musst du mir versprechen, in Zukunft die Hände von solch hirnrissigen Unternehmungen zu lassen.«

»Aber der Pharao«, rief Miu. »Er ist doch in Gefahr! Glaubst du mir denn wenigstens?«

»Wir werden uns um eine Audienz bei Hof bemühen müssen.« Raias feingliedrige Hände unterstrichen jedes ihrer Worte. »Daran führt kein Weg vorbei.«

»Bei Hof? Hier in Waset? Aber wie sollen wir denn da jemals vorgelassen werden?«, sagte Miu. Begann Großmama nicht gerade, etwas zu vermischen, was nicht zusammenpasste – die Geschichten über die versunkene Sonnenstadt und das, was sich ganz real abspielte?

»Das lass nur meine Sorge sein. Es gibt da gewisse alte Verbindungen …« Ihr Blick glitt zum Fenster.

»Du kennst jemanden am hiesigen Königshof?« Miu kam aus dem Staunen nicht mehr heraus. »Wen? Und wieso hast du noch nie davon erzählt?«

»Es sind die Mütter, die den Ausschlag geben«, erwiderte Großmama leise. »Sie ziehen im Hintergrund die Fäden, auch wenn es nach außen vielleicht anders aussehen mag. Das solltest du dir merken, mein Mädchen. Denn es könnte eines Tages sehr wichtig für dich werden.«

Diese Worte, so sanft sie auch ausgesprochen waren, trafen Miu wie ein Hieb in die Magengrube. Und bevor sie noch recht wusste, wie ihr geschah, liefen ihr bereits Tränen über die Wangen.

Zweites Kapitel

Bei jeder Bewegung spürte Miu das leichte Gewicht der Keramikperlen auf ihrem Brustkorb und den Widerstand des steifen Leinens, das gegen Brust und Schenkel rieb. Zum Glück hatte Raia darauf verzichtet, dass sie eine Perücke tragen musste, was bei der Hitze schier unerträglich gewesen wäre.

»Dafür bist du noch ein ganzes Stück zu jung – und ich bereits zu alt.« Ihr Lachen war ungewohnt schrill gewesen. »Sie werden uns auch so empfangen, das ist gewiss.«

Was machte sie nur derart sicher?

In den vergangenen Tagen hatte Miu immer wieder versucht, weiter in Großmama zu dringen, doch je neugieriger ihre Fragen ausfielen, desto weniger wollte diese preisgeben. Das schloss auch die Boten mit ein, die zu den seltsamsten Zeiten das Haus mit neuen Nachrichten betraten und wieder verließen, so lange, bis Raia endlich halbwegs zufrieden schien.

»Warte einfach ab, Miu, dann wirst du schon sehen, was geschieht. Aber lass uns bis dahin keine Zeit verlieren!«

Es traf sich günstig, dass ihr Vater Ramose mit zweien seiner Gehilfen gerade jetzt nach Abju* hatte aufbrechen müssen, um in der Stadt des Gottes Osiris* die Vorräte an

Zedernöl, Weihrauch und Harzen aufzufüllen, ohne die seine Werkstatt nicht auskam. Natürlich hätte er sich auch mit dem hiesigen Warenangebot begnügen können, doch dem stand sein unbeugsamer Qualitätsanspruch entgegen.

»Man darf nie nachlassen, niemals«, sagte er oft. »Merk dir das, Tochter! Sonst kann man gleich einpacken und das Feld für die Konkurrenten räumen.«

Der Balsamierer hatte seine Reise so lange aufgeschoben, dass er nun die Unbilden des Wassertiefststandes auf sich nehmen und bei der Rückkehr sogar den strapaziösen Landweg ins Auge fassen musste. Schweren Herzens und unter endlosen Ermahnungen hatte er sich bei Miu und der Schwiegermutter verabschiedet, die, kaum war er aus dem Haus, als Erstes eine Näherin einbestellt hatte.

»Wir weihen ihn ein, sobald er zurück ist«, hatte sie Mius Einwände beiseitegefegt. »Das ist immer noch früh genug. Inzwischen wollen wir überlegen, was wir für dich tun können!«

Das Ergebnis dieser Bemühungen trug Miu nun am Leib, und sie fühlte sich in der ungewohnten Aufmachung derartig herausgeputzt, dass sie zu spüren glaubte, wie halb Waset sie anglotzte. Dabei lag das glutheiße Straßengewirr in seinen verblassenden Beige- und Ockertönen längst hinter ihnen und auf der Fähre zum Westufer verteilte sich gerade mal ein gutes Dutzend Passagiere. Um ihre Unsicherheit zu überspielen, starrte Miu auf die Reflexe der Sonnenstrahlen, die auf dem Wasser wie ein goldenes Netz flimmerten.

»Was soll nur aus diesem Land werden, wenn Kemets großer Fluss austrocknet, weil die Götter sich von uns Menschen abgewandt haben?«

Die Stimme klang, als gehörte sie der Mutter aller Klageweiber, doch als Miu sich umdrehte, erblickte sie keineswegs eine der berufsmäßig Trauernden, die gegen Bezahlung scharenweise den Leichenzügen folgten. Stattdessen schaute sie in das gerötete Gesicht einer mageren Frau in einem schmuddeligen blauen Trägerkleid, die mit Spinnenfingern auf die immer breiteren Sandbänke wies.

»Noch nie war der Nil so seicht.« Ihre Stimme drohte zu kippen. »Nicht seitdem meine liebe Mutter mir das Leben geschenkt hat!«

»Du wirst dich mit dem Jammern etwas gedulden müssen«, hörte sie Großmamas gelassene Antwort. »Denn noch hat das neue Jahr ja nicht begonnen!«

Wie elegant sie war in ihrem plissierten weißen Gewand, das mit dem kunstvoll geflochtenen Silberhaar um die Wette zu strahlen schien! Ihre aufrechte Haltung erschien Miu geradezu königlich, und die silberne Armspange mit dem großen Türkis, die sie heute zum ersten Mal an ihr sah, verstärkte diesen Eindruck noch.

»Was, wenn der Hapi* nicht dick und lebendig werden will und die Flut wieder so gering ausfällt wie die beiden vergangenen Jahre? Dreizehn magere Ellen, das bedeutet doch nichts anderes als Hunger und Mangel!« Die genuschelte Sprechweise verriet, dass die Frau alles andere als nüchtern war. »Ich rechne sogar fest damit. Und wisst ihr auch, weshalb? Ich will es euch verraten.«

Sie breitete die zaundünnen Arme aus, als wolle sie eine Ansprache halten, und schien dabei zu taumeln. Im letzten Moment gelang es ihr, sich auf den staksigen Beinen zu halten.

»Das liegt einzig und allein an ihm, dem Sohn des

großen Ketzers. Weil dessen verbrecherisches Blut in seinen Adern kreist. Ihn bestrafen sie – und damit auch uns!«

»Halt den Mund!«, rief ein Mann erbost. »Schlaf lieber erst deinen Rausch aus, Weib, bevor du öffentlich solchen Unsinn daherbrabbelst.«

Doch die Worte der Betrunkenen hatten ihre Wirkung nicht verfehlt. Viele der Gesichter ringsum wirkten auf einmal betreten, manche sogar ängstlich. Für Miu war es nichts Neues. Mehrmals hatte sie Anuket Ähnliches flüstern hören, meist in Gegenwart von Menna, der sich regelmäßig um ihren Garten kümmerte. Freilich wagten sie es nur, wenn Raia nicht in der Nähe war, denn Großmama wusste die beiden mit strengem Blick zum Schweigen zu bringen.

Es traf zu, dass die Nilflut nun schon zwei aufeinanderfolgende Jahre weit hinter den Erwartungen zurückgeblieben war. Noch musste niemand im Land hungern, weil Pharao Tutanchamun die Speicher der großen Tempel öffnen und reichlich bemessene Sonderzuteilungen an Getreide hatte ausgeben lassen, aber auch diese Vorräte waren, wie alle wussten, keineswegs unbegrenzt. Es gärte unter der Bevölkerung und gleichzeitig wuchs der Druck auf den Pharao: War seine Beziehung zu den Göttern stark genug?

»Nur ein guter König schenkt dem Land auch eine gute Überschwemmung.« Jetzt klang die dürre Betrunkene wie ein trotziges Kind. »Er muss in der Lage sein …«

»Hör einfach nicht mehr hin, Miu!«, befahl Großmama. »Solchen Menschen, die Manieren wie ein Baumstumpf haben, wirst du leider immer wieder begegnen. Denk lieber an das, was ich dir eingeschärft habe, und pass beim Aussteigen auf dein Kleid auf!«

Als ob sie dazu eigens angehalten werden müsste!

Das Kleid saß so eng, dass sie ohnehin nur winzige Schritte machen konnte, und ohne die Hilfe des Ruderers, der ihr die Hand reichte und sie auf den Steg hinüberzog, hätte sie womöglich auf der Fähre zurückbleiben müssen.

»Sind wir nicht schon viel zu spät?«, murmelte Miu, als sie Raia nachtippelte, die ein erstaunlich zügiges Tempo angeschlagen hatte.

»Wir sind genau richtig. Vorausgesetzt, du hörst endlich auf, hinter mir herzuwatscheln wie eine fußlahme Ente.«

Die Mauer, die das riesige Palastareal umgab, erschien Miu höher als bei ihrem letzten Besuch, ein uneinnehmbares Bollwerk, das jeden ausschloss, der nicht hierher gehörte – vor allem Leute wie sie. Plötzlich wünschte sie sich, sie hätte den Mund gehalten. Nein, besser noch, sie hätte von Anfang an auf Papa hören und Taheb erst gar nicht heimlich besuchen sollen, dann wäre ihr all das jetzt erspart geblieben: der Kloß im Hals, der harte Klumpen im Magen, die unsicheren Beine, die sich bei jedem Schritt zittriger anfühlten.

»Aber doch nicht hier«, protestierte sie matt, als Großmama zielstrebig das Haupttor ansteuerte. »Wollen wir nicht lieber dort drüben …«

»Wir sind schließlich keine Bettler, sondern kommen mit einer wichtigen Nachricht für den Pharao, möge er leben, heil und gesund sein! Und jetzt halte dich gerade, mein Mädchen. Zum Umkehren ist es ohnehin zu spät.«

Sie hatte tatsächlich an das Tor geschlagen!

Miu hörte nicht genau, was der Mann der Palastwache fragte, der ihnen schließlich öffnete, dazu war das Rauschen in ihren Ohren inzwischen viel zu laut. Und auch

Großmamas Antwort bekam sie nur als leichte Luftbewegung mit, so aufgeregt schlug ihr Herz. Was auch immer es gewesen sein mochte – sie wurden tatsächlich eingelassen, passierten das mächtige Tor und fanden sich jenseits der Mauer wieder.

»Wartet hier!« Der Wächter eilte davon, ein anderer blieb neben ihnen stehen, die Hand am Dolch, als befürchte er im nächsten Augenblick Übles.

Jetzt hätte Miu am liebsten nach Raias schützender Hand gegriffen, so verloren fühlte sie sich auf einmal. Sie kniff die Augen zusammen, um nicht geblendet zu werden, und schluckte die aufsteigende Enttäuschung hinunter.

Von wegen riesiger Park mit exotischen Pflanzen!

Alles gelb, grau und leblos. Was vor ihnen im strahlenden Sonnenlicht lag, musste der Hauptflügel des Palastes sein, zur Überraschung des Mädchens allerdings nicht aus Stein erbaut wie der große Tempel in Waset, sondern aus getrockneten Nilziegeln errichtet wie ihr eigenes Haus, wenngleich ungleich höher und viel, viel größer. Südlich und nördlich davon sah sie andere mehrstöckige Gebäude, hinter denen immer neue Bauwerke auftauchten. Eine ganze Stadt, ja, so kam es Miu vor, bereits zur Regierungszeit des königlichen Großvaters als Sommerwohnsitz für den nun lebenden Sohn der Götter erbaut …

Schwere Schritte rissen sie aus ihren Gedanken. Jetzt umstellte sie ein ganzer Trupp bewaffneter Männer – die Leibgarde des Pharaos, wie Raia ihr zuflüsterte.

»Die Amme des Königs erwartet euch?«, bellte der diensthabende Offizier und es klang alles andere als freundlich.

»So ist es.« Raia nickte leicht. »Mayet, die den Horus*

im Nest nährte, hat sich persönlich für unsere Audienz eingesetzt.«

»Beweise es!«

Großmama tippte auf die silberne Spange. »Ein Geschenk, das die Königsamme mir vor vielen Jahren gemacht hat. Sie trägt die gleiche Spange an ihrem Arm.«

»Metall ist geduldig. Das Passwort!«

»Der Kleine in der Küchengrube.« Sie rezitierte den seltsamen Satz so klar und selbstverständlich wie einen kunstvollen Vers.

»Das ist richtig!«, rief plötzlich eine fremde Stimme.

Bevor der Offizier noch etwas entgegnen konnte, hatte ihn schon eine Frau energisch zur Seite geschoben. Sie war klein und füllig, mit üppigen Hüften, die sich unter dem dünnen Kleiderstoff abzeichneten. Ihr pausbäckiges Gesicht strahlte vor Freude.

»Raia!«, rief sie. »Dass ich dich endlich wiedersehe! Und das Mädchen neben dir muss Miu sein. Wie ähnlich sie ihrer Mutter geworden ist!« Ihr Tonfall veränderte sich, wurde geradezu hochfahrend, als sie sich nun an die Leibgardisten wandte. »Wieso umringt ihr die beiden, als wären sie Verbrecherinnen? Sie sind mehr als willkommen. Der Haushofmeister erwartet uns bereits!«

Die Männer traten zurück und Mayet nickte den Besucherinnen aufmunternd zu.

»So kommt! Ich werde euch zu ihm bringen.«

Raia und Miu gingen mit ihr zum Haupttrakt, Großmama kerzengerade, mit hocherhobenem Haupt, Miu eher unbeholfen, weil sie die Blicke der Leibgardisten, die ihnen in gewissem Abstand folgten, wie Nadelstiche im Rücken zu spüren glaubte.

»Der Haushofmeister?«, sagte Großmama leise. »Ich hatte gehofft, wir würden gleich …«

»Noch immer dieses Ungestüm!« Mayet war stehen geblieben, wiegte bedenklich den Kopf. »Man spürt, dass du lange nicht mehr bei Hofe warst, Raia. So manches mag sich inzwischen geändert haben. Anderes dagegen ändert sich niemals, daran solltest sogar du dich gewöhnen. Von Sepi empfangen zu werden, *ist* bereits eine große Auszeichnung!«

Der Mann, der sie in einem großen Raum mit schönen Wandmalereien empfing, war feingliedrig und auffallend gepflegt. Blendend weiß sein plissierter Schurz; die Wangen so sorgfältig geschabt, dass seine Haut wie dunkles Gold schimmerte. Mayets aufgeregtes Geschnatter unterbrach er mit einem kühlen Nicken.

»Das ist das betreffende Mädchen?«, sagte er, an Raia gewandt, als wäre sie die Einzige, von der er sich einigermaßen klare Auskünfte erwartete. »Was genau will sie gehört haben?«

»Das soll sie dir am besten selber sagen.« Raia versetzte ihrer Enkelin einen aufmunternden Stups.

Miu atmete tief aus und begann mit ihrer Geschichte. Sepi schloss die Lider, während er zuhörte – ob aus Konzentration oder eher aus Widerwillen, das vermochte sie nicht zu sagen, denn seine Züge verzerrten sich, je weiter sie in ihrem Bericht gelangte.

»Warte!«, unterbrach er sie, als sie bei ihrem zweiten Besuch auf dem Markt angelangt war. »Das müssen andere Ohren als meine zu hören bekommen.«

Er lief hinaus, ließ die drei für einige Zeit allein.

»Er wird Maja holen gehen«, sagte die Amme in das entstandene Schweigen hinein. Sie schnalzte mit der Zunge und legte den Kopf vielsagend zur Seite. »Worauf ich bereits von Anfang an gesetzt hatte. Mein Namensvetter steht als Schatzmeister und Verwalter des *Hauses der Ewigkeit** dem Pharao näher als sonst einer bei Hof.«

»Hoffentlich ist er auch weniger voreingenommen«, rief Miu. »Hat dieser Sepi mir überhaupt geglaubt? Ich hatte nicht den Eindruck!«

»Du erzählst eben noch einmal von vorn«, erwiderte Großmama ungerührt. »Man wird dir glauben müssen, mein Mädchen!«

»Hoffentlich ist es bis dahin nicht schon zu spät …«

Zwei dunkelhäutige Diener, die einen Mann begleiteten, der so schlaksig und langbeinig war, wie es meist nur die Bewohner der großen Oasen sind. Er befahl ihnen, draußen zu warten, bevor er die Türe schloss und sich den Besucherinnen zuwandte.

»Du also bist die Kleine, die Sepi aus der Fassung gebracht hat.« Maja musterte das Mädchen eingehend. »Dann lass mal hören, was du zu sagen hast.«

Irgendetwas an seinem Tonfall störte sie. Oder war es die Art, wie er auf sie herabschaute, als wäre sie ein lästiges Insekt? Miu begann noch einmal von vorn, äußerlich ruhig, aber sie spürte, wie Ärger in ihr aufstieg, und obwohl sie sich fest vorgenommen hatte, an ihrem Bericht nichts zu verändern, geschah es doch. Hier ein Wort mehr, dort ein Halbsatz weggelassen – plötzlich klang es anders in ihren Ohren. Anders, als sie eigentlich gewollt hatte.

Sie hielt inne, presste die Hand auf das Herz.

»Was ist los?« Majas Augen ruhten auf ihr. »Das ist doch noch nicht das Ende.«

»Geschichten werden nicht dadurch wahrer, dass man sie wieder und wieder erzählt. Ich weiß, dass der Pharao in großer Gefahr schwebt. Nur deshalb bin ich hier.« Sie zog die Stirn kraus. »Wieso kann ich ihm das eigentlich nicht selber sagen?«

»Weil ein Königshof ein Gebilde mit komplizierten Regeln ist, beinahe so etwas wie ein Lebewesen, das eigenen Gesetzen gehorcht.« Majas Stimme klang gereizt. »Wo kämen wir denn hin, wenn jeder zum Pharao vorgelassen würde?«

»Aber ist dieses Beinah-Lebewesen nicht dem Untergang geweiht, sobald der König tot ist?«

Hatte sie das wirklich gerade gesagt?

Es war ihr einfach so herausgerutscht. Eine heiße Welle aus Verlegenheit und Zorn schoss in Miu empor. Sie spürte, wie ihre Lippen bebten.

»In gewisser Weise, ja.« Jetzt besaß sie Majas uneingeschränkte Aufmerksamkeit, das konnte Miu spüren. »Zumindest so lange, bis die Trauerzeit vorüber ist und der neue Pharao den Thron bestiegen hat.«

»Das klingt ja, als spiele es gar keine entscheidende Rolle, wer Herrscher der beiden Länder ist. Ist es so?«

»Miu!«, sagte Großmama scharf. »Es reicht! Du wirst dich sofort bei dem verehrten Herrn Schatzmeister entschul…«

»Alle in Kemet haben dem Einzig-Einen zu dienen, möge er leben, heil und gesund sein!«

Eine Stimme wie Donnerhall, die jeden im Raum plötzlich kleiner erscheinen ließ. Sie kam von einem Mann, der unbemerkt eingetreten war. Hakennase. Borstige graue Brauen. Energische Lippen, gewohnt zu befehlen. Ein von kräftigen Adern durchzogener Hals. Der Brustkorb unter seinem bis an die Knöchel reichenden Gewand, das von zwei Bändern um den Hals gehalten wurde, war breit. Den Rücken jedoch hatte das Alter bereits leicht gebeugt.

»Schließlich ist Tutanchamun nicht nur Pharao, sondern auch Gott«, fuhr er fort. »Alles gehört ihm. Sogar die Luft, die wir atmen. Ohne ihn wären wir nichts, weniger als ein Sandkorn in der unendlichen Wüste. Ist deine Frage damit beantwortet, Mädchen?«

Miu nickte beklommen.

Ein Löwe, dachte sie. Kraftvoll. Unerschrocken. Jemand, den nichts und niemand aufzuhalten vermag.

Wer nur war dieser Ehrfurcht gebietende Mann?

Raia war in eine tiefe Verneigung gesunken, in der sie regungslos verharrte, und auch Mayet tat es ihr nach.

»Du gibst uns persönlich die Ehre, Göttervater Eje?« Sogar der Schatzmeister klang mit einem Mal nicht mehr ganz so selbstbewusst.

»Weshalb bin ich nicht von Anfang an in Kenntnis gesetzt worden?«, erhielt er als barsche Antwort. »Alles, was den Pharao betrifft, betrifft auch mich. Oder lassen meine diesbezüglichen Anordnungen an Klarheit vermissen?«

»Natürlich nicht, Wesir*. Wir wollten lediglich zunächst sicherstellen, dass die Aussagen der Kleinen auch Hand und Fuß haben, nicht mehr und nicht weniger …«

»Wie heißt du, Mädchen?«, unterbrach Eje ihn.

»Mutemwija. Aber alle nennen mich Miu.«

»Dann erzähl mir, was geschehen ist, Miu«, sagte Eje, als wären nur noch sie beide im Raum.

Sie hielt seinem strengen Blick stand, obwohl es sie größte Anstrengung kostete.

»Alles?«, fragte sie schließlich.

»Alles«, antwortete er.

Und so begann Miu noch einmal ganz von vorn.

*

Hatte sie als Erstes das Kläffen gehört – oder war es doch dieses helle, überraschend scharfe Lachen gewesen, das sie nicht mehr vergessen würde?

Auf jeden Fall stand Miu nun vor Pharao Tutanchamun und seiner Großen Königlichen Gemahlin, die anmutig auf einem Thronsessel saß, flankiert von zwei schwarzen, schlanken Hunden mit spitzen Ohren, die das Mädchen inzwischen neugierig beschnüffelten. Sie hielt ganz still, während alle anderen im Raum sich zu Boden geworfen hatten, mit Ausnahme von Eje, der das hohe Paar mit einer Verneigung begrüßte. Erst als ein Pfiff die Tiere zu ihrer Herrin zurückbefahl, wagte Miu, sich zu bewegen. Jetzt berührte endlich auch ihre Stirn die bemalten Fliesen, wie es das Protokoll gebot.

Noch immer erschien ihr alles wie ein Traum, wenngleich ihre allmählich schmerzenden Knie ein untrüglicher Beweis dafür waren, dass sie nicht träumte. Der Wesir hatte sie durch endlose Korridore und immer neue freskengeschmückte Hallen geschleppt, gefolgt von Raia, die lauthals dagegen protestiert hatte, ihre Enkelin allein mit ihm gehen zu lassen. Schließlich hatte sich auch Mayet ihnen angeschlossen.

»Erhebe dich«, hörte sie den König nun sagen. »Und schau mich an. Ich möchte sehen, wer mich da unbedingt sprechen will!«

Miu gehorchte, was in dem ungewohnt engen Kleid allerdings nicht ganz einfach war, leicht verdutzt, weil er so unerwartet freundlich klang.

Was für abstehende Ohren er hatte!

Das linke bildete sogar einen noch kühneren Winkel als das rechte und hätte sie beinahe zum Lachen gereizt. Als schön konnte man ihn nicht gerade bezeichnen, dafür waren seine Lippen für ihren Geschmack zu breit und die Nase war zu knollig. Immerhin hatte er einen Charakterkopf, für den er sich nicht zu schämen schien, denn er trug sein Haupthaar militärisch kurz geschoren. Dass er dennoch sehr anziehend wirkte, lag an seinen Augen.

Nein, eigentlich lag es eher daran, wie er sie ansah.

Tutanchamun lächelte und erinnerte Miu dabei an einen kleinen Jungen, der ihr schon einmal früher begegnet war.

Heute allerdings waren seine Brauen frisch rasiert. Was ihr sofort verriet, welche Art von schmerzlichem Verlust er gerade erlitten haben musste.

»Deine Katze, Herr der beiden Länder«, entfuhr es ihr. »Sie ist tot und du bist in tiefer Trauer.«

»Ja, die Katze«, rief er. »Das musst du doch noch wissen! Ich hab dich sofort wiedererkannt. Du warst das kleine Mädchen im königlichen Garten der Sonnenstadt, erinnerst du dich? Du warst so verweint und durcheinander, da hab ich dir den Wurf gezeigt, um dich zu trösten, und dir schließlich sogar eines der Jungen geschenkt.«

Der Falke ist zum Himmel geflogen …

Der Satz, der damals ihr ganzes Leben mit einem Schlag verändern sollte!

»Der Pharao war gerade gestorben«, murmelte Miu,

während die Erinnerung an jenen merkwürdigen Abend langsam zurückkehrte. »Alle Erwachsenen um mich herum waren in heller Aufregung und ich konnte Papa nirgendwo finden. Ich hatte mich verlaufen und habe überall vergeblich nach ihm gerufen, bis mich schließlich dieser freundliche Junge ...«

»Das war ich!«, unterbrach er sie. »Damals noch eines der Kinder im Harim* und schon wenig später der neue König Kemets.«

Seine Augen ruhten auf ihr, warm und so dunkel, dass man sich sehr leicht in ihnen verlieren konnte.

»Sag, lebt das Kätzchen von damals noch? Meine geliebte Ta-Mau ist leider tot. Wie sehr sie mir fehlt! Überall im Palast sehe ich sie sitzen, an all ihren Lieblingsplätzen. Und nachts, im Halbschlaf, glaube ich ihre leisen Pfoten zu hören. Doch später wird sie wieder bei mir sein. In meinem *Haus der Ewigkeit* soll einmal ihr kleiner Sarg neben meinem stehen!«

Eine eisige Hand griff nach Mius Herz.

Den ersten Schlag hat er schon einstecken müssen ...

»Wie ist sie denn gestorben?«, fragte sie beklommen.

»Man hat sie vor Kurzem aus einem der Teiche gezogen. Aber an einen Unfall glaube ich nicht, so geschickt und klug, wie sie stets war. Sollte jemand tatsächlich seine verbrecherischen Hände dabei im Spiel gehabt haben, so werde ich sie ihm abschneiden lassen, und danach wird er bei lebendigem Leibe viergeteilt, das schwöre ich bei den Krallen des Seth!« Seine Stimme war plötzlich schneidend.

Einen Schlag hat er schon einstecken müssen – das also hatten die beiden Männer im *Graureiher* gemeint!

Wenn Miu bislang noch den Schatten eines Zweifels an

ihrem Verdacht gehabt hatte, dann war er in diesem Moment verflogen. In ihrem Bauch zog sich etwas zusammen. Unwillkürlich verlagerte sie ihr Gewicht von einem Bein auf das andere.

Plötzlich lag Spannung in der Luft.

Einer der schwarzen Hunde knurrte, der andere hatte sich jäh erhoben.

»Aus, Tjesem!«, rief Anchesenamun* ungnädig. »Platz, Tjesmet, aber schnell!« Sie drehte sich zum König und setzte ein Lächeln auf. »Wollen wir nicht endlich zum Wesentlichen kommen, Goldhorus*?«, sagte sie schleppend.

Miu mochte sie nicht, das spürte sie sofort. Obwohl die Große Königliche Gemahlin perfekt gekleidet war, mit Gold und Edelsteinen überreich geschmückt. Und geradezu unerträglich schön. Doch trotz der sorgfältig aufgetragenen Schminke war nicht zu übersehen, dass sie einige Jahre älter sein musste als ihr Gatte, kein Mädchen mehr, sondern eine junge Frau mit zartem Knochenbau, Rundungen an den richtigen Stellen und einem grazilen, langen Hals. Allerdings lag um die vollen Lippen ein herablassender Zug, und die halb geschlossenen Lider ließen sie aussehen, als sei sie müde oder gelangweilt.

»Wir sind beim Wesentlichen.« Tutanchamuns Tonfall war ruhig, doch es war eine gewisse Schärfe herauszuhören, die Miu sofort als Warnung verstand. Er mochte es nicht, wenn jemand ihm die Dinge aus der Hand nehmen wollte.

Nicht einmal wenn es seine Große Königliche Gemahlin war.

»Das will ich meinen«, sagte Eje, der bislang geschwiegen hatte, und bei ihm erhob Tutanchamun keinerlei Einwand. »Dieses Mädchen hat zwei Schurken belauscht, die offenbar einen Anschlag auf dich planen, Einzig-Einer. Wobei einer von ihnen zur hiesigen Dienerschaft gehören könnte, denn sie sah ihn im Palast verschwinden. Sie hat ihn als ›Warzenkerl‹ beschrieben, ein junger Mann um die zwanzig. Dürfte also nicht weiter schwierig sein, ihn zu identifizieren und unschädlich zu machen.«

Er runzelte die Stirn.

»Wir werden gleich anschließend ein ausführliches Protokoll aufsetzen lassen, um alles zu dokumentieren und um weitere Schritte einzuleiten. Ich glaube der Kleinen jedes Wort.« Ein knappes Nicken in Mius Richtung.

Sie fasste es als Aufforderung auf und sprudelte einfach los.

»Der Falke muss zum Himmel fliegen«, sagte sie. »Genau das habe ich die beiden sagen hören. Wobei der Ältere mit dem Geierprofil mir irgendwie gefährlicher erschien. Aber der hat sich ja frühzeitig abgesetzt. Ich habe dann den anderen verfolgt, den Warzenkerl. Er hat auf dem Markt Verhandlungen mit dem Schlangenbeschwörer geführt, der dort die giftigsten Kobras verkauft. Als ich am nächsten Tag noch einmal nachschauen war, hat eine davon gefehlt, eine rötliche mit einem breiten schwarzen Schuppenband. Es sieht also ganz so aus, als wollten die beiden nicht mehr lange warten.«

Sie nahm all ihren Mut zusammen und sah ihn fest an.

»Ich habe große Angst um dich. Deshalb bin ich hier. Du solltest dich vorsehen, mein König, mögest du leben, heil und gesund sein!«

Hatte sie das alles wirklich gesagt? Nicht einmal Mius Herz schlug schneller als gewöhnlich. Dabei stand sie im Thronsaal – und sprach mit dem Pharao!

Tutanchamun hatte sich leicht zur Seite gewandt, als hätte er einen Schlag abbekommen. Als er wieder zu sprechen begann, zitterte seine Stimme.

»Meine Mutter ist durch Schlangengift aus dem Weg geräumt worden«, sagte er. »Und nun soll ich ihr auf die gleiche niederträchtige Weise nachfolgen müssen?« Er ballte die Faust und schlug damit so fest auf die Sessellehne, dass Miu Angst bekam, das Holz könnte splittern. »Aber sie haben sich verrechnet!«, rief er. »Wer auch immer dahinterstecken mag. Nein, meine Zeit ist noch nicht gekommen – und das werde ich sie alle spüren lassen!«

Dann erst schien er sich zu besinnen, dass er nicht allein war. Sein Blick glitt zu Anchesenamun, die plötzlich betreten wirkte und ihre Hunde zu kraulen begann, als brauche sie die Berührung der warmen Tierkörper.

Schließlich sah er wieder Miu an und schien sie mit seinem Lächeln zu umarmen.

Ihre Handflächen begannen zu glühen, als wäre sie aus Versehen zu nah an ein prasselndes Feuer gekommen.

»Du bist hier, um mich zu warnen, und ich weiß noch nicht einmal deinen Namen«, sagte er. »Wie heißt du?«

»Miu«, erwiderte sie. »Und das Kätzchen von damals ist noch am Leben.«

*

»Sie ist die wahre Tochter ihrer Mutter!«, murmelte Raia, als sie auf dem Heimweg waren. »Und das nicht nur äußerlich. Wie sie dich angefunkelt hat! Als ob sie dir am liebsten den Hals umdrehen würde!«

»Du magst sie auch nicht?«, sagte Miu.

»Ganz Waset tuschelt darüber, wie verzweifelt Anchesenamun sich eine Schwangerschaft wünscht. Dazu sei ihr jedes Mittel recht. Manche behaupten sogar, sie verwende geheimen Zauber, um dem Pharao endlich einen Sohn zu schenken. Keine der Nebenfrauen im Harim sei vor ihr sicher. Sobald der Pharao an einer zu viel Gefallen findet, gerate deren Leben in Gefahr.«

»Woher weißt du das alles?«

Großmama zuckte die Achseln. Die Linien um ihren Mund schienen plötzlich tiefer.

»Nofretete* hat unserer Familie einst großen Schaden zugefügt«, sagte sie. »Ebenso wie ihr Gatte, König Echnaton*. Da scheint es mir angebracht, bei ihrer einzigen noch lebenden Tochter besonders aufmerksam zu sein.«

Es klang so abschließend, dass Miu nicht weiter zu fragen wagte, und eigentlich war sie ja auch mit dem Wirrwarr ihrer eigenen Gefühle und Gedanken genug beschäftigt. Schweigend erreichten sie am späten Nachmittag das Haus, wo Raia sich sofort in ihr Zimmer zurückzog, um sich auszuruhen.

Miu befreite sich als Erstes aus dem engen Gewand, dann schaute sie nach den Katzen. Pau erteilte im Küchenhof ihren beiden Kleinen gerade eine Lektion im Fangen und Erlegen der Beute. Das dunkel gestromte Katzenjunge hatte sich nah an eine winzige Maus herangepirscht, dabei duckte es sich so tief, dass sein Bauchfell beinahe den Boden streifte.

Wild zuckende Schwanzspitze. Abgespreizte Schnurrhaare. Aufgestellte Ohren. Die Hinterbeine traten mehrfach auf der Stelle, der Katzenkörper spannte sich und schoss nach vorn.

Die Maus machte einen Satz und war außer Sichtweite.

Verdutzt schaute sich das Junge um, begann sich dann aus Verlegenheit das Fell zu lecken, während Pau das Beutetier mit einem gezielten Pfotenhieb erneut in Stellung brachte.

Jetzt kam das lohfarbene Geschwisterchen an die Reihe, gleiche Bewegungsabfolge, dann erneut der Sprung – es stellte sich geschickter an oder hatte einfach mehr Glück. Seine spitzen kleinen Zähne bohrten sich in den Nacken der Maus und bissen zu.

Die Maus rührte sich nicht mehr.

Die kleine Katze schien zu zögern, schaute zu Pau, die statuengleich danebensaß, dann erst begann sie zu fressen.

Ein Weibchen, wie Miu zu erkennen glaubte, als es mit hoch erhobenem Schwanz davonstolzierte, um sich einen ruhigen Platz für die Fellpflege zu suchen.

Bei diesem Anblick begann eine Idee in ihr zu keimen, die ihr ein Lächeln aufs Gesicht zauberte. Dann jedoch verwarf Miu sie gleich wieder, denn sie hatte Tutanchamun in diesem einzigen Punkt nicht die ganze Wahrheit gesagt. Pau war nicht die Feuerkatze von damals, sondern eine ihrer zahlreichen Töchter. Die kleine Lüge war ihr so einfach und leicht über die Lippen geflossen, bevor sie sich dagegen wehren konnte.

Und wenn schon! Denn was bildete sie sich überhaupt ein? Nur ein einziges Mal war sie bei Hof empfangen worden, und das hatte sie allein Raias alten Beziehungen zur Königsamme zu verdanken. Es würde keine weiteren Besuche im Palast geben, so viel stand fest. Miu hatte ihre Pflicht erfüllt. Tutanchamun und sein grimmiger Wesir wussten nun Bescheid und würden die Attentäter zur Strecke bringen.

»Mein Herr, mögest du leben, heil und gesund sein«, begann sie, vor sich hin zu summen. »Noch tausend glückliche Jahre wünsche ich dir!«

Miu hielt inne, begann grundlos zu kichern.

Was war nur mit ihr los? Hatte Tutanchamun sie verzaubert? Oder einen Schatten auf sie gelegt? Oder warum sonst rollte plötzlich sein Name unablässig wie eine glatte, sorgfältig polierte Kugel in ihrem Kopf hin und her?

Sie hielt es plötzlich nicht mehr alleine aus. Sagte Raia nicht immer, dass eine Frau eine Frau brauche, um gewisse Dinge zu bereden?

Es gab nur eine Einzige, die dafür infrage kam.

Und bevor Anuket, die gerade mit ihren Gerätschaften zum Brotbacken den Hof betrat, noch den Mund aufmachen und erneut loszetern konnte, war Miu schon nach draußen geschlüpft.

Sie lief, so schnell sie konnte, allein schon, um sich selber vom Nachdenken abzuhalten. Der Nil kam bald in Sicht und mit ihm all die Trupps von Arbeitern, die mit den abschließenden Vorbereitungen für die jährliche Überschwemmung befasst waren. Jetzt wurde letzte Hand an die Verstärkung der Dämme gelegt, in der Hoffnung auf eine reichliche Flut. Andere Männer reinigten die Bewässerungsbecken, wieder andere hoben Auffanggruben aus, in die das Wasser später abfließen konnte.

Natürlich fiel ihr auf, dass die Häuser hier einfacher und kleiner waren als in ihrem Viertel, aber das konnte nicht der Grund sein, warum Papa ihr von heute auf morgen den Kontakt zu Iset untersagt hatte.

»Sie ist nun mal kein Umgang für dich.« Mehr war trotz allem Schmollen und Schmeicheln nicht aus ihm herauszubekommen gewesen. »Du tust jetzt einfach, was dein Vater von dir verlangt. Schließlich bin ich ein ganzes Stück älter als du und kenne das Leben. Und sei ganz sicher, Miu: Alles geschieht einzig zu deinem Besten!«

Ihr Bestes – pah!

Erst als Miu mit klopfendem Herzen vor dem Eingang des niedrigen Lehmziegelhauses stand, spürte sie, wie sehr sie die Freundin vermisst hatte. Ich lass mir nicht alles wegnehmen, dachte sie. Nicht einmal von ihm.

Sie klopfte an und war froh, dass es Iset war, die ihr öffnete.

»Miu!« Freudige Überraschung rötete ihr Gesicht. »Du bist so ziemlich die Allerletzte, mit der ich jetzt gerechnet hätte.«

»Darf ich trotzdem reinkommen?«

»Na ja, viel Zeit haben wir nicht gerade«, sagte Iset mit einem verlegenen Lächeln. »Wir stecken nämlich mitten …« Sie biss sich auf die Lippen. »Du wirst ja selber sehen. Komm!«

Sie ging voraus in den Küchenhof, auch er ein ganzes Stück kleiner und enger als bei ihnen zu Hause, wie Miu unwillkürlich registrierte. Die Herdstelle schien ihre besten Zeiten schon hinter sich zu haben. Trotzdem war sie mit Töpfen und Schalen geradezu überfüllt. Überall saßen Frauen, die nähten und stichelten, schnippelten und hackten, Nachbarinnen, Verwandte, Freundinnen, eine fröhliche, sichtlich gut gelaunte Gesellschaft. Dazwischen wuselten Isets kleine Brüder herum, die immer wieder einen Leckerbissen zugesteckt bekamen.

»Bereitet ihr ein Fest vor?«, fragte Miu.

»Das will ich meinen.« Sheribin, Isets Mutter, hielt beim Teigkneten inne und lächelte Miu an. »Schön, dass wir dich auch mal wieder zu Gesicht bekommen«, sagte sie. »Jetzt, wo uns bald eine Hochzeit ins Haus steht.«

»Du willst wieder heiraten?«, fragte Miu überrascht.

Isets Mutter war die untröstlichste Witwe, die sie jemals erlebt hatte. Vor mehr als zwei Jahren war ihr Mann Pached nach längerer Krankheit verstorben. Woran genau er gelitten hatte, wusste Miu bis heute nicht. Die gesamte Familie schien entschlossen, ein großes Geheimnis daraus zu machen.

»Ich doch nicht!« Beim Lachen kerbten jene zwei tiefen Grübchen Sheribins Wangen, die sie auch ihrer Tochter vererbt hatte. »Meine Große – Iset. Deine alte Freundin.«

Für Miu fühlte es sich an, als würde ein schwerer Gegenstand in tiefes Wasser fallen. Kein Schmerz, nicht ganz, aber doch mehr als eine Ahnung davon. Wie drohender unwiderruflicher Verlust fühlte es sich an. Aber hatte sie die Freundin eigentlich nicht schon längst verloren?

»Wen denn?«, brachte sie gerade noch heraus. »Kenne ich ihn?«

»Kenamun. Beim Neujahrsfest wird es so weit sein«, sagte Iset und sah so glücklich dabei aus, dass Miu den Blick erneut senken musste. »Nein, du kennst ihn noch nicht. Sag, was ist eigentlich mit dir und Ani?«

»Nichts – was sollte schon sein? Er ist ein entfernter Verwandter, der jetzt Dienst bei der Polizei schiebt, was ihm zu gefallen scheint, und damit hat es sich auch schon. Aber du eine Ehefrau? Bist du dafür nicht noch viel zu jung?« Jetzt klang sie schon wie Anuket!

»Iset ist fast siebzehn«, mischte sich nun die Mutter ein. »Und du müsstest doch auch bald sechzehn werden, habe ich recht? Andere in eurem Alter sind da längst verheiratet. Geh mir doch mal das Honigfässchen aus dem Keller holen, Iset! Dann kann ich den Kuchen nachher gleich bestreichen.«

Iset gehorchte und Sheribin beschäftigte sich wieder mit ihrem Teig.

»Mach ihr die Heirat bloß nicht madig, Miu!«, sagte sie plötzlich. »Ich hab schließlich noch zwei kleine Buben zu versorgen und bin mehr als froh über diese Verbindung. Du musst bei unserer Feier unbedingt dabei sein. Und dein Vater und deine Großmutter natürlich auch! Ich hab die beiden schon seit einer Ewigkeit nicht mehr gesehen. Es geht ihnen doch hoffentlich gut?«

Ach, Sheribin hatte ja keine Ahnung! Wenn sie wüsste, wie wenig Papa von ihr und der ganzen Familie hielt, würde sie bestimmt sehr viel weniger gastfreundlich sein.

»Ja, alles in Ordnung. Papa ist allerdings viel unterwegs«, sagte Miu schnell. »Zurzeit auf Geschäftsreise in Abju. Es kann dauern, bis er wieder zurück ist.«

»Seltsam«, sagte Sheribin. »Meine Nachbarin hat mir gerade erzählt, dass sie ihn erst heute in der Stadt gesehen hat. Da muss sie sich wohl getäuscht haben!« Eine weite Geste, die den ganzen Hof umschloss. »Weißt du übrigens, von wem das meiste hier stammt? Ohne unseren freigiebigen Gönner müssten wir uns sehr viel mehr einschränken.«

Miu zog die Brauen hoch.

»Na, von Nefer, deinem Onkel. Er hat sich rührend um Pached gekümmert. Bis zu dessen Ende. Hat mich bei dem

Begräbnis unterstützt und dafür gesorgt, dass mein Mann eine würdige Wohnstatt für die Ewigkeit erhalten hat. Und selbst jetzt, zwei Jahre danach, lässt er uns nicht im Stich. Ein feiner Zug von ihm, das muss ich schon sagen! Natürlich wird er unser Ehrengast sein. Zusammen mit deiner reizenden Tante. Und vielleicht kommt der Sohn ja auch mit.«

Miu war zu überrascht, um etwas zu antworten.

Nefer, der jeden Deben* mindestens dreimal umdrehte und bereits die Brauen runzelte, wenn Taheb ihr für ihre Dienste etwas zustecken wollte? Wie in aller Welt passte das zusammen?

»Ich wusste gar nicht, dass die beiden sich kannten«, sagte sie vorsichtig.

»Doch, aber das reicht lange zurück.« Sheribins Gesicht war plötzlich traurig geworden. »Auch wir haben einmal bessere Zeiten gekannt, damals in der Sonnenstadt, wo wir alle so glücklich gewesen sind. Iset und du, ihr seid dort ja zur Welt gekommen und die ersten Jahre aufgewachsen, aber natürlich könnt ihr euch nicht mehr daran erinnern. Ihr wart noch zu klein, als wir …«

Sie brach ab, als Iset mit dem Fässchen zurückkam.

»Alte Geschichten«, sagte sie mit bemühter Fröhlichkeit. »Die heute keinem mehr was nützen. Was vorbei ist, ist vorbei. Wir leben und sind gesund. Allein das zählt!«

»Soll ich dir von Kenamun erzählen?«, sagte Iset leise. »Du wirst ihn mögen, das weiß ich genau. Er ist nämlich der netteste Mann, den du dir nur vorstellen kannst!«

Was sollte sie darauf noch sagen? Iset klang so begeistert, dass Miu sich zum Zuhören entschloss. Was hätte sie der Freundin auch von sich erzählen sollen?

Die Audienz bei Hof kam ihr inzwischen doch selber wieder so unwirklich wie ein Traum vor!

Miu behielt also für sich, was sie auf dem Herzen gehabt hätte, und lauschte Isets schwärmerischen Tiraden, die kein Ende nehmen wollten.

*

Es war kein Kerl zu finden, der eine Warze am rechten Nasenflügel hatte, im ganzen Palast nicht, obwohl man ausnahmslos jeden, der hier beschäftigt war, hatte antreten lassen. Jede Ecke, jeder Winkel war durchkämmt worden – ergebnislos.

Gab es irgendeinen Grund, Eje zu misstrauen, der die Untersuchungen geleitet hatte?

Obwohl Tutanchamun sich aus frühen Kindheitstagen ein gesundes Misstrauen bewahrt hatte, sah er dazu keinerlei Anlass. Der Alte war sehr viel mehr als nur sein Wesir, der mit den wichtigsten Aufgaben im Reich betraut war. Er war außerdem eine Art Vater für Tutanchamun, weil er seinen eigenen ja kaum gekannt hatte.

Ob Eje bei seinen Nachforschungen vielleicht zu viele Wellen geschlagen und damit den Verdächtigen in die Flucht getrieben hatte?

Einige junge Männer, die im Palast arbeiteten, waren dem Pharao tatsächlich vorgeführt worden, aber einer hatte eine Warze am Mund, der andere ein ganzes Warzennest am Arm, ein dritter eine hässlich wuchernde Ausbeulung an der Stirn. Zitternd vor Angst waren sie nach dem Verhör schließlich wieder abgetreten – und die Suche nach einem Attentäter hatte zu keinerlei greifbarem Ergebnis geführt.

Und wenn das Mädchen doch gelogen hatte, einfach nur, um sich wichtig zu machen?

Der Gedanke brachte Mius Bild in sein Gedächtnis zurück, ihre schlanke Gestalt in dem hellen Kleid, das dreieckige Gesicht, die schmalen grünlichen Augen. Wie eine Katze hatte sie ihn angeblinzelt; vielleicht trug sie ja ihren Kosenamen zu Recht. »Miu« bedeutete »Katze« und Katzen jagen Mäuse und haben Geheimnisse. Katzen schmeicheln, aber sie verstellen sich nicht, dazu sind sie zu unabhängig und zu stolz.

Nein, er konnte sich beim besten Willen nicht vorstellen, dass Miu ihn absichtlich hinters Licht geführt hatte!

Seine innere Unruhe wuchs.

Nach der Gesellschaft von Anchesenamun war ihm jetzt nicht, obwohl er ganz genau wusste, wie inständig die Große Königliche Gemahlin seine nächtlichen Besuche erwartete. Ob er sich stattdessen ein paar entspannte Stunden im Harim machen sollte?

Auch das erschien ihm jetzt nur als Anstrengung, nicht als Erlösung.

»Mein Herr?« Die schmale, leicht gebeugte Silhouette seines Leibdieners Bata schien im diffusen Licht der Öllampen zu zerfließen. »Was kann ich noch für dich tun?«

»Lass mich allein«, sagte Tutanchamun aus einer plötzlichen Laune heraus. »Und meinen Schmuck lege ich auch selber ab. Manchmal braucht ein Pharao nichts als Ruhe.«

Er trat nach draußen, wo die sanfte Kühle des nächtlichen Gartens ihn umfing. Doch nicht danach sehnte er sich, sondern nach der kompromisslosen Klarheit und strengen Einsamkeit der Wüste, wo es nichts anderes mehr geben würde als das Pfeifen des Windes, das Knirschen des

Sands unter den Rädern seines Streitwagens, das Schnauben der Pferde. Sollten doch alle die Wüste als das rote Reich des grausamen Gottes Seth schmähen – für ihn gehörte sie unabdingbar dazu, zu Kemet, der schwarzen, fruchtbaren Erde, die bald wieder zu neuem Leben erwachen würde!

Ganz allein, inmitten von Wind und Sand, das waren die Momente, in denen er sich stets am meisten bei sich selbst fühlte: Dann war er kein König mehr, kein Herrscher, der über Leben und Tod zu entscheiden hatte, sondern nur noch ein junger Mann mit einem unbeugsamen Willen und großen Plänen, die er alle umsetzen würde – Tutanchamun.

Nach einer Weile hielt er es nicht länger aus unter all den Palmen und Sykomoren, die ihre Pracht einzig und allein sorgfältiger, dauerhafter Bewässerung verdankten, und kehrte zurück in seine Gemächer. Dass Kemets kostbarstes Gut das Wasser war, wusste niemand besser als er, und die niedrigen Nilstände der vergangenen beiden Jahre lasteten schwer auf seiner Seele.

Nur ein guter Pharao schenkt seinem Volk auch eine gute Flut – auch ohne seine Spitzel, die durch die Städte streiften und ihm wiedergaben, was sie erlauscht hatten, wusste er genau, was die Leute dachten. Er diente den Göttern, hatte dafür sogar die leuchtende Vision seines Vaters aufgegeben und seinen Namen geändert, alles einzig und allein, um dem Land wieder Frieden und Fruchtbarkeit zu schenken.

Und wenn genau das sein größter Fehler gewesen wäre, für den er und alle anderen nun bitter büßen mussten?

Plötzlich war ihm das massive Pektorale auf seiner Brust

lästig, ebenso wie die Ringe, die seine Finger schmückten. Tutanchamun streifte die schwere Kette ab und legte sie auf das Tischchen neben dem Bett. Es war ein neues Stück, das er heute zum ersten Mal getragen hatte, meisterhaft gearbeitet aus feinem Gold und fünf Reihen verschiedenfarbiger Perlen aus Türkisen und Karneolen, das seitlich in zwei Falkenköpfe aus massivem Gold auslief.

Der Falke muss zum Himmel fliegen – da war er schon wieder, jener verfluchte Satz, der sich in seinem Herzen eingebrannt hatte!

Wer waren die wirklichen Drahtzieher? Wem würde sein Tod am meisten gelegen kommen?

Die Gedanken in seinem Kopf flogen wild durcheinander, während er seine Ringe nacheinander abzog.

Das Blut des Vaters, das in ihm floss, war Segen und Fluch zugleich. Er war der Sohn des großen Ketzers, wie die Leute Pharao Echnaton inzwischen ungeniert nannten.

Der einzige Sohn, der ihm jemals geboren worden war.

Allein dieser Tatsache verdankte er den Thron. Aber genau diese Tatsache war es auch, die ihn das Leben kosten konnte.

Tutanchamun trank einen Schluck Wein, dann legte er sich auf sein Bett mit den geschnitzten Löwenpfoten und schloss die Augen. Manchmal kam Ruhe über ihn, wenn er nur lang genug stillhielt, doch heute wollte nicht einmal dieser einfache Trick funktionieren.

Nach einer Weile erhob er sich wieder.

Die nachlässig abgelegten Schmuckstücke schimmerten im Licht der zahlreichen Öllampen.

Welch ein Schatz!, würde Bata respektvoll murmeln,

wenn er sie morgen wieder aufräumen musste. Das kostbare Fleisch der Götter, das wahrlich andere Behandlung verdiente. Er sah sich um, doch die vertraute Ebenholztruhe, in die sein Diener sonst das königliche Geschmeide nach dem Tragen einsortierte, konnte er nirgendwo entdecken.

Stattdessen fiel ihm ein neues Gefäß auf, das offensichtlich dem gleichen Zweck dienen sollte, ein mehrstöckiges Kästchen in Kartuschenform, aus rötlichem Holz gezimmert. Die Ränder wie auch der Deckel waren aus Elfenbein. Oben war sein Name eingeritzt, mit Onyx eingelassen. Drei geräumige Schubfächer befanden sich auf der Vorderseite.

Das oberste war leer, was ihn erstaunte. Aus dem Holz kam ein strenger Geruch, der eine längst vergessen geglaubte Saite in ihm anschlug. Tutanchamun wartete, bis er die nächste Schublade aufzog, langsam, mit einer Vorsicht, die ihn selber erstaunte.

Kaum stand sie einen Spaltbreit offen, hörte er ein Zischen, das ihn erstarren ließ. Doch seine Hände waren schneller gewesen als seine Erinnerung, denn nun schoss eine Schlange züngelnd empor.

Rötlicher Leib, schwarzer Schuppenkranz. Genau die Kobra, vor der Miu ihn so eindringlich gewarnt hatte!

Der Falke muss zum Himmel fliegen – plötzlich war es, als dröhnte der Satz überlaut in der Einsamkeit seines Gemachs. Er griff neben sich, packte den nächsten Gegenstand, der ihm in die Finger kam, ein schweres Salbgefäß aus Alabaster, das schon seit Ewigkeiten neben seinem Bett stand, und holte aus.

Die Kobra schien bereit zum Zustoßen, da traf sie die Wucht seines ersten Hiebes. Er hatte gut gezielt, und dennoch lebte sie noch, was ihn überraschte. Zischend hob sie noch einmal den Kopf, um vieles langsamer allerdings, und er schlug erneut zu, wieder und wieder, so lange, bis sie sich nicht mehr bewegte.

Es war nicht einmal mehr nötig, noch mit dem Fuß nach ihr zu treten.

Die Kobra war tot.

Der Pharao sank auf sein Bett, den Kopf in den Händen vergraben. Für das zerschmetterte Reptil, das ihm den Tod hatte bringen sollen, hatte er keinen Blick mehr. Stattdessen bemühte er sich, den Sturm der Gefühle, der in ihm tobte, zum Schweigen zu bringen. Nichts fürchtete er mehr als den Todesbiss einer Kobra, die ihm die Mutter genommen hatte. Ausgerechnet darauf hatten die Attentäter gesetzt. Folglich mussten sie bestens instruiert sein, mussten viel zu viel über ihn wissen. Was bedeutete, dass sie über Informanten am Hof verfügten.

Allmählich wurde sein Atem ruhiger; die Hände zitterten nicht mehr. Nach einer Weile stand er auf. Seine Beine trugen ihn, er konnte die Arme wieder bewegen.

Er lebte.

Und er würde sie in die Knie zwingen, wer immer sie auch sein mochten, das schwor er sich in diesem Augenblick.

Langsam ging er nach draußen in den Garten, sog die Nachtluft tief in seine Lungen. Ein wunderbares, köstliches Gefühl, das er noch lange, lange genießen wollte.

Tutanchamun hob den Kopf, schnupperte.

Es schien auf einmal feuchter geworden zu sein, das meinte er mit allen Sinnen zu erspüren – oder war das lediglich eine Einbildung seiner überreizten Fantasie?

Dann hörte er das Geräusch, das ihn jedes Mal an das Quieken junger Schweine erinnerte.

Ein durchdringender, ganz und gar nicht harmonischer Ton, für ihn jedoch Musik in den Ohren.

Die Ibisse, stets dem steigenden Wasser ein Weilchen voraus, waren zurück!

Die Flut war nah. Und sein Königsheil gerettet.

Drittes Kapitel

Das Licht ist so gleißend hell, dass sie die Augen zu Schlitzen zusammenkneifen muss. Jetzt sehnt sie sich auf einmal zurück nach der Dunkelheit, die sie zuvor geängstigt hat.

Sie wehrt sich, aber es gibt kein Erbarmen.

Der Mann, der sie gepackt hält, schleift sie einfach weiter, ohne sich um ihr wütendes Treten und Strampeln zu kümmern.

»Hör auf, dich zu wehren, Kleines. Damit machst du alles nur noch schlimmer!«

Oh, wie sehr sie seine Stimme hasst, dieses hohe, scharfe Flüstern, das ihr in den Ohren sticht! Wäre sie groß, sie würde ihn zwingen, sie endlich freizugeben. Aber sie ist klein, viel zu klein, um wirklich etwas gegen ihn ausrichten zu können.

Doch eines kann sie sehr wohl tun: schreien. Sie öffnet den Mund …

»Miu, wach auf! Was hast du denn nur? Dein Schrei eben ging mir durch und durch.«

Raias Gesicht schwebte über ihr und Miu las die Besorgnis in ihren Augen.

»Es ist nichts«, murmelte sie, heilfroh, wieder in der wirklichen Welt angekommen zu sein. »Ich hab nur schlecht geträumt.«

»Schon wieder? Wir werden uns etwas dagegen einfallen lassen müssen. Jetzt aber erst einmal aus dem Bett mit dir! Man erwartet uns im *Haus der Reinigung**!«

»Wer erwartet uns?« Es fiel ihr schwerer als gewöhnlich, auf die Beine zu kommen, doch Raias Drängen ließ keinerlei Widerrede zu. »Ist Papa denn schon wieder zurück?« Hatte nicht Sheribin etwas in dieser Richtung angedeutet?

»Nein«, sagte Großmama. »Die Botschaft kam von Ani. Wir sollen uns beeilen!«

Nach ein paar Bissen Brot und einem Becher Wasser verließen sie gemeinsam das Haus. Die Luft auf dem Weg zur Fähre war schwül und feucht, doch niemand kam auf die Idee, sich darüber zu beschweren. Der Fluss stieg – und ganz Kemet seufzte auf vor Erleichterung. Binnen kurzer Zeit würde auch die letzte Sandbank verschwunden sein und das Hochwasser über die Ufer treten, um auf den durstigen Feldern seinen fruchtbaren, sehnlich erwarteten Schlamm abzulagern. Überall im Land wurde jetzt dem Nilgott Hapi geopfert, damit die Überschwemmung auch üppig genug ausfiel.

»Rechne lieber damit, dass uns kein schöner Anblick erwartet«, sagte Großmama kurz vor dem Anlegen auf dem Westufer. »Dann stellst du dir am besten vor, zwei unsichtbare Hände würden dein Herz schützen. So haben selbst schreckliche Bilder keine Möglichkeit einzudringen.«

Damit verstummte sie erneut.

Miu warf ihr einen überraschten Blick zu, fragte aber nicht weiter nach. Ihr war schon jetzt ziemlich mulmig zumute. Außerdem machte sie die Vorstellung unruhig, Ani wiederzusehen. Natürlich hätte sie ihn am liebsten gefragt, ob er zu Isets Hochzeit kommen würde.

Allein?

Darauf konnte sie nicht zählen. Vielleicht gab es ja längst ein Mädchen oder eine junge Frau, an die er sein Herz verloren hatte, auch wenn Miu nichts davon wusste. Dann würde die ihn sicherlich zu dem Fest begleiten. Aber was ging sie das alles eigentlich an, wo Papa ihr doch ohnehin jeglichen Kontakt zur Freundin strengstens untersagt hatte?

Schweigend legten sie auch den Rest des Weges zur Werkstatt zurück, die nahe dem Nilufer lag und in den letzten Jahren wegen der stark steigenden Auftragslage ständig vergrößert worden war. Seitdem der Handel in Waset wieder florierte, konnten sich immer mehr seiner Bewohner auch die kostspielige Balsamierung leisten, um ihre Angehörigen auf die beste Weise für die Reise in die Ewigkeit zu rüsten. Das ehemalige Reinigungszelt, in früheren Jahren eine wacklige Konstruktion aus Holzpfählen und Schilfmatten, in dem die neu angelieferten Leichen mit einer Mischung aus Nilwasser und Natron gesäubert worden waren, war längst verschwunden und durch ein lang gestrecktes gemauertes Gebäude ersetzt worden.

Davor erwartete sie Ipi, Papas rechte Hand, das fleischige Gesicht vor Aufregung schweißnass. Bei Mius Anblick begann er zu lächeln, was bei ihm allerdings eher wie Zähnefletschen aussah. Dann aber wurde er schnell wieder ernst und zeigte unverhüllt seinen Unmut.

»Da seid ihr ja«, rief er. »Endlich! Hätte es nicht ein bisschen eher sein können? Der übereifrige Polizist bringt mir nämlich schon den ganzen Morgen alles durcheinander. In diesen drückenden Tagen sterben die Leute wie die Fliegen. Und natürlich soll alles immer ganz schnell gehen, als ob wir hier zaubern könnten! Aber der Meister kann sich auf mich verlassen, in allem, das kannst du ihm bei Gelegenheit gerne ausrichten!«

»Wo ist Ani?« Großmama gab sich keinerlei Mühe, ihre Abneigung gegen diesen Wichtigtuer zu verbergen.

»Drinnen.« Ipi machte eine knappe Kopfbewegung. »Er wollte sich unbedingt allein umsehen. Obwohl ich ihm ausdrücklich gesagt habe, dass …«

»Du wartest hier«, sagte Raia zu Miu. »Ich gehe ihn holen.«

Ipi nutzte die günstige Gelegenheit, um sie ungeniert anzustarren. Früher hatte Miu ihn ganz in Ordnung gefunden. Das heißt, eigentlich hatte sie ihn nicht weiter beachtet, weil er ihr herzlich gleichgültig gewesen war, aber sie hatte sich von seinen Blicken auch nicht gestört gefühlt. Doch diese Zeiten waren leider vorbei, denn jetzt ahnte sie, welche Gedanken in seinem breiten Schädel kreisen mochten.

Er war heftigst entflammt.

Und offensichtlich war ausgerechnet sie das Objekt seiner Begierde. Dass sie die Tochter des Mannes war, dem hier alles gehörte, machte die Angelegenheit nur noch vertrackter. Sie als Ehefrau zu gewinnen und eines Tages die florierende Werkstatt noch obendrauf – so und nicht anders sahen Ipis kühnste Pläne aus.

»Wir müssen dringend reden, du und ich«, hörte sie ihn flüstern. »Ungestört! Es ist nicht so, wie du glaubst. Vielleicht denkst du ja, ich sei nur ein dahergelaufener Niemand, aber da täuschst du dich …«

»Miu?« Raias ruhige Stimme – die Erlösung! »Kommst du? Ani möchte dir etwas zeigen.«

Mit hochgezogenen Schultern ging Miu hinein. Schon an der Schwelle hielt sie vorsorglich den Atem an, das hatte sie sich bei ihrem letzten Aufenthalt geschworen. Der Kuss des Anubis, der die Menschen ins Totenreich zwang, ließ sie schon nach einigen Stunden nicht gerade duften wie ein Blumenbukett. Garantiert war das der Grund für Papas strenge Ordnungs- und Sauberkeitsgebote, von denen er niemals abrückte. Deren Einhaltung verlangte er auch von den Menschen, die für ihn tätig waren.

Wer nicht parierte, flog. Und zwar unverzüglich.

Der Tote lag auf einem der steinernen Tische; ein verblichenes, mehrfach geflicktes Leintuch über ihn gebreitet, das ihn von oben bis unten verhüllte. Am Kopfende des Tisches stand Ani, mit dunklem Bartschatten und Augenringen, und sah so erschöpft aus, dass er Miu auf Anhieb leidtat.

»Ich hätte es dir gern erspart«, sagte er anstatt einer Begrüßung. »Aber es geht leider nicht anders. Ich fürchte nämlich, du hast doch recht gehabt. Halte dir das hier vor die Nase und komm näher!«

Miu nahm das vorbereitete Tuch und tat, was er verlangt hatte. Raia, ebenfalls mit einem provisorischen Schutz vor Mund und Nase, nickte ihr aufmunternd zu.

»Schau ihn dir ganz genau an«, fuhr Ani fort. »Und dann sag mir, ob du ihn kennst. Es ist wichtig, dass du dir ganz sicher bist. Also lass dir ruhig Zeit.«

Er schlug die Bedeckung zurück.

Mius Blick flog über den Toten und eine eisige Hand griff nach ihrem Herzen. Sein Gesicht war gedunsen und fleckig, die Haut teilweise grünbräunlich verfärbt. Tiefe Kratzspuren zogen sich über die linke Wange. Er wirkte fremd und um Jahre gealtert – aber da war sie, ganz eindeutig, die Warze neben dem rechten Nasenflügel, an der sie ihn immer und überall wiedererkannt hätte!

»Das ist er«, sagte sie mit ihrer winzigsten Stimme. »Der Warzenkerl. Ich bin mir ganz sicher.«

Ani begann, die Leiche wieder zuzudecken. Allerdings geriet ihm das große Tuch zu weit nach links, verfing sich, rutschte nach unten und entblößte dabei den oberen Teil der rechten Körperhälfte.

Miu stieß einen Laut des Erschreckens aus.

Der Warzenkerl hatte keine Hand mehr. Da, wo sie einmal gewesen war, gab es nur noch ein hässliches Durcheinander aus zerfetzter Haut, freiliegenden Sehnen, Muskeln und Knochensplittern!

Sollte jemand seine verbrecherischen Hände dabei im Spiel gehabt haben, so werde ich sie ihm abschneiden lassen …

Plötzlich glaubte sie, die zornige Stimme des jungen Pharaos zu hören, so klar und deutlich, als stünde er neben ihr!

Ani hatte seinen Fehler bemerkt und die Leiche rasch wieder verhüllt.

»Die hungrigen Kinder Sobeks*«, sagte er mit einem Schulterzucken. »Sie müssen ihn so zugerichtet haben. Der ganze Fluss wimmelt von Krokodilen, jetzt wo die Flut kommt und mit ihr alle Wesen, die sich im Wasser tummeln. Wir haben ihn heute in der Morgendämmerung herausgefischt. Vielleicht ist er ertrunken, für wahrscheinlicher aber halte ich, dass er bereits tot war und man ihn im Wasser lediglich entsorgt hat.«

Eine müde Geste. Man sah ihm an, dass er seit Langem auf den Beinen war.

»An der Leiche konnte ich weder Würgemale noch

Stiche feststellen. Daher tippe ich auf Gift.« Er hielt kurz inne. »Vielleicht Schlangengift«, setzte er dann hinzu.

Plötzlich schien die ganze Luft geschwängert vom lauen, unerträglich süßlichen Leichengeruch. Miu schluckte und schluckte, weil ihr auf einmal entsetzlich flau zumute wurde, dann streckte sie ihre Hand aus und suchte vergeblich nach einem Halt.

»Miu!«, hörte sie Großmama noch aufgeregt rufen, während der Fußboden schon viel zu schnell näher kam. »Du wirst uns doch jetzt nicht …«

Mehr hörte sie nicht, denn etwas großes Schwarzes schoss auf sie zu, riss sie mit und verschluckte sie.

*

Als sie wieder zu sich kam, verhüllte etwas Zartes ihr Gesicht, das die Sonne abhielt. Der Untergrund, auf dem ihr Rücken lag, war hart, und dennoch lag sie einigermaßen bequem, den Kopf auf etwas Festes gebettet, das sich gut anfühlte.

Anis Unterarme!

Miu rückte verlegen ein Stück zur Seite. Sie schob das dünne Tuch von ihrem Gesicht und musste blinzeln, so hell war es auf einmal wieder. Jetzt kehrte auch der widerliche Geruch von vorhin zurück, wenngleich in abgeschwächter Form.

Ihr Magen zog sich abwehrend zusammen.

»Nur nicht so hastig!« Ipi, der sich über sie gebeugt hatte, klang besorgt. »Sie sollte sich noch eine ganze Weile vorsichtig bewegen. Vielleicht hättest du ihr den toten Kerl besser doch nicht zeigen sollen, Polizist …«

»Unsinn!« Miu setzte sich auf, um diesem widerlichen Aroma zu entgehen. Dann berührte sie ihren Schädel. Am Hinterkopf ertastete sie eine stattliche Beule, von der sie schnell wieder die Finger ließ, aber sonst schien alles in Ordnung. »Mir fehlt nichts. Vorausgesetzt, du lässt mich endlich in Frieden, Ipi!«

Beleidigt verzog er sich.

»Wenigstens weißt du jetzt, dass ich neulich die Wahrheit gesagt habe«, fuhr Miu fort, an Ani gerichtet. Sie war heilfroh, dass dieser Widerling Ipi endlich weg war. »Obwohl du sie ja nicht hören wolltest. Ich blute doch nicht etwa?«, sagte sie gepresst.

»Nein, nirgendwo. Du hast großes Glück gehabt«, erwiderte Großmama. »Aber uns solch einen Schrecken einzujagen, mein Mädchen!«

»Wir müssen zum Palast.« Der junge Polizist hatte sich ebenfalls erhoben und versuchte, seinen zerknitterten Schurz halbwegs glatt zu streichen. »Pharao Tutanchamun, er möge leben, heil und gesund sein, soll auf der Stelle erfahren, was ihm droht. Er muss uns anhören! Ich weiß nur noch nicht genau, wie wir das anstellen sollen.«

»Da waren wir schon«, sagte Miu. »Großmama und ich. Der Pharao hat uns empfangen und ich habe ihm alles erzählt – persönlich.« Außerdem hat er mich sofort wiedererkannt, fügte sie stumm hinzu. Weil uns beide nämlich eine alte Geschichte verbindet. Sein Blick hat mich gewärmt. Und seine Ohren gefallen mir eigentlich sogar ganz gut. Aber das werde ich ausgerechnet dir nicht verraten!

»Du warst bei Hof und hast mit dem Pharao gesprochen?«, sagte Ani ungläubig.

»Du hast ganz richtig gehört«, sagte Raia. »Glücklicherweise hat man uns dort sehr ernst genommen, so jedenfalls mein Eindruck.«

Ani schien gar nicht richtig zuzuhören.

»Aber wie ist euch das nur gelungen?«, sagte er kopfschüttelnd. »Eine Audienz zu bekommen, ist ein Ding der Unmöglich …«

»Der Pharao hat mir geglaubt«, fiel Miu ihm ins Wort. »Das weiß ich genau.« Es fiel ihr nicht leicht, mit Ani darüber zu sprechen, weil sie alles am liebsten ganz für sich behalten hätte. »Aber jetzt hat die Lage sich verändert. Der Warzenkerl ist tot, während der andere noch irgendwo lebendig herumläuft. Wir müssen überlegen, was das zu bedeuten hat: dass der Warzenkerl seinen schändlichen Auftrag bereits erledigt hat und der König …« Sie konnte plötzlich nicht mehr weiterreden. Die Angst um Tutanchamun überwältigte sie.

»Oder man hat sich seiner entledigt, weil er versagt hat, und stattdessen einen neuen Attentäter beauftragt«, wandte Ani ein, der sich langsam wieder zu fassen schien. »Viele Verbrecher verschwinden im Nil. Kein Hahn kräht jemals mehr nach ihnen.«

Er kratzte sich am Kinn.

»Der Pharao muss jedenfalls umgehend über diesen Fund informiert werden. Ich werde mit meinem Vorgesetzten reden. Userkaf ist ein kluger, besonnener Polizist mit langjähriger Erfahrung, die er nicht nur in Waset, sondern früher auch in Mennefer* sammeln konnte. Er wird wissen, was zu tun ist.«

Seine Hand war unwillkürlich zum Dolch gefahren, was Miu beklommen machte. Dem Schlachtgetümmel in Kusch war Ani entronnen, doch auch hier lauerten Tag für Tag Gefahren auf ihn, das wurde ihr mit einem Mal bewusst.

»Was wird nun aus ihm?«, sagte sie und deutete auf das Gebäude, wo die entstellte Leiche lag, neben der sie ohnmächtig geworden war.

»Ich lasse ihn im Wüstensand verscharren«, mischte Ipi sich ungebeten ein. »Für einen wie ihn wäre selbst der Einsatz von Zedernöl, das ihm die inneren Organe zersetzt, um den Körper dauerhaft haltbar zu machen, die reinste Verschwendung«, sagte er mit einem fetten Lachen. »Kann mir schwerlich vorstellen, dass jemand bereit wäre, für diesen räudigen Köter auch nur die Kosten einer Balsamierung dritter Klasse zu übernehmen!«

»Und seine Seele?« Es war Miu einfach so entschlüpft.

»Überlass das ruhig dem Totengericht*«, sagte Großmama. »Die Waage der Maat* trifft die rechte Entscheidung. Das Herz eines Mannes, der so große Schuld auf sich geladen hat, wiegt schwerer als ein Felsbrocken. Auf ihn wartet die Totenfresserin*.«

Sie klang mit einem Mal so unerbittlich, dass sowohl Ani als auch Miu sie erstaunt anstarrten. Als Raia das spürte, schien sie sich einen Ruck zu geben und wie aus weiter Ferne zurückzukommen.

»Wir sollten uns angenehmeren Themen zuwenden«, sagte sie mit einem kleinen Lächeln. »Außerdem sterbe ich vor Hunger. Willst du nicht mit uns Mittag essen, Ani, bevor du zur Wache zurückkehrst?«

»Keine Zeit, leider«, sagte er rasch, ohne Miu anzusehen. »Ich will Userkaf so schnell wie möglich über den Stand meiner Ermittlungen in Kenntnis setzen. Ein anderes Mal vielleicht.«

Raias Blicke gingen zwischen ihm und Miu hin und her. Miu versuchte, ein Gesicht zu machen, als ob es ihr leidtäte.

»Dann begleite unsere Kleine doch wenigstens zu Isets Hochzeit«, sagte sie und schien sich nicht darum zu kümmern, dass Miu plötzlich zu Boden stierte. »Sie möchte so gerne dorthin, das hat sie mir gestanden. Übermorgen. Am späten Vormittag. Passt dir das? Am Neujahrstag hast du doch bestimmt frei.«

»Meinetwegen. Es sei denn, es käme etwas dazwischen. Womit man in meinem Beruf leider immer rechnen muss.« Seine unbewegte Miene verriet nichts über seine Empfindungen.

Ipis Gesicht dagegen wurde aschfahl, weil ihm ganz und gar nicht zu gefallen schien, was er soeben gehört hatte, während Miu und Großmama sich zum Gehen wandten.

»Und jener Kerl dort unter dem Tuch?«, stieß er hervor. »Der uns nicht einen Deben einbringen wird, dafür aber jede Menge Scherereien? Können wir ihn endlich loswerden? Ich hab nämlich Wichtigeres zu erledigen, bevor der Meister zurückkommt!«

»Nicht so eilig!« Anis Stimme war kalt. »Der Pharao wird ganz genau wissen wollen, wer dieser Kerl ist. Du rührst ihn mir nicht an, bis Userkaf hier war, verstanden? Sonst könntest du selber das Segel der nächtlichen Barke schneller zu sehen bekommen, als dir lieb ist!«

»Du drohst mir?«, sagte Ipi lauernd. »Das solltest du dir noch mal gut überlegen!«

»Ich mache nur meine Arbeit. Das ist alles«, erwiderte Ani.

Er sah so grimmig dabei aus, dass Miu ihn erstaunt musterte. Sie wusste ja, dass er Ipi nicht mochte. Doch seine Abneigung gegen den Gehilfen ihres Vaters schien in letzter Zeit noch beträchtlich gewachsen zu sein.

*

Die Braut trug ein neues weißes Kleid, das breite Streifen auf der linken Schulter zusammenhielten. Ihren Hals schmückte ein Blütenkragen, Hände und Füße waren mit Hennaornamenten bemalt. Ihre Haut glänzte, denn man hatte sie sorgfältig eingeölt. Bunte Bänder zierten das schwarze Haar. Sie strahlte über das ganze Gesicht und ihre Augen leuchteten vor Freude.

Mius Hals wurde eng, als sie die Freundin erblickte.

Inzwischen wusste sie, welcher Tätigkeit Kenamun nachging, ein stattlicher junger Mann mit kräftiger Nase und einem warmen Lächeln, der ihr auf Anhieb gefallen hatte.

»Ich bin einer aus dem Wüstendorf«, hatte er ihr erklärt und mit unüberhörbarem Stolz hinzugefügt: »Familientradition. Wie meinen Vater, so zählt man auch mich zu den Spezialisten im Tunnelbau. Gibt so leicht kein Gestein, das mir auf Dauer widerstehen könnte.«

Iset würde auf das Westufer ziehen, in das Wüstendorf, wo alle Handwerker lebten, die im Tal der Könige arbeiteten!

»Was sind schon ein paar Steine gegen unsere Freundschaft?«, murmelte Iset, die Mius Bestürzung sehr wohl mitbekommen hatte, ihr im Vorübergehen zu. »Du kannst mich doch jederzeit besuchen! Dann machen wir uns einen schönen Tag und erzählen uns gegenseitig, was jede in der Zwischenzeit alles erlebt hat.« Sie lächelte leicht abwesend und war schon beim nächsten Gast angelangt.

»Sie wird dir fehlen«, sagte Ani, der plötzlich neben Miu stand. »Deshalb bist du traurig, was ich gut verstehen kann. Und sie macht sich Illusionen hinsichtlich der Zukunft, aber wer wollte ihr das ausgerechnet heute sagen?«

»Was meinst du damit?« Wie lange mochte er Miu schon beobachtet haben?

»Die Arbeiter am *Ort der Weisheit*, wie man die Nekropole auch nennt, werden gut entlohnt und üppig versorgt mit allem, was sie zum Leben brauchen. Allerdings umschließt das Wüstendorf eine hohe Mauer mit zahlreichen Kontrollstellen. Und es ist ebenso kompliziert, hinaus- wie hineinzugelangen. Ein goldener Käfig, wenn du so willst. Allerdings einer mit sehr engen Stäben.«

»Dann wird Iset ab heute eine Art Gefangene sein?«, fragte Miu und schaute mit leiser Beklommenheit zu ihm auf.

Es gab offenbar kein Mädchen und keine Frau, der Anis Herz gehörte, sonst hätte er sich wohl kaum mit ihrer Begleitung begnügt. Dabei war es bis zum letzten Moment ungewiss gewesen, ob sie überhaupt würde gehen können. Ohne Raias tatkräftige Unterstützung säße sie garantiert noch immer in ihrem Zimmer fest. Großmama hatte Papas Wiederkehr zum Anlass genommen hatte, ihm alles, was in seiner Abwesenheit geschehen war, auf so dramatische Weise zu erzählen, dass er augenblicklich zur Werkstatt aufgebrochen war, um dort selber nach dem Rechten zu sehen. So war er also gar nicht im Haus gewesen, als Ani gekommen war, um Miu abzuholen.

»Zwei Tage bleiben ihr noch«, sagte Ani jetzt. »Dann

soll Kenamuns neues Haus endlich fertig sein. Sonst hätten sie sicherlich schon heute dort gefeiert.«

Wie kühl Ani klang, kühl und seltsam abgeklärt! Als ob ihn alles rundherum langweile – die Hochzeit, der Umzug. War das alles nichts als überflüssiger Weiberkram in seinen Augen?

Womöglich war es ihm lästig, auf eine jüngere Verwandte aufzupassen, und vielleicht lag ihm überhaupt nichts an Familie. Seine Mutter jedenfalls hatte er zwar freundlich, aber nur kurz begrüßt; seinen Vater dagegen, der von Sheribin mit immer neuen Leckerbissen geradezu malträtiert wurde, schien er gänzlich zu ignorieren. Eigentlich hatte Miu ihn noch fragen wollen, was sein Vorgesetzter über den toten Warzenkerl gesagt hatte. Und wie man es am besten anstellen könnte, den Mann mit dem Geierprofil ausfindig und unschädlich zu machen. Seine seltsame Teilnahmslosigkeit schreckte sie jedoch ab.

»Komm schnell mit!« Sheribin, die Wangen hochrot vor Aufregung, zupfte sie am Kleid und zog sie mit sich. »Jetzt geben sie sich gleich das Versprechen.«

Kenamuns Vater, dessen rechtes Bein seit einem Unfall im Tal der Könige vor einigen Jahren lahm war, legte die Hände der jungen Leute ineinander. Seine Frau benetzte die Füße des Brautpaares mit Nilwasser, auf dass der Gott Hapi ihnen Reichtum und Fruchtbarkeit schenken möge. Sheribin reichte den beiden ein Stück Gebäck, dick in Salz gewälzt, von dem sie nacheinander abbissen, damit sie bei allem Glück auch die Tränen nicht vergaßen.

Auf einmal wurde es sehr ruhig in dem kleinen Innenhof. Sogar das Quieken der Ibisse vom nahen Fluss war verstummt.

»Du bist meine Gattin.« Kenamuns Stimme war laut, aber etwas zittrig. »Dich will ich lieben und ehren, solange ich lebe.«

»Du bist mein Gatte«, sagte Iset fröhlich. »Dich will ich lieben und ehren, solange ich lebe.«

Klatschen erklang, Becher wurden erhoben, Taheb wischte sich die Augen trocken. Bevor die allgemeine Rührung überhandnehmen konnte, sorgten Isets freche kleine Brüder für Abwechslung, indem sie den größten Bierkrug umstießen, der prompt vom Tisch fiel, in Scherben zersprang und dabei die Nächststehenden nass spritzte.

Die beiden Familien hatten zusammengelegt und alles aufgefahren, was Küche und Keller zu bieten hatten: Enten, im Sud gegart, Tauben und Wachteln, frische und gepökelte Fische, dazu Lattich, Zwiebeln und Lotussamen. Der Tisch quoll über von Fladenbroten und Mandelkuchen. Tahebs Beitrag zur Feier bestand in einem halben Dutzend kross gebratener Gänse, die hier ebenso großen Anklang fanden wie sonst in ihrer Schenke.

»Wie sehr ich Sheribin beneide!«, sagte Taheb, während Miu an einem Gänsebein nagte. »Brautmutter zu sein – und irgendwann einen ganzen Stall voller Enkel zu haben. Aber wie ich meinen Jungen kenne, werde ich wohl noch sehr lange darauf warten müssen.«

»Wenn dein Junge sich nicht bald besinnt, wird ihn womöglich gar keine mehr wollen«, mischte Nefer sich ein. »Und all die jungen Frauen wären nicht einmal schlecht beraten. Denn wer Mutter und Vater nicht zu ehren weiß, der wird auch sein Weib nicht gut behandeln!«

Taheb runzelte die Stirn, blieb aber zunächst stumm, während Nefer sich umsah, als erwarte er Zustimmung.

»Meinst du nicht, es liegt auch ein wenig an dir?«, sagte sie schließlich. »Beinahe hätten wir unseren Sohn nicht mehr lebend zurückbekommen. Wenn du nur wolltest, so könntet ihr beide …«

»Ja, nimm ihn nur wieder in Schutz, deinen Liebling!«, zischte Nefer. »Stets kommt er an erster Stelle und nicht ich, dein Mann, wie sich das eigentlich gehört. Ani vorne, Ani hinten – ich kann es nicht mehr hören!«

Er sprang auf und lief quer über den Hof zu Sheribin, die ihn mit erfreutem Lächeln empfing.

»Sie verstehen sich nicht«, sagte Miu leise. »War es früher nicht ganz anders zwischen Ani und seinem Vater?«

»Manchmal erkenne ich ihn kaum wieder.« Taheb schien zu sich selber zu sprechen. »Wo ist der Nefer geblieben, den ich in jungen Jahren geheiratet habe? Dieser unzufriedene, rasch aufbrausende Grobian von heute ist mir so fremd geworden!«

Nefer hatte seinen Becher ausgetrunken und ließ sich von Sheribin sofort neu einschenken. Viele taten es ihm nach. Eine betrunkene, raue Fröhlichkeit verbreitete sich und die ersten Aufschneidersprüche wurden laut.

»Hast du dir das wirklich gut überlegt, Kenamun?«, rief ein junger Steinmetz in die Runde. »Denn besonders viel wirst du ab jetzt nicht mehr zu melden haben. Eine Frau belehren zu wollen, heißt, einen Sandsack zu füllen, der an der Seite aufgeschlitzt ist.«

Schallendes Gelächter, vor allem von Männerseite.

»Nur ein Narr giert nach einer Frau wie die Fliege nach Blut«, versuchte der Nächste, ihn zu übertrumpfen. »Ginge es uns ohne Weiber nicht viel besser?«

»Vor allem musst du ihr zeigen, wer Herr im Haus ist«,

rief ein anderer Gast und prostete dem frisch gebackenen Ehemann übermütig zu. »Und damit kannst du gar nicht früh genug anfangen. Sonst tanzt sie dir auf dem Kopf herum, so wie Mäuse durchs Haus tanzen, wenn die Katze Ausgang hat.«

»Geht das immer so?«, fragte Miu halblaut. »Dass sich die jungen Kerle derartig aufplustern, wenn einer von ihnen heiratet?«

Taheb zuckte resigniert die Schultern. »Bier hat ihnen die Zunge gelöst. Spätestens wenn ihnen am nächsten Morgen der Schädel brummt, werden sie schwören, niemals mehr auch nur den allerkleinsten Schluck zu trinken! Es sind Männer – du kannst sie einfach nicht ändern!« Sie reckte den Hals. »Was geht denn da im Haus Seltsames vor sich? Hörst du das nicht, Miu?«

Aufgeregte Stimmen wurden laut. »Das hier ist eine Hochzeitsfeier!«, rief eine Frau. »Ihr könnt doch nicht einfach so hereinplatzen ...«

Zwei Männer standen plötzlich mitten in der Festgesellschaft, Angehörige der Leibgarde des Pharaos, wie Miu an ihrer Aufmachung erkannte. Ihren Schurz zierte eine rote Borte; im Gürtel steckten Dolch und Schleuder.

»Die Tochter des Balsamierers?«, rief einer von ihnen, ein Mann mit schweren Lidern und knochigen Wangen.

»Hier.« Miu stand auf. »Das bin ich.«

»Augenblick!« Blitzschnell hatte Ani sich vor ihr aufgebaut. »Was wollt ihr von dem Mädchen? Sie steht unter meinem Schutz!«

»Königlicher Befehl. Wir nehmen sie mit. Und jetzt geh uns aus dem Weg, Hinkefuß!«, rief der Leibgardist und sein Gesicht färbte sich dunkel.

Anis Hand tastete zum Gürtel, aber er war waffenlos zur Hochzeit gekommen.

»Wohin bringt ihr sie?«, rief Taheb erschrocken. »Ich kenne sie seit dem Tag ihrer Geburt. Meine kleine Nichte ist unschuldig!«

Sie erhielt keine Antwort. Stattdessen versetzte der knochige Wächter Miu einen leichten Schubs.

»Mach schon«, sagte er. »Der Pharao wartet nicht gern.«

»Aber ihr könnt sie doch nicht einfach abführen wie eine Verbrecherin!« Ani sah plötzlich elend aus.

»Zur Seite, Mann – oder sollen wir deutlicher werden?«

»Lass gut sein, Ani«, sagte Miu, obwohl ihre Stimme vor Aufregung ganz dünn geworden war.

Und wenn dem Pharao doch etwas zugestoßen war?

Diesen Gedanken schob sie schnell wieder beiseite. Nein, er lebte, das spürte sie, aber was hatte diese Festnahme dann zu bedeuten?

Schatten des Zweifels krochen erneut in ihr empor. Wäre der Pharao mit dem warmen Blick fähig, ihr ein Leid anzutun? Hatte sie ihn durch irgendetwas verletzt oder verärgert? Aber sosehr sie sich auch das Hirn zermarterte, ihr wollte nichts dazu einfallen.

Sie wusste so gut wie nichts über ihn. Lag wehrlos in seiner mächtigen Hand, weniger wert als der Staub unter seinen Sohlen, das hatte Eje ihr im Palast unmissverständlich zu verstehen gegeben. Wenn sie jetzt aufbegehrte, würde es womöglich Unschuldige treffen, und das war das Letzte, was sie gewollt hätte.

Miu straffte sich, reckte das Kinn.

Mochte es in ihrem Inneren auch noch so sehr drunter

und drüber gehen, sie würde versuchen, sich nach außen so wenig wie möglich anmerken zu lassen. Raia sollte stolz auf ihre Enkelin sein können.

»Gehen wir«, sagte sie. »Ich bin bereit.«

*

»Wie gefällt dir mein Garten?«, sagte der Pharao, nachdem sie an den unzähligen Blumenbeeten vorbeigegangen waren, wo Mohn und Alraunen, Kornblumen und Lilien wuchsen – eine beeindruckende Farbenpracht, aber alles so geometrisch exakt angelegt, dass Miu unwillkürlich an den Königlichen Garten der Sonnenstadt denken musste, wo ihr alles freier und üppiger erschienen war.

»Und ich dachte schon, hier wäre alles aus Stein.« Sie zwang sich zu einem Lächeln.

»Damit liegst du gar nicht so sehr daneben, denn ohne ständige Bewässerung wäre hier binnen Kurzem alles vertrocknet. Seth, der rote Herr der Wüste, den wir so mühsam aus dem Fruchtland verbannt haben, schläft nur. Durch Unvorsicht oder Nachlässigkeit seinen glühenden Atem zu wecken, könnte äußerst gefährlich sein. Kennst du die Wüste, Miu?«

»Nein«, sagte sie. »Und alles, was ich bislang über sie weiß, macht mir eher Angst.«

»Dann ist dir offenbar noch nicht der Richtige begegnet, der das ändern könnte. Es lohnt sich, all ihre Geheimnisse zu ergründen. Denn nur wer die Wüste begriffen hat, kennt auch sich selbst.« Tutanchamun ging ein paar Schritte voraus, dann drehte er sich abrupt zu ihr um. »Komm mit. Ich möchte dir meinen Lieblingsbaum zeigen!«

Auch jetzt vergaß Miu keinen Augenblick die bewaffneten Männer der Leibwache, die ihnen in gebührendem Abstand folgten. Für den König offenbar ein Anblick, an den er sich längst gewöhnt hatte, denn er bewegte sich frei und schien sie gar nicht mehr wahrzunehmen. Miu dagegen war irritiert und verspürte den starken Impuls, sich immer wieder zu vergewissern, ob sie noch da waren.

Vor einer großen Sykomore machte er halt. Der verzweigte Baum strebte mit seinem reichen Blätterdach hoch in den wolkenlosen Himmel. Seitlich des alten Stammes war ein neuer, schlankerer entsprossen, der seinerseits bereits wieder Blätter und einige Datteln trug.

»Das vermag nur sie.« Der Pharao klang bewegt. »Hathor* – die Göttin der Liebe, Schutzherrin dieses Baumes. Wen sie berührt, der ist beides zugleich: ausgezeichnet und verloren.«

Da war er wieder, jener gewisse Blick, den sie nicht mehr vergessen konnte! Er spricht von seinem Lieblingsbaum, sagte sie sich rasch, bevor noch verkehrte Gedanken in ihr aufsteigen konnten. Von einem Baum – und nicht von dir!

Doch sie schien sich getäuscht zu haben.

»Hast du das schon einmal erlebt, Miu«, hörte sie ihn leise weiterreden. »Jenes einmalige Gefühl, für das es keinerlei Vergleich gibt? *Sie strömt durch meinen Körper wie Salz in der Flut des Meeres, wie Myrrhe in einer Arznei, wie Milch im Wasser …«*

Es klang verführerisch schön, was er da sagte, aber er war Pharao und Gott, und sie nur ein einfaches Mädchen!

»Warum bin ich hier?« Miu hatte all ihren Mut zusammengenommen. »Bewaffnete haben mich ohne Erklärung von der Hochzeit meiner Freundin weggezerrt, als wäre ich eines Verbrechens verdächtig …«

»Das wollte ich nicht. Mein Befehl lautete lediglich, dich herzubringen. Ich musste dich wiedersehen – nach allem, was geschehen ist.«

»Dann hat Userkaf also alles Wichtige an den Hof weitergegeben«, sagte Miu erleichtert. »Und du weißt bereits, dass der Warzenkerl tot ist.«

Tutanchamun starrte sie an wie eine Erscheinung. »Tot?«, wiederholte er. »Wieso tot? Und wer ist dieser Userkaf?«

Der König hatte offenbar nicht die geringste Ahnung! Wieso hatte ihn keiner seiner Leute informiert?

Eine Erkenntnis, die Miu schwindelig machte. Fieberhaft suchte sie nach den richtigen Worten.

»Sie haben den Leichnam des Warzenkerls aus dem Fluss gezogen«, sagte sie. »Und anschließend in der Werkstatt meines Vaters aufgebahrt. Ich hab ihn anschauen müssen und sofort wiedererkannt – er ist es, kein Zweifel. Es ist der Mann, der jenen schrecklichen Satz über dich gesagt hat.« Sie schluckte. »Krokodile haben seine Hand gefressen. Die rechte. Ani, mein Cousin, ein junger Polizist, hat ihn untersucht. Sein Vorgesetzter sollte dich über alles informieren. So hatten wir es eigentlich vereinbart.«

Tutanchamun hatte sich abgewandt.

»Die Schlange«, hörte sie ihn murmeln. »Sie war in einem Kästchen versteckt, um mich zu töten. Genau wie bei meiner Mutter. Rötlich mit schwarzen Schuppen – hätte deine Warnung mich nicht misstrauisch und vorsichtig gemacht, dann wäre ich jetzt womöglich tot. Deshalb wollte ich dich sehen, Miu. Um dir zu danken, denn du hast mir das Leben gerettet.«

Stolz und Freude erfüllten sie. Es war gut, dass sie so aufmerksam gewesen war und in ihrem Misstrauen nicht nachgelassen hatte!

Er schüttelte den Kopf.

»Von den Dingen, die du gerade angesprochen hast, weiß ich nichts. Aber meine Hofbeamten haben sich der Sache bestimmt schon angenommen. Schade nur, dass jener Kerl nicht mehr lebt. Ich hätte gerne dafür gesorgt, dass sein Ende mit unvorstellbaren Qualen verbunden gewesen wäre.«

Miu wurde kalt, als sie ihn so reden hörte. Aber hatte sie dazu überhaupt das Recht? Er war der König. Ihm gehörte das Land und alles, was darauf wuchs, das Volk und jedes Tier. Sein Wort und sein Handeln durfte niemand infrage stellen. Und trotzdem wünschte sie sich in diesem Moment wieder jenen anderen Pharao zurück, der ihr so viel besser gefallen hatte.

»Ich muss jetzt gehen«, sagte sie. »Bitte gestatte mir das, mein König, du mögest leben, heil und gesund sein! Zu Hause machen sie sich bestimmt längst Sorgen um mich. Und wenn mein Vater erfährt, dass ich …«

Sie hatte sich nicht nur heimlich zu Isets Hochzeit weggeschlichen, sondern war von dort auch noch von der königlichen Leibgarde abgeführt worden wie eine Verbrecherin – nicht auszudenken, wie Ramose darauf reagieren würde!

»Ich werde dich heimbringen lassen. Aber du musst versprechen wiederzukommen, Miu. In drei Tagen. Es gibt nichts Schöneres, als in einer Barke auf dem Wasser zu segeln, das müsstest du doch eigentlich wissen«, sagte Tutanchamun. Und als er ihren fragenden Blick sah, fügte er noch hinzu: »Mut*-in-ihrer-Barke – Mutemwija, das bedeutet doch dein Name!«

*

Ani war ihnen bis zum Palast gefolgt, in dem die Bewaffneten mit Miu verschwunden waren, aber natürlich gab es für ihn keinen Einlass. Die vergebliche Mühe, an das Tor zu schlagen, hatte er sich nach einigem Nachdenken erspart. Und als er noch eine Zeit lang unschlüssig vor dem großen Tor wartete, kamen bald einige Männer der Wache heraus und forderten ihn auf unmissverständliche Weise zum Gehen auf.

Aus Rücksicht auf seinen Beruf gehorchte er, wenngleich schweren Herzens. Es war alles andere als einfach gewesen, mit dem versehrten Bein überhaupt eine Anstellung zu bekommen, und wäre er im Feldzug nach Kusch nicht mit der *Silbernen Fliege der Tapferkeit* ausgezeichnet worden, so hätte es sicherlich noch schlechter für ihn ausgesehen.

Doch das Glück war ihm hold gewesen: Bei den Medjai, die für den Fluss und die Hafenanlagen zuständig waren, hatte Personalmangel geherrscht, und so war es ihm gelungen, dort unterschlüpfen. Die Arbeit gefiel ihm, wenngleich unter den Kollegen ziemlich raue Sitten herrschten und der Druck von oben unaufhaltsam zunahm, weil immer öfter Gerüchte über eine Welle von Grabräubereien die Runde machten. Zwar waren eigentlich andere Polizisten für die Sicherheit der Gräber im Tal der Könige zuständig, aber sie alle waren angehalten, zusammenzuarbeiten und die Diebe schnellstmöglich zur Strecke zu bringen.

Ani rieb sein linkes Bein, das immer dann Schwierigkeiten machte, wenn er es zu stark belastete oder sich zu sehr aufregte.

Was sollte er Raia sagen?

Dass sein Schutz für Miu leider nicht ausgereicht habe? Dass man ihn als Hinkefuß beschimpft und zur Seite gedrängt hatte, weil er aus Feigheit darauf verzichtet hatte, zu erwähnen, dass er Polizist war?

Ihm war sehr unbehaglich zumute, als er Ramoses Haus erreichte. Anukets Begrüßungslächeln erstarb jäh, als sie ihn allein auf der Schwelle stehen sah.

»Ich geh die Herrin holen«, sagte sie und war verdächtig schnell verschwunden.

»Wo hast du Miu gelassen?«, fragte Raia als Erstes. »Ist etwas passiert?«

Ani räusperte sich, bevor er antwortete.

»Leibgardisten des Königs haben sie geholt«, sagte er schließlich. »Und in den Palast gebracht.«

»In den Palast?« Ihre Stimme stieg schrill an. »Aber wie konntest du das zulassen?«

»Sie waren bewaffnet und zu zweit, und ich hatte …«

Raia schien ihn gar nicht zu hören.

»Anuket!«, rief sie. »Komm mal zu mir!«

Die alte Dienerin ließ sich ordentlich Zeit damit, und als sie schließlich erschien, ging sie gebückt, wie jemand, der Schläge erwartet.

»Haben heute zwei Bewaffnete nach Miu gefragt?«, sagte Raia in strengem Ton.

»Nur nach der Tochter des Balsamierers«, erwiderte Anuket mit nervösem Blinzeln. »Es schien dringlich zu sein. Da hab ich ihnen gesagt, wo sie sie finden würden.«

»Du hast sie zu Iset geschickt?«, fragte Ani fassungslos.

»Ohne mir Bescheid zu geben?«, fuhr Raia fort. »Was hast du dir dabei nur gedacht?«

»Dass der Herr es nicht gern sieht, wenn Miu dorthin geht, sie es aber trotzdem getan hat. Hinter seinem Rücken sozusagen. Und dass sie vielleicht …«

»Geh mir aus den Augen«, sagte Raia barsch. »Und mach so etwas nie wieder, sonst wirst du mich kennenlernen. Ich habe mit Ani zu reden!«

Sie zog ihn in den nächstbesten Raum und schloss die Tür. In diesem Haus hatten die Wände Ohren, das hatte Raia langjährige Erfahrung gelehrt, und sie wollte kein Risiko eingehen.

»Sie hat dem Pharao gefallen«, sagte Raia. »Zu sehr gefallen, verstehst du? Hätte ich diese Möglichkeit nur früher in Erwägung gezogen, so hätte ich anders gehandelt! Aber ich habe einfach nicht damit gerechnet – und plötzlich war es zu spät. Er darf Miu niemals wiedersehen! Sonst könnte etwas Furchtbares geschehen.«

»Was sagst du denn da?«

»Dass es lebensgefährlich ist, wenn Tutanchamun sein begehrliches Auge auf eine junge Frau wirft. Weißt du denn nicht, worauf das hinauslaufen kann?«

Ani blieb ihr die Antwort schuldig, weil allein der Gedanke daran ihm unerträglich war.

»Auf den königlichen Harim, du Unschuldslamm! Der Harim, aus dem, wie ich gehört habe, schon einige Nebenfrauen spurlos verschwunden sind. Denn wenn er sie auffordert, in seinen Harim einzutreten, muss sie es tun. Wer könnte sich schon seinem Befehl verweigern – wo ihm doch ganz Kemet gehört?«

»Aber Miu ist doch noch ein halbes Kind …«

»Das sagst ausgerechnet du? Ich hätte dich für klüger gehalten, mein Junge! Vielleicht siehst du das nächste Mal, wenn du ihr begegnest, ein bisschen genauer hin.«

Sie zog sich einen Stuhl heran.

»Sie ist jedenfalls alt genug, um das Interesse des Pharaos zu wecken und damit der Großen Königlichen Gemahlin ein Dorn im Auge zu sein! Anchesenamun duldet keine Rivalinnen. Das weiß inzwischen die ganze Stadt. Wer es wagt, dem König zu nah zu kommen, verletzt damit auch ihre Reviergrenzen. Man sagt, sie fackle nicht lange. Soll unser Mädchen solch einer Gefahr ausgesetzt sein?«

Raia sprang auf und begann, unruhig auf und ab zu laufen, dann blieb sie plötzlich stehen.

»Die Königsamme!«, rief sie. »Mayet! Die kennt ihn besser als jeder andere und natürlich weiß sie auch über alles am Hof Bescheid. Vielleicht kann sie mir sagen, was wir tun können, um Miu vor diesem Schicksal zu bewahren …«

»Wovor soll meine Tochter bewahrt werden?« Ramose stand plötzlich im Zimmer. »Das möchte ich auf der Stelle erfahren!« Er schaute sich um. »Wo steckt Miu eigentlich? Kann mir das jemand verraten?«

Raia und Ani tauschten einen langen Blick, der Ramose noch misstrauischer machte.

»Ich mag es nicht, wenn ihr beide hinter meinem Rücken herumkungelt«, sagte er aufgebracht. »Wo ist Miu? Doch nicht etwa gegen mein ausdrückliches Verbot auf dieser unseligen Hochzeit? Antwortet mir gefälligst!«

»Man hat sie in den Palast gebracht«, sagte Ani schließlich. »Schon vor einer ganzen Weile.« Eine Mitteilung, die ihm schwerfiel, weil er es sich selbst anlastete.

»Und du hast sie einfach so gehen lassen?« Ramoses Augen weiteten sich. »Allein?«

»Zwei Leibgardisten des Königs …«

»… die mich soeben unversehrt hier abgeliefert haben«, rief Miu, die gerade im Laufschritt hereingerannt kam, wenngleich ihr Lächeln ein wenig schief geraten war. »Ist eigentlich gar nicht so übel, in einer Sänfte durch die Straßen getragen zu werden! Der Pharao wollte sich bei mir bedanken. Weil ich ihn vor der Schlange gewarnt habe. Und stellt euch vor: Man hat tatsächlich einen Anschlag auf ihn gewagt – mit einer rötlichen Kobra! Aber er hat es überlebt, weil er darauf gefasst war, und jetzt will er …«

»Moment, Moment!«, rief Ramose. »Das geht mir viel zu schnell. Ich möchte alles ganz genau wissen. Denn ich bin sicher, das ist noch lange nicht alles!«

»Ist es auch nicht.« Mius Zungenspitze schnellte zwischen ihren Schneidezähnen hervor, wie sie es schon als kleines Kind gemacht hatte, wenn ihr etwas nicht ganz geheuer gewesen war. »Er hat mich zum Barkenfest eingeladen. In drei Tagen. Weil ich doch Mutemwija heiße.«

»Das kommt nicht infrage!«, rief Raia. »Nicht, solange noch ein Atemzug in mir ist.«

»Dem Pharao hat jeder in Kemet zu gehorchen«, sagte Ramose. »Das weiß schon das allerkleinste Kind! Aber ich verstehe noch immer nicht, weshalb ausgerechnet du …«

»Dann werde ich sie eben begleiten!« Raias tiefe Grübelfalten hatten sich mit einem Mal wieder geglättet. »Ja, ich komme mit dir, Miu. Das kann einer Großmutter niemand verwehren – nicht einmal ein Pharao!«

*

Nefers Hände zitterten, nachdem die Schenke sich vollständig geleert hatte, sodass er nun endlich die langen Leinenstreifen abwickeln konnte, die stets bei der Balsamierung verwendet wurden, hier jedoch einen ganz besonderen Schatz verbargen. Er musste es langsam tun; schneller hätte sein wild schlagendes Herz es nicht zugelassen.

Was für ein Tag! Erst die Hochzeit, dann der Streit mit Taheb und Anis giftige Blicke – und schließlich das hier!

Als er bei der letzten Schicht angelangt war, hielt er inne. Ob er diesem Hundsfott von Ipi trauen konnte?

Nefer seufzte. Er hatte sich auf den unrühmlichen Handel eingelassen und die kostbaren Lagepläne Ipi und seinen Männern ausgeliefert. Jetzt gab es kein Zurück mehr, nur noch den Weg nach vorn.

Das dünne Leinen glitt vom Tisch. Er stieß einen erschrockenen Laut aus.

Der Herzskarabäus bestand aus Karneol, die feinste Qualität, die überhaupt angeboten wurde: ein warmes Blutrot, als sei die untergehende Sonne in dem Stein eingefangen. Und er war meisterlich gearbeitet. Allein ihn zu berühren, war ein Genuss, so glatt und vollkommen hatte man ihn geschliffen. Alles stimmte bis in die winzigste Kleinigkeit: der kräftige Körper, der Kopf mit den Fühlern, die eher Scheren glichen, und auch die winzigen Beinchen.

Das war die Vorderseite – doch auf die kam es nicht an, trotz all ihrer betörenden Schönheit.

Nefer drehte ihn langsam um, hielt ihn näher an seine Ölfunzel und begann, die winzigen Zeichen zu lesen.

Das Herz meiner Mutter, steh nicht gegen mich auf als Zeuge, tritt mir nicht entgegen im Gerichtshof…

Erleichterung breitete sich in ihm aus.

Das waren sie, die Sprüche aus dem Totenbuch*, ein wichtiger erster Beweis!

Er hatte keine Fälschung vor sich, wie befürchtet, sondern tatsächlich ein Amulett, das über der Brust eines Toten eingewickelt gewesen war.

Aber stammte es auch aus dem richtigen Grab?

Es kam auf die rechte Seite an, einzig und allein auf sie. Nefer zwang sich zum Weiterlesen.

Ach-en-Aten – der, der dem Aton nützlich gewesen ist …*

Er ließ den Skarabäus langsam sinken. Der Moment, auf den er so lange gewartet hatte!

Endlich war es so weit, nach all dem Bangen, all der Verzweiflung, doch er fühlte zu seiner eigenen Verblüffung keine Freude, nur eine schwache bittere Empfindung, die mit Hass noch am meisten Ähnlichkeit besaß.

»Jetzt kriege ich dich, Ramose«, flüsterte er. »Schau noch ein letztes Mal auf dein perfekt eingerichtetes Leben, das du auf den Scherben meiner Existenz aufgebaut hast. Denn jetzt bist du fällig. Und wirst nun bitter für alles büßen, was du damals mir und den Meinen mit deinem schäbigen Verrat angetan hast!«

*

Die niedlichsten Jungen, die Pau jemals geworfen hatte!

Vor allem die kleine Feuerkatze, die ihr glich wie ein Ei dem anderen, hatte Mius Herz im Sturm gewonnen. Jeden Tag verlor sie jetzt mehr von der putzigen Tollpatschigkeit, die jungen Kätzchen eigen ist, und schaute sich eifrigst von ihrer klugen Mutter ab, was eine richtige Katze alles können musste.

Manchmal allerdings schien sie das alles ebenso schnell wieder zu vergessen, so wie jetzt, wo sie wie ein Fellbündel durch Mius Zimmer schoss, und der kleine, dunkel gestromte Bruder war ihr dabei dicht auf den Fersen.

Hohe, spitze Schreie.

Dann waren die beiden ineinander verkeilt und balgten so übermütig, dass kleine Fellbüschel durch die Luft flogen.

Pau saß an der Tür und sah ihnen unbewegt zu. Nur noch ganz selten ließ sie die beiden Jungen an ihre Zitzen, und selbst dann immer nur für wenige Augenblicke. Als Miu sie mit einem leisen Schnalzen lockte, erhob Pau sich majestätisch, streckte sich ausgiebig und kam schließlich zu ihr.

»Willst du ein Geheimnis hören?«

Die Katze spitzte die Ohren, als verstünde sie jedes Wort.

»Deine Kleine wird eine Königskatze werden«, murmelte Miu, während sie Pau genüsslich streichelte. »Das hab ich mir für sie ausgedacht!« Zum Glück begann sie langsam, wieder runder zu werden, jetzt wo sie endlich nach Hause zurückgefunden hatte. Anukets Leckerbissen zeigten erste Erfolge. Miu würde achtgeben, dass es auch so blieb. »Was hältst du davon, meine Schöne?«

Pau rieb den Kopf an Mius Hand.

»Ich denke, wir werden den Pharao sehr glücklich damit machen«, fuhr Miu fort und musste lächeln, als anstelle einer Antwort der schönste Ton erklang, den sie sich vorstellen konnte: ein tiefes, gleichmäßiges Schnurren.

Viertes Kapitel

Wie groß der künstlich angelegte See war!

Schilf wucherte an seinen Ufern, Seerosen und Lotosblüten bedeckten wie ein blühender Teppich das östliche Ende, während der Rest der riesigen Wasserfläche für die königlichen Barken frei gemacht worden war. Überall Vögel, Bachstelzen, Graureiher, Turteltauben, sogar ein Ibisschwarm, der sich vom Nil über den Kanal hierher verirrt zu haben schien. Ihr Pfeifen und Sirren, ihr Trillern und Gurren erfüllte die Luft und in der betäubenden Hitze stand das Grün der Palmen satt und leuchtend.

»Wunderschön«, sagte Miu beeindruckt. »Eine ganz eigene Welt!«

Sie strich sich das Haar aus der Stirn, nur allzu gern bereit, die Verdrießlichkeiten des Tages zu vergessen, die sie bis hinter die königlichen Palastmauern begleitet hatten. Begonnen hatte es mit der vergeblichen Suche nach dem lohfarbenen Katzenjungen, das sie Tutanchamun heute eigentlich zum Geschenk hatte machen wollen. Dann kamen die nervigen Ermahnungen von Papa, der nur mühsam davon abzuhalten gewesen war, sie und Großmama zu begleiten. Gefolgt von einer Auseinandersetzung mit Raia, die ungewohnt wortkarg neben ihr in der Sänfte gehockt hatte, mit einem Gesicht, als ginge es zu einer Hinrichtung statt zu einer Barkenfahrt. Sogar die Palastwache musste zum guten Schluss erst davon überzeugt werden, sie beide hineinzulassen.

»Ohne mich tut meine Enkelin keinen weiteren Schritt. Sagt das dem Pharao.« Wenn Raia so aufgebracht war, wirkte sie größer als gewöhnlich. »Entweder ich begleite sie – oder ich werde Miu auf der Stelle nach Hause bringen.«

Daraufhin war in aller Eile Mayet herbeizitiert worden. Sie zog sich mit ihrer alten Freundin ein paar Schritte zurück und redete dabei eifrig auf sie ein. Schließlich machte die Königsamme dem Offizier der Leibgarde ein Zeichen, und er gab den Weg für Miu *und* Raia frei, während die Bewaffneten ihnen in respektvollem Abstand folgten.

Falls der Pharao sich von der unerwarteten Begleitung gestört fühlte, so ließ er sich das nicht anmerken. Freundlich und voller Hochachtung hatte er das Wort an Raia gerichtet, die nicht minder formvollendet geantwortet hatte. Bald schon waren die beiden in eine angeregte Unterhaltung über Vogelarten vertieft, zu der Tutanchamun auch noch seinen obersten Hofgärtner hinzubat.

Eine überaus kluge Taktik, um Großmama in Sicherheit zu wiegen, wie Miu binnen Kurzem feststellen sollte.

Während sie nämlich noch mit dem vierschrötigen Mann über Benus und Regenpfeifer fachsimpelte, hatte der Pharao Miu bereits auf die schmale Planke geführt.

»Sei vorsichtig«, sagte er leise. »Damit du mir bloß nicht ins Wasser fällst.«

Seine Hand auf ihrer Schulter war warm und beschützend. Es tat Miu fast leid, dass er sie zurückzog, sobald sie an Bord waren.

Ein knappes, majestätisches Nicken.

Die Ruderer setzten sich in Bewegung; erstaunlich geschwind glitt die Barke davon, während Raia ihnen vom Ufer aus fassungslos hinterherstarrte.

Tutanchamun schien nichts dem Zufall überlassen zu haben. Unter dem Schatten spendenden Baldachin war eine Liegestatt mit üppigen Kissen vorbereitet sowie ein schwarz-weißes Spielbrett. Im hinteren Schiffsbereich hockten zwei junge, stark geschminkte Nubierinnen, die Miu freundlich anlächelten, in ihrem Rücken die unvermeidlichen Leibwächter, statuengleich.

»Deine Dienerinnen für diesen Tag. Jeden Wunsch sollen sie dir von den Augen ablesen.«

Sie hatte keinen Blick für die Obstkörbe und Weinkrüge, die neben den Dienerinnen aufgebaut waren, denn plötzlich war er Miu so nah, dass es ihr die Sprache verschlug. Der Pharao, im schlichten weißen Schurz und bis auf einen goldenen Schlangenreif am Oberarm schmucklos, schien sich von Kopf bis Fuß mit einem würzigen Öl eingerieben zu haben, das bei der allerkleinsten Bewegung in ihre Nase drang.

Deine dunklen Brauen wachsen langsam nach … Das war es, was Miu dachte, um sich von dieser beunruhigend vitalen Gegenwart abzulenken. Höchste Zeit, dass du eine neue Feuerkatze bekommst! Eigentlich wollte ich sie dir ja schon heute mitbringen, aber die Kleine hatte sich im letzten Moment unsichtbar gemacht, so gründlich und unauffindbar, wie allein Katzen es vermögen.

Seine Augen waren auf sie gerichtet, fragend und fordernd zugleich, als gäbe es außer ihr nichts anderes auf der Welt.

Miu schluckte und schluckte und versuchte, dieses eine Wort zu sagen, doch ihre Zunge weigerte sich zu gehorchen. Zum Glück gelang es ihr schließlich doch.

»Danke«, flüsterte sie. »Danke!«

Taktvoll überging Tutanchamun ihre Verlegenheit.

»Lust auf eine Partie Senet?«, sagte er, während sie durch das grünliche Wasser glitten. »Du kennst das Spiel?«

Jetzt hätte Miu fast laut aufgelacht, was ihr half, sich wieder halbwegs zu fassen.

»Ein wenig«, sagte sie.

Großmama hatte sie von klein auf im Senet-Spiel unterwiesen und im Lauf der Jahre zu einer regelrechten Meisterin ausgebildet. Er würde schnell zu spüren bekommen, mit welcher Gegnerin er sich da eingelassen hatte, wenngleich sie noch niemals zuvor auf einem so kostbaren Brett gespielt hatte, wo die Felder mit Elfenbein und Onyx eingelegt waren, während die einfachen Leute sich damit begnügten, ein Spielfeld in die Erde zu ritzen!

»Du bist mein Gast und darfst die Farbe wählen.«

»Weiß«, sagte Miu sofort. Weiß, das ihr immer am meisten Glück gebracht hatte!

»Und wie viele Steine – drei?«, fragte der Pharao.

»Sieben«, erwiderte Miu, und es gefiel ihr, dass diese Antwort eine strenge Falte zwischen seinen Brauen hervorzauberte.

»Du fängst an!«

Sie nahm die Stäbchen, die feinsten und am sorgfältigsten polierten, die sie jemals in der Hand gehabt hatte, und warf sie. Kein schwarzes Stäbchen, aber vier weiße, was die Höchstzahl bedeutete: Wahrlich kein schlechter Auftakt!

»Fünf«, sagte Miu vergnügt und zog.

Tutanchamun schien verblüfft, blieb aber stumm. Allerdings brachte er nur eine kümmerliche Eins zustande. Miu warf als Nächstes dreimal hintereinander eine Drei, dann zweimal eine Fünf, während er hartnäckig stets nur niedrige Nummern erzielte.

»Ihr hattet vorhin Streit«, sagte er zwischendurch. »Deine Großmutter und du. Worum ging es?«

Das hatte er bemerkt?

Um dich, wollte Miu eigentlich hervorstoßen. Weil Großmama nämlich befürchtet, ich könnte in deinem Harim landen und damit den Zorn der Großen Königlichen Gemahlin auf mich ziehen, während ich ihr versichert habe, dass ich sehr wohl auf mich aufpassen kann.

»Ach, wir haben in gewissen Dinge manchmal eben unterschiedliche Auffassungen, meine Großmutter und ich«, sagte sie stattdessen. »Sie will, dass …«

»Jetzt lügst du, Miu«, unterbrach er sie. »Lass es lieber sein! Es passt nicht zu dir.«

Wortlos starrte sie ihn an. Etwas in seinem Blick sagte ihr, dass sie vorsichtig sein musste. Außerdem hatte seine Antwort sie verstummen lassen. Schließlich nickte sie nur und Tutanchamun schien damit bereits zufrieden.

»Worum spielen wir eigentlich?«, sagte er nach einer Weile. »Um einen Kuss?«

Ihr Vorsprung war bereits so groß, dass sie sich sehr sicher fühlte.

»Warum nicht?«, erwiderte sie leichthin, während ihr Herz aber schneller zu schlagen begann.

Und nun wendete sich plötzlich das Blatt. Ob Tutanchamun sie hinsichtlich seiner spielerischen Qualitäten zunächst hinters Licht geführt hatte oder ob das Glück ihm jetzt plötzlich hold war – jedenfalls warf er nun stets genau die richtigen Zahlen, die ihm ein rasantes Weiterkommen auf die richtigen Felder ermöglichten, während Miu eine Schlappe nach der anderen einstecken musste. Sie begann, unkonzentrierter zu spielen, beging sogar ein paar taktische Fehler, büßte dabei Stein um Stein ein und fing vor lauter Ärger über sich selber an, auf ihren Lippen herumzubeißen.

Plötzlich spürte sie seinen warmen Finger auf ihrem Mund.

»Das haben sie nicht verdient«, sagte er, sein Blick weicher und schmelzender denn je. »So zart und süß, wie sie sind. Ist doch nur ein Spiel, Miu!«

Der Pharao hatte gut reden! Sein Stein befand sich bereits unmittelbar vor dem *Haus des Horus*. Nur noch eine einzige Eins – und er war im Ziel.

Für eine Weile schien ihn das Glück allerdings wieder zu verlassen, während Mius weißer Stein seine anderen Steine zügig jagte.

Schließlich noch ein Wurf – und jetzt hatte Tutanchamun seine ersehnte Eins!

Anstatt jedoch den erlösenden Stein zu setzen, beugte Tutanchamun sich über Miu und nahm ihren Kopf in seine Hände. Sie bekam plötzlich Angst, innerlich zu verbrennen, so heiß glühte sie innerlich.

»Warum zitterst du?«, hörte sie ihn flüstern. »Ich werde dir bestimmt nicht wehtun, Miu!«

»Du bist Pharao«, gab sie zurück. »Und damit Gott.«

»Vor allem bin ich ein Mann«, sagte er leise und seine vollen Lippen senkten sich zärtlich auf ihren Mund.

Vor nichts hatte sie sich so gefürchtet – und gleichzeitig

sich nichts so sehr gewünscht. Die Welt schien stillzustehen. Das Wasser gluckste leiser, sogar die Vögel hörte sie plötzlich nicht mehr zwitschern.

Er schmeckte nach Wein, nach etwas Bitterem, das ihr unvertraut war. Nach Abenteuer. Und Glück. Als er behutsam ihre Lippen öffnete, kam ihr kurz Anis ernstes Gesicht in den Sinn, aber Miu schob den Gedanken daran schnell wieder beiseite. Ani war ein liebenswerter Verwandter, nicht mehr und nicht weniger, der Pharao jedoch …

Sie fuhren auseinander, als ein lautes Platschen ertönte, dann ein Schrei, vom Ufer her. Für einen Augenblick war niemand zu sehen, dann jedoch schoss ein silberner Kopf nach oben, begleitet von verzweifeltem Armrudern.

»Hilfe!«, schrie Raia und schien mit jedem Atemzug ein Stückchen tiefer zu sacken. »Ich ertrinke!«

»Sie kann doch schwimmen …«, wollte Miu noch sagen, da war einer der Leibwächter bereits kopfüber in den See gesprungen und nahm Kurs auf Raia.

Doch sein Rettungsversuch kam zu spät.

Vor ihm war vom Ufer her ein anderer Mann ins Wasser gehechtet, ein guter Schwimmer, wie es schien, der bereits bei der wild um sich Schlagenden angelangt war. Er drehte sie auf den Rücken, schützte ihren Kopf mit der Hand vor übermütigen Wellen und schwamm mit ihr zurück zum Ufer.

Dort lag sie, schwer atmend, die Augen geschlossen, ein Bild der Erschöpfung, das für kurze Zeit sogar Miu beinahe überzeugt hätte. Nachdem die Barke angelegt hatte, war Miu zu Raia gerannt, so schnell sie nur konnte. Verraten allerdings würde sie nichts, das beschloss sie in diesem Moment.

Stattdessen griff sie nach Raias Hand und drückte sie zart.

»Ich denke, ihr ist nichts weiter Schlimmes zugestoßen«, sagte eine tiefe Stimme. Sie gehörte Raias Retter, einem hochgewachsenen, kräftigen Mann, der triefnass neben ihr stand.

»Wir haben dir für deine Geistesgegenwärtigkeit zu danken, General Haremhab«, sagte der Pharao, der inzwischen aufgeschlossen hatte. »Und das nicht zum ersten Mal.«

Der Mann machte eine geschmeidige, nicht allzu tiefe Verneigung in Richtung des Pharaos. »Stets zu Diensten, Goldhorus! Wann immer es in meiner Macht steht – für dich und für Kemet.«

Lautes Gebell, dann waren die königlichen Hunde neben Miu und beschnupperten sie kaum minder aufdringlich als beim letzten Zusammentreffen. Angesichts ihrer stattlichen Zähne war Miu zum ersten Mal an diesem Tag froh, dass die kleine Katze sich beizeiten unsichtbar gemacht hatte.

Irgendwann ließen sie von ihr ab.

»Wie schön, dich endlich wieder in Waset begrüßen zu dürfen, General!« Die Große Königliche Gemahlin war ihren Schoßtieren nachgeschlendert, gekleidet in ein weißes, durchsichtiges Gewand, das ihren perfekten Körper mehr enthüllte als verbarg. An Raia, die sich mühsam wieder aufrichtete, schien sie nicht sonderlich interessiert. Dafür war der kurze Blick, den sie Miu zuwarf, scharf wie eine Schwertklinge. »Welch aufregende Neuigkeiten bringst du uns aus unserem geliebten Mennefer?«

»Leider nicht die besten. Es riecht nach Krieg, Hoheit.« Seine Verneigung vor ihr war nicht tiefer, aber deutlich ehrerbietiger als vor dem Pharao, das registrierte Miu. »Die Völker im Norden treiben ihr provozierendes Verhalten auf die Spitze. Wenn Kemet sie nicht bald gründlich in die Schranken weist, werden sie uns über kurz oder lang auf dem Kopf herumtanzen.«

»Lasst uns in den Palast gehen.« Tutanchamun gab sich nicht die geringste Mühe, seine aufkommende Verstimmung zu verbergen. »Das sind nicht die richtigen Themen für einen angenehmen Nachmittag im Lustgarten!«

Sie hatten seine Vergnügungen gestört, und das nahm er ihnen übel – Anchesenamun und diesem großen, stattlichen General, der seine Gemahlin nicht aus den Augen ließ. Sie sollten zu spüren bekommen, wie sehr.

»Dein Wunsch sei mir Befehl, Einzig-Einer!«, erwiderte Haremhab glatt und trat zur Seite.

»Du wirst wiederkommen müssen, Miu«, sagte der Pharao, als er wenig später an ihr vorbeiging, so leise, dass nur sie es hören konnte. »Lass mich nicht lange warten! Mein Palast steht dir ebenso offen wie mein Herz. ›Feuerkatze‹ lautet die Parole und ist der Schlüssel zu beidem.« Ein scheues, jungenhaftes Lächeln. »Aber ich denke, das weißt du längst!«

*

Von all den vielen Räumen in seiner Werkstatt liebte Ramose diese Kammer am meisten. Sie lag weit genug entfernt von den *Sälen der Reinigung*, wo den Toten auf Steintischen die Organe entnommen und, je nach Preisklasse, bis zum Tag der Bestattung sorgfältig in Kanopengefäße aus Ton oder Stein gefüllt wurden. Bis hierher wehte nicht der unerträglich süßliche Atem Anubis', und aus diesem Grund hätte er sich die aufwändige Räucherung, die er allwöchentlich abhielt, wohl auch sparen können. Außerdem hatte er wenig Zeit, denn ein neuer Kunde hatte sich mitsamt seinem Weib schon zum zweiten Mal angesagt, offensichtlich entschlossen, eine erhebliche Menge Silber in die Balsamierung seiner verstorbenen Mutter zu investieren.

Ramose hielt dennoch an seinem Vorhaben fest. Die Räucherung war ihm eine lieb gewordene Zeremonie, die ihm dabei half, die Gedanken zu sortieren und all das aus seinem Herzen zu verbannen, was sich lästig und schwer anfühlte. An Myrrhe gab es zum Glück keinen Mangel, wenngleich er gerade hier äußerst wählerisch war. Nur die kräftige graurote Farbe fand Gnade vor seinen kritischen Augen, und ihren würzigen, leicht bitteren Duft zu inhalieren, war eine Wohltat. Den Geruch von frischer, feuchter Erde meinte er zu riechen, während er seine kleine Räucherpfanne vor den Brettern sacht hin und her bewegte, wo die Amulette lagen, die die Toten auf ihrer letzten Reise begleiten würden.

Doch das war noch lange nicht alles.

Der Duft rief auch gewisse andere Erinnerungen in ihm wach, Erinnerungen, die ihm ein Lächeln auf die Lippen zauberten – an weiche Haut und rabenschwarzes, duftendes Haar. An Seufzen und geflüsterte Liebesworte …

Für einen Augenblick hielt er die Lider geschlossen und plötzlich stieß sein Fuß unsanft an einen schweren Gegenstand. Abrupt in die Gegenwart zurückgerissen, starrte Ramose auf die große Kiste, die erst heute Morgen angeliefert worden war. Kopfstützen, Spielbretter, Krüge, Schalen – und was die Reichen sonst noch alles brauchten, um ihren Luxus auch im Jenseits zur Verfügung zu haben.

Am wichtigsten aber waren die zahlreichen Amulette, die, sorgsam sortiert, ein wenig höher auf den Brettern lagerten. Ramose gönnte auch ihnen eine tüchtige Prise Myrrhe, was sie reinigen und damit noch wirksamer machen würde. Hier war so gut wie alles vertreten, was eine Frau oder ein Mann aus Kemet sich als magischen Schutz nur wünschen konnte: das Anch-Kreuz, das das ewige Leben symbolisierte, der Djed-Pfeiler, der das Rückgrat des Gottes Osiris darstellte, das Udjat-Auge, Schutz vor allem Bösen, die Schwingen der Göttin Isis, Heilung und Schutz für Lebende und Tote, der Skarabäus, heiliger Pillendreher …

Ramose erstarrte.

Es kostete ihn Mühe, das Räuchergefäß nicht einfach fallen zu lassen, sondern es halbwegs sanft auf der Kiste abzusetzen. Zwischen all seinen vertrauten Skarabäen aus Ton und Stein stach ein glutrotes Exemplar hervor, das er noch nie zuvor gesehen hatte.

Er musste sich die Hände am Schurz abwischen, bevor er die Kraft fand, das Amulett in die Hand zu nehmen.

Ein Herzskarabäus. In der feinsten Karneolqualität, die ihm jemals begegnet war.

Ein Pfeifen und Knirschen. Ramoses Blick flog zur Türe.

Er war nach wie vor allein, und das Geräusch, das ihn eben erschreckt hatte, war nichts anderes als ein vorwitziger Windstoß, der draußen Sand und ein paar Steine aufgewirbelt und gegen das Holz geschlagen hatte.

Langsam drehte er den Herzskarabäus um.

Die Zeichen waren winzig klein; er musste ihn ganz nah an seine Augen halten, um das Eingravierte überhaupt lesen zu können. Wie gewohnt begann Ramose auf der linken Seite.

Das Herz meiner Mutter, steh nicht gegen mich auf als Zeuge, tritt mir nicht entgegen im Gerichtshof…

Der Spruch stammte aus dem Totenbuch!

Er las auf der rechten Seite weiter, und plötzlich war es, als rissen scharfe Krallen an seinem Herzen.

Ach-en-Aten – der, der dem Aton nützlich gewesen ist…

Das konnte, das durfte nicht sein!

Ramose ließ den Karneol los, als hätte er sich daran verbrannt. Hilflos schaute er sich um, da entdeckte er unter dem nächsten Amulett ein zerfranstes Stück Papyrus, das offenbar bislang seiner Aufmerksamkeit entgangen war.

Er zog es hervor. Beim Lesen weiteten sich seine Augen vor Entsetzen.

Erkenne dein Verbrechen an, sonst wird etwas Schreckliches geschehen!

Der Myrrheduft war so stark, dass er nach Luft rang. Ramose packte das Räuchergefäß, öffnete die Türe und schleuderte es nach draußen. Dann sank er auf die Kiste und presste die Hand auf sein wild schlagendes Herz.

Was war, ist vorbei und vergessen – so hatte sein Wahlspruch gelautet, und er war gut damit gefahren. Die Vergangenheit war tot und für alle Zeiten begraben. Er hatte viel riskiert und dafür den höchsten Preis bezahlt – den Verlust seiner Frau, an die Miu ihn jeden Tag mehr und mehr erinnerte.

Doch nun hatte der blutrote Herzskarabäus alles, was

hinter ihm lag, mit einem Mal zu neuem, hässlichem Leben erweckt. Beinahe hätte Ramose laut aufgeschluchzt. Denn was die heiligen Zeichen auf dem Stück Papyrus von ihm verlangten, konnte und durfte er nicht erfüllen.

Doch wenn er sich weigerte, was dann?

»Meister?« Das war Ipis Stimme hinter der Tür! »Die Herrschaften sind eingetroffen und warten schon eine ganze Weile auf dich. Sie wollten mit dir das Holz für den Sarkophag aussuchen ...«

»Erledige du das an meiner Stelle!«, rief Ramose und schämte sich, wie zittrig seine Stimme klang. »Zeig ihnen die Holzsorten. Aber bleib hart, wenn sie zu feilschen versuchen. Qualität hat nun mal ihren Preis!«

»Aber sie wollen unbedingt mit dir persönlich verhandeln! Was soll ich ihnen sagen?«

»Dann stimm sie um. Wozu hab ich dir jahrelang alles beigebracht? Ich kann hier gerade nicht weg.«

»Alles in Ordnung?« So schnell ließ Ipi sich nicht abschütteln. »Du klingst auf einmal so merkwürdig. Bist du krank, Meister? Oder brauchst du Hilfe? Du weißt doch, ich stehe jederzeit für alles bereit!«

»Nein«, rief Ramose so laut und bestimmt, wie es ihm nur irgend möglich war. »Ich will bloß meine Ruhe. Geh an die Arbeit!«

*

Zäh wie flüssiges Blei waren die Tage bis zum Opet-Fest* verstrichen, und manchmal war es Miu vorgekommen, als wäre die Zeit einfach stehen geblieben.

Keine Nachricht vom Palast, nicht eine einzige.

Inzwischen erschien ihr alles, was auf dem künstlichen See geschehen war, wie ein Traum, der immer blasser wurde, je mehr sie sich bemühte, die Erinnerung daran festzuhalten.

Aber er *hat* mich geküsst, dachte sie in einer Art trotzigem Aufwallen. Tutanchamun, Pharao und Gott des Schwarzen Landes! Seine Lippen haben die meinen berührt!

Doch sooft sie es sich auch vorsagte, wahrer fühlte es sich trotzdem nicht an. Vielleicht lag es ja auch an Großmamas Krankheit, die auf das ganze Haus einen Schatten geworfen hatte. Zum ersten Mal wurde Miu bewusst, dass Raia sie eines nicht zu fernen Tages verlassen könnte.

Sie zählt schon viele Jahre, dachte Miu. Sie kann sterben, so wie auch meine Mutter gestorben ist. Dann bin ich mit Papa ganz allein!

Der Sturz ins Wasser, der schon zwei Wochen zurücklag, war Raia nicht bekommen. Sie, die sich bislang nie auch nur die kleinste Schwäche erlaubt hatte, begann plötzlich zu husten und klagte über Schmerzen in der Brust. Bald darauf kam das Fieber, zwang sie ins Bett und erschöpfte sie über Tage hinweg dermaßen, dass Ramose schließlich persönlich ins Lebenshaus ging und mit einem Sunu, wie die Ärzte in Kemet hießen, zurückkam.

Der Sunu untersuchte die Kranke lange und eingehend.

»Ich kann dir mein Spezialmittel aus Feigen, Datteln, einer Prise Anis und Honig empfehlen«, hörte Miu ihn sagen, die heimlich an der angelehnten Tür lauschte. »Lang genug gekocht, entsteht so ein Sirup, der deine Beschwerden schnell lindern wird.«

Er ließ eine längere Pause folgen.

»Doch wir beide wissen, dass die Ursache deines Leidens anderswo sitzt.« Sachte tippte er gegen Raias Brustkorb. »Nämlich hier. In deinem Herzen. Habe ich recht?«

Sie gab einen krächzenden Ton von sich.

»Dachte ich mir! Du trägst ein Geheimnis mit dir herum, das dir die Brust eng macht und alle Luft aus den Lungen fegt«, fuhr er fort. »Dein Herz ist schwarz und schwer vor Kummer. Wenn du nicht bereit bist, zu offenbaren, was dich so quält, wird es dich über kurz oder lang von innen her ersticken.«

Was Großmama darauf antwortete, konnte Miu nicht mehr hören, denn die Tür fiel plötzlich wie von Geisterhand zu und sperrte ihre neugierigen Ohren aus. Offenbar schien die Medizin des Sunus aber zu wirken, denn das Fieber sank, und der hartnäckige Husten begann, sich zu lösen.

Freilich hatte die Krankheit Großmama bleich und hohlwangig werden lassen, und selbst heute, in ihrem schönsten Festtagskleid, wirkte sie weniger strahlend als sonst. Keiner aus der Familie verlor auch nur ein Wort darüber, dass sie erst heute, am letzten Festtag, an den allgemeinen Feiern teilnehmen konnten. Raia bemühte sich tapfer, zu überspielen, wie anstrengend es für sie war, lange auf den Beinen zu bleiben; Miu jedoch ließ sich davon ebenso wenig blenden wie Ani, der gekommen war, um sie abzuholen.

»Wir nehmen einfach einen Klapphocker mit«, sagte er. »Dann kannst du unterwegs ausruhen, wann immer du willst! Miu wird dafür sorgen, dass du gut sitzt, wenn ich wieder zum Dienst zurückmuss.«

»Als ob ich ein uraltes Weiblein wäre …«

Doch Raias Protest verhallte ungehört, und nach Kurzem schien sie sogar froh darüber, dass der junge Polizist sich mit seinem Vorschlag durchgesetzt hatte, denn die Menschenmasse, die sich am Ufer zurück in Richtung Karnak* wälzte, war enorm. Der Wasserstand der Nilschwemme belief sich auf gute sechzehn Ellen – das hatte es seit mehr als einem Dutzend Jahren nicht mehr gegeben! Bald schon würde das Wasser abfließen und den fruchtbaren Schlick freigeben, in dem die neue Ernte sprießen konnte.

Kemet war gesegnet. Kemet war reich.

Und der junge Pharao genoss ganz offensichtlich die Gunst der Götter.

Ramose, der seit Tagen einsilbig und in sich gekehrt war, hatten sie unterwegs schon bald verloren, und es kostete Miu Anstrengung, sich zwischen all den vielen Armen und Beinen durchzukämpfen, um für Großmama und ihr mobiles Sitzmöbel ein einigermaßen ruhiges Plätzchen am Rand des Geschehens zu finden.

»Geht es wieder?« Anis Gesicht wirkte angespannt. »Wäre es nicht klüger, ich brächte dich nach Hause, Raia, und Miu gleich mit dazu? Bald werden die Leute hier betrunken herumtorkeln, dann wäret ihr beide an einem ruhigen, sicheren Ort besser aufgehoben!«

»Aber doch nicht, bevor ich die Barken gesehen habe!«, protestierte Raia. »Ein langes Jahr habe ich mich auf diesen Anblick gefreut. Und sieh nur, wie gut unser Platz ist! Niemand versperrt uns hier die Sicht.«

Da kamen sie bereits näher, drei große goldene Barken, die die Stauen der Götter Amun* und Mut sowie ihres gemeinsamen Sohnes Chons* trugen. Als viertes Gefährt folgte ihnen die Barke des Pharaos, ein Anblick, der Mius Kehle eng machte.

»Ich bleibe hier«, sagte sie knapp. »Auf jeden Fall.«

War Opet nicht ein altes Wort für Harim und bedeutete »Frauenhaus«? Wurde nicht gerade gefeiert, dass Amun sich mit seiner Gemahlin Mut im Tempel vereinigte? Und vor allem – war Tutanchamun nicht Pharao und Gott in einer Person?

Und lautete ihr vollständiger Name nicht Mut-in-ihrer-Barke?

»Wie ihr wollt. Dann bleibt ihr beide eben hier«, sagte Ani und sah Miu dabei so zwingend an, dass ihr leicht beklommen zumute wurde. »Ich kann mich doch auf dich verlassen, Miu? Du kümmerst dich um Raia?«

»Natürlich«, sagte sie schnell und hoffte, er möge endlich verschwinden, damit sie sich ganz der vierten Barke widmen konnte.

Doch als Ani gegangen war, fühlte sie sich plötzlich verloren. Immer mehr Menschen begannen, sich um sie zu scharen, und der Duft nach gebratenem Rindfleisch, das überall an provisorischen Ständen angeboten wurde, schwängerte die Luft. Raia hielt es nicht länger auf dem Klappstuhl, der ihr lediglich eingeschränkte Sicht ermöglichte.

Ungeduldig erhob sie sich. Ein Lächeln verschönte ihr Gesicht, als sie zum Fluss schaute.

»Da sind sie ja endlich«, sagte sie. »Die ganze göttliche Familie, auf dem Weg nach Hause!«

Ein Satz, der in Miu fuhr wie ein Blitz.

Sie hatte nur noch Augen für die vierte Barke, in der Pharao Tutanchamun saß, auf dem Kopf die Doppelkrone von Ober- und Unterägypten, Krummstab und Wedel in den Händen. Am liebsten hätte sie ihm gewunken und etwas zugerufen, seine Haltung und Mimik jedoch ließen diesen ungehörigen Wunsch auf der Stelle in ihr ersterben.

Neben ihm Anchesenamun, schöner und stolzer als je zuvor. Ihre Haut schimmerte in der Sonne wie pures Gold; unzählige Steine funkelten um ihren Hals, glitzerten an ihren schlanken Armen. Sie war wie eine Statue, gegossen aus dem Fleisch der Götter, eine Statue allerdings, um deren Lippen ein wissendes, grausames Lächeln spielte.

Mius Zuversicht sank auf den Tiefpunkt.

Was hatte sie sich da nur einbilden können? Auch wenn sein Mund noch vor Kurzem zärtlich ihre Lippen berührt hatte, gegen dieses Königspaar würde sie niemals ankommen, das wurde ihr in diesem Moment in kristallener Klarheit bewusst. Die beiden waren gottgleich – und sie selber nur die Tochter des Balsamierers!

»Aber da ist ja noch ein fünftes Boot!« Raias Zeigefinger deutete hinter die Königsbarke. »Und ein sechstes, das ihm dichtauf folgt. Sie müssen das Zeremoniell geändert haben.«

Der grauhaarige Alte im fünften Boot war Göttervater Eje, der ein solch grimmiges Gesicht zog, als wäre diese öffentliche Zurschaustellung für ihn die reinste Zumutung. Für die Vielzahl der frisch geschorenen Amun-Novizen vor und hinter sich hatte er keinen einzigen Blick. Seine angespannte Körperhaltung verriet, wie unwohl er sich fühlte.

Ganz anders der Mann in der nachfolgenden Barke.

General Haremhab saß kerzengerade und musterte das

Ufer so scharf, als gelte es, mit seinem Adlerblick verborgene Feinde aufzuspüren. Seine Gesten drückten Selbstsicherheit und Siegerwillen aus. Doch das war es nicht, was Mius Aufmerksamkeit erregt hatte.

Plötzlich klammerte sie sich fester an Großmamas Arm.

»Was hast du, mein Mädchen?«, sagte Raia besorgt.

»Da!« Miu konnte kaum noch reden. »Siehst du ihn denn nicht?«

»Wen soll ich sehen?«

»Den Mann. Da, schräg hinter deinem Retter, dem General. Fällt dir seine Nase auf, wenn er den Kopf zur Seite wendet? Ich kann es nicht glauben!«

»Ich verstehe nicht, Miu …«

»Aber das ist doch er, der Mann mit dem Geierprofil!«, rief Miu aufgeregt. »Der zusammen mit dem Warzenkerl den Pharao töten wollte. Ich muss den König sofort warnen. Er hat ja keine Ahnung, dass dieser Mann …«

»Nicht jetzt und nicht hier.« Raias Stimme hatte zu ihrer gewohnten Strenge zurückgefunden. »Das Opet-Fest zählt zu den höchsten Feiertagen. Daran solltest du denken, Miu!«

»Das tue ich ja! Was, wenn die Verbrecher sich ausgerechnet diesen Umstand zunutze machen wollen?« Miu schaute sich verzweifelt um. »Warum nur ist Ani schon fort? Er hätte uns helfen können!«

»Der Junge musste zum Dienst, das geht nun mal vor. Was hätte er außerdem schon ausrichten können, immerhin ist er nur ein kleiner Polizist. Der Pharao zieht sich nach dem Anlegen der Barken zu den heiligen Zeremonien in den Tempel zurück und dabei dürfen ihn lediglich die geweihten Priester Amuns begleiten …«

»Aber wenn der Verbrecher ihm irgendwo auflauert? Vielleicht lautet ja so und nicht anders sein gemeiner Plan! Wenn er ihn einfach hinterrücks niedersticht, was dann?« Mius Atem ging stoßweise. »Ich muss zu ihm!«

Auf einmal legten sich weiche Arme um ihren Hals und sie vernahm eine vertraute Stimme.

»Miu! Raia! Dass ich ausgerechnet euch hier treffe!«, rief Iset.

»Du bist doch nicht etwa ganz allein unterwegs?«, fragte Raia.

»Natürlich nicht! Aber Chamaat, meine Schwiegermutter, hab ich wohl irgendwo im Getümmel verloren.« Es klang nicht, als bedaure sie das besonders.

»Und dein Mann? Wo steckt Kenamun?«, wollte Raia weiter wissen, während Miu den Hals reckte, aber sie konnte den Barken, die mit dicken Stricken von Dutzenden von Männern auf dem Ufer vorwärtsgezogen wurden, nur noch nachschauen.

»Kenamun?«, sagte Iset zögernd. »In der Nekropole. Bei der Arbeit.«

»An diesem Tag?«

»An *allen* Tagen. Zumindest kommt es mir so vor.« Das kam sehr viel leiser und war ausschließlich für Mius Ohren bestimmt.

»Das klingt, als wärst du enttäuscht. Schon jetzt, so kurz nach der Hochzeit?«

»Man weiß immer erst, was man bekommen hat, wenn man den Sack aufgeschnürt hat«, sagte Iset.

»Du vergleichst Kenamun mit einem Sack? Was ist los, Iset? So kenne ich dich ja gar nicht!« Miu zog die Freundin ein Stück zur Seite, aus Angst, Papa könnte sie in der

Menge vielleicht doch ausfindig machen und sozusagen auf frischer Tat ertappen.

»Ich kenne mich ja selber kaum noch! Ständig schlecht gelaunt und misstrauisch – war ich das früher etwa auch schon?«

Miu schüttelte den Kopf.

Keine Spur von Papa. Sie begann, sich wieder zu entspannen.

»Ich bin sicher, du musst dich erst richtig einleben«, sagte sie. »Im Wüstendorf ist doch alles neu für dich – und Ehefrau bist du auch erst seit Kurzem. Gönn euch beiden doch etwas Zeit! Ich bin sicher, dann renkt sich alles wieder ein.«

»Ich weiß nicht so recht«, sagte Iset unschlüssig. »Manchmal erscheint es mir, als …«

»Kommt ihr wieder zurück zu mir?«, rief Raia. »Ich möchte allmählich nach Hause.«

»Weißt du was?«, schlug Miu vor. »Ich komme dich demnächst besuchen – in deinem schönen neuen Zuhause. Aber werden sie mich auch reinlassen? Ani hat neulich erzählt, dass die Kontrollen sehr streng sind.«

»Hinein gelangt man jedenfalls leichter als hinaus. Die Wachen haben uns heute von Kopf bis Fuß kontrolliert, bevor wir auf die Fähre durften.«

»Weshalb?«, sagte Miu.

»Um sicherzugehen, dass wir nichts Kostbares hinausschmuggeln.« Iset klang plötzlich noch bedrückter. »Als ob alle Arbeiter im Wüstendorf und ihre Familien nichts als ein Haufen Diebe und Betrüger wären!«

»Was redest du da von Betrügern?« Raia hatte den letzten Teil mitbekommen.

»Nichts Wichtiges«, sagte Miu schnell. »Nur ein bedauerliches Missverständnis. Gib mir deinen Stuhl, Großmama. Und dann häng dich fest bei mir ein. So kommen wir wohlbehalten nach Hause!«

*

Die kleine Katze hatte sich auf Mius altem Tuch eingekringelt. Sie schien zu träumen, womöglich von flinken Mäusen, denn ihre Pfoten zuckten und die Schnurrhaare vibrierten.

Es tat Miu leid, sie ausgerechnet jetzt stören zu müssen, doch sie konnte nicht länger warten, wollte sie Raias Mittagsschlaf nutzen, den sie seit ihrer Krankheit jetzt täglich hielt.

Anukets Zwiebelkorb hatte sie schon vor einer ganzen Weile stibitzt und sich taub gestellt, als die alte Dienerin diesen Verlust lautstark beklagte.

Es gab kein passenderes Transportgefäß!

Die Binsen waren dicht genug geflochten, damit die Kleine unterwegs nicht abhauen konnte, aber auch weit genug, um für genügend Luft zu sorgen. Ein paar ihrer stabilsten Haarbänder, fest aneinandergeknotet und durch die Binsen gezogen, fungierten als Henkel. Jetzt galt es nur noch, die Kleine zu überlisten, bevor sie erneut das Weite suchen konnte.

Miu langte unter den seidenweichen Bauch und hob sie leicht an. Die Katze schlug die Augen auf, die nicht mehr blau waren wie in der ersten Zeit, sondern inzwischen grün, und wollte fliehen, da steckte sie bereits im Korb und der Deckel über ihr war geschlossen.

Von außen hörte man Fauchen, dann klägliches Wimmern. Höchste Zeit, dass Miu sich auf den Weg machte!

Dass sie tatsächlich bei Anis Wache vorbeischauen würde, wusste sie erst, als sie schon fast dort angelangt war. Es war, als hätten ihre Füße sie von selber dorthin getragen.

Im Korb war alles still; das Kätzchen schien sich inzwischen in die missliche Lage dreingefunden und seinen Protest eingestellt zu haben. Miu straffte sich, bevor sie eintrat, innerlich bereits gegen Pfiffe und dumme Bemerkungen gewappnet.

Doch sie hatte Glück.

Anis jüngere Kollegen schienen alle auf Streife, und der Mann, der ihr aufmerksam entgegenschaute, war bereits in mittleren Jahren.

Ob das vielleicht Userkaf war?

Beinahe hätte sie ihn angesprochen, dann jedoch entschied Miu sich dagegen. In die Belange der Medjais hatte niemand anderer einzugreifen, das hatte Ani ihr mehrmals eingeschärft. Falls er ihr helfen würde, dann nur weil er ihr auch vertrauen konnte. Das durfte sie keinesfalls aufs Spiel setzen!

»Ich möchte zu Ani«, sagte sie. »Meinem Cousin.«

Was die Wahrheit nicht ganz traf, denn er war ja nur der Sohn der Cousine ihrer Mutter.

Ein Schulterzucken.

»Du findest ihn nebenan.« Der Blick des Mannes glitt zu dem Korb. »Du schleppst uns doch hoffentlich nicht heimlich Bier an? Ich dulde nicht, dass während des Dienstes gesoffen wird!«

»Im Korb ist ein kleines Geschenk«, erwiderte Miu wahrheitsgemäß. »Aber es ist für einen anderen bestimmt.

Ich will Ani lediglich etwas ausrichten. Dauert nur ein paar Augenblicke.«

»Dann beeil dich. Kann sein, dass wir gleich wieder losmüssen.«

Ani war am Waffenreinigen und sah erstaunt auf, als er sie erblickte. »Ist etwas passiert?«, sagte er sofort. »Doch nicht etwa mit Raia?«

»Die ruht sich bloß aus«, sagte Miu. »Und bis sie wieder wach ist, bin ich längst zurück zu Hause. Ich hab den Mann mit dem Geierprofil wiedergesehen, Ani! Beim Opet-Fest. In der Barke von General Haremhab.«

»Du musst dich getäuscht haben.« Er war aufgesprungen. »Das kann einfach nicht sein!«

»Das hast du schon einmal geglaubt«, sagte Miu leise. »Und dann war alles doch genau so, wie ich es von Anfang an gesagt habe. Ich hab mich nicht getäuscht, Ani! Er war es. Was sollen wir jetzt tun?«

»Das muss an die richtigen Stellen, und zwar umgehend...« Er schien zu überlegen. »Ich werde Userkaf informieren. Der hat immer die besten Einfälle.«

»Userkaf – ist das der Mann da draußen?«

»Ja, das ist er.«

»Warum sagen wir es ihm dann nicht gleich?«, fragte Miu. »Zusammen?«

»Ich fürchte, das stellst du dir alles ein bisschen zu einfach vor. Userkaf mag es nicht, wenn er sich überrumpelt fühlt. Und er hasst es, wenn jemand von außen auch nur die kleinste Einmischung wagt. Ich werde den richtigen Moment abwarten, dann sage ich es ihm.«

»Versprochen?«

»Versprochen!« Jetzt erst schien Ani aufzufallen, wie

sorgfältig frisiert Miu war und dass sie ein neues, blaues Kleid trug. »Du siehst hübsch aus, Miu. Richtig erwachsen mit deinem großen Korb! Hast du noch etwas Besonderes vor?« Er klang freundlich und dennoch hörte sie die Anspannung in seiner Stimme.

»So könnte man es sagen«, erwiderte sie leichthin. »Eine kleine Katze bekommt ein neues Zuhause.«

Userkaf warf ihr einen seltsamen Blick zu, als sie, einen Gruß murmelnd, die Wache wieder verließ. Vermutlich glaubte er doch, dass sie Bier hineingeschmuggelt hatte. Sie mochte ihn nicht besonders, obwohl sie ihn noch nie zuvor gesehen hatte. Aber wenn Ani sagte, dass er ein guter Mann sei, hatte er sicherlich seine Gründe dafür.

»Jetzt kommt die Fähre«, flüsterte sie der Katze zu, die wieder wach war und ihr Federgewicht im Korb hin und her warf. »Und dann sind wir beide gleich am Ziel.«

Der Weg bis zum Palast erschien ihr ewig und bei jedem Schritt stach die Sonne unbarmherziger auf sie herab.

Ich komme nur, um dich zu warnen, dachte Miu, als wollte sie sich selber Mut machen. Weil doch der Mann mit dem Geierprofil in deiner nächsten Nähe ist. Außerdem hab ich dir eine Feuerkatze versprochen und meine Versprechen halte ich. Immer!

Und dennoch konnte sie nicht verhindern, dass ihr das Herz bis zum Hals schlug und ihre Hände schweißnass waren, als sie an das große Palasttor klopfte.

»Feuerkatze«, sagte sie, als sie nach der Losung gefragt wurde. »Der Pharao erwartet mich.«

Man führte sie hinein, ließ sie warten, genauso wie sie es bereits kannte. Schließlich näherte sich ein Hauptmann der Leibgarde, der ihren Korb misstrauisch beäugte.

»Ein Geschenk für Tutanchamun«, sagte Miu. »Etwas, das ihn sehr glücklich machen wird.«

»Das kann jeder behaupten. Öffnen!«

»Das kann ich leider nicht. Denn sonst ist das Kätzchen sofort in der nächsten Ritze verschwunden.«

»Eine Katze?« Er starrte sie an, als hätte sie den Verstand verloren. »Für den Pharao?«

»Eine Feuerkatze, ganz genau!« Miu verlor allmählich die Geduld. »Hol Mayet, die Königsamme. Vielleicht kann sie es dir besser erklären.«

Mayet näherte sich mit schwingenden Hüften, als Miu schon die Hoffnung aufgeben wollte.

»Wo ist Raia?«, rief sie als Erstes. »Du bist doch nicht etwa allein gekommen?«

»Raia ruht sich aus. Es geht ihr wieder gut, du brauchst dir keine Sorgen zu machen. Ich bin nicht allein hier. In diesem Korb ist eine Feuerkatze – mein Geschenk für Tutanchamun. Damit er endlich seinen Verlust überwinden kann. Kannst du mich bitte zu ihm bringen?«

»Wie stellst du dir das vor, Kind? Der Pharao hat wahrlich andere Dinge zu tun! Und einfach hier allein aufzutauchen! Was hast du dir dabei nur gedacht? Ich wette, deine Großmutter wird sehr wütend werden, wenn sie das erfährt!«

»Bitte!«, sagte Miu. »Er wird sich freuen. Ich weiß es!«

Mayet betrachtete sie stirnrunzelnd.

»Du gibst niemals auf, was?«, sagte sie schließlich. »Genauso wie deine Mutter und deine Großmutter, auch wenn jede behauptet, ganz anders zu sein! Scheint irgendwie bei euch in der Familie zu liegen.« Sie neigte den Kopf zur Seite und schnalzte leise. »Also gut, ich will es versuchen.

Normalerweise lässt er mich vor, wenn ich ihn darum bitte, weil ich ihn einst genährt und gewiegt habe, aber es gibt durchaus auch Tage, wo das anders ist. Wir werden also etwas Glück brauchen, Mädchen!«

Gefolgt von einigen Männern der Leibwache, für Miu inzwischen ein fast schon vertrautes Bild, nahmen sie nun den gewohnten Weg durch endlose Flure und Säle. Miu hatte keinen Blick für Wandmalereien oder Teppiche. Sie wollte nur noch eines: endlich bei ihm sein. Aus dem Korb drang jämmerliches Fiepen. Die Kleine schien die Lust am Warten ebenso zu verlieren wie sie.

»Warte hier!«, sagte Mayet schließlich. Dann verschwand sie hinter einer großen Tür.

Eine kleine Ewigkeit verging, wie es Miu vorkam. Alles hatte ohnehin sehr viel länger gedauert als beabsichtigt. Raia würde längst wach sein und sich über ihren Verbleib wundern. Und wenn Papa erst nach Hause käme und sie ...

Die Tür war aufgegangen.

»Er empfängt dich«, sagte Mayet. »Aber ich muss dich warnen: Er ist nicht allein.«

Miu ließ den Korb sinken, kaum dass sie eingetreten war, dann warf sie sich ehrerbietig zu Boden. Es dauerte eine ganze Weile, bis der Pharao sie zum Aufstehen ermutigte.

Von dem fröhlichen Spieler auf dem künstlichen See war nicht viel übrig geblieben. Ein schweres Pektorale bedeckte seine Brust, Finger und Gelenke waren mit Gold behängt. Zum ersten Mal sah das Mädchen ihn stark geschminkt, wodurch er älter und irgendwie fremd wirkte. Was ihre Kehle noch trockener machte, war der Mann, der hinter ihm stand, Göttervater Eje, der sie streng, ja feindselig musterte, als bedeute ihr Erscheinen nur eine weitere Schererei.

»In dem Korb ist ein kleines Geschenk für dich, mein König, mögest du leben, heil und gesund sein«, begann Miu formell. »Doch nicht allein deswegen bin ich hier. Du erinnerst dich an den zweiten Mann, von dem ich im Zusammenhang mit dem Anschlag auf dich geredet habe? Der mit dem Geierprofil? Ich hab ihn wiedergesehen. Beim Opet-Fest. In der Barke des Generals.«

Eje stieß eine Art Zischen aus.

»Ich bin mir ganz sicher«, fuhr Miu fort. »Und ich wollte, dass du es so schnell wie möglich erfährst.«

»Haremhab!« Tutanchamun war aufgesprungen. Die königlichen Fächerträger zu beiden Seiten des Thronsessels ließen ihre Pfauenfedern erschrocken sinken. »Er war von Anfang an gegen mich. Und er gibt niemals auf. Das würde beides ins Bild passen!«

»Das Mädchen *will* diesen Mann lediglich gesehen haben, Einzig-Einer«, wandte der Wesir ein. »Nichts anderes hat sie gesagt.«

»Das trifft nicht ganz zu«, wandte Miu ein. »Ich *habe* ihn gesehen. Und er war es auch, der in der Schenke jenen schrecklichen Satz gesagt hat.«

»Dann müssen wir handeln, und zwar sofort.« Der Pharao wirkte entschlossen. »Lass den General rufen ...«

»Wäre es nicht besser, alle Schritte zuerst mit Bedacht zu erwägen?«, wandte Eje ein. »Ungeduld gebiert oftmals die schlechtesten Strategien!«

»Mit Bedacht? So lange vielleicht, bis ich tot bin? Diesen Gefallen werde ich ihnen nicht tun! Womit wollen sie es noch versuchen? Die Kobra, auf die sie als Erstes gesetzt haben, hat sich als Reinfall erwiesen. Wie wäre es jetzt vielleicht mit einem Königsmord auf eher traditionelle Art und Weise, mit einem scharfen Dolch, im Schutz der Nacht?«

Er klang verbittert, gleichzeitig aber auch zutiefst beunruhigt.

Du hast Angst, dachte Miu, und ich fürchte, du hast allen Grund dazu!

Keiner hatte in der ganzen Aufregung mehr auf den Korb geachtet, den sie achtlos auf dem Boden abgestellt hatte. Dabei musste der Tragegurt sich gelöst haben, denn der Deckel war plötzlich verschoben und aus der Öffnung ragten ein paar rote Öhrchen und eine kleine rosige Schnauze hervor.

»Miau!« Das klang eher frech als ängstlich. »Miau. Miau!«

Die Kleine schob sich weiter nach vorn, bis sie sich durch die Öffnung gezwängt hatte. Einen Moment schien sie zu zögern, als sie unter ihren Pfoten die ungewohnte Kühle der glasierten Fliesen spürte, dann jedoch hatte sie sich bereits daran gewöhnt und stolzierte munter drauflos.

Sie war nicht mehr allzu weit von Tutanchamun entfernt, als er endlich auf sie aufmerksam wurde. Der Pharao hielt mitten im Satz inne, starrte auf den Boden, dann zu Miu. Seine Miene blieb ein paar Lidschläge lang unbewegt, dann jedoch erhellte ein strahlendes Lächeln sein Gesicht.

Er streckte die Hände aus, wollte das Kätzchen hochnehmen, aber es wehrte sich und hieb ihm fauchend die Kralle in den Finger.

»Sie sieht ja genau wie Ta-Mau aus!«, rief er entzückt,

als wäre der Schmerz eine Liebkosung. »Als wäre meine geliebte Ta-Mau zu mir zurückgekommen. Und wie klein sie noch ist! So klein und doch schon eine echte Tochter Sachmets*!« Seine Haut war nur oberflächlich geritzt und also kein Tropfen königlichen Blutes vergossen.

»Vergnügen soll sie dir schenken und unzählige Stunden des Glücks.« Miu verneigte sich, innerlich jubilierend vor Freude. »Dies soll mein Dank sein für das großzügige Geschenk, das du einem traurigen kleinen Mädchen vor vielen Jahren gemacht hast – meine geliebte Katze Pau!«

Ich werde dich dafür entlohnen, sagten seine Augen. Sobald wir beide allein sind. Sein Blick war warm, so schmelzend, dass sie Angst hatte, im nächsten Moment zu verglühen.

Vielleicht war sie zu sehr gebannt von diesem Blick, vielleicht war ihre innere Erregung zu groß, jedenfalls hatte sie das Kratzen der Krallen überhört, ebenso wie das Hecheln der Hunde.

Die kleine Ta-Mau schien beim Anblick der beiden Riesen zunächst wie gelähmt, dann aber flitzte sie los, nahm Kurs auf die Beine des Pharaos, erklomm seine Waden, hangelte sich weiter am Schurz nach oben, bis sie seinen Arm erreicht hatte und von dort aus die Schulter.

Jetzt erst, in unerreichbarer Höhe, sträubte sie das Fell, was sie dreimal so groß aussehen ließ, und stieß ein hohes, wütendes Fauchen aus.

Die Hunde hatten die Lefzen hochgezogen und knurrten. Ihr Jagdtrieb war entbrannt. Nur der Wille Anchesenamuns und eine nicht minder eiserne Dressur hielten sie noch in Schranken.

»Ruf deine Viecher zurück!«, befahl Tutanchamun

schmerzverzerrt. »Oder willst du, dass die neue Katze ihre Krallen bis zu meinem Schlüsselbein bohrt?«

»Tjesem, Tjesmet – aus und Platz!«, sagte Anchesenamun und die beiden gehorchten sofort. Miu registrierte mit Unbehagen, dass die Königin durch sie hindurchschaute, als wäre sie gläsern.

Doch was war von einer Frau schon zu erwarten, die ihre Schoßtiere »Hund« und »Hündin« nannte?

Der Pharao löste vorsichtig Ta-Mau von seiner Schulter. Die Kleine wehrte sich zunächst, fuhr erneut die Krallen aus und strampelte wie wild, schließlich schien sie sich zu fügen und ließ sich folgsam auf seinem Sessel absetzen, immerhin in ausreichender Entfernung von den beiden vierbeinigen Bestien, die sie starr fixierten.

»Ich dachte, ich träfe dich allein an, Goldhorus!«, fuhr Anchesenamun fort. »Länger zu warten, war mir unmöglich. Denn meine Nachricht duldet keinerlei Aufschub!«

Zum ersten Mal entdeckte Miu winzige Nachlässigkeiten an ihr. Eine dünne dunkle Haarsträhne hatte sich gelöst und baumelte neben dem Ohr. Das Gesicht glänzte. Der Nagel ihres rechten Zeigefingers war eingerissen. Aber anstatt sie weicher oder menschlicher zu machen, wirkten selbst diese kaum sichtbaren Mängel, als wären sie von ihr inszeniert, um sie liebenswerter zu machen.

Als sie weiterredete, war es wie im Fieber oder wie in höchster Erregung.

»Aber warum sollen nicht auch andere von dem unvorstellbaren Glück erfahren, mit dem die Götter unsere Verbindung gesegnet haben? Unsere Gebete sind erhört worden, Tutanchamun. Kemet wird einen Erben haben. Ich bin schwanger!«

Fünftes Kapitel

Schlechtes Gewissen hatte durchaus Ähnlichkeit mit einem Sack Linsen, in den Maden geraten waren: Äußerlich war alles rein und unversehrt, während sich im Geheimen das Ungeziefer munter vermehrte und nach und nach alles verdarb. Heute meinte Miu, die Fäulnis förmlich schon zu schmecken, und sie sehnte sich inständig danach, ihr Vergehen wiedergutzumachen. Kaum war sie aus dem Palast zurückgekehrt, da schlüpfte sie gleich ins Zimmer ihrer Großmutter, unter dem Vorwand, ihr aufgelöster Zopf müsse dringend neu geflochten werden.

Allerdings war sie nicht die Einzige, die ins Zimmer schlüpfte. Pau und ihr dunkel gestromter Sohn wussten die seltene Gelegenheit ebenfalls zu nutzen und verschwanden pfeilschnell unter dem breiten Bett.

Raia vollendete zuerst die eigene Toilette. Mit ein paar Tropfen Rosenöl hatte sie ihr Gesicht betupft und die kostbare Essenz anschließend sorgsam eingerieben. Danach griff sie zu einem ihrer zahlreichen Kohel-Gefäße, tauchte den Schminkgriffel ein und trug vor dem polierten Bronzespiegel sorgsam eine dünne Schicht dunkelgrauen Galenit auf Ober- und Unterlid auf. Den Schluss bildete fein zerstoßenes Ockerpulver für die Lippen, womit sie allerdings äußerst sparsam umging, da die Farbe Rot Seth zugeschrieben wurde, dem grausamen Gott der Wüste.

»Ich wünschte, ich hätte deine sichere Hand«, rief Miu, die jede Bewegung gespannt verfolgte. »Bei mir fallen die Striche niemals so gleichmäßig aus!«

»Reine Übungssache«, sagte Großmama. »Und gräm dich nicht, denn dir sind ohnehin genügend bewundernde Blicke sicher. Deine Haut ist prall und strahlend, während mir im Kampf gegen Falten und Runzeln nur diese unverschämt teure Tinktur aus Weihrauch, Wachs, Olivenöl und Zyperngras bleibt.« Sie zog eine Grimasse, die das Spiegelbild zurückwarf. »Und was bringt all dieser Aufwand? Nichts, sage ich dir. Rein gar nichts!«

Sie sah so übertrieben verzweifelt drein, dass Miu laut lachen musste.

»Jetzt her mit dir und dem Kamm!«, befahl sie. »Wie schaffst du es nur, binnen kurzer Zeit solch einen Wirrwarr auf deinem Kopf hinzubekommen?«

Es ziepte ordentlich, aber das Mädchen hielt still, und nach einer Weile genoss sie das gleichmäßige Striegeln sogar. Raias geschickte Hände teilten die Strähnen und begannen mit dem Flechten. Alles war friedlich und ruhig. Warmes Nachmittagslicht fiel herein, die Katzen hatten ihr Versteck wieder verlassen und lagen träge zu ihren Füßen. Die lastende Hitze des Sommers wich allmählich; jetzt brach die Zeit der milden, strahlenden Herbsttage an.

»Wo steckt eigentlich das zweite Junge?«, sagte Großmama plötzlich. »Manchmal könnte man fast glauben, dass sie das Talent, sich nach Belieben unsichtbar zu machen, bereits mit auf die Welt bringen!«

Als hätte Pau verstanden, worum es ging, hob sie den

Kopf und begann zu blinzeln. Der Kater biss seiner Mutter spielerisch in den Schwanz und bekam einen empfindlichen Pfotenhieb versetzt.

Miu schluckte. Jetzt also war es so weit und sie hatte Rede und Antwort zu stehen!

»Ich habe es in den Palast gebracht«, sagte sie. »Der Pharao war so traurig über den Tod von Ta-Mau, das hast du doch mit eigenen Ohren gehört. Da wollte ich ihm eine Freude machen. Wie damals er mir, als wir beide noch Kinder waren.«

»Du hast – was?« Raia hatte das bunte Haarband sinken lassen, mit dem sie ihr Werk gerade beschließen wollte. »Wann?«, stieß sie hervor.

»Während du dich ausgeruht hast«, sagte Miu. »Ich wollte nicht stören. Da bin ich einfach losgegangen.«

»Miu!« Der Tonfall ihrer Großmutter war scharf geworden. »Schau mich bitte einmal an!«

Miu gehorchte widerwillig.

»Hast du eigentlich nichts von dem begriffen, was ich dir erklärt habe?« Raias dunkle Augen blitzten. »Du allein im *Palast der leuchtenden Sonne*, welch halsbrecherischer Wahnsinn! Ich hätte dich für klüger gehalten oder zumindest für gehorsamer. Der Hof ist ein äußerst gefährlicher Ort, vor allem für dich. Wie oft muss ich dir das noch einhämmern?«

»Aber ich hab doch nur …«

»Du gefällst ihm und das schmeichelt dir. Was ich durchaus verstehen kann! Aber die Große Königliche Gemahlin duldet keine Rivalinnen, erst recht nicht, wenn sie auch noch mit Geschenken um die Gunst des Pharaos buhlen. Ihre Rachsucht ist berüchtigt. Und sie fackelt nicht lange, wenn sie jemanden aus dem Weg räumen will. Muss meine einzige Enkelin das alles am eigenen Leib ausprobieren?«

»Muss sie nicht und wird sie nicht!«, konterte Miu. »Die Große Königliche Gemahlin ist nämlich schwanger. Und gebuhlt hab ich auch nicht – um gar nichts! Bist du jetzt endlich beruhigt?«

»Schwanger?« Raia schloss die Augen. »Bist du ganz sicher? Oder ist es wieder einmal nur ein gezielt gestreutes Gerücht?«

Leider nicht, hätte Miu beinahe geantwortet, ich glaube ihr. Sosehr ich mir auch wünschen würde, sie hätte gelogen!

»Ich hab es mit eigenen Ohren gehört – aus ihrem königlichen Mund«, antwortete sie stattdessen.

Großmamas Gesicht wirkte plötzlich eingefallen; der Atem ging schwer.

»Was hast du denn auf einmal?«, sagte Miu beunruhigt. »Doch nicht etwa wieder diese Schmerzen in der Brust?«

»Nein, aber diese Neuigkeit macht alles ja nur noch schlimmer!« Raia schüttelte den Kopf, als könne sie kaum glauben, was sie da zu hören bekam. »Jetzt wird Anchesenamun erst recht zur wütenden Bestie, sollte jemand auch nur den Versuch wagen, ihre Pläne zu durchkreuzen. Bis der Erbe geboren ist, und selbst noch lange danach …«

Sie packte Mius Hände.

»Wenn du mich nicht vor der Zeit unter die Erde bringen willst, dann hältst du dich ab jetzt vom Hof fern, hast du mich verstanden? Ich habe schon einmal das Liebste in meinem Leben verloren – meine Tochter! Das Gleiche noch einmal mit meiner Enkelin zu erleben, würde ich nicht überstehen.«

Mius Herz zog sich zusammen. Früher war es ihr nicht schwergefallen, das Bild der Mutter vor sich heraufzubeschwören: die schlanke, hohe Gestalt, die grazilen Hände, die wie bei Raia stets in Bewegung waren. Die Fülle schwarzen Haars, die schmalen grünlichen Augen, von denen viele behaupteten, sie hätte sie Miu vererbt. Doch seit geraumer Zeit wollte Miu dieses Vergegenwärtigen nicht mehr richtig gelingen. Immer mehr Einzelheiten verschwammen, und ihre Angst wuchs, eines Tages womöglich gar nichts mehr erkennen zu können.

»Wie ist sie eigentlich gestorben?«, sagte Miu. »Ich muss noch sehr klein gewesen sein. Sonst könnte ich mich doch erinnern!«

»Du warst wirklich noch sehr klein«, sagte Raia rasch. »Und wir alle in einem Ausnahmezustand, krank und elend vor Kummer …«

»In der Sonnenstadt? Dann liegt sie dort auch bestattet? Können wir deshalb nie zu ihrem Grab gehen?«

Großmama hatte sich abgewandt. »Wem nützt es schon, diese schmerzlichen Geschichten erneut heraufzubeschwören?«, murmelte sie. »Meine wunderbare Sadeh wird nicht wiederkommen – das ist die traurige Gewissheit, mit der wir alle leben müssen. Nicht einen Augenblick habe ich mir eingebildet, sie ersetzen zu können. Und mir trotzdem jede nur erdenkliche Mühe gegeben, den Verlust für dich halbwegs erträglich zu machen. Das musst du doch gespürt haben, mein Mädchen!«

Sie wirkte so zerbrechlich, dass Miu sie am liebsten auf der Stelle umarmt hätte. Und dennoch gab es etwas, das sie zwang, das Gespräch fortzusetzen.

»Aber woran ist Mama gestorben?«, fragte sie. »Diese

Antwort schuldest du mir bis heute. Oder soll ich lieber Papa fragen?«

Ein Schatten glitt über Raias Gesicht.

»Ist es ein Geheimnis?«, insistierte Miu. »Ich bin alt genug, um es endlich zu erfahren!«

In Raias Augen glitzerte es auf einmal verdächtig.

»An gebrochenem Herzen«, sagte sie dann. »Vielleicht der endgültigste aller Tode.«

*

Ani hatte den richtigen Augenblick abpassen wollen. Doch Userkaf war einfach nicht zu greifen. Entweder es waren zu viele andere Polizisten in der Nähe, was dem jungen Medjai den Mund verschloss, da er keine Mitwisser wollte. Oder der Vorgesetzte verschanzte sich hinter dienstlichen Anordnungen und forderte ihn auf zu gehen. Jedenfalls glitt er Ani durch die Finger, als hätte man ihn in Öl eingelegt.

Ob Userkaf ihm absichtlich aus dem Weg ging?

Nach dem schätzungsweise siebten fehlgeschlagenen Versuch war Ani sich beinahe sicher, dass es so war. Dabei kam es ihm vor, als beobachte der ältere Polizist ihn eingehender als je zuvor. Jeden seiner Schritte schien er zu überwachen, für jeden seiner Einsätze ein ganz spezielles Interesse aufzubringen. Was leider nichts mehr mit der freundschaftlichen Förderung vergangener Tage zu tun hatte.

Ani hatte sich Userkaf zum Gegner gemacht.

Und das bekam er tagtäglich mehr zu spüren. Userkaf schien ständig unzufrieden mit ihm, polterte los, wenn sie auf dem Markt zwei Diebe gefangen hatten, weil ihnen dabei garantiert all die anderen Übeltäter entschlüpft seien. Ging Ani hart gegen festgenommene Delinquenten vor, so schalt er ihn wegen eigenmächtigen Verhaltens. Verhielt Ani sich beim nächsten Mal eher abwartend, beschimpfte er ihn als zu weich.

Von den Kollegen war keine Unterstützung zu erwarten. Die Medjais waren eine raue Truppe, wo jeder zusah, wie er zurechtkam. Bis auf Imeni, der wenigstens ab und zu ein anteilnehmendes Wort fallen ließ, schienen die anderen eher erleichtert, dass Userkafs Zorn ihn und nicht sie getroffen hatte.

Ani hielt die Augen auf und schluckte alles hinunter. Sein Tag würde kommen. Allein diese Gewissheit hielt ihn aufrecht.

Deshalb war er freudig überrascht, als Userkaf ihn zu sich in die Wachstube befahl. Heute waren sie endlich mal allein; und die Tür war geschlossen. Ani atmete tief aus. Jetzt war sie da, die Gelegenheit, auf die er so lange gelauert hatte!

»Mit sofortiger Wirkung bist du zur Nachtwache eingeteilt«, sagte Userkaf, bevor er noch den Mund aufmachen konnte. »Zusammen mit Imeni. Der Posten befindet sich am Zugang zum Wüstendorf. Ihr tretet euren Dienst bei Einbruch der Dämmerung an und haltet die Stellung, bis es wieder hell geworden ist. Ich erwarte euren Rapport jeden zweiten Morgen – bis in die allerkleinste Einzelheit. Und bereite dich innerlich darauf vor, dass es eine ganze Weile so weitergehen wird. Es sei denn, ihr macht das unverschämte Diebespack, das so dreist die königlichen Gräber schändet, schneller dingfest.«

Es hörte sich nicht an, als würde er daran glauben.

Ani wechselte unauffällig das Standbein. Sein linkes Bein konnte Schwierigkeiten machen, wenn es zu lange belastet wurde. Etwas, das ihm peinlich war und das er am liebsten für sich behielt.

Userkaf jedoch war es leider nicht entgangen.

»Eine Art Bewährungsprobe«, sagte er, noch eine Spur harscher. »Das solltest du wissen. Wir sind uns nicht mehr ganz sicher, ob du auch wirklich zu uns Medjais passt. Wir brauchen Männer, die geistig *und* körperlich ganzen Einsatz bringen. Dein Erfolg wird zeigen, ob wir dich auch weiterhin zu uns zählen können. Also streng dich gefälligst an!«

Angst stieg in Ani hoch, die sich allerdings schnell in Zorn verwandelte. Er hatte sich immer angestrengt! Und seine Leistung war gewiss nicht schlechter als die seiner Kollegen, das wusste Userkaf ganz genau, selbst wenn er auf sein verletztes Bein ab und zu gewisse Rücksichten nehmen musste.

Warum nahm er sich dann heraus, ihn so zu demütigen?

Es kostete Ani Mühe, äußerlich ruhig zu bleiben, doch er war stolz, als es ihm schließlich gelang.

»Werden wir ein Boot zur Verfügung haben?«, fragte er. »Für den Fall, dass wir die Diebe über den Fluss verfolgen müssen.«

»Selbstverständlich!« Das kam so schnippisch, als ob er die dümmste aller nur denkbaren Fragen gestellt hätte. »Sonst noch etwas?«

»Wie weit ist eigentlich die Suche nach dem Mann mit dem Geierprofil gediehen?« Ani hatte Mius Bericht vom Opet-Fest wortwörtlich an seinen Vorgesetzten weitergegeben. Und jetzt brauchte er endlich Gewissheit. »Hat man ihn schon ausfindig machen können?«

Userkaf musterte ihn kühl.

»Du spielst auf das Geplapper dieses Mädchens an? Bestell ihr bei Gelegenheit, dass sie sich künftig lieber um ihre eigenen Angelegenheiten kümmern soll!«

»Immerhin hat Miu den Kerl mit der Warze identifiziert«, sagte Ani, nur mühsam beherrscht. »Was ihr alles andere als leicht gefallen sein dürfte, so entstellt, wie der Mann war.«

»Das war nur ein kleiner Krimineller, der sich zum Glück rechtzeitig selbst gerichtet hat! Deine junge Verwandte scheint jede Menge Fantasie zu besitzen. Oder ist eure Verwandtschaft womöglich gar nicht so eng?« Userkafs Tonfall triefte vor Spott.

Am liebsten hätte Ani ihn mit der Faust zum Schweigen gebracht. Was ging es Userkaf an, dass er ständig über Miu und den Pharao nachdenken musste? Sie hatte durch einen glücklichen Zufall das Leben Tutanchamuns gerettet – aber musste sie deshalb gleich für ihn entflammt sein? Natürlich war Ani das sofort aufgefallen, auch ohne Raias Einmischung. Allerdings hatte er sich nach außen hin nichts anmerken lassen.

»Aber der andere Mann läuft noch immer frei herum«, rief er, weil er trotz allem nicht aufgeben wollte. »Miu hat ihn wiedererkannt. Wenn wir ihn nicht rechtzeitig zu fassen kriegen, könnte er es wieder versuchen. Was, wenn der Pharao einen zweiten Anschlag nicht überlebt?«

»Falls es jemals einen anderen Mann gegeben hat«, sagte Userkaf spöttisch. »Was ich persönlich stark bezweifle. Wenn du schlau bist und für immer ein Medjai bleiben willst, vergisst du die ganze Geschichte am besten schnell. Du hast nichts gesehen und nichts gehört, kapiert? Du weißt nichts – gar nichts!«

Das war nicht mehr der Userkaf, den er früher gekannt hatte, denn der hätte ganz anders reagiert! Ani starrte ihn voller Empörung an. Für einen Augenblick schien Userkafs Sicherheit zu wanken, dann aber sprach er scheinbar ungerührt weiter.

»Die Schatten werden länger. Ein guter Polizist würde sich jetzt schlafen legen, um ausgeruht zum Nachtdienst zu erscheinen. Abtreten!«

Wie betäubt kehrte Ani zu den anderen zurück. Vier Medjais waren in eine Würfelpartie vertieft, während zwei weitere am Senetbrett saßen, um die Zeit bis zum nächsten Einsatz totzuschlagen.

»Alles in Ordnung?«, hörte er Imeni murmeln. »Komm schon, Junge, nimm es nicht zu schwer! Userkaf tut nur so, als wäre er aus Stein. Wenigstens können wir zusammen Wache schieben – immerhin etwas!«

Mehr als ein zustimmendes Brummen brachte Ani jetzt nicht zustande.

»Oder machst du dir Sorgen um dein Bein?«, fuhr Imeni fort. Ein fröhliches Grinsen verschönte sein Koboldgesicht, das ihn ein wenig aussehen ließ wie den hässlichen Gott Bes, zu dem junge Frauen um Fruchtbarkeit beteten. »Brauchst du nicht, junger Freund! Ich weiß doch, du bist vielleicht anfangs ein bisschen langsam, vor allem wenn du zu lange gesessen hast, aber wenn du erst mal richtig in Fahrt gekommen bist, schlägst du uns alle um Längen!«

Seine warmen Worte verliehen Anis Gedanken Flügel.

Die Nacht war schon immer mein Freund, dachte er. Warum also sollten Imeni und ich die Diebe nicht stellen können? Dann wird Miu stolz auf mich sein. Und sich endlich wieder daran erinnern, dass Tutanchamun Pharao und Gott ist, also jemand, den man verehren soll, der aber unerreichbar bleibt.

*

Dieses Mal war Miu einer Auseinandersetzung nicht ausgewichen, auch wenn es alles andere als einfach war, ihre Großmutter umzustimmen.

»Du weißt, was dein Vater gesagt hat! Er wird einen Wutanfall bekommen, wenn du dich ihm erneut widersetzt«, wandte Raia ein. »Ramose möchte nicht, dass du mit Iset und ihrer Familie verkehrst. Das hat er mir wieder und wieder eingeschärft!«

»Aber weshalb? Hat Papa dir jemals auch nur einen vernünftigen Grund genannt? Mir nämlich nicht!«

Raia antwortete mit einem Achselzucken. »Wenn Ramose sich einmal etwas in den Kopf gesetzt hat ...«

»Ich lasse mich nicht bei lebendigem Leibe begraben«, begehrte Miu auf. »Auch nicht, wenn Papa das verlangt. Iset ist meine Freundin und sie braucht mich! Also besuche ich sie heute – und daran wird niemand mich hindern.«

»Und es ist kein Vorwand? Du willst wirklich zu ihr ins Wüstendorf und nicht wieder heimlich zum Palast?«

»Vertrau mir, Großmama! Ich habe meinen Fehler schließlich eingesehen.«

Irgendwann gab Raia nach. Sie wartete sogar ab, bis Anuket zum Einkaufen aufgebrochen war, um dem Mädchen einen Korb mit Kuchen, Dattelwein und ein paar Granatäpfeln mitzugeben.

»Besser, Anuket weiß nicht, was du vorhast«, sagte sie. »Ihr Herz wird immer auf Ramoses Seite sein, sie kann einfach nicht anders! Also bringen wir sie lieber nicht in Verlegenheit.«

»Du tust ja geradezu, als hätte ich vor, tagelang fortzubleiben«, sagte Miu lachend; sie war sehr erleichtert, dass die Verstimmung zwischen ihnen sich so schnell wieder aufgelöst hatte. »Dabei weiß ich doch ganz genau, dass ich zurück sein muss, bevor Papa abends nach Hause kommt!«

Doch der Weg zu Iset gestaltete sich langwieriger als zunächst gedacht. Miu konnte erst die zweite Fähre nehmen, weil die erste hoffnungslos überfüllt war. Aber auch hier standen bereits ungewöhnlich viele Menschen an, ausschließlich Männer, die meisten von ihnen um eine hölzerne Tragbahre geschart, auf der ein Mann mit geschlossenen Augen lag. Sein Körper war bis zur Brust mit einem Leinentuch bedeckt.

Sie trugen ihn auf die Fähre und stellten sich erneut rund um ihn auf. Ab und zu drang dumpfes Stöhnen aus seinen Mund.

»Was hat er?«, fragte Miu, nachdem sie ihre anfängliche Scheu verloren hatte.

»Einen bösen Beinbruch. Im Lebenshaus haben sie alles Mögliche versucht, aber die Wunde ist offen und hat sich zudem entzündet. Wir haben Sachmet und Isis als göttliche Helferinnen angerufen – doch der Sunu hat uns gesagt, dass es keine Hoffnung gibt.«

»Er wird sterben?«, fragte sie erschrocken.

Der Mann nickte.

»Leider«, sagte er. »Welch ein Verlust! Wir sind Steinmetze im Wüstendorf und er ist unser Oberster. Er war für eine Weile für die Arbeiten im Amuntempel abgestellt. Dort ist auch der Unfall passiert, ein Sturz aus großer Höhe. Die Priester waren so erschüttert, dass sie uns allen zwei Tage freigegeben haben. Damit wir ihn wenigstens würdig begleiten können.«

Das wächserne Gesicht des Mannes ließ Miu nicht mehr los. Tief in Gedanken versunken, machte sie sich von der Anlegestelle aus auf den steinigen Weg nach Westen, bis die hohe Mauer in Sicht kam, die auf Befehl des Pharaos das Wüstendorf umschloss.

Zwei Polizisten befragten sie am Kontrollpunkt nach dem Zweck ihres Besuchs. Sie musste Kenamuns Namen nennen und zulassen, dass ihr Korb peinlich genau durchsucht wurde. Dann erst ließ man sie passieren.

Wie klein die Häuser hier waren! Perfekte, winzige Rechtecke, nebeneinander aufgereiht. Nichts als das eintönige Braun und Ocker der getrockneten Nilziegel, kaum ein Fitzelchen Grün dazwischen, um dem Auge Ablenkung zu bieten. Jedes Gebäude ähnelte dem nächsten wie ein Ei dem anderen.

Wie sollte sie in all dem Einerlei nur Iset finden?

Nach einigem Herumirren hielt sie die nächstbeste Frau an, die ihr begegnete. »Ich bin auf der Suche nach Kenamun und seiner Frau Iset. Die beiden wohnen noch nicht sehr lange hier. Kannst du mir vielleicht weiterhelfen?«

Die Frau nickte. »Erst rechts, dann zweimal scharf links. Du kannst es gar nicht verfehlen. Ein blaues Horusauge* ist an die Außenmauer gepinselt.«

Iset war mit Brotbacken beschäftigt, in einem Küchenhof, so schmal und eng, dass Miu fast die Luft wegblieb. Als Iset die unerwartete Besucherin erblickte, stellte sie ihre Schüssel ab und begann zu strahlen.

»Und ich dachte schon, du würdest nie mehr kommen!«, rief sie. »Doch zum Glück hast du dich anders besonnen – wie sehr ich mich darüber freue!«

Miu umarmte sie, stellte den Korb ab und packte die Geschenke aus. Alle Mitbringsel schienen mehr als willkommen, das bewies ihr die Geschwindigkeit, mit der Iset Raias Gaben verstaute.

Dann setzte Miu sich ihr gegenüber auf einen Hocker und musterte Iset. Was sie zu sehen bekam, gefiel ihr ganz und gar nicht. Das anfängliche Strahlen war längst wieder verschwunden; jetzt fielen ihr die Schatten unter Isets Augen auf und die Wangen, die um einiges schmaler geworden waren.

»Was ist los?«, fragte Miu. »Eine glückliche junge Ehefrau sieht anders aus.«

Isets große runde Augen füllten sich mit Tränen.

»Gut möglich, dass ich den größten Fehler meines Lebens begangen habe«, flüsterte sie. »Ich hätte Kenamun niemals heiraten, geschweige denn ihm hierher in dieses Gefängnis folgen sollen!«

»Gefängnis? Aber was redest du denn da für Unsinn?«, rief Miu. »Die Arbeiter des Wüstendorfs und ihre Familien sind überall hoch geschätzt! Und Kenamun liebt dich, das hab ich bei eurer Hochzeit gesehen. Weit und breit kenne ich kein schöneres Paar als euch beide!«

»Weshalb schleicht er sich dann Nacht für Nacht heimlich fort, sogar an seinen wenigen freien Tagen?« Iset wischte sich die Tränen ab. »Ich hab gründlich nachgedacht, Miu, das kannst du mir glauben, denn Zeit genug hatte ich ja. Aber leider habe ich nur eine einzige schlüssige Erklärung gefunden: Kenamun betrügt mich. Mein Mann hat eine andere!«

*

Mit welch unterschiedlichen Gefühlen war Ramose diesen vertrauten Weg schon gegangen! Meist hatte ihn Vorfreude erfüllt, gemischt mit einer Prise ängstlicher Erwartung, was den Besuch nur noch prickelnder gemacht hatte. Heute jedoch fiel ihm jeder Schritt schwer.

Könnten die Götter wirklich so grausam sein – und dieses Opfer von ihm fordern?

Es sind nicht die Götter, korrigierte er sich, als das Haus des Händlers in Sicht kam. Es ist ein skrupelloser, gemeiner Erpresser, der dich in die Knie zwingen will!

Meret öffnete ihm, lächelnd wie jedes Mal.

Sie trug ein blaues Kleid. Eine Wasserlilie schmückte ihr Haar. Sie war so anziehend, dass eine Welle von Begehren ihn erfasste.

»Das Glück ist auf unserer Seite«, sagte sie statt einer Begrüßung. »Stell dir vor, Mehu wird nicht vor nächster Woche zurückkommen. Ein durchreisender Bote hat mich gerade informiert. Uns bleibt also alle Zeit der Welt!«

Sie trat auf ihn zu, bot ihm den Mund zum Kuss. Es gab nichts, wonach Ramose sich mehr gesehnt hätte, doch heute wich er zurück, als hätte er einen Skorpion erblickt.

»Was ist mit dir?«, fragte sie irritiert. »Bist du krank? Oder gab es Ärger in der Werkstatt?«

Und wenn sie es wäre, die ihm den Papyrus und das

Amulett geschickt hatte? Für einen Moment erschien ihm sogar diese wahnwitzige Idee möglich, dann jedoch verwarf er sie sofort wieder. Welchen Grund sollte Meret dafür haben? Sie liebte diese kostbaren gestohlenen Stunden doch ebenso wie er!

»Hör zu«, sagte er, und jedes Wort, das er herauspressen musste, war für ihn ein Schmerz. »Wir dürfen uns nicht mehr sehen. Sonst könnte etwas Schreckliches passieren.«

»Ich mag diese Art von Scherzen nicht, Ramose. Und das weißt du.« Ihr Lächeln war jäh erstorben.

»Das ist kein Scherz, Meret. Ich war niemals ernster. Wem hast du von uns erzählt?«

»Aber was redest du da!« Sie trat einen Schritt zurück, sah ihn von oben bis unten an. »Niemandem! Genau so, wie wir es immer abgesprochen hatten, weil du deine Tochter unbedingt schonen wolltest, ebenso wie deine Schwiegermutter, die über den Tod ihrer Tochter niemals hinweggekommen ist. Was mich betrifft, so habe ich mich an unsere Abmachung gehalten. Und wir waren doch so vorsichtig all die vielen Jahre! Keiner ahnt etwas von unserem Glück ...«

»Vielleicht ja doch«, unterbrach er sie. »Waset hat tausend neugierige Augen und Ohren. Da gibt es immer jemanden, der einen belauschen könnte. Hat Mehu vielleicht in letzter Zeit eine Andeutung in dieser Richtung gemacht?«

»Mehu?« Sie schüttelte so heftig den Kopf, dass die silbernen Ohrringe klingelten. »Der interessiert sich doch nur für seine Silberkisten und seine Gewürzsäcke. Ich hätte ebenso gut einen Felsbrocken zum Ehemann nehmen können! Gäbe es nicht dich, ich wäre an Langeweile und Einsamkeit längst zugrunde gegangen!«

»Dann vielleicht jemand anderes? Streng dich bitte an und denk ganz scharf nach! Es ist sehr, sehr wichtig.«

»Du weißt doch genau, wie zurückgezogen ich lebe«, sagte Meret. »Außer meiner Schwester und ihrem Mann empfange ich keine Menschenseele. Und nicht einmal die beiden sind eingeweiht, obwohl sie uns gewiss nie verraten würden.«

»Besser so«, murmelte Ramose. »Auch wenn es uns jetzt nichts mehr nützen wird.«

»Ich verstehe dich nicht, Ramose! Um deinen Ruf müsstest du dir doch eigentlich keine Sorgen machen«, fuhr sie fort. »Schließlich weiß die ganze Stadt, dass du Witwer bist, seit vielen, vielen Jahren. Ich hingegen ...«

»Wir müssen Abschied nehmen, Meret!«, fiel er ihr ins Wort. »Für immer. Es gibt keine andere Lösung.«

Sollte er ihr die ganze Wahrheit sagen? Sie hätte es verdient, doch er hatte viel zu lange geschwiegen und schämte sich jetzt umso mehr für seine Feigheit. Die Vergangenheit tot und vergessen? Ramose wünschte sich das, mehr als alles andere. Dann müsste er diesen Albtraum jetzt nicht erleben!

»Aber das kannst du nicht«, flüsterte sie. »Du weißt doch, was du mir bedeutest.«

»Und trotzdem ist es unrecht, was wir tun.« Beinahe hätte er »Verbrechen« gesagt. Ihm wurde übel, allein bei dieser Vorstellung. »Das wissen wir beide und wir wissen es seit Langem. Jetzt müssen wir lernen, darauf zu verzichten, du ebenso wie ich. Ich werde nicht mehr wiederkommen. Ich *kann* nicht mehr wiederkommen, Meret!«

»Aber warum denn nur auf einmal?« Sie klang verzweifelt. »Was ist geschehen? Es muss doch etwas geschehen sein, das dich auf einmal so handeln lässt. Bitte sag es mir!«

»Dring nicht weiter in mich!«, bat er inständig. »Ich kann nicht mehr verraten, ohne dich womöglich zu gefährden.«

Meret schmiegte sich an ihn und er roch ihren Duft, spürte ihre Wärme. Alles in ihm wurde weich. Sie war nicht Sadeh und trotzdem hatte er sie sehr schnell sehr lieb gewonnen. Sie hatte ihn in seiner Einsamkeit gewärmt, seinem Körper Freude bereitet, seine Sorgen stets verständnisvoll angehört. Nicht nur Geliebte war sie ihm gewesen, sondern vor allem auch Freundin und Vertraute. Ohne Meret, die Frau des Parfumhändlers, der ständig auf Reisen war, würde sein Leben sehr viel kälter und trauriger werden.

Und dennoch musste er sie verlassen.

Erkenne dein Verbrechen an ...

Das größte und schwerste aller Opfer, das zu bringen er vermochte! Wie sehr er denjenigen hasste, der ihn ausgerechnet dazu zwang!

Ramose wollte sich losmachen, Meret aber hing so fest an seinem Hals, dass es ihm nicht glückte.

»Wenigstens noch diese Nacht«, flüsterte sie. »Sonst schrei ich auf der Stelle die ganze Straße zusammen. Diese allerletzte Nacht – zumindest das bist du mir schuldig, Ramose!«

*

Miu war es gelungen, Isets Tränen zu trocknen und sie wenigstens ein Stückchen weit aus ihrer trüben Stimmung zu holen. Allerdings war dazu langes Reden notwendig gewesen, das beide Freundinnen erschöpft hatte. Dass es eine Nebenbuhlerin geben könnte, hatten sie schließlich verworfen. Iset hatte sich bereit erklärt, in Ruhe mit ihrem Mann zu reden und ihm zu sagen, was sie so sehr bedrückte. Kenamun sollte Gelegenheit bekommen, alles wiedergutzumachen. Vielleicht ahnte er ja nicht einmal, was seine junge Frau heimlich quälte.

Außerdem sollte Iset künftig nicht mehr allein sein. Paus zweites Junge, der dunkel gestromte Kater, wäre genau der richtige Begleiter für sie, beschloss Miu, und sie nahm sich vor, ihre Idee so schnell so wie möglich umzusetzen.

Ausgehungert fielen sie schließlich über die Hühnersuppe her, die Iset so scharf gewürzt hatte, dass jede Menge Dattelwein nötig war, um den Durst zu löschen. Irgendwann waren sie beide so müde, dass sie kaum noch die Augen aufhalten konnten.

»Komm!«, schlug Iset vor. »Wir legen uns einen Augenblick hin. Nur ganz kurz ausruhen, danach werden wir uns gleich besser fühlen!«

Zögernd folgte Miu ihr in den kleinen Schlafraum, der ebenso sparsam möbliert war wie das gesamte Haus. Trotzdem atmete er eine Intimität, bei der sie sich als Störenfried empfand. Er gehörte Iset und Kenamun – und keiner Fremden, die hier unbefugt eindrang!

Iset schien ihre Befangenheit zu spüren.

»Willst du gar nicht wissen, wie es ist, mit einem Mann das Lager zu teilen?«, sagte sie, während sie sich längs ausstreckte. »Über kurz oder lang wird es auch bei dir so weit sein!«

»Dann hab ich ja noch ein bisschen Zeit«, murmelte

Miu und schob das Bild beiseite, wie Anchesenamuns schlanke Arme sich nach dem Pharao ausstreckten und ihn zu ihr herunterzogen.

»Wenn zwischen uns alles gut ist, dann ist es das Schönste, was ich jemals erlebt habe«, fuhr Iset fort. »Man braucht keine Angst davor zu haben, das solltest du wissen! Denn auf einmal erlebst du dich selber ganz neu. Natürlich braucht man den richtigen Mann dafür – und den hab ich gefunden. Kenamun kann so zärtlich sein, so hingebungsvoll, und dann im nächsten Augenblick wieder so leidenschaftlich, dass ich vor lauter Glück das Atmen schier vergesse …« Sie brach ab. »Du bist ja feuerrot geworden«, sagte sie. »So sehr hab ich dich in Verlegenheit gebracht?«

»Bin bloß müde«, murmelte Miu.

»Aber jemanden geküsst hast du schon?«

»Mmh …«

»Ani?«

»Wie kommst du ausgerechnet auf Ani?« Miu hatte sich abrupt aufgesetzt.

»Wen dann?« Iset würde keine Ruhe geben, bis sie etwas herausbekommen hatte!

»Kann ich dir nicht sagen.« Miu sank wieder auf das Bett zurück.

»Ein Geheimnis?«

»Sozusagen.«

Wie gern hätte sie Iset eingeweiht, doch irgendetwas, was sie selber nicht genau benennen konnte, hielt sie davon ab. Die Schwangerschaft der Großen Königlichen Gemahlin, die sie womöglich für immer aus dem Palast verbannen würde?

Daran wollte sie jetzt nicht denken!

Der Pharao und sie – das war ein wunderschöner Traum, den sie am besten ganz für sich behielt! Daher tat sie, als schliefe sie bereits.

»Aber ich bin doch deine allerbeste Freundin … Miu? Schläfst du schon?«

Natürlich konnte Miu darauf nicht anworten.

Dann schwieg auch Iset endlich und überließ sich dem Schlaf.

Als Miu wieder erwachte, war es stockdunkel. Für einen Moment wusste sie nicht, wo sie war, dann aber hörte sie Isets gleichmäßige Atemzüge, und alles fiel ihr wieder ein.

Sie hatten geredet, geweint, gelacht, gegessen und getrunken … Bei allen Göttern – sie sollte längst auf der Fähre sein!

»Wach auf, Iset!« Sie rüttelte die Freundin unsanft. »Ich muss sofort nach Hause.«

»Jetzt noch? Warum bleibst du nicht über Nacht?« Iset gähnte herzhaft. »Kenamun kommt erst übermorgen aus dem Tal der Könige zurück. Genügend Platz wäre also.«

»Wie stellst du dir das vor?« Miu rammte im Dunkeln das Schienbein gegen einen Hocker und stieß einen Schrei aus. »Mein Vater und meine Großmutter, die würden vor Sorgen doch halb vergehen.«

»Hast du ihnen nicht gesagt, dass du bei mir bist?« Iset hatte eine Öllampe entzündet, um weiteres Unheil zu vermeiden.

»Lass uns schnell loslaufen!«, bat Miu. Sie konnte ihr einfach nicht die Wahrheit sagen!

Die beiden hetzten aus dem Haus, die schmalen, dunklen Straßen entlang, bis sie schließlich am Kontrollpunkt angelangt waren. Hoch über ihnen die Mondbarke, die fahles, milchiges Licht spendete.

Zwei Polizisten hielten sie auf. Doch zu Mius Entsetzen war das Tor, das nach draußen führte, bereits verriegelt.

»Macht auf, schnell!«, rief sie. »Ich will unbedingt die letzte Fähre zum Ostufer erwischen.«

»Die hat schon vor einer ganzen Weile abgelegt«, sagte der eine. »Du bist zu spät, Mädchen. Heute kommt hier keiner mehr heraus.«

»Aber ich muss doch nach Hause!« Sie spürte, wie ihre Kehle eng wurde. »Bitte! Sonst kriege ich die allergrößten Schwierigkeiten.«

»Keiner hinaus und keiner mehr herein«, sagte der zweite Polizist. »So lauten die neuesten Vorschriften. Und jenseits der Mauer, wo jetzt weitere Kollegen jede Nacht patrouillieren, sieht es keinen Deut anders aus. Komm morgen früh wieder. Dann lassen wir dich raus.«

»Das könnt ihr nicht machen! Mein Vater wird …« Iset packte sie am Arm und zog sie energisch ein Stück weiter.

»Pass lieber auf, dass du sie nicht verärgerst«, warnte sie. »Sonst sperren sie dich noch ein, so wie sie es neulich mit einem betrunkenen Randalierer gemacht haben. Angeblich sollen sie ja einer Diebesbande auf der Spur sein, das hab ich die Nachbarin sagen hören, deshalb wird wohl alles auf einmal so streng gehandhabt. Jetzt musst du also doch hierbleiben.« Es klang, als würde sie sich darüber freuen. »Komm, Miu, wir beide machen es uns schön!«

Kalt und hoch stand die Mauer im Mondlicht, ein undurchdringliches Bollwerk, das sie von der Freiheit trennte. Miu schaute verzweifelt hinauf. Man hätte schon ein Vogel sein müssen, um diese Mauer überwinden zu können.

Sie stieß einen tiefen Seufzer aus, als sie nun an ihren Vater dachte.

Er würde aufbrausen, ihr Hausarrest verpassen oder wieder mit einem unsäglichen Heiratskandidaten drohen. Andererseits war es Miu bislang noch jedes Mal gelungen, Papa auf ihre Seite zu ziehen, was immer sie auch ausgefressen hatte.

Eine Spur Zuversicht kehrte zurück.

Zumindest blieb ihr die ganze Nacht, um sich eine halbwegs gute Geschichte einfallen zu lassen.

*

Spät kehrte Ramose nach Hause zurück und schweren Herzens, denn er hatte der Versuchung doch nicht widerstehen können. An seinem Körper haftete noch Merets Geruch, und er hatte ihr trauriges Gesicht vor Augen, als er sie zum Abschied geküsst hatte.

»Leb wohl, mein Liebster. Die Götter mögen dich beschützen!«, flüsterte sie.

Die Götter haben mich längst verlassen!, dachte er grimmig.

Er wollte nur noch eines – hinein in seinen Teich und im Mondlicht alles von sich abwaschen: Schmach und Scham, die Vergangenheit ebenso wie eine freudlos gewordene Zukunft.

Zu seiner Überraschung sah er Licht im Küchenhof, nachdem er sich abgetrocknet hatte. Hieß das, dass Anuket ihre alte Angewohnheit wieder aufgenommen hatte, sich nicht schlafen zu legen, bevor er zurück war?

Aber nicht sie fand er im Schein einer Öllampe, sondern Raia. Ihr Gesicht war so sorgenvoll, dass Ramose erschrak.

»Doch nicht Miu!«, entfuhr es ihm. »Ist ihr etwas passiert?«

»Nein«, sagte sie dumpf.

»Was ist dann geschehen?«

»Sie wollte unbedingt zu Iset«, sagte Raia ohne Umschweife. »Ins Wüstendorf. Und ich habe es ihr erlaubt – ja, ich weiß, gegen deinen ausdrücklichen Willen.«

»Wie kannst du mir derart in den Rücken fallen!«, fuhr er sie an.

»Sie ist noch nicht zurück«, sagte Raia. »Allein das zählt. Ich habe Angst, Ramose! Was, wenn ihr etwas zugestoßen ist?« Sie trank einen Schluck. »Wo warst du eigentlich? Wenn du wenigstens früher nach Hause gekommen wärst! Dann hätten wir etwas unternehmen können.«

»Wenn Miu etwas zugestoßen ist, dann ist das ganz allein deine Schuld!«, schrie er und vermied, sie dabei anzusehen. »Habe ich genaue Anordnungen gegeben oder nicht? Du weißt genau, wie viel sie mir bedeutet. Auch noch sie zu verlieren …« Er wandte sich rasch ab.

»Genau das wirst du aber, wenn du so weitermachst. Deine Tochter versteht nicht, was du gegen Iset und ihre Familie hast. Und sie wird so lange rebellieren, bis du endlich mit der Wahrheit herausgerückt bist.«

Er schien sie gar nicht mehr zu hören.

»Ich gehe sie holen«, murmelte er. »Auf der Stelle fahre ich hinüber und zerre sie da raus…« Er brach ab. Niemand wusste besser als er, dass es unmöglich war. »Dann eben morgen früh«, murmelte er. »Sobald es hell geworden ist. Und danach ziehen wir andere Saiten auf!«

Den Rest der Nacht verbrachte er schlaflos, und als der erste Schein des Tages anbrach, war er bereits wieder auf den Beinen. Nach einer hastigen Morgentoilette verließ Ramose das Haus ohne einen Bissen Frühstück und wandte sich zügig in Richtung Fähre.

Waset war erst am Erwachen und die Straßen beinahe leer. Er begegnete ein paar Bauern, die mit ihren Karren zum Markt wollten, um dort ihr Gemüse anzubieten. Für ein paar Augenblicke beneidete er diese sehnigen, von der Sonne gegerbten Gestalten, die ihm bei aller Armut so glücklich und zufrieden erschienen. Was hatten sie in ihrem einfachen Dasein schon groß zu befürchten? Der Hapi war gestiegen, das Land von fruchtbarem Schlamm bedeckt, aus dem bereits das Getreide zu sprießen begann – alles war genau so, wie es sein sollte!

Vielleicht wäre auch in seinem Leben alles anders verlaufen, hätte es nicht den verfluchten Ehrgeiz gegeben, diesen ständigen Drang, mehr zu schaffen. Den anderen hatte er beweisen wollen, was wirklich in ihm steckte, allen voran Sadeh, seiner schönen, stolzen Frau. Deshalb war er auch bereit gewesen, mehr zu riskieren.

Alles zu riskieren.

Doch wohin hatte ihn das gebracht?

Heute war er angesehen und reich. Waset achtete und respektierte ihn. Sadeh jedoch hatte er für immer verloren.

Vielleicht waren es genau diese Erinnerungen, die ihn nicht direkt zur Fähre führten, sondern einen kleinen Umweg einlegen ließen. Die Menschen, zu denen es ihn hinzog, waren Gefährten aus alten Tagen, die mit ihm die Erlebnisse in der Sonnenstadt geteilt hatten. Wehmut hatte ihn hierher geführt, das Gefühl unwiederbringlichen Verlusts. Ramose merkte es selber erst, als er schon vor der Schenke *Zum Graureiher* stand.

Nach kurzem Zögern trat er ein.

Nur ein paar Tische waren besetzt, zumeist von übernächtigten Fischern, die gerade von ihrer anstrengenden Arbeit zurückgekommen waren. Oder gab es noch andere Dinge, die sie in ihren Netzen hatten? Sein alter Zweifel bekam neue Nahrung. Es konnte kein Zufall sein, dass Nefer sich ausgerechnet für diese Schenke am Fluss entschieden hatte, ein idealer Umschlagplatz, an dem so manches den Besitzer wechseln konnte!

Ganz hinten saßen zwei Polizisten, ins Gespräch vertieft.

»Ramose!« Taheb kam lächelnd auf ihn zu. »Dass du endlich mal wieder den Weg zu uns gefunden hast – ich freue mich!«

»Ist Nefer auch schon wach?«

»Mein Mann, diese Nachteule, der es Abend für Abend immer später werden lässt, sollte schon wach sein? Meinst du das wirklich ernst? Da musst du später noch mal wiederkommen. Aber meinen tüchtigen Sohn kannst du sprechen, wenn du willst.«

Der Tonfall verriet ihren Stolz.

»Ani sitzt dort drüben, mit einem seiner Kollegen. Die beiden kommen direkt von der Nachtwache. Sie sollen Grabräuber dingfest machen. Als ob das so einfach wäre! Und gefährlich kann es auch werden. Solche Kerle, die nicht mal Respekt vor toten Königen haben, schrecken doch vor nichts zurück! Ich hab den beiden jedenfalls erst mal was Vernünftiges zu essen hingestellt. Das kann niemals schaden!«

Ramoses Magen begann zu knurren. Aber jetzt war nicht die Zeit für eine entspannte Mahlzeit.

»Ich muss gleich weiter«, sagte er. »Leider.«

Taheb musterte ihn eingehend.

»Müde siehst du aus. Und irgendwie bedrückt. Ist irgendwas mit der Familie?«

Ramose machte eine abwehrende Handbewegung.

»Soll ich Nefer etwas ausrichten?«, fragte sie weiter. »Willst du, dass er dich in der Werkstatt besucht?«

Das war das Letzte, was Ramose gewollt hätte! Plötzlich schämte er sich für seine Schwäche.

»Lass gut sein«, sagte er und nickte Ani, der inzwischen auf ihn aufmerksam geworden war und ihm zuwinkte, einen Gruß zu. »Ein anderes Mal vielleicht.«

Er musste laufen, um die Fähre noch zu kriegen, was er hasste, denn dabei begann er zu schwitzen. Ramose konnte es nicht ausstehen zu schwitzen. In seinem Beruf durfte man sich keinerlei Nachlässigkeiten leisten. Wer wie er tagtäglich das Reich des Anubis betrat und wieder verließ, musste reinlicher und gepflegter sein als andere. Deshalb gab es in einem kleinen Anbau neben der Werkstatt auch ein separates Badezimmer, wo er all seine Kostbarkeiten hortete, die ihn vor jeglicher unangenehmer Ausdünstung bewahren sollten.

Er wünschte, er könnte sich jetzt von Kopf bis Fuß waschen und anschließend mit seinen Ölen und Essenzen beträufeln, doch leider gab es zuvor anderes zu erledigen.

Um sich abzulenken, schaute er auf den Fluss.

Die Morgennebel, typisch für diese Jahreszeit, hatten sich bereits gelegt. Die Luft war klar und der Himmel so blau wie feinster Lapislazuli. Die Fähre hatte noch nicht angelegt, da sah er sie schon nebeneinanderstehen: Miu und die Tochter Pacheds. Mit grimmigem Gesicht bereitete er sich auf das Aussteigen vor.

Die beiden starrten ihm ängstlich entgegen.

»Es war meine Schuld«, rief Iset, kaum dass sein Fuß wieder festen Boden betreten hatte. »Ich war so traurig. Da hat Miu mich aufheitern wollen. Und darüber haben wir leider die Zeit ganz vergessen …«

»Kommst du, Mutemwija?«, unterbrach er sie.

Ein schlechtes Zeichen, dass er sie so nannte. Ein ganz schlechtes Zeichen!

»Es tut mir leid, Papa«, sagte sie schnell. »Ich wollte Iset doch nur …«

»Wir beide unterhalten uns später.« Seine Stimme war eisig.

Iset ließ er zurück, ohne ein Wort des Abschieds.

»Wohin gehen wir eigentlich?«, fragte Miu nach einer Weile, weil er so rasch ausschritt, dass sie Mühe hatte mitzuhalten. »Wir laufen ja in die verkehrte Richtung!«

»Zur Werkstatt.«

»Zur Werkstatt? Was soll ich denn da? Ich will doch nach Hause!«

Er sagte nichts, schien aber sein Tempo eher noch zu beschleunigen, und so blieb auch Miu für den Rest des Weges stumm.

Vor dem lang gestreckten Gebäude erwartete sie Ipi, den Mund zum Begrüßungsgrinsen verzogen.

»Du bist früh heute, Meister«, sagte er. »Und in so reizender Gesellschaft!«

»Komm mit nach drinnen!«, befahl Ramose. »Und du wartest hier, verstanden?«

Es dauerte nur ein paar Augenblicke, dann öffnete sich die Tür wieder. Ipis Grinsen schien ihr noch breiter und aufdringlicher geworden zu sein, falls das überhaupt möglich war.

»Gehen wir«, sagte er. »Der Meister erwartet mich bald wieder zurück.«

»Wohin?«

»Zu eurem schönen Haus. Denn genau dorthin werde ich dich jetzt begleiten.«

»Du?« Mius Augen weiteten sich. »Das glaub ich nicht!«

»Kannst du aber. Dein Vater hat es so befohlen, und was der Meister befiehlt, das führt Ipi aus.«

Wie um seine Worte zu unterstreichen, war er ihr ein Stück näher gerückt, und Miu wich sofort zurück. Im Gegensatz zu ihrem Vater schien Ipi sich nicht übermäßig für wohlriechende Öle und Essenzen zu interessieren. Der Geruch, den er verströmte, war faulig und süß.

»Wenn du mich anfasst, schreie ich«, sagte Miu leise. »Und dann wirst du sehen, was dein geschätzter Meister mit dir anstellt!«

Es schien ihm nichts weiter auszumachen, zumindest tat Ipi so.

»Gehen wir?«, wiederholte er lediglich, und ihr blieb nichts anderes übrig, als ihm zu folgen.

Miu ignorierte ihn, so gut es eben ging, auf dem Weg bis zur Fähre und auch während der gesamten Überfahrt, obwohl er sie ununterbrochen anglotzte, als könne er sich an ihrem Anblick gar nicht sattsehen.

Irgendwann bemerkte er, dass auch Miu ihn ansah. Er begann erneut zu grinsen und sagte: »Gewöhn dich ruhig an meinen Anblick. Denn über kurz oder lang wirst du ja doch meine Frau. Und wenn du dich noch so sehr dagegen sträubst: Die Tochter des Balsamierers und ich – was könnte besser zusammenpassen?«

»Ich, deine Frau?«, rief Miu so laut, dass die Umstehenden erstaunt die Köpfe wandten. »Niemals! Nicht einmal wenn Himmel und Erde die Plätze tauschten, hast du verstanden? Da würde ich ja noch lieber freiwillig in den Nil springen, zu den gefräßigen Kindern Sobeks!«

Für einen Augenblick veränderte sich sein Gesicht, wurde hart und verschlossen, dann jedoch kehrte das überhebliche Grinsen wieder zurück.

»Himmel und Erde vertauscht? Ja, ich denke, das könnte sehr wohl geschehen, Mutemwija«, sagte er. »Und dann wirst du deine Meinung ändern müssen.«

*

Sich endlich wieder sauber fühlen!

Mit zitternden Händen drehte Ramose den Schlüssel um. Dieser kleine Baderaum war seine geheime Zuflucht, wenn der strenge Atem des Anubis die Werkstatt bis in die letzten Ritzen erfüllte. Niemand außer ihm durfte ihn betreten. Sogar das Saubermachen übernahm er hier freiwillig – und schleppte auch ohne Murren die schweren Wasserkannen nach drinnen, die seine Gehilfen für ihn jeden Tag vor der Tür abstellten.

Er wusch sich lange und ausgiebig und genoss das ersehnte Gefühl von Frische auf seiner Haut. Dann hielt er sich die Hände vor das Gesicht und schnupperte.

Kaum wahrzunehmen, aber leider noch immer vorhanden. Ein äußerst ärgerlicher Umstand, dem er rasch Abhilfe schaffen würde!

Ramose bückte sich hinunter zu der großen Kiste aus Zedernholz, für die er ein kleines Vermögen bezahlt hatte, und hob deren Deckel an.

Sein Mund öffnete sich zu einem stummen Schrei.

Seine Salbgefäße waren ebenso daraus verschwunden wie das Heer von Glasfläschchen und Alabastertiegeln, die er in unermüdlicher Sammelleidenschaft von überall her zusammengetragen hatte.

Die Kiste war gähnend leer.

Leer – bis auf den blutroten Herzskarabäus aus feinstem Karneol, der ihn aus dunkler Tiefe höhnisch anzugrinsen schien.

Sechstes Kapitel

Hör endlich auf, mich wie ein Kind zu behandeln!« Miu war so wütend wie selten zuvor. »Schließlich werde ich demnächst sechzehn.«

»Dann hör du endlich auf, dich wie ein Kind zu benehmen!« Auch Ramose war außer sich. Miu erkannte es an seinen schmal gewordenen Lippen und der Art, wie er mit den Händen vor ihrem Gesicht umherfuchtelte. Aber hinter seiner Aufgebrachtheit spürte sie noch etwas anderes, etwas Flatterndes, Verzweifeltes, das ihr Angst machte, weil sie es nicht richtig einzuschätzen wusste. »Dich heimlich wegzuschleichen, trotz meines Verbots – dachtest du etwa, ich würde nicht dahinterkommen? Dein Vater sieht und hört alles! Das solltest du dir für die Zukunft merken!«

»Wieso bist du nicht einfach ehrlich zu mir, wenigstens ein einziges Mal?«

Mit diesem Vorwurf hatte sie ihn getroffen – allerdings nur für einen kurzen Augenblick. Dann legte sich erneut die Maske väterlichen Zorns über sein Gesicht. Tagelang hatte Miu auf diese Auseinandersetzung gewartet, eine bleierne Zeit, in der ihr Vater ihr ausgewichen war, als fehle ihm die Kraft dafür. Wäre sie heute nicht direkt auf ihn zugegangen, weil sie endlich diesen unguten Zustand beenden wollte, sie würde garantiert weiterhin wie eine Gefangene herumhocken und darauf warten, dass irgendetwas geschah!

»Hast du jetzt jeglichen Respekt verloren?« Ramose war sehr laut geworden.

»Hab ich nicht. Aber du verheimlichst mir doch etwas. Das spüre ich ganz genau!«, konterte Miu.

»Weil manche Dinge dich nichts angehen. Später vielleicht einmal. Doch jetzt ist es dafür noch zu früh.« Es war heraus, bevor er noch richtig überlegt hatte. Und hätte Ramose gekonnt, er hätte seine Worte wohl zurückgenommen, so betreten schaute er auf einmal drein.

»Sag mir, was du gegen Iset und ihre Familie hast.« Auf einmal war Miu ganz ruhig. Würde er nun endlich mit der Wahrheit herausrücken?

Ramoses Hände nestelten an seinem Schurz, der neu war, gestärkt und reich gefältelt, aber keineswegs gut saß. Das Essen schmeckte ihm nicht mehr, schon tagelang, was Anuket kränkte, die sich die Schuld dafür gab und nicht müde wurde, ihm immer neue Leckerbissen aufzutischen. Doch trotz all ihrer Mühe hatte sein Bauch die Rundung verloren und war wieder flach wie in Jugendtagen.

»Du wirst lernen müssen, dich an meine Anweisungen zu halten, wenn du keinen Ärger willst. Das ist mein letztes Wort in dieser Angelegenheit, Mutemwija!«

»Immer nur drohen und drohen, weil du glaubst, der Stärkere zu sein. Das hätte Mama niemals nötig gehabt, wenn sie noch am Leben wäre!«

»Lass deine Mutter aus dem Spiel!« Sein Ton war noch gereizter geworden. »Sadeh ist …«

»… tot! Glaubst du, das könnte ich auch nur einen

Atemzug lang vergessen? Aber heißt das denn, dass man sie nicht mehr erwähnen darf?«, schrie Miu. »Von ihr zu reden, ist doch alles, was mir geblieben ist. Dass du so gemein sein kannst, mir selbst das zu verbieten! Aber am liebsten würdest du mir ja ohnehin alles nehmen, jetzt auch noch meine Freundin, doch das lass ich mir nicht gefallen, hörst du …«

Sie rannte hinüber in ihr Zimmer, schmetterte die Tür hinter sich zu und ließ sich auf das Bett fallen. Pau, gemütlich am Kopfende eingenickt, schreckte hoch und schoss unter den nächsten Stuhl, während Miu von Schluchzern geschüttelt wurde. Nach einer Weile des Abwartens schien die Katze sich anders zu besinnen und kam langsam wieder zurück.

»Tut mir leid«, sagte Miu tränenüberströmt und streckte die Hand nach ihr aus, um sie zu streicheln. »Du warst natürlich nicht gemeint, meine Schöne! Aber es ist einfach nicht mehr auszuhalten mit ihm! Alles mache ich falsch. Und erlauben will er mir rein gar nichts. Bin ich vielleicht einer seiner Sarkophage, aus totem Holz gezimmert …« Sie hielt inne.

Die Tür hatte sich geöffnet.

Ramose kam herein, die Unterlippe leicht vorgeschoben, wie immer, wenn ihm etwas leidtat, er aber noch nicht ganz über seinen Schatten springen konnte. Bei seinem Anblick warf Miu sich erneut auf das Bett und presste ihr Gesicht gegen die Decke.

»Warum musst du immer so bockig sein?«, sagte er leise. »Alles, was ich von dir verlange, geschieht doch nur zu deinem Besten! Hast du so wenig Vertrauen zu deinem alten Vater?«

Seine warme Hand legte sich auf ihren Rücken. Es fühlte sich gut an, doch das zeigte sie ihm nicht.

»Vielleicht bist du ja tatsächlich schon erwachsener, als ich es manchmal wahrhaben möchte«, fuhr er fort. »Und es ist eigennützig von mir, dich noch länger behalten zu wollen. Viele Mädchen in deinem Alter sind bereits verheiratet oder stehen kurz davor. Wenn also auch du in diese Richtung denken solltest, Miu, so hätte ich nichts dagegen. Das wollte ich dir schon lange sagen.«

Jäh hatte sie sich zu ihm herumgedreht.

»Wer ist es dieses Mal?«, fragte sie. »Wieder einer dieser Pillendreher, weil die Leute ja immer mal krank werden und dann dringend Arznei brauchen? Oder vielleicht ein Goldschmied, weil Geschmeide stets gefragt ist, gerade in schwierigen Zeiten? An wen willst du mich verschachern?«

»Ich liebe meinen Beruf.« Ihrem zornigen Blick hielt er mühelos stand. »Und war stets stolz darauf, Balsamierer zu sein. Unser Handwerk ist so alt, dass es manchmal sogar zu den Künsten gezählt wird. Daher denke ich …«

Was redete er da? Er musste doch gespürt haben, wie unangenehm ihr sein Gehilfe war? Wäre Papa tatsächlich in der Lage, über ihre Gefühle hinwegzusehen, damit seine eigenen Pläne aufgingen?

»Das ist jetzt nicht dein Ernst«, rief sie. »Nicht dieser schleimige Ipi mit seinem widerlichen Dauergrinsen!«

Ramose hatte sich erhoben. »Ein Name ist meines Wissens bislang noch nicht gefallen«, sagte er steif.

»Aber daran gedacht hast du schon, oder nicht? Vergiss es! Daraus wird nichts, Papa, niemals, so wahr mir …«

Anuket kam aufgelöst hereingelaufen, gefolgt von Raia.

»Eine königliche Eskorte«, rief Anuket. »Unser Mädchen soll in den Palast gebracht werden!«

»Was wir mit allen Mitteln verhindern werden.« Raias Gesichtsausdruck zeigte grimmige Entschlossenheit. »Und wenn ich mich persönlich dazwischenwerfen müsste! Ramose, so steh doch nicht wie angewurzelt herum, sondern tu endlich etwas!«

»In meinem Haus entscheide noch immer ich!«, brachte er schließlich hervor, doch es klang matt und wenig überzeugend.

»Die Männer da draußen sind bewaffnet und sehen nicht aus, als würden sie lange fackeln wollen.« Erschrocken sah Anuket zu ihrem Herrn auf. »Was, wenn sie uns alle verhaften, falls wir nicht gehorchen wollen?«

»Werden sie nicht. Denn ich komme ja – freiwillig!« Miu rannte zur Tür.

»Augenblick!« Ramose bekam sie im letzten Augenblick am Kleid zu packen und hielt sie fest. »Ohne mich und meine Einwilligung wirst du nirgendwo hingehen, Tochter!«

»Ich denke, da täuscht du dich, Balsamierer.« Der Offizier der Leibgarde, der ungebeten eingetreten war, hatte einen massigen Körper und war mindestens einen halben Kopf größer als Ramose. »Das Mädchen. Nur das Mädchen. So lautet der Befehl des Pharaos. Und nicht anders wird er auch ausgeführt – darauf hast du mein Wort!«

*

Wenn er schlief, so wie jetzt, erinnerte er Taheb noch immer an den kleinen Jungen, dessen unruhige Träume sie bewacht hatte. Ani hatte sich als Kind vor der Dunkelheit gefürchtet, und obwohl Nefer Frau und Sohn ausgelacht hatte, stand stets ein brennendes Öllicht neben seinem Bett, dafür hatte sie gesorgt. Oft hatte sie danebengesessen, stets bereit, ihn zu trösten und wieder zum Einschlafen zu bringen, sobald er aufschrie oder sich verschwitzt freigestrampelt hatte. Für Taheb ein heimliches Glück, für das sie ihren Schlaf gern geopfert hatte.

»Eines Tages könnte deine Nachsicht uns noch das Dach über dem Kopf kosten«, hatte Nefer oft gemurrt. »Wenn nicht mehr! Du verziehst ihn, Taheb. Das gefällt mir nicht. Wirst schon noch sehen, wohin das führt.«

Wohin schon?

Einen klugen, sensiblen Mann hat es aus ihm gemacht, dachte sie voller Zärtlichkeit. Der noch um vieles glücklicher sein könnte, hätte der Zwist mit dem Vater ihn nicht in den Krieg getrieben und mit einem lahmen Bein zurückkehren lassen. Ani hatte seinen Eltern gegenüber kaum etwas von seinen Kriegserfahrungen im tiefen Süden des Reiches preisgegeben. Nur einmal, als sie beide ungestört waren, war es Taheb gelungen, mehr als ein paar dürre Worte aus ihm herauszulocken.

»Nicht der Sand oder die Hitze sind das Schlimmste. Nicht einmal die Schmerzen, wenn der Gegner dich im Kampf verletzt hat und der Sunu des Heeres dich notdürftig wieder zusammenflickt. Es ist das, was mit deinem Herzen geschieht, als hätte jemand es aus deiner Brust gerissen und dir stattdessen einen Stein hineingelegt, so kalt und so schwer. Aber andererseits brauchst du diesen Stein, dringend sogar, wenn du als Soldat überleben willst. Sonst gehst du nämlich jämmerlich zugrunde.«

Ein letztes Mal fuhr Taheb mit der Hand über seinen geschorenen Kopf. Die Stoppeln waren schon wieder zu spüren. Wehmut überfiel sie. Wie sehr sie früher sein dichtes Haar geliebt hatte!

Dann rüttelte sie ihn sanft wach.

»Was ist?« Ani schoss nach oben, als hätte er einen Pfiff gehört.

»Du solltest langsam aufstehen, wenn du dich nicht wieder halb zu Tode hetzen willst«, sagte sie. »Im Badezimmer steht frisches Wasser. Und etwas zu essen gemacht habe ich dir auch.«

Seine Augen waren winzig. Es fiel ihm sichtlich schwer, sie überhaupt offen zu halten.

»Es bringt mich noch um den Verstand, dieses ständige Durcheinander von Tag und Nacht«, murmelte er. »Wenn es hell geworden ist, muss ich schlafen gehen, und sobald es dämmert, meinen Dienst antreten. Wie soll man da noch klar denken können?«

»Soll das denn noch lange so weitergehen?«, fragte Taheb. Am liebsten hätte sie ihn in die Arme genommen und gewiegt wie früher, doch diese Zeiten waren leider für immer vorbei. »Ihr werdet ja noch krank dabei!«

»Keine Ahnung!« Ani rieb sich die Augen. »Bis jetzt haben wir weniger als nichts, falls du das wissen willst. Und Userkaf wird von Tag zu Tag immer muffiger. Aber was sollen wir machen? Wir können doch keine Unschuldigen verhaften, nur damit er ein Resultat vorweisen kann und endlich Ruhe gibt!«

Taheb stand auf. »Wahrscheinlich braucht ihr nichts als Geduld«, sagte sie. »Geduld ist das ganze Geheimnis. Es wird sich auf der anderen Seite der Mauer herumgesprochen haben, dass ihr nun jede Nacht Wache schiebt – falls es diese Grabräuber wirklich gibt. Deshalb passen sie jetzt besser auf, doch über kurz oder lang werden sie sich daran gewöhnt haben. Dann könnten sie unvorsichtig werden und eure Falle schnappt zu!«

»Welche Falle, Mutter?« Trotz seiner Übermüdung verspürte Ani Lust, laut zu lachen. »Bislang haben wir ja noch nicht mal einen halbwegs vernünftigen Plan! Dabei versuche ich ständig, eine Art Strategie zu entwickeln, während Imeni nicht damit aufhört, mir die Ohren über die Nachtmeerfahrt der Sonne vollzuquatschen, kaum dass es dunkel geworden ist. Offenbar hat er seinen Beruf verfehlt: Nicht Polizist, sondern Märchenerzähler hätte er werden sollen, der mitten auf dem Markt seine Geschichten feilbietet!«

Er schwang sich aus dem Bett, streckte sich und ging hinüber zu dem Stuhl, wo frische Leinentücher lagen. Dabei zog er sein Bein stärker nach als sonst.

»Es braucht eben manchmal ein bisschen länger als der restliche Körper«, sagte er, weil ihm Tahebs verstohlener Blick keineswegs entgangen war. Wie gut, dass sie nicht wusste, wie sehr Userkaf ihn unter Druck gesetzt hatte, sonst hätte sie sich nur noch mehr gesorgt! »Dein Mitleid, Mutter, kannst du übrigens gleich wieder vergessen: Wir zwei kommen meistens ganz gut miteinander klar.«

»Du solltest dir eine Frau suchen«, sagte sie, schon halb im Gehen. »Warte besser nicht mehr zu lange damit!«

»Weshalb? Damit ich mir eine Krücke ersparen kann?«

»Sei nicht zynisch, Ani. Muss ich dir wirklich sagen, wozu ein junger Mann wie du eine Frau braucht?«, erwiderte Taheb ernst.

»Musst du nicht.« Er hielt den Kopf gesenkt.

»Sag, sollen wir nicht mal wieder Miu zu uns einladen? Vielleicht am Nachmittag, sobald du ausgeschlafen hast?«

»Ausgerechnet Miu!« Jetzt klang sein Lachen bitter. »Spar dir den Aufwand. Weißt du denn nicht, was für Flausen sie im Kopf hat, seitdem Raia und sie im Palast waren?«

Taheb zuckte die Schultern.

»In den Pharao ist sie verschossen, unsere kleine Miu, auch wenn sie es natürlich lautstark bestreiten würde. Aber heimlich träumt sie nur noch von Tutanchamun!«

»Und das bereitet dir Kummer?« Tahebs Stimme war sehr sanft.

»Mehr als du vielleicht denkst, auch wenn es dich im Grunde nichts angeht«, sagte Ani, nahm das Leinentuch und humpelte aus dem Zimmer.

*

Wie lange mochte sie schon hier sein?

In dieser aufregenden Umgebung lief die Zeit offenbar nach anderen Regeln ab. Zwar kam es Miu vor wie eine kleine Ewigkeit, seitdem die großen Tore sich hinter ihr geschlossen hatten, doch nun schien der Augenblick stillzustehen.

Von dem verschwitzten Mädchen in seinem zerknitterten Kleid jedenfalls, das die Leibwache des Königs im *Palast der leuchtenden Sonne* abgeliefert hatte, war nicht mehr viel übrig geblieben. Dienerinnen, darunter die beiden schönen Nubierinnen vom Bootsausflug, hatten sie in Empfang genommen, in ein Nebengebäude geführt und angewiesen, sich dort auszuziehen. Zuerst hatte Miu sich geweigert, doch als schließlich die Königsamme aufgetaucht war, um ihr zu erklären, dass dies alles bloß eine Vorbereitung für den Besuch beim Pharao sei, hatte sie schließlich doch eingewilligt.

Nach einem ausgiebigen Bad zwischen Wasserlilien und Seerosen ruhte sie auf heißen Steinen, wo man ihren Körper mit einer Mischung aus Salz und Öl abrubbelte, bis die Haut vor Sauberkeit glänzte. Danach folgte die Enthaarung mit einem dünnen Faden, blitzschnell gegen den Strich gezwirbelt, was zwar schmerzhaft war, aber so geübt und gründlich, wie Miu es noch nie zuvor erlebt hatte. Schließlich wurde sie von Kopf bis Fuß mit Rosenöl gesalbt. Überall gab es Ständer mit Perücken verschiedenster Länge. Doch als sie danach fragte, ließ eine der Nubierinnen ihr helles Lachen hören.

»Du hast Glück«, murmelte sie und begann, bunte Bänder in Mius Mähne zu flechten. »Er liebt dein Haar! Du brauchst es nicht zu bedecken. Da hat die andere es schon schwerer!«

»Aber wird die Große Königliche Gemahlin denn auch anwesend sein?«, entfuhr es Miu.

Jetzt kicherten alle Anwesenden, als hätte sie einen köstlichen Witz gerissen.

Eine andere Dienerin begann, sorgfältig die Schminke aufzutragen. Sie tauchte die Pinsel in eine solche Vielfalt aus Töpfen und Näpfen, als gelte es, eine halbe Armee mit schwarzem Onyx- und grünem Malachitpulver zu bemalen.

Mayet, die lange unsichtbar gewesen war, tauchte erneut auf und nahm Miu in Augenschein. Es schien ihr zu gefallen, was sie sah, denn sie nickte beiläufig.

»Hast du dir auch die Zähne gereinigt?«, fragte sie streng. »Hauch mich mal an!«

»Das tue ich doch jeden Morgen mit Schilfrohr«, erwiderte Miu.

»Das ist nicht genug. Mach endlich den Mund auf!«

Miu gehorchte und bekam anschließend ein Döschen mit kleinen bräunlichen Kugeln in die Hand gedrückt.

»Myrrhe, Weihrauch und Zimt«, sagte Mayet. »Drei jetzt, den Rest über den Abend verteilt, aber unauffällig, wenn ich bitten darf, verstanden?«

Mius Augen wurden immer größer.

»Du wirst etwas Gelbes tragen«, sagte Mayet. »Denn das bringt deine Haut am meisten zum Leuchten und lässt die Augen strahlen.«

Das Kleid, das ihr nun gereicht wurde, war federleicht und für Mius Geschmack viel zu durchsichtig.

»*Das* soll ich anziehen?«, sagte sie entsetzt.

»Musst du dich deines Körpers etwa schämen? Du bist so gut wie erwachsen und inzwischen so schön wie deine Mutter Sadeh, wenngleich auch auf andere Weise. Danke lieber der Göttin Hathor* dafür, dass sie so gnädig zu dir war!«

Miu schlüpfte in das zarte Gespinst, das ihre Haut streichelte.

»Warte!« Mayet öffnete eine Kassette und nahm ein paar Ohrringe heraus. »Karneole nennt man auch ›Steine der Liebe‹«, sagte sie, während sie die goldenen Bügel durch Mius Ohrlöcher schob. »Bei jeder Bewegung beginnen sie zu tanzen. Also vergiss nicht, den Kopf zu neigen, wenn er mit dir spricht.« Sie zog die Brauen zusammen. »Ob das schon genug ist? Vielleicht doch noch eine Kette?«

»Lieber nicht!« Miu hob abwehrend die Arme. »Das alles ist doch ohnehin viel zu kostbar für mich – der Schmuck, das Kleid. Was, wenn ich etwas schmutzig mache oder verliere?«

»Trink!«, verlangte die Königsamme und reichte ihr einen Becher. »Und hör endlich auf, dir unsinnige Sorgen zu machen.« Sie trat einen Schritt zurück und nickte abermals.

Mayet schnalzte ungeduldig. Die Wache an der Türe nahm Haltung an.

»Unsere Arbeit hier ist beendet. Wir können sie jetzt zum Pharao bringen«, sagte sie.

Der ganze Weg erschien Miu wie ein Traum, und ihre Füße bewegten sich, als wären sie eigenständige Lebewesen, die nichts mit ihrem übrigen Körper zu tun hätten. Draußen war die Nacht hereingebrochen, mit all ihren geheimnisvollen Lauten und Gerüchen, drinnen aber trug der *Palast der leuchtenden Sonne* zu Recht seinen Namen, denn ein Meer von Öllampen erleuchtete ihn taghell.

Hier war sie noch niemals gewesen, das nahm Miu trotz aller Verzauberung wahr, hier, wo die kühlen Kacheln, die ihre bloßen Füße berührten, schöner und bunter waren als alles, was sie jemals gesehen hatte; hier, wo die Wände ganze Gärten gemalter Pflanzen zierten, so echt und lebendig, als stünde man im Freien.

Vor einer großen Tür machten sie halt.

»Wartet hier!«, befahl die Königsamme den Wachen, dann schob sie Miu hinein.

Zuerst sah sie nur den niedrigen Tisch mit den Sitzkissen, der schier überquoll von köstlichen Speisen. Um ihn herum ein Lichterkranz aus brennenden Öllampen.

Nach und nach nahmen Mius Augen wahr, was sich sonst noch im dunkleren Teil des Raumes befand.

Auf einem breiten Ruhebett, dessen Füße goldene Löwenpranken bildeten, lag Tutanchamun. Sein Oberkörper war nackt. Seine Hüften umschlang ein einfacher weißer Schurz. Am Kopfende stand einer der königlichen Fächerträger, ein junger, gertenschlanker Nubier, der die riesigen Straußenfedern mit trägem Wedeln gleichmäßig bewegte.

»Da wären wir, Goldhorus.« Mayet verneigte sich tief. »Verzeih deiner alten Amme, wenn es ein wenig länger gedauert hat. Ich weiß, wie sehr du es hasst zu warten! Aber ich denke doch, es hat sich gelohnt!«

Miu, die wie bei ihren bisherigen Besuchen zur Begrüßung auf den Boden sinken wollte, wurde mitten in der Bewegung aufgefangen.

Er hielt sie in den Armen, zärtlich und warm – er, Pharao!

»Die Eine, Geliebte, ohne ihresgleichen,
schöner als alle Welt.
Schau, sie ist wie der glänzende Neujahresstern
vor einem schönen Jahr ...«

Tutanchamun hielt inne, mitten in seinem Gedicht, das er ihr ins Ohr geflüstert hatte, und lächelte strahlend.

»Die Schöne ist gekommen«, sagte er. »Endlich! Willkommen in meinem Palast, Miu!«

Auf sein Nicken hin zog Mayet sich diskret zurück.

Jetzt waren sie beide allein.

*

Nun, da der Herbst nicht mehr aufzuhalten war, konnte es schnell ungemütlich werden, sobald man das Fruchtland nur ein paar Schritte hinter sich gelassen hatte. Waren die Nächte in Waset noch einigermaßen mild, so zeigte sich auf dem Westufer, wo Steine und Sand vorherrschten, sehr schnell das wahre Gesicht der Wüstennacht.

Imeni hustete bereits seit mehreren Tagen, seine Nase lief und die Stimme klang so rau wie ein Reibeisen. Zum Schutz gegen die aufkommende Kälte hatte er sich in mehrere Lagen von Decken gewickelt, was ihn so unbeweglich machte, dass Ani bei seinem Anblick einen Lachanfall bekommen hatte.

»Wenn Userkaf dich so sehen könnte, würde er dir die Löffel lang ziehen«, sagte er, als er sich wieder halbwegs beruhigt hatte. »In dieser Aufmachung könntest du vermutlich nicht mal einen beinlosen Dieb erwischen!«

»Kommt ja eh keiner«, bellte Imeni. »Möchte nur wissen, wofür wir uns hier Nacht für Nacht die Beine in den Leib stehen! Entweder es gibt sie gar nicht, diese ominösen Herren Grabräuber, oder sie haben längst andere Methoden entwickelt, um die Beute unauffällig herauszubringen.«

»Was meinst du damit?« Ani war hellhörig geworden.

»Woher soll ich das wissen – bin ich vielleicht ein Dieb?«, sagte Imeni schniefend. »Der Ärger wird jedenfalls von Tag zu Tag mehr. Tija ist sauer, weil ich keine Nacht mehr zu Hause bin. Ob ich eine andere hätte, hat sie mich gestern gefragt. Und ob sie sich vielleicht auch nach einem anderen umsehen solle – stell dir das vor, nach zehn Jahren glücklicher Ehe!«

Ein trockener Hustenanfall schüttelte ihn.

»Kannst heilfroh sein, dass du noch Junggeselle bist, Ani«, sagte er. »So bist du von solchen Fragen wenigstens verschont.«

Eine Weile blieb es still. Imeni schien sein bisheriges Interesse an der Nachtmeerfahrt der Sonne gänzlich verloren zu haben und kaute stattdessen lustlos auf einem Hühnerknochen herum.

In der Ferne das Heulen von Schakalen. Die beiden Polizisten fröstelten unwillkürlich.

»Vielleicht schleichen sie sich ja hinaus, bevor wir kommen«, begann Ani nach einer Weile erneut. »Solange die Tore noch geöffnet sind. Dann wären sie längst über alle Berge, wenn wir hier eintreffen – und wir werden sie niemals auf frischer Tat ertappen können!«

»Keine schlechte Idee, aber wie kommen sie mit dem Diebesgut durch die scharfen Kontrollen?«, warf Imeni ein. »Auf der anderen Seite sitzen doch auch welche von uns, die alles durchsuchen. Die Kollegen würden sie wohl kaum mit gestohlenen Kostbarkeiten passieren lassen!«

»Und wenn unsere Kollegen mit den Dieben unter einer Decke stecken?«, sagte Ani. »Hast du daran schon mal gedacht? Dann würde niemals etwas herauskommen, so lange beide Seiten dichthalten!«

»So redet einer, der im Dunkeln tappt!«

»Gehörst du vielleicht auch dazu?« Anis Gesicht war plötzlich verzerrt. »Schiebst hier mit mir Wache und machst auf harmlos, währenddessen …«

Jetzt war es Imeni, der lauthals zu lachen begann.

»Die ganz große Verschwörung? Kommt mir irgendwie bekannt vor. Schätze mal, so ungefähr jeder junge Kollege träumt am Beginn seiner Dienstzeit davon. Und natürlich auch davon, dass er und kein anderer die Verbrecher dingfest machen wird.«

Er hustete erneut.

»Vergiss es, mein Junge! In unserem Beruf sind Erfolge leider rar gesät und meist härter erarbeitet als die Quader im Steinbruch!«

»Und trotzdem hast du bis heute nicht aufgegeben?«, sagte Ani, der sich plötzlich schämte. Wie hatte er Imeni nur misstrauen können! Schuld daran war einzig und allein Userkaf, der ihn so unter Druck gesetzt hatte. Aber damit war jetzt Schluss! Sollte der Vorgesetzte ihn doch rauswerfen, wenn er ihn unbedingt mundtot machen wollte. Wahrscheinlich war das ohnehin längst beschlossene Sache und Userkafs Gerede über eine Bewährungszeit nichts als Augenwischerei!

Ani zog vor Kälte die Schultern hoch. Sein Rücken war so steif wie ein Brett. Wie sehr er den Kollegen um seine eben noch geschmähten Decken beneidete!

»Natürlich nicht! Ich habe meinen Glauben an unsern Beruf niemals verloren und liebe nach wie vor die Gerechtigkeit.« Imeni musterte ihn prüfend. »Und jetzt schluck endlich deinen Stolz runter und nimm dir die obersten beiden Decken! Ein erfrorener Polizist kann schließlich keine Diebe fangen!«

»Danke«, sagte Ani nach einer Weile. »Fühlt sich gleich viel besser an. Was meinst du, Imeni, wenn wir beide vielleicht zu einer anderen Zeit zum Wüstendorf …«

»Allein mit Reden hat noch keine Biene jemals Honig gemacht. Wenn du etwas ändern willst, dann tu es, verstanden? Und jetzt reich mir den Weinkrug rüber«, verlangte Imeni. »Denn ein Polizist, der an Durst gestorben ist, kann garantiert keine Heldentaten mehr vollbringen!«

*

Inmitten all der halb geleerten Schälchen und Teller, der Näpfe und Platten stolzierte die junge Feuerkatze herum, so munter und selbstbewusst, als wäre es ihr ureigenstes Revier. Mal nahm sie da einen Bissen, mal leckte sie dort ein Restchen auf, was Tutanchamun sehr zu amüsieren schien.

»Du siehst, wir beide sind schon die dicksten Freunde geworden«, sagte er, während er dem Tier einen besonders knusprig gebratenen Streifen Antilopenfleisch zuwarf, den es augenblicklich verschlang. »Ein Leben ohne dein Geschenk mag ich mir gar nicht mehr vorstellen!«

»Bei uns zu Hause werden Katzen allerdings um einiges besser erzogen«, erwiderte Miu. »Wir alle lieben Katzen. Doch etwas vom Tisch zu betteln, ist bei uns strengstens verboten.«

Die Katze schien genau zu wissen, dass von ihr die Rede war, und kam noch näher. Sie senkte das rötliche Köpfchen mit den schönen schwarzen Linien um die Augen, drückte sich eng an Tutanchamun und ließ sich ausgiebig von ihm streicheln.

»Brav, Jamu«, murmelte er, während lautes, genüssliches Schnurren erklang. »Ja, wir zwei verstehen uns wirklich gut!«

Sollte sie jetzt schon die kleinen Kügelchen lutschen, die Mayet ihr gegeben hatte? Miu entschloss sich, damit noch zu warten, und schob das Behältnis unauffällig unter ein Polster.

Jamu hieß »die Rote« – wie lieblos klang das denn?

»Du hast sie nicht Ta-Mau genannt?« Sie gab sich Mühe, ihre Enttäuschung nach außen hin zu verbergen, aber es gelang ihr nicht ganz. »Sollte sie nicht wie deine verstorbene Katze heißen?«

»Es kann nur eine Ta-Mau geben, meinst du nicht auch? Außerdem fehlen, bei aller Liebe, diesem hinreißenden Geschöpf die Voraussetzungen dafür.« Sein Tonfall klang amüsiert.

Was meinte er damit? Schätzte er ihr Geschenk so gering?

Mius Laune sank. Was nützten all die feurigen Blicke und wundervollen Verse, die er im Lauf des Abends rezitiert hatte? Sie war und blieb ein einfaches Mädchen – und er war Pharao und Gott, das hatte er ihr soeben unmissverständlich zu verstehen gegeben.

Tutanchamun war näher gerückt.

»Du weißt noch nicht besonders viel über die Liebe. Könnte das vielleicht sein?« Seine Stimme war sehr sanft.

»Bereits mehr als genug«, erwiderte Miu trotzig. »Viele bringt sie zum Weinen, dafür habe ich keinen Bedarf. Vielleicht ist es deshalb das Beste, man hält sich möglichst von ihr fern. Das hab ich jedenfalls für mich so beschlossen.« Ihre Stimme zitterte leicht.

»Und du meinst, das wäre so einfach?«

Seine Hand auf ihrem Schenkel fühlte sich heiß an. Trotzdem wünschte Miu, er würde sie niemals wieder dort wegnehmen.

»Man muss eben ganz genau hinsehen …«, nuschelte sie.

Tutanchamun brach in schallendes Gelächter aus.

»Und darin bist du offenbar Spezialistin, nicht wahr, kleine Miu?«, rief er. »Wach endlich auf, mein Mädchen: Keine Feuerkatze hast du mir geschenkt – sondern einen Kater!«

Röte überflutete sie. Jetzt verfluchte Miu aus ganzem Herzen dieses fein gewebte Kleid, in dem sie sich plötzlich so schutzlos fühlte.

»Aber das kann nicht sein«, murmelte sie. »Ich dachte doch … Du musst dich irren!«

Seine Heiterkeit wollte nicht enden.

»Es ist genau so, wie ich dir sage!« Er stieß ein Schnalzen aus, das Tier reagierte sofort, kam wieder näher und rieb seinen Kopf an der Schulter des Pharaos. »Sieh nur, wie zärtlich er ist!«, rief Tutanchamun begeistert. »Nachts schläft er an meiner Seite. Tagsüber läuft er mir nach wie ein artiger Welpe. Nicht einen einzigen Augenblick möchte ich ihn mehr missen.«

Er zog Miu näher.

»Das alles habe ich nur dir zu verdanken! Ich werde mir etwas ausdenken, was dich sehr glücklich macht.«

Seine Arme umschlangen sie, er roch nach gebratenem Fleisch, nach Schweiß, nach Mann. Miu hatte das Gefühl, dass seine Umarmung immer gebieterischer wurde. Langsam dämmerte ihr, dass sie in tiefes Wasser geraten war und keinen Boden mehr unter den Füßen spürte.

Sie hatte gar keine Wahl.

Nicht viel anders als die gebratenen Hühnchen und die Gazelle vom Rost kam sie sich vor. Man hatte sie gewaschen, angerichtet und gewissermaßen serviert – ihm, der über alles gebot. Und dennoch wurde ihr Körper von einem Strom der Sehnsucht erfasst, ausgelöst durch seine verwirrende Nähe und die Wärme seiner Lippen an ihrem Hals.

»Eine kleine Träumerin bist du«, hörte sie ihn murmeln. »Gerade das gefällt mir ja so sehr an dir.«

Sein Atem, dicht an ihrer Haut. Ihre Beine, die sich wie flüssiges Wachs anfühlten. Selbst wenn Miu gewollt hätte, sie hätte keine zwei sicheren Schritte mehr zustande gebracht.

»Es sind keine Zeiten für die Liebe«, hörte sie sich zu ihrer eigenen Überraschung sagen, während ein längst verloren geglaubtes, süßes Gefühl in ihr aufwallte, als wäre sie endlich wieder vollständig. So lange hatte sie sich nicht mehr so gefühlt! Nicht mehr, seitdem ihre Mutter gestorben war.

»Du hast Angst?« Seine Augen waren dunkle, funkelnde Sterne – und so nah!

Sie schüttelte den Kopf, auf einmal unfähig, auch nur eine Silbe hervorzubringen. Er hat schon eine Frau, dachte sie verzweifelt. Seine Königin, die sein Kind erwartet. Was kann ich da für ihn sein? Doch nichts als ein flüchtiger Rausch!

»Ich werde dir nicht wehtun«, sagte der Pharao und öffnete ihre Lippen mit seinem Kuss. »Das verspreche ich dir!«

Die Aufregung schien Mius Herz schier sprengen zu wollen. Doch was sie fühlte, war andererseits weich und warm und schön. Sie erwiderte seinen Kuss, trank seinen Atem, genoss seine Nähe. Sie sah die kleinste Pore seiner Haut. Die zarten bläulichen Adern an seinen Schläfen. Die Lider wie feinster Papyrus.

Hatte sie seine großen bräunlichen Ohren jemals hässlich gefunden?

Jegliche Erinnerung daran war verweht. Jetzt erschienen sie Miu wie kühne Segel, gefertigt aus dem allerzartesten, kostbarsten Material, das sich nur denken ließ.

Seine Hände waren nicht untätig geblieben, sondern zielsicher weitergewandert, unter den dünnen Stoff, direkt auf ihre Brust.

Miu schielte nach unten.

Man konnte davon träumen, doch in Wirklichkeit fühlte es sich ganz anders an! Sie empfand es als aufregend und wundervoll zugleich – und dennoch war es nicht richtig.

Sie hielt seine kosenden Hände fest, was Tutanchamun zu irritieren schien.

»Warte!«, flüsterte sie. »Nicht so schnell.«

»Wie lange willst du mich noch warten lassen?«, erwiderte er leidenschaftlich. »Nacht für Nacht träume ich von dir …«

Die Türe flog auf. Lautes Knurren.

Ein scharfes Hüsteln.

Dann stand die Große Königliche Gemahlin im Raum, flankiert von ihren Hunden.

»Da also bist du, geliebter Goldhorus!« Ihre Stimme klang schrill. »Und noch dazu in so anregender Gesellschaft.«

»Was willst du?«, sagte er schroff.

»Ein Vögelchen hat mir gezwitschert, es wäre heute klüger denn je, deine Nähe zu suchen. Und sieh, ich hab mich schon den ganzen Tag über nicht besonders wohlgefühlt. Unser Kind – es verlangt nach seinem Vater!«

Jamu war hinter den Pharao gesprungen und rührte sich nicht mehr. Auch Miu saß da wie erstarrt.

»Dann leg dich am besten schlafen«, sagte Tutanchamun und Ärger tropfte aus jedem seiner Worte. »Hast du den Sunu schon konsultiert?«

»Was mir fehlt, kann kein Arzt heilen. Und schlafen? Wie könnte ich das – ohne dich?«, erwiderte Anchesenamun in lieblichem Tonfall. »Es geht doch gar nicht um mich. Der künftige Erbe Kemets braucht dich, Einzig-Einer!« Ihre dünnen Arme mit den unzähligen Goldreifen streckten sich gebieterisch nach ihm aus.

Plötzlich konnte Miu die Situation nicht länger ertragen.

»Ich wollte ohnehin gerade gehen!«, rief sie und sprang unvermittelt auf. Dabei stieß ihr Fuß an das nächste Polster, das dabei verrutschte und das kleine Gefäß freigab, das sie heimlich daruntergeschoben hatte.

Tutanchamun hatte nichts davon bemerkt, die Adleraugen der Schwangeren jedoch hatten es sofort entdeckt.

»Was haben wir denn hier?«

Mit aufreizender Ruhe bückte sich Anchesenamun und kam noch langsamer nach oben, nicht ohne dem Pharao einen ausgiebigen Blick auf ihre Brüste zu gewähren. Sie öffnete den Deckel, hielt die Nase hinein, schnüffelte.

»Diese entzückende Kleine will dich doch nicht etwa vergiften? Sollte ihr ganzes verwirrendes Gerede einzig und allein diesem hässlichen Zweck gedient haben?«

Tutanchamun war ebenfalls aufgestanden. Jamu, den Blick starr auf die hechelnden Hunde gerichtet, jagte davon und entkam durch die angelehnte Türe in die Freiheit.

»Miu?«, sagte der Pharao streng. »Was ist das? Ich erwarte eine Erklärung!«

»Dann frag am besten deine Königsamme!«, rief Miu.

Es war ihr peinlich, dass ihr kleines Geheimnis aufgeflogen war. »Das sind doch nur Pastillen für guten Atem – und Mayet höchstpersönlich hat sie mir aufgeschwatzt!«

Anchesenamun hüstelte diskret. Ein weicher Lichtkranz umgab ihr dunkles Haar, das glatt bis zu ihren kleinen Brüsten fiel. Mädchenhaft zart sah sie aus in ihrem schlichten weißen Kleid.

Und sehr, sehr schutzlos.

»Kommst du dann, Liebster?«, flüsterte sie. »Lass den Kleinen und mich nicht mehr allzu lange warten!«

Ein stummes Flehen lag in seinem Blick, als er sich Miu zuwandte, sie jedoch schaute zu Boden, fühlte sich enttäuscht und bloßgestellt zugleich.

»Ich lasse dich jetzt am besten nach Hause bringen«, sagte der Pharao leise.

Die geschliffenen Karneole in den Ohrhängern tanzten, als Miu den Kopf bewegte und die Bügel löste.

»Das allerdings hättest du längst schon tun sollen, mein König, du mögest leben, heil und gesund sein!«, erwiderte sie mit fester Stimme und drückte ihm den Schmuck in die Hand. »Oder mich besser erst gar nicht zu dir holen lassen!«

*

Warum Ramose ausgerechnet jetzt diesen abgelegenen Raum betreten hatte, hätte er selber nicht genau sagen können. Hier ruhten die fertig präparierten Leichen, nach allen Regeln der Kunst für die Ewigkeit zurechtgemacht: in Natron siebzig Tage gelagert, mit Ausnahme des Herzens aller Eingeweide entledigt, gewaschen mit Palmwein und duftenden Essenzen, mit Salböl übergossen, ausgestopft mit Leinenbeutelchen und Sägespänen, um das während der langwierigen Prozedur verloren gegangene Volumen wiederherzustellen.

Darauf legte er am meisten Wert: Echt mussten sie aussehen. Nicht wie lebendig, das war trotz aller Mühe nicht mehr hinzubekommen, aber immerhin ansprechend, ästhetisch und einigermaßen menschlich.

Natürlich kam es dabei auf den Preis an.

Augäpfel beispielsweise, die durch den Wasserentzug im Natronbad stark schrumpften, konnten durch Küchenzwiebeln, Leinenbäusche oder bauchig geschliffene Halbedelsteine wie Türkis und Karneol ersetzt werden. Wichtige Körperteile schützte man mit entsprechend geformten Silber- und Goldplättchen. Das konnte die Zunge ebenso betreffen wie Finger und Zehen, über die getriebene Metallhülsen gesteckt wurden.

Drei solcher hochklassig ausgestatteten Mumien ruhten also hier. In zwei Tagen sollten sie feierlich bestattet werden. Noch hatten die Angehörigen nicht die ganze vereinbarte Summe bezahlt, aber die noch ausstehenden Beträge würden sie gewiss bei Übergabe der präparierten Leichname zahlen, denn für seine konstante Qualität war der erste Balsamierer von Waset allerorts bekannt.

Doch welcher Anblick bot sich Ramose, als er den Raum betreten hatte! Nichts als Scherben, dazu ein widerlicher Geruch, schwerer zu ertragen als die allerschlimmsten Leichenausdünstungen. Beinahe wäre er ohnmächtig zu Boden gesunken, doch er fasste sich, packte ein Tuch und hielt es sich entsetzt vor Mund und Nase, während er sich vom ganzen Ausmaß der Katastrophe überzeugte.

Die Mumien waren verschandelt.

Besudelt.

Entweiht.

Wer auch immer dieses Verbrechen begangen hatte, er hatte ganze Arbeit geleistet. Es würde Tage dauern, die Leichname wieder in einen einigermaßen annehmbaren Zustand zu versetzen.

Zeit, die Ramose nicht hatte, ohne den Angehörigen zu gestehen, dass ihre Toten entweiht worden waren, hier im Reich des Anubis, als dessen legitimer Stellvertreter er sich ein Leben lang gefühlt hatte.

Erst als Ramose direkt vor den Bahren stand, erkannte er, was hier geschehen sein musste. Der unerträgliche Gestank setzte sich aus verschiedenartigen Aromen zusammen, die, für sich genommen, eigentlich berauschend rochen – der gesamte Inhalt seiner Parfumsammlung.

Jemand hatte seine gesamten Schätze über den Toten ausgeschüttet und damit vernichtet. Ramose griff sich an die Brust, weil er dort plötzlich eine nie zuvor gekannte Enge spürte.

Erkenne dein Verbrechen an – so lautete die Botschaft des blutroten Herzskarabäus, die er offenbar missverstanden hatte.

Es ging gar nicht um die Trennung von seiner heimlichen Geliebten. Das große Opfer, das darin bestand, Meret zu verlassen, hatte er umsonst gebracht. Die Vergangenheit war wiedergekehrt und streckte ihre dunklen Arme gebieterisch nach ihm aus.

Plötzlich bekam er Angst. Todesangst.

Was würde als Nächstes geschehen?

Mit aufgerissenen Augen starrte er zur Tür, die sich

langsam öffnete. War sie das bereits, die Totenfresserin, die seinem Leben ein hässliches Ende bereiten würde?

»Meister?«, hörte er Ipi sagen. »Wo steckst du denn so lange? Ich hab mir Sorgen gemacht. Da dachte ich, ich schau mal lieber, wo du bleibst!«

Niemals zuvor hatte Ramose eine menschliche Stimme als so beruhigend empfunden.

»Komm rein«, sagte er, mühsam beherrscht. »Und schau dir das hier an!«

Ipi gehorchte. Kaum sah er, was geschehen war, da zog er die Luft scharf ein. »Aber wer macht denn so etwas?« Er klang, als müsste er mit den Tränen kämpfen.

»Das wüsste ich auch gern! Wir müssen es wieder in Ordnung bringen, am besten nur wir beide, du und ich. Je weniger von unseren Leuten davon erfahren, desto besser! Sonst weiß es bald die ganze Stadt.«

»Das allerdings, Meister, sehe ich vollkommen anders.« Ipi war vor ihm stehen geblieben, endlich mal ernst, ohne sein ständiges Dauergrinsen.

»Was willst du damit sagen?«

»Möchtest du nicht wissen, wer dafür verantwortlich ist?«, fragte Ipi.

»Natürlich! Mehr als alles andere. Aber glaubst du, das würde jemand zugeben – einfach so?«

»Einfach so bestimmt nicht! Doch wenn man sie alle antreten lässt und ihnen auf den Zahn fühlt, dann könnte vielleicht etwas herauskommen, meinst du nicht auch, Meister?«

Ramose warf ihm einen dankbaren Blick zu. »Was genau schlägst du vor?«, fragte er.

»Überlass das ruhig mir, Meister!«, sagte Ipi. »Es gibt einige Dinge, in denen ich gar nicht so schlecht bin. Und Leute zum Reden zu bringen, die eigentlich nichts sagen wollen, gehört auf jeden Fall dazu.«

Ramoses Erleichterung wuchs. Es juckte ihn in den Fingern, endlich diese Verwüstung zu beseitigen. Wenn Ipi freiwillig den anderen Part übernahm, umso besser!

»Ich weiß schon lange, wovon du heimlich träumst«, sagte er. »Und mir ist bekannt, welch harte Nuss meine Tochter Miu sein kann. Doch du sollst wissen, dass deine Träume mir durchaus gefallen. Wenn wir mit dem hier« – sein Blick glitt über die Verwüstung in der Halle – »fertig sind, setzen wir beide uns einmal zusammen und reden. Zwei Männer, ein Plan. Einverstanden?«

»Zwei Männer, ein Plan. Immer zu Diensten, Meister!«, antwortete Ipi mit einem Grinsen.

*

Er musste sie sehen, auch wenn Ani nicht genau wusste, welchen Vorwand er anführen sollte. Aber irgendetwas in ihm ließ ihm einfach keine Ruhe.

Leicht taumelig von dem wenigen Schlaf und mit so überempfindlichen Sinnen, als hätte ihm jemand die Haut abgeschabt, näherte er sich dem Haus des Balsamierers. Anuket veranstaltete ihr übliches Spektakel, als sie ihn erblickte, war zum Glück aber mit Brotbacken beschäftigt und hatte wenig Zeit.

»Nach Miu fragst du?« Sie zog die Brauen hoch, als hätte er etwas Unmögliches gesagt. »Frag mich lieber nicht! Seitdem die königliche Eskorte hier war, ist gar nichts mehr mit ihr anzufangen!«

»Welche Eskorte?« Der Hals war ihm eng geworden.

»Vor einigen Tagen. Die Leibwache des Königs. Sie haben Miu in einer Sänfte in den Palast geschafft. Und irgendwann, nach Stunden, war sie wieder da. Da hab ich allerdings schon tief und fest geschlafen.«

Jetzt erst schien ihr sein aschgraues Gesicht aufzufallen.

»Wenn du mehr wissen willst, musst du die Herrin fragen«, sagte Anuket. »Ich glaube, es gab großen Streit. Aber mir sagt in diesem Haus ja nie jemand etwas!«

Es kostete Ani Überwindung, an Raias Tür zu klopfen, doch er tat es.

»Mein Junge!« Ein Lächeln ging über ihr Gesicht, dann wurde sie schnell wieder ernst. »Gut, dass du kommst! Ich hatte schon überlegt, dich aufzusuchen, aber dann …« Ihre Arme sanken kraftlos herab.

»Was ist hier eigentlich los?«, fragte er.

»Das wüsste ich allerdings auch gern!« Sie bot ihm einen Hocker an und er setzte sich. »Man hatte Miu in den Palast befohlen. Ich war natürlich von Anfang an dagegen, aber was sollte ich machen? Lauter Bewaffnete und dazu ein Schwiegersohn, der niemals auch nur ein Wort …« Eine abschätzige Geste.

»Und dann?« Was hätte Ani jetzt für einen Becher Wasser gegeben! Aber er vergaß, danach zu fragen.

»Mitten in der Nacht war sie plötzlich wieder zurück. Verheult, durcheinander, nicht mehr sie selber. Zwei Kleider übereinander hatte sie an, ihr eigenes und darunter so einen dünnen Fetzen aus dem Palast. Ich hab ihr gut zugeredet, sie später sogar gepackt und geschüttelt – aber nichts war aus ihr herauszubekommen, gar nichts! Miu ist in ihrem Zimmer verschwunden und erst am nächsten Nachmittag wiederaufgetaucht.«

»Aber er hat sie doch nicht etwa …« Anis Augen waren riesengroß. »Der Pharao …«

»Sei unbesorgt!«, sagte Raia. »*Das* ist nicht passiert – obwohl es durchaus hätte passieren können. Aber offenbar hat die Große Königliche Gemahlin rechtzeitig für eine Unterbrechung gesorgt. Anchesenamun weiß in solchen Fällen ganz genau, was zu tun ist. Darin ähnelt sie ihrer verstorbenen Mutter!«

»Und wie soll es jetzt weitergehen?«, fragte Ani.

»Wenn ich das wüsste! Vielleicht hat der Einzig-Eine ja die Lust an Miu verloren, das wäre die beste aller Möglichkeiten, aber leider nicht die wahrscheinlichste. Vielleicht wird er sie noch einmal holen lassen, um seine Spiele weiterzuführen. Was können wir schon dagegen tun? Wir sind nur ganz gewöhnliche Menschen, er aber ist Pharao und Gott in einer Person!«

Anis Kopf begann zu dröhnen, und das nicht nur, weil er so kurz geschlafen hatte.

»Ich bin da einer seltsamen Sache auf der Spur«, sagte er, um das Thema zu wechseln, aber auch weil Raias Antwort ihn interessierte. »Nacht für Nacht stehen ein Kollege und ich vor der Mauer des Wüstendorfs Wache. Es heißt, gewisse Gräber im Tal der Könige würden geschändet – und tatsächlich verschwinden offenbar kleine Kostbarkeiten aus den Grabkammern, die später in Waset zu stattlichen Preisen angeboten werden. Wir aber sehen und hören nichts – außer dem Wind und den Sternen.«

»Sie schmuggeln es auf anderem Weg heraus«, sagte Raia prompt. »So muss es sein!«

»Wie meinst du das?«

»Das kann ich dir nicht genauer sagen. Dazu müsste ich mehr wissen. Aber sie tun es. Garantiert! Ihr schiebt Nacht für Nacht Wache? Dann musst du ab jetzt tagsüber die Augen offen halten – oder besser noch ein anderer Kollege, sonst wirst du uns vor lauter Übermüdung noch elend und krank.«

Er schnaubte abfällig und sagte: »So leicht bin ich nicht unterzukriegen. Der Krieg hat einen ganz schön harten Burschen aus mir gemacht!«

»Genau davor hab ich manchmal Angst.« Raias Augen waren voller Mitgefühl. »Ich möchte nicht, dass du vergisst, wer du wirklich bist, mein Junge. Bitte ändere dich nicht. Wir alle lieben dich genau so, wie du bist. Deine Mutter. Ich. Und auch Miu.«

»Danke«, sagte er und fügte leise hinzu: »Aber bei Miu täuschst du dich.«

Siebtes Kapitel

Sie weint und schreit, weil sie Angst hat, auch noch ihn zu verlieren. Eigentlich fürchtet sie sich vor ihm, aber er ist der Einzige, an den sie sich jetzt halten kann, hier, inmitten dieser entfesselten Menge. Überall Beine und Leiber, in schneller, ununterbrochener Bewegung, getrieben wie von einem Strom, der alle mitreißt.

Ihr Schreien wird lauter, will ihr beinahe den Mund sprengen. Da packen sie seine groben Hände, heben sie abrupt hoch. Sie verstummt, in einer Mischung aus Erstaunen und Erschrecken, denn plötzlich schwebt sie und kann endlich über die Köpfe hinwegsehen: zwei goldene Streitwagen, in wilder Fahrt, die jeweils etwas Dunkles mitschleifen …

Die Menge wird lauter, als hätten alle Kehlen sich auf einmal zu einem einzigen Schrei vereint: »Ewige Verdammnis ihm, dem gottlosen Ketzerkönig Echnaton, und Nofretete, seiner verbrecherischen Gemahlin …«

Sie thront auf seinen Schultern, nach einem Halt suchend, denn er rennt viel zu schnell. Doch ihre Finger finden nichts, in das sie sich krallen könnten. Sein Schädel ist glatt poliert wie ein Ei, als wäre ihm niemals ein einziges Haar entsprossen.

Es schaukelt und ruckelt. Sie greift ins Leere. Ihre Angst wächst mit jedem Schritt. Was, wenn sie schon im nächsten Augenblick nach unten stürzt und auf dem Boden aufschlägt?

Ihr Blick fällt auf sein Profil, die kühne Nase, messerscharf und stark gekrümmt, ähnlich wie der Schnabel der gefährlichen Raubvögel, von denen Papa erst neulich erzählt hat …

Munteres Getrappel auf ihrem Brustkorb. Wohliges Schnurren. Dann tippte etwas sanft auf ihre Nase.

Miu schlug die Lider auf, Auge in Auge mit Keku, der sie gerade aus dem Albtraum erlöst hatte. »Der Dunkle«, so hatte sie Paus zweites Junges nach dem verpatzten Abend im Palast genannt, passend zu Jamu, »der Rote«.

Mit einem Plopp sprang der kleine Kater herunter und begann, die Nase dicht am Boden, das Zimmer nach Essbarem zu durchstöbern. Noch keine Spur von Pau, die wieder hitzig war und jeden Abend verschwand und erst zum Schlafen zurückkehrte, wenn es schon hell wurde. Dementsprechend wuchs von Tag zu Tag die Schar liebeswütiger Kater, die jammernd um das Haus strichen.

Miu hatte ihn wiedererkannt, den Mann mit dem Geierprofil!

Kein anderer als er war es gewesen, der sie aus dem dunklen Zimmer gezerrt hatte, in das Papa sie gesperrt hatte, damals in der Sonnenstadt, als sie noch ein kleines Mädchen gewesen war. Auch daran erinnerte sie sich plötzlich ganz genau. Kein Wunder, dass ihr bei seinem Anblick der Atem gestockt hatte! Denn mit diesem Mann verbanden sich für Miu schreckliche Erinnerungen.

Doch wie war es damals weitergegangen?

Da war das Johlen gewesen, das Schreien, ihre Angst und ein Gefühl grenzenloser Verlorenheit …

In Miu wurde alles dunkel und kalt. Abrupt setzte sie sich auf.

Keku schien das für ein spannendes neues Spiel zu halten, denn er kam sofort angerannt und sprang in ihre Arme. Sein weiches Fell zu streicheln, vertrieb nach und nach die Enge in ihrer Brust. Der Kater neckte sie mit kleinen Liebesbissen, die fester wurden, als sie seinen Bauch kraulte. Jetzt kamen auch noch seine spitzen Krallen ins Spiel, bis es Miu zu viel wurde und sie ihn wegjagte.

Lächelnd schaute sie ihm nach, wie er hinausfegte, einer dicken Fliege hinterher, die er vermutlich niemals im Leben erwischen würde. Gut, dass er sie an ihr Versprechen erinnert hatte! Miu würde es wahr machen und dafür sorgen, dass Iset diesen anmutigen kleinen Gefährten bekam.

Nach einem ausgiebigen Bad im Seerosenteich überkamen sie erneut Zweifel. Sollte sie nicht lieber zu Großmama gehen und ihr von dem heutigen Traum und ihrer damit verbundenen Erkenntnis erzählen? Sie war schon halb auf der Treppe, da hielt sie wieder inne.

Oder doch eher mit Papa sprechen, der bestimmt mehr wusste als ihr Großmutter?

Schließlich verwarf Miu beide Ideen. Sobald die Rede auf die Sonnenstadt kam, reagierten Großmutter und Vater ganz unterschiedlich. Raia geriet auf der Stelle ins Schwärmen, als handle es sich um ein verlorenes Paradies, während Ramose jedes Mal angestrengt das Thema wechselte. Nichts von dem hatte Miu bislang weitergebracht. Aber vielleicht ergab sich ja sehr bald die Möglichkeit, mit jemand anderem darüber zu sprechen, jemand, der früher auch in der Stadt des Ketzerkönigs Echnaton gelebt hatte und um einiges weniger befangen war – Sheribin.

*

Isets Mutter schien nicht sonderlich überrascht, als Miu wenig später bei ihr auftauchte. Eine Schüssel Linsen auf dem Schoß, saß sie im Küchenhof und war damit beschäftigt, verdorbene Hülsenfrüchte herauszulesen. Sonnenlicht ließ ihr dunkles Haar glänzen, in dem erste Silberfäden aufleuchteten.

Ein stilles, ungewohnt friedliches Bild.

»Was bringst du mir denn da?«, fragte Sheribin, als sie den Korb erblickte, den Miu vor sich her trug.

»Mein Geschenk für Iset.« Miu lüftete den Deckel. Der Kater schoss nicht heraus, wie sein rötlicher Bruder es sicherlich getan hätte, sondern sah sich erst einmal nach allen Seiten um, bevor er schließlich vorsichtig seine Pfoten auf den Tisch setzte. »Damit sie nicht immer so allein ist!«

»Was soll das heißen? Mein Mädchen hat doch jetzt einen jungen, gesunden Ehemann an der Seite, der alles für sie tun würde!«

Sie klang misstrauisch, sodass Miu jedes weitere Wort genau abwog.

»Ich meine ja nur, dass ein bisschen Abwechslung doch gar nicht so schlecht wäre, solange Kenamun seine endlosen Schichten abarbeiten muss. Ich hab den Kleinen Keku genannt und hoffe, er wird ihr Spaß machen!« Der Pharao jedenfalls ist ganz verrückt nach seinem roten Bruder, setzte sie stumm hinzu. Auch wenn er kein Weibchen ist, wie ich zunächst gedacht hatte. Aber das alles werde ich dir jetzt nicht haarklein auf die Nase binden!

»Und warum übergibst du Iset den Kater dann nicht persönlich?«

Die Frage, vor der Miu sich am meisten gefürchtet hatte!

Es gab keine Antwort darauf, zumindest keine, die halbwegs schlüssig geklungen hätte.

»Wo sind denn deine Jungs?«, fragte sie zurück, um Sheribin abzulenken, während Keku die neue Umgebung hingebungsvoll abschnüffelte.

Sheribin begann zu lächeln. »In der Schule«, sagte sie. »Alle beide. Stell dir vor, dein Onkel Nefer, unser Wohltäter, hat sich dazu bereit erklärt, auch noch diese Kosten zu übernehmen! Für Nesbin, meinen Älteren, ist es eine große Umstellung, und er jammert jeden Morgen, wenn ich ihn wecke. Doch mein kleiner Kahay tut sich mit dem Schreiben so leicht, als wäre er schon mit der Binse in der Hand geboren worden.«

»Wieso unterrichtet Nefer die beiden eigentlich nicht selber?«, fragte Miu. »Als ehemaliger Schreiber müsste es doch eine Kleinigkeit für ihn sein! Ani hat er schließlich auch Lesen und Schreiben beigebracht.«

Die Schüssel auf Sheribins Schoß geriet gefährlich ins Schwanken, so heftig begann sie auf einmal zu gestikulieren.

»Er mag es nun mal nicht, auf seine Vergangenheit angesprochen zu werden«, antwortete sie. »Was ich natürlich zu akzeptieren habe. Wir schulden ihm ohnehin so viel. Wie würden wir ohne Nefer heute dastehen?«

Wieder überkam Miu ein seltsames Gefühl. Bereits zum zweiten Mal hörte sie, wie Sheribin Nefers Großzügigkeit in den allerhöchsten Tönen pries, ein Charakterzug, der ihr noch nie an ihm aufgefallen war. Gab es womöglich einen bestimmten Grund, warum er sich ausgerechnet Pacheds Witwe gegenüber so generös verhielt? Ein Verdacht, dem sie im Moment nicht weiter nachgehen konnte, denn schließlich wollte sie gerade etwas anderes herausbekommen.

»Ihr habt doch früher auch in der Sonnenstadt gelebt«, sagte sie. »Dein Mann Pached und du. War er damals nicht ebenfalls Schreiber? So jedenfalls habe ich es gehört.«

»Das war er. Wenngleich bei Weitem nicht in so hoher Position wie dein Onkel Nefer, der auch noch das Amt eines Vorlesepriesters innehatte und im Lebenshaus eine wichtige …« Sie brach ab.

»Wieso redest du nicht weiter?« Mius Augen ruhten auf ihrem Gesicht.

»Weil das alles schon eine halbe Ewigkeit her ist! Jetzt leben wir alle hier in Waset und haben ganz andere Sorgen.«

»Hast du denn gar keine Erinnerungen mehr an jene Zeit?«

»Natürlich hab ich die – gute wie auch schlechte! Doch wem würde es helfen, mich darin zu verlieren?«

»Mir zum Beispiel«, sagte Miu. »Es gibt da nämlich einen Traum, der mich sehr verwirrt. Wäre meine Mutter noch am Leben, ich würde sie um Rat fragen, aber du weißt ja, sie ist schon seit Langem tot.«

Sheribin gab einen seltsamen Laut von sich, den Miu geflissentlich überhörte.

»Stattdessen frage ich jetzt dich, weil du ja auch eine Mutter bist und mich deshalb vielleicht verstehst. Schon ganz oft habe ich diesen Traum gehabt und mich jedes Mal beim Erwachen scheußlich gefühlt. Er beginnt damit, dass ich eingesperrt bin, allein in einer stockdunklen Kammer, aber dann kommt jemand und zerrt mich hinaus, obwohl ich mich dagegen wehre. Er ist viel stärker als ich und schleppt mich hinaus auf die Straße. Es ist grell, um die Mittagszeit, wie ich glaube, denn die Sonne steht hoch, und jede Menge Menschen sind unterwegs, alle wie getrieben. Bislang hatte der Traum stets an dieser Stelle geendet, doch heute Nacht ging er weiter. Ich hab zwei goldene Streitwagen gesehen, Sheribin, die jeweils etwas Dunkles hinter sich hergeschleift haben …«

Isets Mutter war sich mit der Hand an die Kehle gefahren. Ein stummes Flehen lag in ihrem Blick.

»Was hast du denn auf einmal?«, fragte Miu besorgt.

»Ist ja furchtbar«, krächzte Sheribin. »Dich so zu quälen!«

»Am meisten von allem quält mich, dass ich nicht weiß, wie es weitergeht.« Beinahe hätte sie in diesem Moment den unheimlichen Mann mit dem Geierprofil erwähnt – jenen Mann, der den Pharao töten wollte, davon war sie mehr denn je überzeugt. Miu zögerte einen Augenblick, dann entschied sie sich dagegen. Sheribin wollte oder konnte nicht antworten, das glaubte sie zu spüren.

»Am besten vergisst du alles ganz schnell wieder!« Sheribin schien endlich ihre Sprache wiedergefunden zu haben. »Träume zu deuten, ist eine komplizierte Kunst, die nur wenige beherrschen. Was vergangen ist, soll eben vorbei sein und vergessen! Das solltest du dir merken, Miu.«

»Du kannst dich also nicht mehr daran erinnern?« Miu wollte sich nicht so einfach mundtot machen lassen. Wenn es sich tatsächlich so zugetragen hatte wie in ihrem Traum, dann musste es doch Menschen geben, die sich noch daran erinnerten. »Es muss doch ein ganz besonderer Tag gewesen sein. Denk bitte noch einmal genau nach!«

Sheribin erhob sich abrupt.

»Weißt du was? Gleich heute Nachmittag werde ich Iset im Wüstendorf besuchen und ihr dein hübsches Katerchen vorbeibringen«, sagte sie. »Bin schon ganz gespannt, was für Augen sie machen wird!«

*

Der Herzskarabäus schien in seiner Hand zu glühen, so fest hielt er ihn umklammert. Seit Neuestem trug Ramose ihn ständig mit sich herum, aus Angst, das Amulett könne ihm sonst wieder irgendwo unheilvoll entgegenleuchten. Doch eigentlich musste er ihn nicht einmal anschauen, denn jener Satz war ohnehin wie eingebrannt in seinem Herzen.

Erkenne dein Verbrechen an …

Was meinte jener Unbekannte, der durch ein paar Worte sein bisheriges Leben wie mit einem einzigen Schwerthieb entzweigeschlagen hatte?

Ramose schlief schlecht und hatte jede Freude am Essen verloren. Seine Aufmerksamkeit ließ bedenklich nach, es fiel ihm schwer, wie gewohnt auf die Wünsche seiner Kundschaft zu reagieren. Bei jeder Kleinigkeit fuhr er aus der Haut, weil er unablässig grübelte, was jene Aufforderung zu bedeuten habe.

Und Meret?

Ach, Meret!

Allein an sie zu denken, genügte, um sich auf der Stelle noch mieser zu fühlen. Einmal war er ihr zufällig begegnet, am Rand des Marktes, da hatte sie ihren Blick abgewandt, als ertrüge sie nicht einmal mehr seinen Anblick.

Er hatte ihre Liebe aufs Spiel gesetzt – und verloren.

Weil er Meret niemals hätte lieben dürfen, er, der in ganz Waset als Witwer galt, obwohl in Wirklichkeit …

Ramose seufzte schwer auf.

Er musste diesen Schritt wagen, obwohl er keine Ahnung hatte, was dann geschehen würde. Das Schlimmste daran war, dass er ihn nicht allein tun konnte. Dafür reichten seine Fähigkeiten nicht aus, denn es kam auf jedes einzelne Wort an.

Doch jemanden ins Vertrauen zu ziehen, beinhaltete gleichzeitig ein großes Risiko.

Wer wäre dessen würdig?

Wer würde zudem schweigen können?

Der Name, der ihm als Erstes in den Sinn kam, ließ Ramose zunächst den Kopf schütteln. Doch jener Name erwies sich als ausgesprochen hartnäckig, kehrte wieder und wieder, bis der Balsamierer endlich mürbe wurde. Und gab es nicht so etwas wie eine entfernte Verwandtschaft, die sie trotz allem verband?

Schließlich entschloss er sich schweren Herzens, Nefer aufzusuchen.

Der ehemalige Schreiber briet Enten am Spieß und machte dabei ein verdrießliches Gesicht, während Taheb hinten in der kleinen Küche rumorte.

»Du!«, sagte er als Begrüßung. »Wasets reichster und berühmtester Balsamierer in unserer bescheidenen Schenke – welch Glanz und unverhoffte Ehre!«

»Halb so wild«, wiegelte Ramose ab, dem diese Begrüßung ganz und gar nicht behagte. Es geschah nicht zum ersten Mal, dass Nefer unumwunden auf seinen Wohlstand und sein gesellschaftliches Ansehen anspielte. Unter welch enormen Mühen er sich beides erarbeitet hatte, schien Nefer allerdings nicht weiter zu interessieren. »Ich wollte dich um etwas bitten …«

»Womit könnte einer wie ich dir schon behilflich sein?«, fragte Nefer spöttisch.

»Eine Art Gefallen. Genau genommen handelt es sich um einen Brief, bei dem ich deine Hilfe bräuchte.«

»Du willst, dass ich etwas für dich schreibe?« Nefer ließ die Kurbel fallen und starrte Ramose an. Früher waren seine Augen klar und hell gewesen, in der Farbe frisch gebrauten Dattelbiers, das bei Lichteinfall beinahe golden schimmern konnte. Jetzt aber hatten Sorgen und lange Nächte sie stumpf gemacht.

Wir alle haben unseren Preis für das neue Leben entrichtet, schoss es Ramose unwillkürlich durch den Kopf. Wenngleich einige von uns vielleicht einen besonders hohen bezahlen mussten.

»So ist es.«

»Aber es gibt unzählige Schreiber, die nur darauf warten, gegen Bezahlung die Binse zu führen. Wieso also ausgerechnet ich?«, fragte Nefer voller Misstrauen.

Ramose schluckte.

»Weil es sich um Familienangelegenheiten handelt. Die besser nicht herumgetratscht werden sollten.«

»Du hast ein dunkles Geheimnis, Balsamierer?« Nefer hatte sich wieder seinen Enten zugewendet. »Wer hätte das gedacht!«

»Nun, nicht direkt ein Geheimnis.« Ramose war es plötzlich sehr heiß geworden. Beging er gerade einen großen Fehler? Sein Herz riet ihm, nichts mehr zu sagen. Aber irgendetwas musste er ja preisgeben, wenn er sich jetzt nicht vollkommen lächerlich machen wollte. »Eher etwas, das mit allergrößtem Fingerspitzengefühl behandelt werden sollte. Von diesem Brief hängt einiges ab. Nicht nur für mich, das solltest du wissen, sondern auch für Miu und meine Schwiegermutter …«

»Bemüh dich nicht weiter!« Das kam so scharf, dass Ramose erschrocken innehielt.

»Was soll das heißen?«, fragte er.

»Dass ich dir nicht helfen werde«, sagte Nefer.

»Aber du warst doch früher Schreiber, einer der kundigsten und besten der Sonnenstadt!«

»Eben. Ich *war* Schreiber. Und das ist lange her, vergangen und vergessen.« Nefer brach ab und sah Ramose auf einmal direkt in die Augen. »Doch nur wer sich erinnert, kann auch vergessen!«

Ramose war wie erstarrt. Was redete der andere da?

»Jetzt führe ich seit Jahren diese Schenke«, fuhr Nefer fort. »Und brate Enten, wie du siehst. Du musst dir jemand anderen suchen. Aber warte besser nicht zu lange damit! Denn dunkle Geheimnisse haben Ähnlichkeit mit rohem Fleisch: Sie beginnen schnell zu stinken, sobald man sie aus dem Verborgenen hinaus ins grelle Tageslicht zerrt.« Seine Feindseligkeit war mit Händen zu greifen.

Ramose starrte ihn an, bemerkte erst jetzt das strähnige Haar, den fettigen Schurz, die schweren Lider. Um Nefers Lippen lag ein verächtlicher Zug. Wie hielt Taheb es bloß mit ihm aus? Das war nicht mehr der Mann, der in der Sonnenstadt einst zu den größten Talenten im Lebenshaus gezählt hatte!

»Was ist?«, fragte Nefer, weil Ramose sich noch immer nicht rührte. »Hast du etwa noch einen weiteren Gefallen auf Lager, um den du mich angehen willst? Ich fürchte, dafür hast du dir einen denkbar schlechten Tag ausgesucht!«

Ramose drehte sich um und ging rasch weg. Dass Taheb aus der Küche gelaufen kam und ihm etwas hinterherrief, hörte er schon nicht mehr.

*

Die Schatten begannen, lang zu werden. Re* schickte sich an, seine Sonnenfahrt am Himmel zu beenden. Noch immer strömten die Frauen zurück in das Wüstendorf, so viele, dass sich vor dem Kontrollpunkt eine regelrechte Schlange gebildet hatte.

»Ich weiß noch immer nicht genau, was wir hier sollen«, sagte Imeni missmutig. »Ich muss ein Trottel sein, um einfach hinter dir her zu latschen. Dämmerung – hat Userkaf gesagt. *Dämmerung!* Jetzt ist noch helllichter Tag und wir sind bereits auf Posten.«

»Wenn wir etwas herausfinden wollen, müssen wir uns eben anstrengen. Und jetzt hör auf zu jammern, sondern mach lieber deine Augen auf! Vielleicht geschieht ja etwas Entscheidendes.«

Imeni schüttelte den Kopf.

»Wollen all diese Frauen nicht gerade nach Hause? Wie sollten sie da etwas herausschmuggeln können?«

»Wir beobachten einfach, was sie tun. Könnte doch sein, dass uns dabei ein Licht aufgeht!« Ani runzelte plötzlich die Stirn. »Ja, wen haben wir denn da? Das ist doch Iset!«

Die junge Frau war schwer beladen. Auf ihrem Kopf balancierte sie einen großen Korb, der mit Gemüse gefüllt war, während von ihren Schultern beiderseits zwei prall gefüllte Leinentaschen baumelten. Schweiß stand auf ihrer Stirn. Sie keuchte.

Plötzlich gab sie einen seltsamen Laut von sich und fiel vor den beiden Polizisten in den Staub.

Ani war sofort bei ihr, löste die Taschen von ihren Schultern und bettete sie einigermaßen bequem, während Imeni sich um das herausgekullerte Gemüse kümmerte.

Nach wenigen Momenten schlug Iset die Augen wieder auf. »Wo bin ich?«, murmelte sie. »Was ist geschehen?«

»Ohnmächtig bist du geworden, das ist geschehen.« Ani beträufelte zunächst ihre Lippen mit Wasser. Dann half er ihr beim Aufrichten und ließ sie selber trinken. Iset schluckte gierig. »Du trägst ja schwerer als eine Eselin. Kann Kenamun dir dabei nicht helfen?«

Ihre Hand flatterte nach oben. »Kenamun? Der ist doch so gut wie nie zu Hause.« Sie bemühte sich um ein Lächeln. »Ich schaff das schon!« Iset rappelte sich auf und wollte nach ihren Lasten greifen.

»Wieso begleitest du sie nicht, Ani?«, schlug Imeni vor. »Trag du ihr doch die schweren Taschen nach Hause. Wenn du dich ein wenig beeilst, kannst du rechtzeitig zu Dienstbeginn wieder auf deinem Posten sein.«

Ani verstand sofort. Welch günstige Gelegenheit, sich auch jenseits der Kontrollstelle unauffällig umzusehen!

»Ja, Imeni hat recht!«, rief er. »Überlass das Schleppen ruhig mir. Dann wird es dir schnell wieder besser gehen.«

Es gelang ihm, Iset an der Schlange der Wartenden vorbeizuschleusen, obwohl sie sich dabei einige missbilligende Blicke einhandelten. Doch der ältere Polizist an der Kontrollstelle lächelte verständnisvoll, als er die blaue Schärpe der Flusspolizei erkannte.

»Eine Verwandte?«, sagte er, während er Isets Korb und Taschen gründlich durchsuchte. »Und du stehst ihr zur Seite?«

»So ungefähr«, erwiderte Ani möglichst wahrheitsgemäß. »Sie hatte gerade einen kleinen Schwächeanfall und sollte sich ausruhen. Deshalb springe ich kurz als Träger ein.«

»Das war kein Schwächeanfall«, sagte Iset, kaum waren sie auf der anderen Seite der Mauer angelangt. »Ich bin schwanger, nicht krank. Und du bist der Erste, der es erfährt.«

»Sag bloß, dein Mann weiß noch nichts davon!«

Isets große Augen wurden feucht. »Ich bin nicht einmal sicher, ob es Kenamun wirklich interessieren würde!«

»Aber was redest du da!« Ani war mitten auf der engen Gasse stehen geblieben. Zwei Frauen mit großen Körben drängten an ihm vorbei. Musterten sie ihn argwöhnisch oder bildete er sich das bloß ein? »Du musst es ihm sagen, so schnell wie möglich.«

»Genau darin liegt unser Problem.« Iset klang finster. »Denn dazu müsste ich ihn ja erst einmal zu Gesicht bekommen.«

Sie begann, so schnell loszulaufen, dass er ihr mit all den Lasten kaum folgen konnte. Vor einem Haus, das ein blaues Udjat-Auge zierte, saß eine kleine, dunkel gestromte Katze. Kaum hatte sie Iset erblickt, kam sie angerannt und rieb sich maunzend an ihren Beinen.

»Keku!« Sie bückte sich und hob den kleinen Kater hoch. »Hast du schon auf mich gewartet?«

»Ist das nicht Mius Kater?«, sagte Ani, nachdem er drinnen endlich seine Taschen losgeworden war. Jetzt gab es eigentlich keinen Grund, noch länger zu bleiben – doch seine Spürnase war längst erwacht.

»Jetzt gehört er mir«, sagte Iset. »Miu hat ihn mir geschenkt, damit ich nicht immer so allein bin.« Ihre Augen glänzten schon wieder verdächtig. Vielleicht hatte sie das junge Tier versehentlich zu fest an sich gedrückt, denn Keku begann, sich auf einmal derart heftig in ihren Armen zu winden, dass sie ihn loslassen musste, wenn sie keine tiefen Kratzer riskieren wollte.

»Sein rotes Brüderchen wohnt jetzt im Palast.« Nun war es Anis Stimme, die sich verändert hatte und plötzlich brüchig klang. »Und er will nichts mehr von einfachen Leuten wissen, weil er sich ja der Zuneigung des Pharaos sicher wähnt. Das weiß ich von Raia. Manchen Zweibeinern scheint es so ähnlich zu gehen.«

»Das macht dich traurig?«, sagte Iset sanft. »Das musst du nicht sein, Ani! Miu ist alles andere als eine Idiotin. Die weiß schon, wohin sie gehört.«

»Auch wenn sie blind verliebt ist?«, fragte Ani mit einem bitteren Unterton.

»Auch dann.« Iset nickte bekräftigend. »Gib ihr einfach ein bisschen Zeit.« Unwillkürlich hatten sich ihre Hände auf den Bauch gelegt, als wollten sie das ungeborene Leben schützen, das darin wuchs.

»Und du?«, sagte er. »Was stellen wir jetzt mit Kenamun und dir an? So wie bisher kann es doch nicht weitergehen!«

»Wenn ich das nur wüsste!« Ihr Seufzer kam von Herzen. »Irgendetwas bedrückt ihn, aber er verliert kein einziges Wort darüber. Zuerst dachte ich sogar, es ginge um eine andere Frau, doch davon hat Miu mich zum Glück abgebracht. Es muss etwas anderes sein, etwas, das ihn so schwermütig macht, dass es ihm regelrecht die Sprache verschlagen hat. Ich erkenne meinen freundlichen, stets zu Späßen aufgelegten Liebsten kaum wieder!«

Ihr Blick hatte etwas Bittendes bekommen.

»Und wenn vielleicht du mal mit ihm sprichst?«, fuhr Iset fort. »Du bist ein Mann. Vielleicht ist es leichter für Kenamun, sich dir zu öffnen.«

»Das will ich gern versuchen«, sagte Ani nach kurzem Zögern. »Aber wo finde ich ihn? Nachts muss ich Wache stehen und tagsüber versuchen, meinen Schlaf halbwegs nachzuholen.«

»Am günstigsten wäre es wohl nachmittags«, sagte Iset. »Ich kann dir den kürzesten Weg aufzeichnen, wenn du willst, von hier aus bis ins Tal der Könige, wo sie an den Gräbern arbeiten. Allerdings liegt ein scharfer Anstieg dazwischen. Mit jeder Menge Geröll.« Verstohlen lugte sie zu seinem Bein.

»Darüber zerbrech dir mal nicht den Kopf. Ich bin immer noch so gelenkig wie eine Antilope, wenn ich mir nur ein bisschen Mühe gebe«, versuchte Ani zu scherzen.

»Pass trotzdem auf dich auf!«, bat Iset. »Es ist etwas Ungutes, das meinen Mann quält, das sagt mir mein Gefühl. Ich will nicht, dass auch noch du davon betroffen wirst. Du fragst ihn lediglich, was mit ihm los ist, versprochen?«

»Versprochen!«, sagte Ani. »Und du nimmst jetzt dein Katerchen und dann ruhst du dich mit ihm zusammen aus.«

»Das machen wir. Sobald die Nachbarin mir die Körbe mit der neuen Ware gebracht hat«, sagte Iset.

Er ging hinaus, ziemlich eilig sogar, weil sein Besuch im Wüstendorf doch schon um einiges länger dauerte als zunächst beabsichtigt. Abend für Abend mussten sie jetzt mit einer unangekündigten Kontrolle durch Userkaf rechnen, für den es ein gefundenes Fressen wäre, ausgerechnet Ani nicht auf seinem Posten anzutreffen.

Vor der Tür standen zwei große Körbe, bis zum Rand mit kleinen Figürchen gefüllt. Ani bückte sich, griff hinein und zog wahllos etwas heraus.

Als Erstes erwischte er die knollige Gestalt des Gottes Bes, der für den Schutz während der Nacht zuständig war, böse Geister vom Haus fernhalten sollte und auch als gewissenhafter Hüter von Schwangeren und Neugeborenen galt. Die nächste Figur, die Ani in die Finger kam, war die Göttin Tawaret, mit Nilpferdkörper und Löwenpratzen, die bei keiner Geburt fehlen durfte. Als Letztes erwischte er eine Katzenstatue, perfekt modelliert aus hellem Sandstein: Bastet, Gottheit für Fruchtbarkeit und Familienglück.

Damit bezahlten die Frauen des Wüstendorfes die kleinen Extras, die sie auf dem Markt in Waset erwarben – mit einfachen Götterfiguren für den alltäglichen Gebrauch, die ihre Männer in ihrer kargen Freizeit fertigten! Offenbar war die Nachfrage äußerst rege, sonst wären die Körbe kaum so prall gefüllt gewesen.

Einem kleinen Geheimnis war er also gerade auf die Spur gekommen. Doch die Suche nach den Grabräubern und ihren verborgenen Schätzen stockte noch immer.

Dennoch war seine Laune gestiegen. Vielleicht war ja auch bei dieser Sache endlich ein Durchbruch möglich.

Pfeifend begab Ani sich auf den Rückweg zu Imeni.

*

»Ich will nicht in den Palast!« Zwischen Mius Brauen stand eine tiefe Zornesfalte.

»Meinst du vielleicht, mir passt diese Einladung?« Raias Finger zerrten an Mius Haaren, so energisch hatte sie die widerspenstige Mähne zu flechten begonnen. »Aber Mayets Botschaft war eindeutig: Wir haben uns dort einzufinden!«

»Warum können sie uns nicht einfach in Ruhe lassen? Au, das tut weh!«, rief Miu und machte sich los.

»Die Antwort auf deine Frage kannst du dir selber wohl am besten geben.« Raia tat, als bemerke sie die Verlegenheit ihrer Enkelin nicht. »Wenigstens sind dieses Mal wir alle eingeladen. Mit deiner Großmutter und deinem Vater an der Seite kann dir nichts Schlimmes zustoßen.«

Miu blieb stumm. Verstand Großmama denn nicht, dass gerade das ihr so arges Bauchgrimmen verursachte? Mit der ganzen Familie in den Palast zitiert zu werden, hatte etwas beängstigend Offizielles.

Und wenn man sie nach diesem Abend nicht mehr gehen lassen würde, sondern einfach dort festhielt?

Dann wäre sie Anchesenamuns Eifersucht schutzlos ausgeliefert und zudem gezwungen, aus nächster Nähe mitanzusehen, wie der künftige Erbe Kemets in ihr heranwuchs.

Mit reichlich gemischten Gefühlen bestieg Miu die Sänfte, die sie in den Palast bringen sollte. Rechts von ihr saß Raia, feierlich herausgeputzt und dezent nach Zyperngras duftend, links Ramose, der ungewohnt schweigsam war. Nicht einmal seine üblichen Duftwolken verströmte er. Bereits seit einiger Zeit schien er sich mit einer bescheideneren Parfümierung zufriedenzugeben.

»Wo steckt eigentlich Ani?«, fragte er plötzlich, als sie die Fähre erreicht hatten und umsteigen mussten. »Ich müsste ihn dringend sprechen!«

»Er muss immer noch Nacht für Nacht Wache schieben, der arme Junge«, erwiderte Raia. »So lange, bis sie diese Grabräuber endlich dingfest gemacht haben.«

Ramoses Gesicht verschloss sich. Den restlichen Weg zum Palast kam kein Wort mehr von ihm.

Sie wurden eingelassen, wie üblich kontrolliert und schließlich von einer Eskorte Leibwächter begleitet. Auf halbem Weg kam ihnen Mayet entgegengelaufen, die die Bewaffneten mit einem Schnalzen zum Stehen brachte.

»Spät seid ihr dran!«, rief sie. »Es beginnt ja bereits, dunkel zu werden. Aber lasst mich euch trotzdem rasch ansehen.« Wie ein aufmerksamer Hütehund umrundete sie die drei Besucher. Vor allem Miu schien ihr besonderes Interesse zu gelten. Die aufwendige Flechtfrisur und das neue weiße Kleid, das anzuziehen Raia sie gezwungen hatte, schienen Mayet einigermaßen zu gefallen, denn sie nickte kurz. Dann jedoch verengte sich ihr Blick. »Wieso trägst du denn nicht die schönen Karneole?«, fragte sie streng.

»Kann ich nicht. Ich hab sie dem Pharao nämlich zurückgegeben«, murmelte Miu.

»Du hast was?« Mayet war jäh zurückgewichen, als hätte sie eben erfahren, dass Miu an einer ansteckenden Krankheit litt. »Wie kannst du es wagen, den Goldhorus derart zu beleidigen?«

»Worum geht es hier eigentlich?«, mischte sich jetzt Ramose ein, während Raia ihm ein Zeichen machte, still zu sein. »Habt ihr schon wieder neue Geheimnisse vor mir?«

»Du hast mir doch den Schmuck gegeben und nicht er!«, rechtfertigte sich Miu, an Mayet gewandt. Ihr wurde immer unbehaglicher zumute. Nicht auszudenken, wenn jetzt auch noch Papa sie aushorchen wollte!

»Aber ich tat es selbstverständlich in seinem Namen!«, rief Mayet. »Glaubst du denn, irgendetwas in diesem Palast geschähe ohne die Einwilligung Tutanchamuns? Mir scheint, du hast noch sehr viel zu lernen, Mutemwija!«

Mayet packte Miu am Handgelenk und zog sie eher mit sich, als dass sie sie geführt hätte. Ramose und Raia schlossen sich an, gefolgt von der Leibwache. Schon von Weitem hörten sie Musik, die immer lauter wurde, je näher sie kamen, helle Harfentöne, über denen das fröhliche Trillern von Flöten schwang. Als sie endlich vor den geöffneten Türen des Palasts standen, waren sie vom Glanz der unzähligen Lichter beinahe geblendet.

Doch es gab keine Zeit für langes Staunen. Mayet trieb sie weiter, durch immer neue Räume, die festlich erleuchtet waren, bis sie schließlich in einem lang gestreckten Saal angelangt waren. Niedrige Tische, flankiert von gemütlichen Polstern, die zum Sitzen einluden, füllten den Raum. Ganz am anderen Ende erstreckte sich die reich geschmückte Tafel des königlichen Paares, das etwas höher platziert war.

»Hier sollen wir sitzen – ganz im Abseits?« Ramose war die Enttäuschung deutlich anzusehen, während Miu und Raia eher erleichtert wirkten.

»So hat der Pharao es beschlossen«, antwortete Mayet und entfernte sich.

Leicht benommen nahm die kleine Familie Platz und ließ sich von eilfertigen Dienern die Hände mit feuchten Tüchern säubern. Während noch Wein ausgeschenkt wurde, stieg die Musik zu einem trommelnden Stakkato an – das Königspaar war eingetroffen. Anchesenamun silbrig gekleidet wie der Mond, während der nackte Oberkörper des Pharaos mit Goldschmuck behängt war, der im Schein der Öllampen glänzte wie die Sonne. Ausnahmsweise schienen die Hunde an diesem Abend von der Tafel verbannt. Stattdessen trug Tutanchamun auf seinem Arm Jamu, den Feuerkater, den er schließlich behutsam neben seinem Platz absetzte.

Auf sein Zeichen hin verstummte die Musik. Dann setzte sie erneut ein, leiser und harmonischer als zuvor.

»Was machen wir hier eigentlich?«, zischte Miu Raia zu, die darauf bestanden hatte, sich nur winzige Portionen auflegen zu lassen, obwohl das Essen köstlich schmeckte.

»Woher soll ich das wissen? Ein wenig Geduld, mein Mädchen. Vielleicht klärt sich das Rätsel ja bald.«

Jetzt ertönten Rahmentrommeln und Schellen. Eine Schar Tänzerinnen lief in den Raum, nackt bis auf einen breiten, perlengeschmückten Gürtel auf den Hüften. Sie stellten abenteuerliche Verrenkungen zur Schau und waren so gelenkig, dass man hätte meinen können, sie besäßen gar keine Knochen.

»Sieh einfach nicht hin, wenn es dir unangenehm ist«, sagte Raia leise, der nicht entgangen war, dass Miu auf einmal angestrengt in die andere Richtung schaute. »Ihre Nacktheit hat nichts zu bedeuten. Das gehört bei Hof nun mal bei solchen Darbietungen dazu. Schon damals in der Sonnenstadt …«

»Raia«, unterbrach Ramose sie scharf. »Nicht wieder diese alten Geschichten!«

»Schon gut.« Sie lehnte sich in die Kissen zurück. »Ich bin ja schon still!«

Die Tänzerinnen hatten ihre Darbietung beendet.

»Die meisten von ihnen stammen wohl aus dem Harim

des Königs«, sagte Raia. Eine Antwort, die Miu ganz und gar nicht gefiel. Sie hatte von den Nebenfrauen des Pharaos bereits gehört, doch sie hier so spärlich bekleidet mit eigenen Augen zu sehen, war etwas ganz anderes. »Was sollen sie auch sonst den lieben langen Tag tun, wenn sie nur darauf lauern können, dass er ihnen irgendwann vielleicht seine Gunst schenkt? Da üben sie eben akrobatische Kunststücke ein, um sich die Zeit zu vertreiben!«

»Das würde ich niemals aushalten!«, stieß Miu hervor, als plötzlich eine kleine Nubierin neben ihr stand, dem Kindesalter kaum entwachsen.

»Die Große Königliche Gemahlin erwartet dich!«, piepste sie. »Folge mir!«

»Das muss ein Irrtum sein«, sagte Miu. »Ich kann mir nicht vorstellen, dass …«

»Kein Irrtum!« Die Kleine schüttelte so energisch den Kopf, dass ihre Jugendlocke tanzte. »Befehl!«

Miu erhob sich zögernd.

»Geh nur«, sagte Raia. »Von hier aus hab ich dich genau im Auge. Wenn irgendetwas geschehen sollte, das dir seltsam erscheint, hebst du einfach deinen Arm. Dann sind dein Vater und ich sofort bei dir. Dazu haben wir dich ja schließlich begleitet!«

Der Weg durch den Saal erschien Miu endlos.

Und waren nicht die Augen aller auf sie gerichtet? Wer mochten sie überhaupt sein, all diese Frauen und Männer, die hier so fröhlich speisten und tranken?

Einige erkannte sie beim Näherkommen wieder. Sepi, den Haushofmeister, der ihr beim ersten Besuch im Palast nicht recht hatte glauben wollen. Eje, dessen kantigen Charakterkopf sie niemals vergessen würde. Und General

Haremhab, der Raia damals ohne Zögern aus dem Teich gezogen hatte.

Unwillkürlich krampfte sich Mius Magen beim Anblick des Generals zusammen. Würde sie in seiner Nähe wieder den Mann mit dem Geierprofil finden?

Doch sosehr sie sich auch nach allen Seiten umsah, sie konnte das verhasste Traumbild nirgendwo entdecken.

Schließlich aber stand sie doch vor ihr – der Großen Königlichen Gemahlin, die sie zu sich befohlen hatte.

Aus den Augenwinkeln lugte Miu zum König.

Da war er wieder, jener dunkle Blick, der manchmal so schmelzend weich und dann wieder so gnadenlos sein konnte!

Ihr Herz schlug hart gegen die Rippen. Die ganze Zeit hatte sie sich alle erdenkliche Mühe gegeben, jeden Gedanken an ihn zu verbannen. Doch nun, da sie ihm so nah war, war alles mit einem Schlag wieder zurück: die weichen Knie, das Sausen in den Ohren, die Hände, die auf einmal nicht mehr ruhig bleiben wollten.

Anchesenamun ließ sich reichlich Zeit. Und als sie endlich zu reden begann, klang ihre Stimme beherrscht.

»Da haben wir sie ja, die kleine Lebensretterin, die nun schon einige Male unverhofft unsere Wege gekreuzt hat. Wir heißen dich im *Palast der leuchtenden Sonne* willkommen.«

Sollte Miu sich jetzt vor ihr zu Boden werfen? Doch der Platz vor dem Tisch war dafür viel zu schmal. Wenn es dumm ausging, könnte sie mit dem Kopf auf einer der silbernen Platten landen.

»Ich danke für die große Ehre dieser Einladung, Herrin«, sagte sie stattdessen und verneigte sich tief.

»Keine Ehre, Mädchen. Denn wir haben etwas mit dir vor.«

Langsam richtete Miu sich wieder auf. Was mochte das sein? Und wieso kam kein einziges Wort von Tutanchamun? Beim letzten Treffen hatte er noch unter ihr Kleid gegriffen und …

»Nimm Platz bei uns, Miu«, hörte sie ihn plötzlich sagen, als hätte er ihre Gedanken gelesen. »Denn hier ist noch jemand, der dich begrüßen möchte!«

Jamu war bereits auf Mius Schoß geklettert, während sie sich vorsichtig niedergelassen hatte, er schnupperte an ihren Beinen und begann, nach den Füßen zu angeln, die er vom Beginn seines jungen Daseins an offenbar für ganz und gar selbständige Lebewesen gehalten hatte. Miu unterdrückte einen Schmerzenslaut, als seine spitzen Krallen auf ihrem Rist die Haut aufritzten, was den Pharao zu amüsieren schien.

»Soll es dir anders gehen als mir? Sieh nur einmal meine Hände an, Miu!«, rief er und streckte sie weit von sich. »Diese Kratzer habe ich alle ihm zu verdanken. Und doch möchte ich ihn keinen Moment mehr missen!«

Zwei Diener kamen mit neuen Platten herein, auf denen ausgelöstes Entenfleisch aufgeschichtet war.

»Deine Lieblingsspeise, Goldhorus!«, sagte Anchesenamun mit sanftem Lächeln. Sie hatte ihren Bauch herausgestreckt, als wolle sie ihn aller Welt zeigen. Oder war die Schwangerschaft etwa schon viel weiter fortgeschritten, als Miu bislang gedacht hatte? »Eigens für dich am Spieß geröstet!«

Sie griff beherzt nach der Platte und legte ein Stück Fleisch vor den Pharao. Danach wandte sie sich Miu zu.

»Und du solltest auch davon probieren«, sagte sie. »Wenngleich du künftig öfter in den Genuss edler Speisen kommen wirst – als meine neue Hofdame.«

Miu vergaß beinahe zu atmen. Mit allem hätte sie gerechnet, nur nicht damit, dass sich Anchesenamun etwas so Raffiniertes würde einfallen lassen, um sie unter ihre Kontrolle zu bringen. Nie und nimmer durfte das geschehen!

»Aber diese … diese Ehre … ist viel zu groß«, stammelte Miu. »Wie soll ich mich ihrer jemals würdig erweisen?«

Die Große Königliche Gemahlin lächelte noch immer, während Jamu einen gewaltigen Satz machte und laut schnurrend auf den Schenkeln des Pharaos landete.

»Hast den leckeren Braten wohl gleich gerochen, mein schöner Roter?«, sagte Tutanchamun in lockendem Ton. »Dann trau dich! Worauf wartest du noch? Ich schenk dir das erste Stück!«

Doch der Kater wandte sich plötzlich ab und rannte wie besessen davon.

Einen Moment schauten ihm alle verdutzt hinterher, dann brach Anchesenamun in schrilles Gelächter aus.

»So weit kommt es, wenn man diese Katzen zu sehr verwöhnt …«

Der Pharao hatte sich abrupt erhoben.

»Den Leibkoch!«, bellte er. »Und den Vorkoster – auf der Stelle!« Er wandte sich Miu zu. »Und du fasst das Fleisch nicht an, verstanden?«

Miu nickte, zutiefst verstört.

Nach wenigen Augenblicken erschienen die beiden Männer, der eine feist und klein – man sah ihm die Liebe zu gutem Essen schon von Weitem an –, der zweite ein hagerer Typ mit ernstem Gesicht.

»Du hast dieses Fleisch zubereitet?« Die Stimme des Königs war eisig.

»Das habe ich, mein Herr, du mögest leben …«

»Schweig!«, donnerte der Pharao. »Und du hast davon probiert – und es für gut befunden?« Das galt dem Zweiten.

»Wie alles, was die Küche für deine Tafel verlässt, Majestät.« Der Vorkoster verneigte sich.

»Dann esst jetzt! Alle beide!«

Die Männer zögerten, doch es gab kein Entkommen. Die Leibwache war näher gerückt. Niemand im Festsaal gab auch nur den geringsten Mucks von sich. Jamu, der Verursacher dieses Aufruhrs, hockte in einer Ecke und putzte sich.

Leibkoch und Vorkoster kauten und schluckten.

»Mehr!«, verlangte Tutanchamun mit steinerner Miene.

Sie gehorchten wortlos.

Der Vorkoster war der Erste, bei dem sich eine Reaktion zeigte. Sein Gesicht wurde aschfahl, Schweiß trat auf seine Stirn.

»Die Ente … schmeckt so anders … als zuvor«, stammelte er. »Irgendwie bitterer …« Röchelnd sackte er zusammen.

»Das hat so niemals meine Küche verlassen, Hoheit!« Die Haut des dicken, kleinen Mannes wirkte plötzlich viel zu weit, als wäre er unversehens geschrumpft. »Bei meinem Leben – du musst mir glauben! Jemand anderer muss auf dem Weg hierher …« Laut stöhnend sank er neben dem Vorkoster zu Boden und schon einen Augenblick später rührte er sich nicht mehr.

»Ein Anschlag, Goldhorus!« Leichtfüßig wie eine Feder war die Große Königliche Gemahlin aufgesprungen.

»Bereits der zweite – und du hast ihn abermals unversehrt überlebt! Wir müssen den Göttern für diese Gnade ein Opfer …«

»Eje!«, fiel der Pharao ihr scharf ins Wort.

»Einzig-Einer?« Der alte Mann neigte ehrerbietig seinen Kopf, als hätte er nur darauf gewartet, angesprochen zu werden.

»Du wirst dir jeden hier im Raum vornehmen. Jeden Einzelnen! Und dieses Mal findest du meinen Mörder, hast du mich verstanden?«

Tutanchamun stieß einen Lockruf aus. Der Feuerkater war sofort an seiner Seite. Anchesenamun blieb nichts anderes übrig, als zwei Schritte hinter ihrem Gemahl den Festsaal ebenfalls zügig zu verlassen.

*

»Die ganze Nacht haben sie uns festgehalten und verhört!« Ramoses Stimme war die Empörung noch immer anzuhören. »Als ob wir die allerschlimmsten Verbrecher wären. Erst im Morgengrauen ließen sie uns dann endlich laufen. Mein Bedarf an Festen am Hof des Pharaos ist für lange Zeit gedeckt!«

»Einer muss es getan haben.« Ani hatte aufmerksam zugehört. »Von allein kann das Gift ja schließlich nicht in den Entenbraten gelangt sein, der für den Pharao gedacht war.«

»Und für meine Miu!«, stieß Ramose hervor. »Wenn ich nur daran denke, dass unser Mädchen beinahe davon gegessen hätte …« Er schlug die Hände vor sein Gesicht.

»Dann war es tatsächlich euer Feuerkater, der sie und den Pharao vor Schlimmem bewahrt hat? So ein kluges

Tier!« Ihm war auf einmal richtig übel geworden. Die Vorstellung, in welch ernster Lebensgefahr Miu geschwebt hatte, ließ ihn schaudern.

»Der Kater hat das vergiftete Fleisch nicht angerührt, sondern ist sofort weggerannt. Das hat den König misstrauisch gemacht und er hat ebenfalls nichts von dem Entenfleisch angerührt.«

»Und Miu?«, wollte Ani wissen. »Wie hat sie das alles verkraftet?«

»Ich mache mir Sorgen um sie, weißt du das?«, sagte Ramose. »Große Sorgen! Sie ist irgendwie verändert. Und das gefällt mir nicht.«

»Deine Tochter wird langsam erwachsen«, sagte Ani mit einem kleinen Lächeln und trank seinen Becher leer. »Ich glaube, das gefällt keinem Vater.«

»Es wäre leichter, hätte Miu noch ihre Mutter.« Der Blick des Balsamierers ließ ihn nicht mehr los. »Genau aus diesem Grund hab ich dich heute zu uns gebeten.«

»Um über Mius Mutter zu sprechen?« Ani schüttelte den Kopf. »Ich fürchte, da kann ich dir nicht weiterhelfen. Ich war noch ein Kind, als Sadeh starb. An ihr Lachen erinnere ich mich allerdings noch recht gut. Und an die Art, wie sie sich bewegt hat. Als ob sie ständig tanzte. Meine Mutter hat oft davon gesprochen. Ich glaube, die beiden mochten sich sehr!«

»Ich möchte, dass du einen Brief für mich schreibst, Ani«, sagte Ramose. »Ich habe lange überlegt, ob ich dich darum bitten soll. Und jetzt tue ich es.«

Ani fuhr sich mit der Hand über den rasierten Schädel. »Wieso hast du nicht meinen Vater gefragt?«, sagte er. »Der wäre besser geeignet als ich.«

»Nefer hat abgelehnt. Wirst du mir helfen?«

Eine Weile war es still. Seitdem es so schnell zu Streitigkeiten zwischen ihnen kommen konnte, hatte Ani sich vorgenommen, die Hände von den Angelegenheiten seines Vaters zu lassen. Doch dieses Mal würde er eine Ausnahme machen. Noch nie zuvor hatte Ramose ihn so dringlich um etwas gebeten.

»Warum nicht?«, sagte Ani dann. »Wenngleich ich ziemlich aus der Übung bin. In Kusch gab es keine Gelegenheit, die Binse zu schwingen. Und mein Dienst bei der Polizei lässt mir ebenfalls kaum Gelegenheit dafür.« Sein Blick flog durch den Raum. »Wie ich dich kenne, hast du alles schon vorbereitet?«

»Das habe ich.« Ramose zog das Tuch vom Tisch – und da war alles, was ein Schreiber brauchte: Binsen, Tusche, Papyrus, Wasser. »Wir können gleich beginnen.«

»Das sollten wir, denn ich muss bald wieder zum Dienst.« Beinahe hätte er Ramose von seinen Schwierigkeiten mit Userkaf erzählt, doch das hätte jetzt nur unnötig Zeit gekostet. »Eine Meisterleistung wird es nicht werden, fürchte ich. Sag später nicht, ich hätte dich nicht gewarnt!«

»Man muss es lesen können, das genügt.«

»Dann lass hören, Ramose!«

Der Balsamierer schloss die Augen. Zuerst blieb er stumm, dann aber begannen die Worte aus ihm nur so herauszusprudeln, als wären sie hinter einem hohen Damm aufgestaut gewesen und hätten nur auf diesen Moment gewartet.

»Wir hatten damals vereinbart, dass Du nie wieder etwas von mir zu hören bekommen wirst, von den regelmäßigen finanziellen

Zuwendungen einmal abgesehen, die Deinen Unterhalt bestreiten. Dass ich sie ungefragt erhöht habe, wird Dir sicherlich nicht entgangen sein. Ich habe es freiwillig getan, weil ich dazu in der Lage bin und bestimmt auch in Mennefer alles immer teurer wird wie hier in Waset.

Du wolltest nie mehr etwas von mir hören – so und nicht anders war es vereinbart. Viele Jahre habe ich mich an diesen Teil der Abmachung gehalten. Doch jetzt muss ich mein Versprechen leider brechen. Gewisse Dinge haben sich ereignet, unvorhersehbare Dinge, die ich besser nicht dem Papyrus anvertraue, weil sie uns sonst alle in Gefahr bringen könnten.

Deshalb muss ich Dich heute bitten, Mennefer zu verlassen und Dich an Bord des nächsten Ruderschiffs umgehend nilaufwärts nach Waset zu begeben. Es wird alles andere als einfach sein, Miu mit der Wahrheit zu konfrontieren. All die Jahre ist sie in dem Glauben aufgewachsen, ihre Mutter sei tot …«

»Sadeh lebt?« Ani ließ die Binse sinken.

»Ja, wahrhaftig. An sie ist dieser Brief gerichtet.«

»Weiß Raia davon?« Ani wurde immer unruhiger. Ramose musste triftige Gründe für diese ungeheuerliche Lüge gehabt haben, mit der sie alle jahrelang gelebt hatten. Welchem Geheimnis kam er da gerade auf die Spur?

»Natürlich. Wie hätten wir sonst zusammen unter einem Dach leben können, all die langen Jahre?«

»Aber wieso habt ihr …«

»Schreib, Ani«, sagte Ramose müde. »Du ahnst nicht, wie wenig Zeit mir vielleicht noch bleibt!«

»… doch nun muss sie erfahren, dass Du am Leben bist und wir sie mit einer Lüge abgespeist haben. Ich weiß, was ich da von

Dir verlange. Doch um unserer Tochter willen bitte ich Dich von ganzem Herzen: Kommt nach Waset, Sadeh. Und bitte komm schnell.

Sonst könnte etwas Schreckliches passieren.«

Stille breitete sich aus. Anis Gedanken überschlugen sich.

»Ich denke, du solltest in aller Ruhe mit mir reden«, sagte er nach einer Weile. »In meinem Beruf sind mir schon viele seltsame Geschichten begegnet.«

»Das kann ich nicht. Bitte dring nicht weiter in mich, um deinetwillen! Doch mit dem Brief hast du mir bereits sehr geholfen. Du wirst kein Wort darüber verlieren? Zu niemandem? Auch nicht zu Miu?«

»Wenn es unbedingt sein muss«, sagte Ani mühsam.

»Das muss es!« Ramoses Blick glitt ins Weite. »Morgen schon geht der Brief mit einem Handelsschiff auf die Reise nach Mennefer. Ich kann nur hoffen, Sadeh hat ein Einsehen und kommt.«

»Und wenn nicht?«

»Daran will ich lieber gar nicht denken.«

Ani erhob sich. Sein Bein pikste und stach, als hätte sich ein Schwarm wilder Bienen darin verirrt. Doch nach außen hin ließ er sich nichts von seinen Schmerzen anmerken.

»Es ist keine Schande, um Hilfe zu bitten«, sagte er, als er schon im Gehen war. »Auch dann nicht, wenn man jemandem an Alter und Ansehen weit überlegen ist.«

»Mir kann keiner helfen.« Ramose klang dumpf. »Keiner außer Sadeh. Trotzdem hab Dank, mein Junge!«

Es lag eine Verbocktheit in seinem Tonfall, die Ani ärgerte, aber er verkniff es sich, darauf einzugehen.

Er war schon aus dem Haus und ein ganzes Stück weit auf der staubigen Straße gegangen, als er plötzlich ein Schnaufen hinter sich hörte. Rasch drehte er sich um.

»Miu!«

Ihre Haare waren aufgelöst, die Augen voller Angst.

»Was ist geschehen?«, fragte er.

»Ich hab den Mann mit dem Geierprofil wiedergesehen«, keuchte sie. »Das wollte ich dir unbedingt sagen, sonst weiß keiner davon. Es war an jenem Morgen, als wir nach dem nächtlichen Verhör den Palast endlich wieder verlassen durften.«

»Du bist dir ganz sicher?« Ani vertrieb den Gedanken an Userkaf, der ihn wie eine fette Kröte anspringen wollte.

»Und ob! Er stand an einem Fenster und hat uns beobachtet, Papa und mich. Und mittlerweile weiß ich auch, dass ich ihn schon von früher kenne. Er hat mich aus einer Kammer geholt, als ich ein kleines Mädchen war. Am Tag, als der letzte Pharao starb. Es war derselbe Mann, Ani! Ich bin ganz klar bei Verstand!«

»Das weiß ich doch!«, sagte er und berührte zart ihre Schultern, um sie zu beruhigen.

»Und er muss auch anwesend gewesen sein, als man Tutanchamun vergiften wollte! Er steckt dahinter oder er hat es sogar mit eigenen Händen getan …« Sie begann zu schluchzen. »Wie sollen wir das nur jemals beweisen?«

»Wir finden einen Weg«, sagte er sanft. Wie gern hätte er sie in diesem Moment in die Arme genommen!

»Versprochen?«, fragte sie und in ihren Augen lag eine ganze Welt.

»Versprochen!« Alles in Ani sehnte sich danach, diese Welt endlich entdecken zu dürfen.

Achtes Kapitel

Der schrille Katergesang vor dem Haus war verstummt. Bald schon würde Paus Bauch sich runden von der neuerlichen Schwangerschaft und schon längst beanspruchte sie wieder ihren gewohnten Platz in Mius Bett. Bislang hatte Miu es stets als beruhigend empfunden, den warmen Tierleib an den Füßen zu spüren, doch heute fand sie keinen Schlaf. Seit dem Giftanschlag im Palast vor einer Woche kreisten ihre Gedanken unablässig um jenen Abend. Dass Jamu das vergiftete Entenfleisch verweigert und damit das Leben des Pharaos gerettet hatte, erschien ihr wie ein kleines Wunder. Wie froh sie war, Tutanchamun den roten Kater geschenkt zu haben!

Aber was war danach Schreckliches geschehen!

Zwei Menschen hatten sterben müssen, die vermutlich gar nichts mit dem Gift im Essen zu tun hatten – und all die anderen Festteilnehmer hatten dabei zugesehen, sie selber eingeschlossen, ohne auch nur einen Finger zu rühren. Das waren qualvolle Bilder, die sie nicht mehr loslassen wollten.

Irgendwann, noch vor dem Morgengrauen, hielt sie es nicht länger aus und schlich die Treppe hinauf zu ihrer Großmutter. Als kleines Mädchen war sie manchmal morgens heimlich in ihr Bett geschlüpft – und genau das hatte sie jetzt auch vor. Zunächst schien alles nach Plan zu verlaufen: Mius nackte Sohlen tappten lautlos über die nächtlich kühlen Fliesen, und es gelang ihr sogar, die Tür zu öffnen, ohne dass sie wie üblich geknarrt hätte. Doch zu ihrer Überraschung schlief Raia nicht, sondern saß beim Schein einer Öllampe am Fenster.

»Komm rein«, sagte sie, ohne sich umzudrehen, als hätte sie bereits auf sie gewartet. »Und setz dich zu mir, mein Mädchen!«

Miu folgte der Aufforderung und ließ sich auf einem Hocker nieder. Ihre Hand suchte die der Großmutter.

Ein tiefer Seufzer entfuhr ihr. Raias bloße Nähe erleichterte sie ein wenig.

»Wenn du reden willst, dann nur zu«, sagte Raia nach einer Weile.

»Ich weiß, du hörst es nicht gern, wenn ich über den Pharao spreche«, begann Miu vorsichtig. »Aber ich muss es tun.«

»Vielleicht hätte ich mich dir gegenüber anders verhalten sollen, weniger mahnen, dafür besser zuhören. Aber ich wollte dich doch nur beschützen.« Sie drückte Mius Hand. »Was ist es, das dir so schwer auf dem Herzen liegt?«

»Natürlich bin ich froh, dass ihm nichts passiert ist. Aber wie kann er so kaltblütig und gemein sein?« Miu verschluckte sich fast, so aufgeregt war sie auf einmal. »Einfach dabei zuzuschauen, wie zwei seiner Diener vor seinen Augen am Gift zugrunde gehen – und das auch noch unschuldig!«

»Woher willst du das wissen? Und was hätte der Pharao schon anderes tun sollen? Den König töten zu wollen, verstößt gegen die Göttin Maat und gegen das Gesetz, das die Harmonie in der Welt bewirkt. Wer das versucht, gehört der Totenfresserin.« Raia klang sehr ernst. »Außerdem hättest beinahe auch du von dem vergifteten Fleisch gegessen – das ist es, was *mir* nicht mehr aus dem Kopf gehen will!«

»Jedenfalls will ich Tutanchamun nicht wiedersehen«, sagte Miu aufgebracht. »Ich hasse ihn für das, was er getan hat!«

»Und jetzt willst du von mir wissen, wie man jemanden verabscheuen und gleichzeitig doch so anziehend finden kann?«, sagte Raia. »Das ist es, was dich verwirrt?«

»Wer redet denn von ›anziehend‹ …?«

»Ich habe dein Gesicht gesehen«, unterbrach Raia sie sanft. »Ich weiß, wie jemand aussieht, der innerlich lichterloh brennt.«

Miu fand, dass ihre Großmutter ziemlich übertrieb.

»Ich brenne nicht«, sagte sie. »Ich muss nur ständig an ihn denken. Ich mag sein Lächeln und seine Augen – die vor allem. Aber ich weiß bei ihm niemals, woran ich eigentlich bin. Das eine Mal fühle ich mich ihm ganz nah und dann wieder erscheint er mir unerreichbar.«

»Tutanchamun *ist* unerreichbar, Miu. Er ist der Goldene auf dem Thron, König und Gott in einer Person – auch wenn es sich dabei um einen jungen Mann handelt, der dich ab und zu schmelzend anlächelt. An seiner Seite ist die Große Königliche Gemahlin, die sein Kind erwartet. Besser, du sagst dir das immer wieder vor, damit du es ja nicht vergisst.«

Großmama nahm einen Schluck Dattelbier.

»Ich kann sie nicht ausstehen, diese Königliche Gemahlin!« Unwillkürlich musste Miu sich schütteln. »Ihre Augen sind wunderschön und perfekt geschminkt, aber jeder Blick aus ihnen trifft dich wie eine Pfeilspitze. Niemals im Leben will ich ihre Hofdame werden!«

»Dieses Vorhaben scheint ja erst einmal vom Tisch zu sein«, sagte Raia. »Wenn wir Glück haben, vielleicht sogar für immer. Etwas Gutes hatte jener schreckliche Abend also zumindest!«

»Wie kann er es nur mit ihr aushalten?«

»Man hat sie schon vor Jahren miteinander verheiratet. Außerdem sind sie einander vielleicht ähnlicher, als du es wahrhaben möchtest. Beide tragen sie das Erbe ihres Vaters in sich. Ich denke, sie haben schwer genug daran zu tragen.«

»Welches Verbrechen hat Echnaton eigentlich begangen?«, fragte Miu. »Alle nennen ihn den großen Ketzer. Weshalb?«

»Er hatte eine Vision«, sagte Raia nach kurzem Zögern. »Für ihn gab es nur einen einzigen Gott – Aton, die Sonnenscheibe. Dafür hat Echnaton gelebt. Und dafür ist er auch gestorben.«

»Aber all die anderen Götter?«, rief Miu. »Was war mit denen? Isis, Hathor, Amun, Bes, Bastet …«

»Zuerst durften die Menschen wie bisher zu ihnen beten. Aton bekleidete lediglich den obersten Rang. Doch schließlich verkündete Echnaton, dass Aton der Einzige sei, und er verbot die anderen Götter. Ihre Priester wurden entlassen, die Tempel zerfielen, ihre Namen wurden ausgemeißelt. Und jeder, der sie weiterhin im Geheimen verehrte, wurde aufgespürt, verfolgt und hart bestraft.«

»Jeder?«, stieß Miu hervor.

»Jeder, den sie zu fassen bekamen«, bekräftigte Raia.

»Woran hat man diese Leute denn erkannt?«

»An den alten Götterstatuen zum Beispiel, die sie irgendwo versteckt hielten. Ich denke, die Menschen wollten nicht ungehorsam sein, aber sie trugen einfach weiterhin ihre Bitten und Sorgen zu ihren alten Göttern, genauso wie sie es immer schon getan hatten. Das duldete der Pharao nicht länger und schickte seine Häscher aus. Es kam zu großen Denunziationswellen. Keiner konnte dem anderen mehr trauen. Echnaton strebte nach Wahrheit und Licht – und hat doch so viel Leid über sein Volk gebracht. Als er starb, hat Kemet ihn gehasst, ausgerechnet ihn, der von allen nur geliebt werden wollte.« Jetzt klang Großmama bitter.

»Gibt es deshalb auch keine Sonnenstadt mehr?«, fragte Miu.

»Sein Ende war schrecklich, aber das Ende seiner geliebten Sonnenstadt, die er zu Ehren Atons in kürzester Zeit erschaffen hatte, war nicht minder schrecklich«, erwiderte Raia. »Wo einst Häuser und Paläste errichtet waren, wo breite Kanäle zu Bootsfahrten einluden und blühende Gärten prangten, da weht heute nur noch der heiße Atem Seths. Die Wüste hat sich zurückgeholt, was man ihr einst abgerungen hatte – all die Schönheit ebenso wie jenen Schattenregenten, der Echnaton für kurze Zeit nachgefolgt war. Sein Name war bereits vergessen, kaum hatte er den letzten Atemzug getan.«

Miu war sehr nachdenklich geworden.

»Ich erinnere mich noch gut an jenen Abend, als jener Schattenpharao gestorben war«, sagte sie. »*Der Falke ist zum Himmel geflogen* – da hab ich diesen Satz, der alles verändern sollte, zum ersten Mal gehört und den jetzigen Pharao getroffen, der damals noch ein Junge war. Ebenso gut erinnere ich mich an den nächsten Tag. Mama war auf einmal nicht mehr da. War sie damals eigentlich schon tot?«

Raia murmelte Unverständliches.

»Auf jeden Fall hatte Papa mich in eine stockdunkle Kammer gesperrt und dort allein gelassen«, fuhr Miu fort. »Doch jemand hat mich plötzlich rausgezerrt, ins grelle Tageslicht, er, der Mann mit dem Geierprofil. Ich hab ihn wiedererkannt, Großmama, neulich erst, im Palast! Er war dort, er, der widerliche Kerl aus meinen Albträumen …«

Raia hatte sich abrupt erhoben.

»Es war eine schwere Zeit für uns alle, mein Mädchen, und du warst damals noch sehr klein. Schau, das erste Licht fährt gerade über den Himmel! Vielleicht legst du dich noch ein wenig aufs Ohr, was meinst du? Dann kommst du frischer durch den langen Tag!«

Sie hatte das wie nebenbei gesagt, doch Miu kannte Großmama. Sobald Raia jenen gewissen Ton anschlug, ging es immer um wichtige Dinge. Dinge, die allerdings heruntergespielt werden sollten.

Schon wieder ein Geheimnis?

Wenn sie es genau betrachtete, schien die ganze Vergangenheit voller Geheimnisse zu stecken. Doch Miu war nicht mehr die naive Kleine von damals, die man einfach herumschubsen konnte und die alles unhinterfragt hinnahm.

Höchste Zeit, dass die anderen das auch begreifen lernten!

*

»Du bringst mir meinen Mörder – endlich?« Der Pharao ließ seinen Bogen sinken und starrte dem Besucher entgegen.

»Welch erlesene Arbeit, Goldhorus!«, sagte Eje anerkennend. »Wer diese Waffe für dich geschaffen hat, versteht seine Kunst.«

Tutanchamun hatte für die mit Gold eingelegten Blatt- und Tiermotive auf seinem Ebenholzbogen nur einen kurzen Blick. »Vergiss das Äußere – schau lieber, was ich damit anstellen kann!«

Der Waffenmeister reichte ihm einen neuen Pfeil aus dem Köcher. Der Pharao spannte, zielte und schoss. Vibrierend bohrte sich der Pfeil exakt in die Mitte der Zielscheibe.

»Komm«, rief er. »Das musst du dir ansehen!«

Eje folgte Tutanchamun – und staunte.

»Dein Pfeil hat das Holz ja regelrecht durchschlagen, Einzig-Einer«, sagte er.

»Mindestens drei Finger tief!« Auf dem Gesicht des Pharaos zeigte sich ein breites, zufriedenes Lächeln. »Ich lasse gerade neue Zielscheiben aus Kupfer anfertigen. Mal sehen, wie lange die mir standhalten können!«

»Dann stimmt es auch, dass du das Schwimmen wieder aufgenommen hast?«, fragte Eje.

»Dreißig Bahnen. Morgen für Morgen. Ich wünschte nur, ich könnte mich zusätzlich im Stockfechten üben oder mit einem gleichwertigen Gegner in den Ring steigen, doch das ist mir als König ja leider verwehrt.«

»Keiner dürfte gegen dich antreten. Denn du wirst immer Sieger sein, Einzig-Einer. Kein Sterblicher könnte sich jemals mit dir messen.«

»Ich spüre auch so bereits, wie mein Körper sich zu verändern beginnt, und das gefällt mir.« Ein Schatten ging über Tutanchamuns Gesicht. »Es gibt keinen Namen, nicht wahr? Wir tappen noch immer im Dunkeln!«

Eje senkte den Kopf.

»Wie sehr wünschte ich, ich könnte dir anderes berichten! Wir haben sie alle verhört, genauso wie du es verlangt hast, jede lebende Seele im Palast und ebenso jeden der Gäste, die bei dem Festmahl anwesend waren.«

»Und ihr habt trotzdem nichts gefunden – gar nichts?« Auf sein knappes Nicken wurde ihm der nächste Pfeil gereicht. »Dann muss das Gift wohl ganz von selbst in das Entenfleisch gekommen sein. Ebenso wie die Kobra in meine Schmuckschatulle.« Sein Ton war gallenbitter geworden.

Tutanchamun zielte und schoss. Der Pfeil bohrte sich direkt neben den ersten. Plötzlich schrie er schmerzerfüllt auf. Doch schon im nächsten Augenblick begann er, lauthals zu lachen.

»Jamu, du kleines Ungeheuer!«, rief er, packte den roten Kater, der sich von hinten dreist in seine Wade gekrallt hatte, hob ihn hoch und schüttelte ihn. »Was stellst du nur immer an? Eines Tages werde ich dich noch aus Versehen tottreten, wenn du mich weiterhin so aus dem Hinterhalt attackierst.«

Der Kater begann zu schnurren, als der Pharao ihn kraulte.

»Mutig wie ein Löwe«, sagte er mit hörbarem Besitzerstolz, nachdem Jamu sich losgemacht hatte und davonsprang. »Geht seine eigenen Wege – aber wenn es darauf ankommt, folgt er mir wie der treueste Hund seinem Herrn. Ich hatte Anweisungen gegeben, ihn zum Dank, dass er mein Leben gerettet hat, mit den köstlichsten Leckerbissen zu belohnen, er aber war bereits mit einem Schälchen Milch hochzufrieden. So bescheiden sollten alle sein, die mir dienen!«

»Inzwischen bin ich nicht untätig gewesen, Goldhorus.« In Ejes Tonfall schwang echte Sorge mit. »Alle Wachen sind verstärkt worden, ebenso die Patrouillen an den großen Straßen. Die Häfen stehen unter dauernder Bewachung. Unsere Spione haben ihr Netz erweitert und …«

»Wachen! Spione! Patrouillen – bin ich vielleicht ein Greis, der sich angstvoll hinter hohen Mauern ducken muss, oder bin ich der Pharao von Kemet? Ich kann kämpfen, das habe ich in Kusch bereits bewiesen. Ich werde wieder kämpfen!«

»Was um einiges einfacher ist, wenn man seinen Gegner kennt«, sagte Eje. »Wenn man allerdings nicht einmal weiß, mit wem man es zu tun hat …«

Der Pharao trat nun ganz nah vor ihn hin. Beide Männer waren ungefähr gleich groß, sodass sie sich direkt in die Augen schauen konnten.

»Bist du mein Freund oder bist du mein Gegner?« Tutanchamuns Stimme war kalt.

»Du kennst die Antwort, mein König.«

»Tue ich das? Oder könnte es nicht sein, dass du dich noch immer deiner toten Tochter verpflichtet fühlst, alter Mann, und daher in ihrem Sinne handelst? Die Wahrheit, Eje!«

»Niemand hat Nofretete besser gekannt als ich«, erwiderte Eje fest. »Und ebenso alle Schwächen meiner Tochter. Ihr war ich ein liebender Vater, Goldhorus, dir aber bin ich stets ein treuer Berater gewesen, von dem Tag an, wo du als Junge den Thron bestiegen hast. Dir diene ich, Einzig-Einer. Dir – und dem Land Kemet!«

»Und die Schwächen deiner Enkelin? Kennst du die auch?«

»Anchesenamun ist ihrer Mutter sehr ähnlich. Ich denke, das weißt du seit Langem.«

»Frauen sind so launisch wie der Fluss«, sagte der Pharao. »Ist es nicht so? Im Sommer tritt er über die Ufer. Am besten, man wartet ab, bis es vorüber ist.«

Etwas schien ihn plötzlich abzulenken. Eje wandte den Kopf, um zu sehen, was es war. Sein Gesicht verdüsterte sich, als er den hochgewachsenen General erkannte, der sich rasch näherte.

»Ich komme gerade aus den Stallungen, mein Herr, du mögest leben, heil und gesund sein«, sagte er und verneigte sich. »Mit wundervollen Neuigkeiten. Die neuen Pferde sind eingetroffen – alles rassige Hengste!«

»Hengste?«, wiederholte Eje.

»Nun, mit Stuten kann man keinen Streitwagen lenken.« Haremhab klang herablassend. »Falls man das Alter dazu nicht ohnehin bei Weitem überschritten hat.« Er wandte sich dem Pharao zu. »Du wirst deine helle Freude an diesen Prachtburschen haben, Goldhorus!«

»Willst du etwa auch das Streitwagen-Fahren wieder aufnehmen?«, fragte Eje besorgt.

»Die Völker des Nordens werden lernen, vor mir zu zittern.« Der Pharao wandte sich zum Gehen. »Das betrifft vor allem das Reich von Mitanni*, das sich schon viel zu lange Frechheiten gegen Kemet herausnimmt, die nach der passenden Antwort geradezu schreien. Meinem Vater hat man vorgeworfen, er hätte sich tatenlos in der Sonnenstadt verschanzt. Seinen einzigen Sohn aber wird man als siegreichen Feldherrn preisen!«

Auf einmal sah er aus wie ein aufgeregter Junge.

»Deshalb wird es auch schon bald eine neue Rennbahn geben. Mit wahrhaft abenteuerlichen Kurven. Sobald sie fertig ist, weihen wir sie ein – und zwar zusammen mit den neuen Hengsten!«

*

Ramose saß vor seinen Unterlagen und rechnete. Alles in allem konnte er zufrieden sein, auch wenn die Bücher bezeugten, dass der Umsatz im vergangenen Jahr höher gewesen war. Noch immer war er Wasets erfolgreichster Balsamierer, wenngleich es einen jüngeren Konkurrenten gab, ein Stück nilabwärts, den er schon eine ganze Weile argwöhnisch beobachtete, weil er ständig anbaute.

Er seufzte und kratzte sich am Kopf. Wenn es ihm nicht endlich gelang, das Grübeln abzustellen und sich wieder ganz auf sein Geschäft zu konzentrieren, würde sein Umsatz vermutlich weiter sinken.

Aber was sollte er tun? Seine Lebensbarke war bedenklich ins Trudeln geraten. Das blutrote Amulett vor ihm auf dem Tisch erinnerte ihn jeden Tag daran, wie sehr.

Seitdem der Brief Waset in Richtung Norden verlassen hatte, war seine innere Unruhe noch weiter gestiegen. Jetzt gab es keinen Tag mehr, wo Ramose nicht einen Abstecher zum Hafen unternommen hätte. Auf jedem Schiff, das anlegte, konnte sie sein – Sadeh, seine Frau, die er neun lange Jahre nicht mehr gesehen hatte.

Hätte er auch Raia darüber informieren sollen?

Um sich nicht vor der Schwiegermutter zu blamieren, falls Sadeh seine dringliche Bitte ausschlagen und doch nicht kommen sollte, hatte er lieber darauf verzichtet. Und wenn Sadeh krank wäre? Oder aus einem anderen Grund nicht dazu in der Lage?

Eine eisige Hand griff nach seinem Herzen.

»Meister?« Ipi streckte seinen kantigen Schädel durch die Tür.

»Was gibt es?« Ramose gelang es gerade noch, den Herzskarabäus blitzschnell unter ein paar Lagen Papyrus verschwinden zu lassen.

Der Gehilfe kam näher und bleckte die Zähne. »Hast du schon mit Miu gesprochen?«, fragte er. »Du weißt schon – in jener gewissen Angelegenheit.«

Dass er es wagte, ihn ausgerechnet jetzt damit zu belästigen, wo ihn ganz andere Sorgen quälten!

Sadeh hatte stets getan, was sie für richtig gehalten hatte, und Miu schien ihrer Mutter darin nachzukommen, je älter sie wurde. Einen eigenen Kopf hatte sie ja schon immer gehabt, in letzter Zeit aber konnte sie richtig stur sein. Miu mochte Ipi nicht, das hatte sie Ramose unmissverständlich zu verstehen gegeben, während er selbst diese Verbindung gar nicht so unklug fand. Doch es würde Zeit erfordern, seine störrische Tochter umzustimmen, wertvolle Zeit, über die er gerade nicht verfügte.

»Das mache ich bei Gelegenheit«, sagte er, ohne aufzuschauen. »Sonst noch was?«

Ipi rührte sich nicht von der Stelle. Sein plumper, gedrungener Körper schien den Raum immer mehr zu füllen – und er verströmte einen unerträglich süßlichen Geruch.

»Du solltest dir bei Gelegenheit Nelkenöl besorgen«, sagte Ramose und musste dabei wieder an den schmerzlichen Verlust all seiner kostbaren Essenzen denken. Natürlich hatte er bereits damit begonnen, neue Vorräte anzulegen, die er besser unter Verschluss hielt – doch wie lange würde es dauern, an den verlorenen Bestand auch nur halbwegs wieder anzuschließen! »Das hilft am besten. Zuvor musst du dich allerdings gründlich von Kopf bis Fuß waschen! In unserem Beruf hat man allergrößten Wert auf Reinlichkeit zu legen. Ich dachte, zumindest das hätte ich dir beigebracht.«

»Ich soll noch länger warten?« Ipis Stimme klang dumpf. »Ein Aufschub? Oder geht es eher darum, mich dauerhaft hinzuhalten? Spiel nicht mit mir, Meister! Ich merke immer, wenn jemand mich für dumm verkaufen will.«

»Was fällt dir ein!« Ramose warf die Binse auf den Tisch. Das Resultat war ein großer Tuscheklecks auf seinem makellosen Papyrus, was ihn nur noch mehr erboste. »Du weißt wohl nicht, wen du vor dir hast.«

»Meinen Meister«, erwiderte Ipi prompt, »der mich zum glücklichsten Mann der Welt machen könnte, genau so, wie er es mir in Aussicht gestellt hat.« Sein Tonfall war eine Mischung aus Unterwürfigkeit und Penetranz.

Ramose wurde es plötzlich unbehaglich zumute.

Was für ein Wahnsinn, Miu diesem Mann versprechen zu wollen, jetzt wo Sadeh jeden Tag hier eintreffen konnte! Sie würde ihm niemals verzeihen, sie von diesen Überlegungen ausgeschlossen zu haben. Womöglich war er überhaupt zu weit gegangen und hätte Ipi niemals irgendwelche Hoffnungen machen sollen. Aus Ärger und Angst hatte er gehandelt – das waren stets schlechte Ratgeber, wie

Ramose eigentlich wusste –, in einer Situation, als er sich bedrängt und hilflos gefühlt hatte. Der Anblick der zerstörten Mumien war ihm bis ins Mark gekrochen. Wenn nur einer seiner Kunden davon Wind bekommen hätte, wäre er erledigt gewesen. Allein deshalb war er auf Ipis Vorschlag überhaupt eingegangen. Doch gebracht hatten dessen großspurig angekündigte Nachforschungen bislang nichts.

Ein Umstand, den er sich nun zunutze machen wollte.

»Hast du noch einmal mit unseren Arbeitern geredet?«, fragte er unvermittelt.

Ipi nickte.

»Und? Noch immer kein Geständnis? Diese übel zugerichteten Mumien wieder einigermaßen intakt aussehen zu lassen, hat mich ein kleines Vermögen gekostet.«

»Sie leugnen, was das Zeug hält, diese Bastarde!«, rief Ipi. »Aber ich habe ehrlich gesagt nichts anderes erwartet. Du musst ihnen schon mit Entlassung drohen und Schlimmerem, sonst werden sie niemals das Maul aufmachen. Wenn du willst, kann ich gerne noch einmal …«

»Bemüh dich nicht!«, sagte Ramose scharf. »Wir sind mit Aufträgen noch reichlich eingedeckt. Und meine Leute wissen, was sie zu tun haben. Mit angelernten Hilfskräften wäre das niemals zu bewältigen. Ich werde meine eigenen Methoden anwenden, um ihre Zungen zu lockern – falls es überhaupt einer von ihnen war, der den Schaden verursacht hat.« Er ließ sich wieder auf seinen Hocker fallen. »Und jetzt lass mich allein. Ich habe zu tun.«

Ipi stand da, als hätte er Wurzeln geschlagen, stumm und aufsässig.

Regelrechte Krokodilsaugen hast du, dachte Ramose, der ihn ansehen musste, obwohl der Anblick ihn erschauern ließ. Träge und verschlagen! Wieso fällt mir das eigentlich erst heute auf?

»Ich muss dir nicht mehr beweisen, dass ich Geduld besitze, Meister«, sagte Ipi schließlich. »Denn schließlich kennst du mich und meine Fähigkeiten seit vielen Jahren. Ich bitte dich nur, den Bogen nicht zu überspannen. Sonst könnte ich sehr, sehr traurig werden. Was dir, wie ich fürchte, nicht gefallen würde. Und deiner schönen Tochter noch weniger.«

Er schlurfte hinaus und ließ Ramose mit dem schalen Gefühl zurück, trotz allem der Verlierer zu sein.

*

Miu war überrascht, als plötzlich Iset vor der Tür stand.

»Ich musste kommen«, sagte sie lächelnd. »Um mich bei dir persönlich für Keku zu bedanken, den ich schon so lieb gewonnen habe, als lebte er seit Jahren bei mir! Heute war ich auf dem Markt, und da dachte ich …« Sie strich ihr Haar zurück. »Oder störe ich gerade?«

»Herein mit dir!«, sagte Miu. Papa war in der Werkstatt, das traf sich schon mal gut. Aber wahrscheinlich würde Anuket bald von ihren Einkäufen zurück sein, danach mit dem Kochen beginnen, bei jedem Wort ihre neugierigen Ohren spitzen und ihm anschließend alles haarklein hinterbringen. »Lass uns am besten in den Garten gehen«, schlug sie deshalb vor. »Vielleicht magst du dich ja im Teich erfrischen.«

»Gerne.« Isets Blick bekam etwas Suchendes. »Und was zu essen bräuchte ich auch. Ganz dringend sogar. Ich sterbe fast vor Hunger!«

Miu sah sich nach ein paar Resten um und richtete sie so gut wie möglich auf einem Teller an. Es war nur ein wenig gebratenes Rindfleisch, außerdem ein paar Datteln und Feigen und Anukets berühmtes Fladenbrot, aber Iset schien es bestens zu schmecken, jedenfalls hatte sie alles in Windeseile verschlungen.

Sie trank den letzten Schluck Dattelbier, lehnte sich zurück und strich über ihren Bauch.

»War das gut!«, sagte sie. »Ich fühle mich wie neugeboren.«

Wind spielte in ihren schulterlangen Haaren, ihre Wangen waren voll und leicht gerötet. Sie schien etwas fülliger geworden zu sein, was ihr gut stand, und verströmte eine Zufriedenheit, wie Miu sie noch nie zuvor an ihrer Freundin gesehen hatte.

Plötzlich begriff sie.

»Du bist schwanger?«, rief sie. »Du bekommst ein Kind. Deshalb bist du hier!«

»Und ich dachte schon, du würdest mich niemals fragen«, sagte Iset lächelnd. »Sieht man es mir schon an? Ich hab es erst ganz wenigen Leuten gesagt. Meiner Mutter und meinen Schwiegereltern, Ani, Kenamun …«

»Ani?«, sagte Miu. »Ich wusste gar nicht, dass ihr beiden euch so nahe seid.«

»Er war neulich bei uns, im Wüstendorf. Mir war plötzlich schwindelig geworden, und da hat er mir geholfen, die schweren Einkäufe nach Hause zu tragen.« Sie schien plötzlich zu zögern. »Ich hab ihn bei dieser Gelegenheit um einen Gefallen gebeten. Etwas Wichtiges, das Kenamun betrifft. Ani hat dir nicht zufällig davon erzählt?«

Miu zuckte die Schultern.

Ihr letztes Gespräch mit Ani hatte sich um den Mann mit dem Geierprofil gedreht. Natürlich hätte sie der Freundin am liebsten davon berichtet. Aber wäre das wirklich klug gewesen? Besser, sie erwähnte nicht einmal den Abend im Palast und das vergiftete Entenfleisch, das ihr beinahe zum Verhängnis geworden wäre. Bis die Schuldigen nicht gefasst waren, hielt sie lieber den Mund.

»Eure Probleme haben sich immer noch nicht gelöst?«, sagte sie stattdessen. »Ich hatte es so sehr gehofft!«

Isets runde Augen schauten bekümmert drein.

»Es ist sogar schlimmer denn je«, stieß sie hervor. »Kenamun ist nur noch mürrisch und gehetzt, wie getrieben von einem dunklen Dämon, der in ihn gefahren ist. Du würdest ihn kaum wiedererkennen, Miu! Dünn wie eine Binse ist er geworden. Ständig muss ich seinen Schurz abändern, damit er ihn nicht noch unterwegs verliert. Im Schlaf zuckt er mit allen Gliedmaßen – und er redet.«

»Was sagt er denn? Hast du ihn verstanden?«

»Lauter wirres Zeug, wenn du mich fragst … Keine Ahnung, was das zu bedeuten hat.« Sie schlug die Hände vors Gesicht. »Womit hab ich das nur verdient? Es sollte doch die glücklichste Zeit meines Lebens sein – und ich bin dauernd am Flennen!«

Miu strich ihr sanft über den Rücken.

»Was war es denn, worum du Ani gebeten hast?«, sagte sie. »Magst du es mir erzählen?«

»Dass er mal mit Kenamun redet!«, antwortete Iset. »Von Mann zu Mann. Vielleicht vertraut mein armer Liebster ja Ani an, was wirklich mit ihm los ist, wenn er mir schon nichts verraten will. Aber bislang ist es wohl noch nicht dazu gekommen.«

»Ani hält, was er verspricht«, versicherte Miu. »Auch wenn er seine ganz eigene Zeiteinteilung hat. So war er schon früher, als wir beide noch klein waren. Einmal wollte er mir eine Barke für meine Lieblingspuppe bauen. Einen ganzen Sommer lang hab ich vergeblich darauf gewartet und war ihm schon böse, weil ich dachte, er hätte mich vergessen. Und dann eines Tages stand die Barke plötzlich vor der Tür, so schön und stabil, wie ich sie mir nicht mal im Traum ausgemalt hätte!«

»Du solltest ihn heiraten«, sagte Iset unvermittelt. »Er würde gut zu dir passen. Ich bin sicher, Ani würde nicht Nein sagen.«

»Ani?« Miu lachte. »Ich glaube, da täuschst du dich gewaltig. Für ihn bin ich bloß eine kleine Verwandte, nichts weiter.«

Sie lachte zwar, aber wenn sie ehrlich war, dann gab es da durchaus eine Art Hingezogenheit zwischen Ani und ihr, die sich keineswegs nach Verwandtschaft oder bloßer Freundschaft anfühlte.

»Du irrst dich«, widersprach Iset, als hätte sie gerade in Mius Gedanken gelesen. »Ani empfindet sehr viel für dich…«

»Ich heirate niemanden.« Miu war aufgesprungen und bis zu den Knien in den Teich gewatet. »Zumindest nicht in nächster Zeit. Und hört endlich alle auf, mir die Ohren damit vollzuschwatzen! Man könnte ja fast schon glauben, ihr wolltet mich so schnell wie möglich loswerden.«

»Sagst du das jetzt, weil du noch immer in den Pharao verliebt bist?«, hörte sie Iset flüstern. »Das bist du doch, oder?«

»Woher willst du das wissen? Ich bin nicht verliebt – in gar niemanden!«

»Miu!« Das war Anukets spröde Stimme. »Kommst du? Essen ist bald fertig.«

Was sollte sie tun? Die Freundin nicht zum Bleiben aufzufordern, verletzte alle Regeln der Gastfreundschaft; andererseits wollte sie keinen neuerlichen Streit mit Papa riskieren.

»Ich muss ohnehin los!« Iset sprang auf und griff nach ihrem Korb. »Höchste Zeit, dass ich nach Hause komme. Keku erwartet mich bestimmt schon. Wenigstens ein Mann, der es vor Sehnsucht nach mir kaum aushält!«

Erleichtert watete Miu aus dem Wasser. Wenn es ihr jetzt noch gelänge, Iset unbemerkt aus dem Garten zu bringen, ohne dass Anuket sofort wieder …

»Was hast du eigentlich in deinem Korb?«, fragte sie, während sie gemeinsam zum Tor gingen.

Iset griff hinein und zog eines der Figürchen heraus. Es stellte den Gott Bes dar.

»Behalt ihn, wenn du magst!«, sagte Iset. »Ich konnte heute nicht alles verkaufen, weil die Leute anfangen, ihre Deben immer sparsamer zusammenzuhalten. Dabei ist der Gott Bes gut für jeden Haushalt – in vielerlei Hinsicht.«

Sie blieb plötzlich stehen.

»Man wartet mit dem Essen auf dich. Lauf nur schon los«, sagte sie. »Ich find den Weg hinaus auch allein.«

»Aber ich kann dich doch begleiten!«, sagte Miu mit schlechtem Gewissen.

»Meinst du vielleicht, ich wüsste nicht, warum du mich nie im Wüstendorf besuchen kommst?«, entgegnete Iset und lächelte traurig. »Ramose, dein Vater, verachtet unsere

Familie. Er hat dir befohlen, dich von uns fernzuhalten, so ist es doch, oder? Und seinen Vater sollte man besser nicht wütend machen.«

*

Ani keuchte, als er endlich den steilen Grat erklommen hatte. Iset hatte mit ihrer Warnung vor dem beschwerlichen Weg ins Tal der Könige nicht übertrieben. Und der Abstieg, der sich erfahrungsgemäß immer tückischer und schwieriger gestaltete als der Aufstieg, stand ihm ja erst noch bevor. Er ärgerte sich über seine alten, abgelaufenen Sandalen, in die ständig lose Steinchen rutschten, was seinen Gang noch unsicherer machte. Und er verfluchte inständig sein linkes Bein, das ihm so viele Scherereien bereitete. Auch wenn er es nach außen niemals zugeben würde – es gab durchaus rabenschwarze Nächte, in denen der junge Polizist mit dem Schicksal haderte, das ihn viel zu früh so schwerfällig und unbeweglich hatte werden lassen.

Allmählich ging sein Atem wieder ruhiger. Sein Laune stieg, von der Übermüdung einmal abgesehen, gegen die er ständig anzukämpfen hatte. Von hier oben aus hatte er einen ungetrübten Blick über das Wüstendorf – in Waset auch respektvoll *Ort der Wahrheit* genannt –, das sich am Fuß der großen Mauer erstreckte, mit winzigen Häusern, die aussahen wie perfekt geformtes Spielzeug.

Aber auch zur anderen Seite hin gab es keine Barriere, die ihm den Blick versperrt hätte. Vor ihm lag das tief eingeschnittene, vor langer Zeit ausgetrocknete Flusstal, in dem die toten Könige ruhten. Wie viele Felsgräber hier in den Felsen geschlagen waren, wusste niemand, doch es gab jede Menge Vermutungen. Schier unermesslich sollten sie sein, die Schätze, die den toten Königen als Grabbeigaben mit auf die letzte Reise gegeben wurden. Gefertigt aus reinem Gold, dem Fleisch der Götter, das den räuberischen Appetit gewisser Leute immer wieder anstachelte.

Aus der Ferne sah Ani einen Trupp Arbeiter, die am Eingang eines der Felsengräber arbeiteten. Klein wie Ameisen kamen sie ihm vor, winzige Lebewesen, die gegen die Unendlichkeit angruben.

Ob Kenamun auch darunter war?

Und was, wenn nicht?

Dann würde Ani völlig umsonst die Mühe auf sich nehmen, über das Geröll hinunterzuhinken. Dieser Gedanke bremste seinen Elan. Er schaute sich um und entdeckte ganz in der Nähe einen Felsvorsprung, der einigermaßen Schatten bot. Ganz Kemet war zurzeit ein üppiger grüner Garten, weil nach der Überschwemmung alles spross und wuchs. Hier aber regierte nach wie vor das unbeugsame Gesetz von Stein und Fels.

Er entschloss sich zu warten.

Wenn stimmte, was Iset ihm mit kargen Strichen auf einem alten Stück Papyrus aufgezeichnet hatte, musste der Heimweg Kenamun unmittelbar hier vorbeiführen. Dabei sollte er Ani möglichst nicht schon von Weitem sehen können. In seiner Ausbildung hatte der junge Polizist beigebracht bekommen, dass ein gezielt eingesetzter Überraschungseffekt oft die besten Ergebnisse erbrachte.

So ließ Ani sich nieder, den Rücken an den Fels gelehnt, die Beine ausgestreckt, und versuchte, es sich auf dem harten Untergrund so bequem wie möglich zu machen. Ein

Weilchen musste er sogar eingeschlafen sein, denn als er wieder erwachte, stand die Sonne um einiges tiefer.

Waren da nicht Schritte gewesen, ganz in der Nähe?

Er lauschte, glaubte plötzlich so etwas wie hastiges Graben im Geröll zu hören. Gebückt schlich Ani näher und versuchte standhaft, das heftige Brennen in seinem Bein zu ignorieren.

Kenamun hockte vor einer kleinen Grube und griff hinein, als sich plötzlich Anis Schatten über ihn senkte.

»Du?« Er wurde blass, als er ihn erkannte, und begann, am ganzen Leib zu zittern. »Aber wieso wusstest du …«

»Was machst du da?« Anis Stimme war eisig.

Kenamun hatte sofort fallen lassen, was er gerade noch in der Hand gehabt hatte, starrte ihn zutiefst erschrocken an und verstummte.

»Schlag das Tuch auf!«, befahl Ani. »Ich will alles sehen.«

»Es ist nicht so, wie du denkst«, begann Kenamun zu stottern. »Das musst du mir glauben …«

»Das Tuch!«, fiel Ani ihm ins Wort. »Und zwar schnell!«

Kenamun gehorchte zögernd.

Als Ani sah, was unter dem Tuch verborgen war, rief er: »Jetzt weiß ich, warum du keine Ruhe mehr findest! Und es wird noch schlimmer werden, das kann ich dir versprechen! Dein ungeborenes Kind wird ohne dich aufwachsen müssen, deine junge Frau bald Witwe sein. Denn auf Grabräuberei steht, wie du weißt, die Todesstrafe.« Er griff nach seinem Dolch und zog ihn aus dem Gürtel. »Steh auf und folge mir! Du bist verhaftet!«

Kenamun rührte sich nicht. Tränen strömten über sein Gesicht.

»Du täuschst dich!«, stieß er hervor. »Ich hab es nicht

getan! Ich sollte es doch nur vergraben. Es gibt mehrere dieser Depots, musst du wissen. Alle bestens unter lockerem Geröll verborgen. Dazu haben sie mich gezwungen …«

»Wer soll dich gezwungen haben?«, fragte Ani. Das goldene Pektorale mit dem Udjat-Auge aus dunkelblauem Lapislazuli und vielen anderen Edelsteinen, das aus dem Leinentuch herausleuchtete, wies an manchen Stellen hässliche Lücken auf. »Ihr beraubt die toten Könige nicht nur, ihr zerstört auch noch ihre Schätze. Wie widerwärtig ihr doch seid!«

»Weil einzelne Steine sich leichter rausschmuggeln lassen!«, rief Kenamun. »Im Mund, unter der Kleidung, in Körperritzen. Ich musste mich ihnen doch fügen. Wegen Iset. Und ihrer Familie. Sie haben mich erpresst. Hätte ich ihnen nicht gehorcht, wäre Isets Angehörigen ein großes Leid zugestoßen …« Sein Weinen war haltlos geworden.

Kenamuns Verzweiflung klang so echt, dass Ani aufhorchte.

»Nehmen wir mal an, du sagst die Wahrheit. Dann bleibt dir nur noch eine einzige Chance«, sagte er. »Nämlich mir alles lückenlos zu gestehen – hier und jetzt. Danach werde ich entscheiden, was weiter mit dir zu geschehen hat.«

Er versetzte ihm einen Hieb auf den Oberarm, der Kenamun zusammenzucken ließ.

»Also, worauf wartest du noch? Fang endlich an!«

*

Der schwarze Hengst blähte die Nüstern und begann in der Box hin und her zu tänzeln.

Der General lachte leise.

»Du erkennst mich wieder, nicht wahr, mein Prachtbursche? Nur noch ein wenig Geduld – deine große Stunde lässt nicht mehr allzu lange auf sich warten!«

Eigentlich war er darin geübt, mit solch sensiblen Tieren umzugehen. Doch das Pferd ließ sich nicht beruhigen. Immer aufgeregter wurde es und sein langer Schweif fing an zu schlagen.

Jetzt wusste Haremhab, dass sie nicht mehr alleine waren. Die Hand am silbergetriebenen Dolch, fuhr er mit einem geschmeidigen Satz herum.

»Was machst du hier?«, rief er, als er den anderen erkannte. »Du hast mich zu Tode erschreckt!«

Der Mann mit dem scharfen Profil verzog keine Miene.

»Ich erwarte deine Befehle, General«, erwiderte er. »So, wie ich es immer getan habe.«

»Du musst wahnsinnig sein, um ausgerechnet hierherzukommen!«, rief Haremhab. »Das sind die Stallungen des Pharaos und normalerweise wimmelt es hier von Pferdeknechten. Was, wenn dich jemand wiedererkennt? Verschwinde von hier, aber sofort!«

»Du weißt doch, ich kann jede beliebige Gestalt annehmen. Oder mich ganz und gar unsichtbar machen, wenn du es nur befiehlst.«

»Kannst du auch deine Nase verschwinden lassen?« Haremhab hatte ihm einen Stoß in die Rippen gegeben, der fester ausgefallen war als unbedingt notwendig.

Falls der Mann Schmerz empfand, so ließ er es sich nicht anmerken.

»Ich höre, General«, sagte er.

»Dass ich mehr als unzufrieden bin, muss ich dir nicht erst sagen. Was für ein unglaublicher Pfusch! Solche Fehler wären dir früher nicht unterlaufen. Ein unreifes Mädchen und eine junge Katze – sind das nun die gefährlichen Gegner, gegen die wir neuerdings den Kürzeren ziehen?«

»Soll ich mich um die beiden kümmern, General? Ein Wort von dir genügt!«

»Ich denke, das wird nicht nötig sein. Falls die Kleine doch noch lästig werden sollte, müsste man sich noch einmal besprechen. In der Zwischenzeit konzentriere dich lieber auf wichtigere Dinge. Der dritte Versuch muss gelingen! Und es muss wie ein Unfall aussehen. Das ist entscheidend!«

»Der Falke wird zum Himmel fliegen …« Die Stimme des Mannes schien plötzlich leicht zu zittern. »Wann genau, General?«

»Bald. Ich denke, wir warten noch die Eröffnung der neuen Rennbahn ab. Da bietet sich bestimmt eine günstige Gelegenheit.« Haremhab begann, den schwarzen Hengst zu streicheln, und allmählich wurde das Tier ruhiger. »Wo finde ich dich? Falls ich eine Nachricht für dich habe.«

»Am üblichen Ort. Die Spelunke gibt es noch immer, und das ganze Viertel ist inzwischen so verkommen, dass niemand sich dort groß um den anderen schert.« Der Mann hüstelte. »Schöpft er Verdacht?«

»Tutanchamun? Er ist derart mit dem Stählen seines Körpers beschäftigt, dass ihm dazu gar keine Zeit bleibt. Das hat er offenbar von seinem toten Vater geerbt: die Unfähigkeit, sich etwas Schlechtes überhaupt vorstellen zu können.« Der General verzog das Gesicht zu einem dünnen Lächeln. »Sein Leben will er damit retten. Wenn er wüsste, dass ausgerechnet dieser Versuch sein Verhängnis sein wird!«

»Du möchtest, dass es aufhört, General?«

»Es *muss* endlich aufhören. So bald wie möglich. Sonst geht Kemet noch zugrunde oder verkommt zum zahnlosen Vasallen fremder Mächte. Und das darf nicht geschehen.« Seine Stimme wurde hart. »Falls sie dich jemals zu fassen bekommen, habe ich dich niemals gesehen. Du weißt, was das zu bedeuten hat?«

»Ich weiß, General. Zu Befehl!«

Die tief stehende Sonne schickte ein paar Strahlen durch das Fenster. Heu und Staub wirbelten auf.

Der Mann verließ auf leisen Sohlen den königlichen Stall. Von der Seite gesehen, wirkte sein Profil wie der scharfe Schnabel eines Geiers.

*

Den vertrauten Weg zu Tahebs *Graureiher* einzuschlagen, war auf einmal gar nicht leicht für Miu. Aber Isets Anspielungen hatten sie neugierig gemacht und einen Wirrwarr von Gefühlen in ihr ausgelöst. Konnte es wirklich wahr sein, dass Ani so viel für sie empfand?

Du wirst ihn bestimmt nicht antreffen, sagte sie sich, um nicht allzu enttäuscht zu sein. Ani muss schlafen oder hat längst schon seinen Dienst angetreten. Außerdem will er gar nichts von dir. Hör also lieber nicht auf Iset und ihre merkwürdigen Einflüsterungen!

Aber sie wusste, es war bereits zu spät. Hoffnung hatte sich in ihr eingenistet, ein bescheidenes Flämmchen, das allerdings aufglomm, sobald die Schenke in Sicht kam. Nefer stand mit mürrischer Miene draußen und drehte den Spieß, an dem Tahebs Gänse gar wurden. Er schien überrascht, Miu zu sehen, öffnete kurz den Mund, als wollte er etwas sagen, begnügte sich dann aber, ihr einen unfreundlichen Blick zuzuwerfen.

Das ist also Sheribins uneigennütziger Wohltäter, dachte Miu, als sie die Schenke betrat. Möchte bloß wissen, was wirklich dahintersteckt! Nur ein paar Tische waren besetzt, und an einem davon saß tatsächlich Ani, der seine leer gegessene Schale gerade mit Brot auswischte.

»Miu!«, sagte er, als er sie erblickte. »Ist etwas passiert?«

»Muss denn gleich was passiert sein, nur weil ich euch besuchen komme?« Sie setzte sich zu ihm.

Nun erschien auch Taheb und begrüßte sie freundlich.

»Mit dir als Aushilfe kann ich wohl nicht mehr rechnen?«, sagte sie dann. »Jetzt, wo du im Palast ein- und ausgehst.«

Ani hatte plötzlich einen seltsamen Blick bekommen, und Miu fühlte, wie sie rot anlief.

»Aber natürlich werde ich weiterhin aushelfen!«, rief sie. »Was hat das eine denn mit dem anderen zu tun?«

»Und dein Vater?«, fragte Taheb besorgt. »Komm schon, mir brauchst du doch nichts vorzumachen. Ich weiß genau, dass Ramose dagegen ist.«

»Immerhin sind wir so etwas wie eine Familie«, sagte Miu und ärgerte sich, weil Ani auf einmal nur noch auf den Tisch starrte. »Da hilft man sich gegenseitig.«

»Was mich betrifft, so würde ich Raia und dich gern viel öfter sehen«, sagte Taheb. »Meine Tante und die Kleine meiner Lieblingscousine – weißt du eigentlich, wie nah deine Mutter und ich uns standen? Beinahe wie Schwestern. Ihr Tod war schrecklich für mich!«

Von Ani kam ein seltsamer Laut.

Mius Blick flog zu ihm. Was sie gerade redeten, war ihm unangenehm, das spürte sie mit jeder Faser.

Aber warum bloß?

Weil er sich eben doch nichts aus Familie machte, wie sie schon früher vermutet hatte?

»Gerade in letzter Zeit muss ich oft an Sadeh denken«, fuhr Taheb fort. »Wie ihr das Leben in Waset wohl gefallen hätte? Bestimmt wäre es für sie kein leichter Neuanfang gewesen, auch wenn Ramose es mit seiner Werkstatt so gut getroffen hat. Sadeh hat sehr an der Sonnenstadt gehangen, das weiß ich genau!«

»Ich muss zur Arbeit.« Ani sprang auf, nahm seinen Gürtel mit der Waffe und legte ihn um.

»Ist es dafür nicht noch viel zu früh?«, fragte Taheb.

»Du hast ja nicht die geringste Ahnung, Mutter!«, rief er und lief zur Tür.

»Warte!« Miu war aufgesprungen. »Ich begleite dich noch zur Fähre.«

»Aber ich muss mich beeilen.«

»Ich kann mindestens so schnell laufen wie du.« Miu biss sich auf die Lippen. Verdammt – jetzt würde er wieder denken, sie spielte auf sein Bein an! »Ich meine ja nur …«

»Kommst du jetzt endlich?«, fragte er und auf seinem Gesicht lag der Schatten eines Grinsens. Er schien sich über ihre Unsicherheit zu amüsieren.

Draußen vor der Schenke schlugen sie den Weg zur Anlegestelle ein. Allerdings waren sie zu spät dran, oder zu früh, je nachdem, wie man es betrachten wollte. Die eine Fähre hatte bereits die Flussmitte erreicht und auf die nächste würde Ani noch eine Weile warten müssen.

»Hast du die Räuber schon gefangen?«, sagte Miu, als

das Schweigen zwischen ihnen lastend zu werden drohte. Es stand ihm gut, dass er jetzt so viel im Freien war. Seine Haut war dunkler geworden, was ihm einen leicht verwegenen Ausdruck gab. »Oder jagst du ihnen noch immer hinterher?«

»Darüber darf ich nicht reden. Dienstvorschrift.« Er schien sich plötzlich auffällig für seine Zehen zu interessieren, die aus den abgelaufenen Sandalen lugten.

»Und Kenamun?«, fuhr Miu fort. »Hast du …«

»Was weißt du von Kenamun?«, fiel er ihr ins Wort.

»Nur das, was Iset mir erzählt hat«, sagte sie, einigermaßen verblüfft über seine unerwartete Heftigkeit. »Dass sie sich große Sorgen macht, weil er nie zu Hause ist, jetzt wo sie doch ein Kind erwartet. Und dass sie dich gebeten hat, mit ihm zu reden, von Mann zu Mann. Und – hast du?«

Er wich ihrem fragenden Blick aus.

»Wann denn?«, sagte er. »Kannst du mir das vielleicht verraten? Tagsüber schlafe ich und abends muss ich zum Dienst.«

»Versuch es trotzdem!«, bat Miu. »Iset ist so unglücklich, weil sie einfach nicht mehr weiterweiß. Wäre ich ein Mann, ich würde es auf der Stelle für sie tun.«

»Du bist aber kein Mann.«

»Nein, das bin ich nicht – zum Glück!«

Was war das eigentlich für eine blödsinnige Unterhaltung, die sie da führten! Weil Miu aber nichts Gescheiteres einfallen wollte, was sie stattdessen hätte sagen können, lief sie zum Wasser. Sonnenstrahlen ließen den Fluss golden aufleuchten. Die ersten Sandbänke tauchten allmählich wieder auf. Bald brach die Zeit der Ernte an, die Kemets große Speicher mit neuen Vorräten füllen würde.

Miu hob die Hand vor die Augen, um nicht geblendet zu werden.

»Die Fähre kommt!«, rief sie.

Ani trat zu ihr, leicht humpelnd, Miu aber tat, als würde sie es nicht bemerken. An Deck befanden sich nur wenige Passagiere. Ganz vorn stand eine schlanke, große Frau in einem hellen Kleid, die ans Ufer zu schauen schien.

Jetzt hob auch sie die Hand vor Augen, um sich vor der Sonne zu schützen, genau so wie Miu.

Näher und immer näher kam die Fähre.

Miu spürte, wie ihre Nackenhärchen sich aufstellten. Da war etwas in der Haltung der fremden Frau, das eine viel zu lang verstummte Saite in ihr anschlug.

Die Art, wie sie den Kopf neigte.

Die schlanken Arme mit den vielen Reifen, die in ständiger Bewegung waren, als ob sie tanzten.

Die Haare, ebenso ungebändigt wie ihre eigenen …

Miu musste schlucken.

»Aber das gibt es doch nicht!«, flüsterte sie. Seths Klauen schienen sich in ihr Herz zu krallen, das so laut schlug, dass sie Angst bekam, es könnte ihr aus der Brust hüpfen. »Das kann einfach nicht sein.«

Hilfe suchend wandte sie sich zu Ani um.

»Siehst du das auch? Träume ich vielleicht? Dann weck mich bitte nicht auf! Diese Frau dort auf der Fähre sieht doch aus wie …«

Er rührte sich nicht. Ja, er sah Miu nicht einmal an.

Was war los mit ihm?

Miu konnte sich jetzt nicht darum kümmern, denn die Fähre hatte anlegt. Nacheinander gingen die Passagiere an Land.

Langsam kam die Fremde auf das Mädchen zu, das ihr mit offenem Mund entgegenstarrte. Hinter ihr ein einfach gekleideter Mann, offenbar ein Diener, der sich mit jeder Menge prall geschnürter Bündel abzuschleppen hatte.

Die Frau war älter als in Mius Erinnerung, aber sonst war alles genauso, wie es sein musste. Augen und Nase. Auch der Mund.

Sie musste es sein!

Jetzt fehlte nur noch die Stimme. Hoffentlich sagte sie endlich etwas!

»Miu?«, fragte sie zaghaft. »Miu, bist du das? Mein großes kleines Mädchen, ich muss …«

»Mama!«, schrie Miu schluchzend und warf sich in ihre Arme. »Mama – du lebst ja!«

Neuntes Kapitel

Warum ihr auf einmal derart schwindelig geworden war, dass sogar die Beine ihr den Dienst versagen wollten, wusste Miu später nicht mehr. Es gab auch keinerlei Erinnerung mehr daran, woher auf einmal die schäbige Sänfte aufgetaucht war, in die Mama sie kurzerhand verfrachtete, während sie dem Mann mit den Bündeln Anweisungen gab, wohin er das Gepäck bringen sollte. Was ihr aber trotz allem im Gedächtnis blieb, war die merkwürdige Passivität Anis, der sich aus allem heraushielt, als hätte die Überraschung ihn in eine Art Lähmungszustand versetzt. Ungewohnt verlegen berief er sich schließlich auf seine Nachtwache und zog sich auf die Fähre zurück.

Dann saßen sie plötzlich dicht nebeneinander.

Die hölzerne Bank war hart und ziemlich schmal. Mama roch nach frischem Schweiß, vermischt mit dem zarten Lilienaroma, das sie schon immer verströmt hatte. Die Straße war holprig und die Träger stellten sich alles andere als geschickt an. Es holperte, wackelte und ruckelte, ihre Knie berührten sich, und auf einmal war es, als fielen all die verlorenen Jahre wie unnütze Hüllen von ihnen ab. Miu begann erneut zu weinen, heftiger als zuvor, und bald liefen auch Sadeh Tränen über die Wangen.

»Aber wo warst du denn nur die ganze Zeit?«, stieß Miu hervor.

»In Mennefer.«

»Ganz oben, im Norden? Dort hast du gelebt? Und warum haben mir dann alle gesagt, du seiest tot?«

»Später«, murmelte Sadeh. »Später, meine Miu!«

Anuket kam aus dem Haus gerannt, kaum dass sie die Sänfte erblickt hatte. Offenbar nahm sie an, die Sänfte wäre wieder vom Palast geschickt worden, obwohl deren Schäbigkeit eigentlich dagegensprach. Als sie neben Miu eine ihr gänzlich unbekannte Frau entdeckte, verschränkte sie angriffslustig die Arme vor der Brust.

»Wer bist du?«, blaffte sie. »Und was hast du mit unserem Mädchen zu schaffen? Antworte gefälligst!«

»Ich bin Sadeh, die Frau des Balsamierers.« Sadeh war leichtfüßig ausgestiegen und hatte es sogar fertiggebracht, ein Lächeln auf ihr verweintes Gesicht zu zaubern. »Und euer Mädchen ist meine Tochter Miu.«

»Aber ich denke, du bist tot…« Fassungslos schaute Anuket von Miu zu Sadeh. Angesichts der Ähnlichkeit der beiden blieben ihr die Worte im Hals stecken.

Sie drehte sich um und lief ins Haus zurück.

»Herrin!«, hörte man sie bis draußen aufgeregt schreien. »Du musst sofort kommen. Entweder versucht gerade eine dreiste Betrügerin, uns hinters Licht zu führen – oder soeben ist ein Wunder geschehen! Dann wäre nämlich die Frau des Herrn von den Toten wiederauferstanden…«

Großmama erschien an der Tür, wurde bleich, als sie Sadeh erkannte, fasste sich an die Brust, schien zu taumeln. Mit ein paar Schritten war Sadeh bei ihr und stützte ihre Mutter, bevor sie fallen konnte.

Dann umarmte sie Raia innig.

Doch Großmama ließ es nur kurz zu, bevor sie sich ihr wieder entzog.

»Was ist los?«, sagte sie mit gerunzelter Stirn. »Wieso bist du auf einmal hier, in Waset? Und warum weiß ich das nicht?«

»Es war keine Zeit, dich zu informieren. Ich sollte das nächste Schiff nehmen – und das habe ich auch getan.«

»Du hättest schreiben können …«, sagte Raia.

»Du … du hast es also gewusst?« Miu stürzte mit aufgerissenen Augen auf sie zu. »Hast gewusst, dass Mama lebt – und mir in all den Jahren nichts gesagt? Wie konntest du nur!«

»Miu«, sagte Sadeh bittend, »all das muss sehr seltsam in deinen Ohren klingen. Aber wir haben so gehandelt, weil es nötig war.«

»Nötig? Es war das Schrecklichste, was ihr mir antun konntet!«

Sadeh rang nach Worten. »Die ganze Angelegenheit ist komplizierter, als du vielleicht denkst. Du musst ein wenig Geduld haben …«

»Geduld? Damit ihr genügend Zeit habt, euch neue Märchen auszudenken, die ihr mir dann auftischen könnt? Das ist das Gemeinste, was ich mir überhaupt vorstellen kann. Ich hasse euch – alle beide!«

Sie rannte an ihnen vorbei, direkt in ihr Zimmer, und warf die Tür krachend hinter sich zu.

*

Mutter und Tochter sahen sich schweigend an, nachdem Miu auf ihr Zimmer gerannt war.

»Ach, Sadeh, Miu hat ihren eigenen Kopf«, sagte Raia. »Wundert dich das? Oft dachte ich, du stündest vor mir, wenn sie wieder einmal auf Biegen und Brechen ihren Willen durchsetzen wollte.«

Sie deutete nach drinnen.

»Aber gehen wir lieber rein. Sonst hören uns noch alle Nachbarn und das sollten wir vermeiden.«

»Du siehst gut aus, Mutter.« Sadeh folgte ihrer Aufforderung. »Nahezu unverändert, als ob die Jahre machtlos an dir vorübergegangen wären. Ich bin sehr froh, dich so vorzufinden.«

Raia schien ihre gewohnte Fassung zurückzugewinnen. »Das, mein Kind, stimmt leider nicht. Die Krankheit, an der ich leide, heißt Alter. Und nirgendwo gibt es ein Heilmittel dagegen.«

Sie ließen sich auf den Hockern am Fenster nieder.

»Schön hast du es hier«, sagte Sadeh, nachdem sie sich umgeschaut hatte. »Licht und hell, wie es schon immer bei dir aussah. Überhaupt das ganze Haus – alles gediegen und bequem eingerichtet. Aber an Geschmack hat es Ramose ja nie gefehlt. Eher hat es ihm an anderen Dingen gemangelt.«

»Wir müssen ihn holen lassen«, rief Raia. »Ramose hat doch sicherlich mit deiner überraschenden Anwesenheit hier zu tun. Er wird erfahren wollen, dass du wohlbehalten eingetroffen bist.«

»Du weißt nicht, warum er mich so dringlich gerufen hat?«, fragte Sadeh.

»Ich hatte noch nicht einmal eine Ahnung, *dass* er es getan hat«, erwiderte Raia. »Dein Mann kann äußerst verschwiegen sein, wie du weißt.«

»Allerdings!«, sagte Sadeh. »Doch die Mühe, ihn zu holen, kannst du dir sparen. Ich komme nämlich gerade von ihm. Und unseren ersten heftigen Streit haben wir auch bereits hinter uns gebracht. Es ist beinahe, als wäre ich niemals fort gewesen.«

Raias Brauen hoben sich. »Und du kommst so aus Mennefer? Lediglich mit dem, was du auf dem Leib trägst?«

Sadeh begann zu lächeln. »Ein Diener ist mit meinen Sachen bereits hierher unterwegs – nur mit dem Allernötigsten. Was man für eine kurze Reise eben so braucht.«

»Du wirst nicht bei uns bleiben?« Raias dunkle Augen ließen sie nicht mehr los.

»Du kennst die Antwort, Mutter. *Daran* hat sich nichts geändert, auch wenn ich jetzt hier bin.« Ihr Tonfall verlor seine Härte. »Hast du etwas zu trinken für mich? Ich komme schier um vor Durst!«

*

Eje wartete in taktvoller Entfernung, bis der junge Pharao seine morgendlichen Schwimmübungen abgeschlossen hatte. Erst als er ihn mit kraftvollen Schritten in Richtung Palast losgehen sah, löste er sich vom Stamm der großen Sykomore, an die er sich gelehnt hatte.

Jetzt kam es auf jedes Wort an.

Vor allem musste er Tutanchamun allein und ungestört sprechen, das war das Wichtigste. Er warf einen raschen Blick in die Runde, um sich zu vergewissern, dass die Männer der Leibgarde weit genug entfernt waren. Nun war er bereit, es zu wagen. Auch wenn ihm bewusst war, was er damit riskierte.

»Einzig-Einer, verzeih, dass ich dir so auflauere!«, sagte Eje, als der junge Mann schließlich vor ihm stand. »Doch ich muss dir etwas zeigen, das keine anderen Augen und Ohren duldet.«

Tutanchamun lächelte, offenbar allerbester Laune, wenngleich unter seinen Augen dunkle Schatten lagen.

»Es muss schon etwas sehr Wichtiges sein, wenn du mich in aller Früh wie ein Strauchdieb überfällst!«

»Allerdings, Goldhorus! Ich hatte dir doch berichtet, dass unsere Wachen verstärkt sind und meine Leute an allen wichtigen Straßen ihre Kontrollen verschärft haben...«

»Falls du etwa gekommen bist, um mir an diesem herrlichen Morgen die Laune zu verderben, kannst du gleich wieder gehen, alter Mann«, unterbrach ihn der Pharao. »Hatten wir diese unerfreuliche Unterhaltung nicht erst neulich?«

»Damals war aber noch nicht dieses Schreiben in unseren Besitz gelangt. Bitte lies!«

Eje streckte ihm den Papyrus entgegen.

»Aus der Hofkanzlei!«, sagte Tutanchamun überrascht. »Der Stempel verrät es. Und adressiert ist es – an den Hethiterkönig? Aber das kann doch nicht sein ...«

»Lies, ich bitte dich!«

Tutanchamun las und murmelte dabei die Worte vor sich hin: *»Mein Gatte ist tot und ich habe keinen Sohn. Aber man sagt mir, dass du viele Söhne hast. Wenn du mir einen dieser Söhne schickst, so wird er mein Gemahl sein. Siehe, ich habe keine Familie. Ich werde niemals einen meiner Diener zum Gatten nehmen!*

Wenn du mir einen Sohn schickst, werden beide großen Länder sich vereinen, und es wird ein gemeinsames Land geben. Wir wer-

den uns gegenseitig beschenken und jeder wird sich darüber freuen. Denn ich freue mich, wenn ich dich reich beschenken kann …«

Der Pharao ließ den Brief sinken. Die Schatten unter seinen Augen schienen auf einmal violett.

»Das kann sie nicht geschrieben haben«, sagte er. »So weit würde in ihrem Ehrgeiz nicht einmal deine Enkelin gehen!« Sein Blick glitt an das Ende des Briefes. »Und doch ist er mit *Königin* unterzeichnet. *Königin von Ägypten!*«

»Du weißt, Papyrus ist geduldig«, wandte Eje ein. »Und Zugang zu solchen hochoffiziellen Stempeln können sich durchaus mehrere Leute am Hof verschafft haben. Der Brief ist in Keilschrift verfasst. Es gibt genügend Schreiber, die sie beherrschen.«

»Aber damit ruft sie zum Hochverrat auf!« Der Pharao hatte das Schreiben zornentbrannt zu Boden geworfen. »*Mein Gatte ist tot* – ich verstehe! Jetzt machen diese beiden Anschläge auf mein Leben endlich Sinn.«

Eje bückte sich, hob den Brief wieder auf und glättete ihn.

»Ein so entscheidendes Beweisstück muss in unseren Händen bleiben«, sagte er. »Und sorgfältig archiviert werden. Zudem bin ich mir in der Schuldfrage bei Weitem nicht so sicher wie du, Einzig-Einer. *Mein Gatte ist tot und ich habe keinen Sohn*, so steht es da geschrieben. Anchesenamun aber ist schwanger. In wenigen Monaten wird sie euer Kind zur Welt bringen, das sie mit allergrößter Freude erwartet. Verrate mir bitte, wie das zusammenpassen soll! Außerdem ist sie nicht ohne Familie, wie es in dem Brief heißt. Schließlich bin ich ihr leiblicher Großvater.«

»Wenn es nicht Hochverrat ist, was ist es dann?« Tutanchamun klang plötzlich unsicher.

»Es *ist* Hochverrat, Einzig-Einer!«, rief Eje bewegt. »Die Frage ist lediglich, wer dazu bereit wäre, ihn zu begehen. Meiner Ansicht nach kann er oder sie nicht sonderlich klug sein. Denn alle Welt weiß, dass du seit nunmehr beinahe neun Jahren der Pharao Kemets bist, ein junger, kerngesunder Mann …«

»Was sich allerdings sehr schnell hätte ändern können, wenn ich auch nur einen Bissen von dem vergifteten Fleisch genommen hätte!«, fiel Tutanchamun ihm ins Wort. »Vielleicht ist dieses Schreiben ja bereits zuvor abgefasst worden. Als der oder die Mörder noch damit rechnen konnten, ihr hinterlistiges Vorhaben würde gelingen. Außerdem müssen wir davon ausgehen, dass es mehrere Abschriften gibt. Wer so etwas plant, verlässt sich in der Regel nicht auf ein einziges Schriftstück, das abgefangen werden könnte, wie es ja auch geschehen ist.«

»Möglich.« Eje wiegte seinen kantigen Kopf. Wind war aufgekommen und brachte Bewegung in die Bäume. Zweige rieben aneinander, Blätter raschelten, als ob der ganze Garten sich ebenfalls zu einer Antwort rüste. »Möglich aber auch, dass dieser Brief einzig und allein aus einem Grund geschrieben wurde: um Zwietracht zu säen zwischen dir und der Königlichen Gemahlin. Hast du das schon in Erwägung gezogen?«

»Wer sollte daran Interesse haben?«

»Du kennst die Antwort, Goldhorus.« Eje verneigte sich leicht. »Doch wenn du sie lieber aus meinem Mund hören möchtest, bin ich gern dazu bereit.«

»Du meinst, der General hat seine ehrgeizigen Pläne noch immer nicht aufgegeben?«

»Nicht solange der Hapi den Durst der Wüste löscht!«,

erwiderte Eje. »Haremhab träumt davon, Pharao zu werden, und er tut es schon sehr lange. Bevor du den Thron bestiegen hast, schien die Erfüllung seines Traum zum Greifen nah. Jetzt aber ist sie für ihn weiter entfernt als der Mond, denn in dir fließt das Blut von Königen. Du bist jung und stark und wirst noch viele Jahre regieren – und nach dir werden deine Söhne das Amt übernehmen. Würde es sich da aus seiner Sicht nicht lohnen, einen Versuch zumindest zu wagen?«

»Haremhab ist ein Niemand!«, rief Tutanchamun zornentbrannt. »Ich könnte ihn jederzeit ersetzen lassen durch andere, weitaus fähigere Männer. Und genau das werde ich auch tun!«

»Als Militär war er dir durchaus nützlich und ebenso dem Land Kemet. Warum ihn also nicht zunächst in deiner Nähe behalten, um alles über seine heimlichen Pläne herauszufinden? Anschließend könnte man ihn in schwieriger Mission an die entlegensten Grenzen des Reiches schicken, wenn ich dir diesen Vorschlag unterbreiten darf. Möglicherweise erledigt sich das Problem Haremhab damit von alleine.«

Eine Weile blieb der Pharao stumm.

»Und Anchesenamun?«, sagte er schließlich und drehte seine Armspange, die ein springender Löwe aus Karneol zierte. »Wie soll ich in Frieden leben, wenn ich niemandem mehr trauen kann, nicht einmal meiner eigenen Frau?«

»Mir kannst du trauen«, rief Eje. »Bis zu meinem allerletzten Atemzug. Das schwöre ich dir bei Amun!«

Der Pharao schien zu nicken, was Eje ermutigte fortzufahren: »Als Erstes muss die kalte Luft des Verrats aus dem Palast weichen. Ich werde meine Enkelin persönlich ins

Gebet nehmen. Und das solltest du ebenso tun, Goldhorus. Erst danach ist es an der Zeit, eine Entscheidung zu fällen, die klug und äußerst besonnen ausfallen sollte.«

»Manchmal möchte ich am liebsten wieder der Junge von damals sein«, hörte er den Pharao murmeln. »Der zwar oft einsam war, dafür aber glücklich, wenn er unter all den schönen Frauen im Harim mit seiner roten Katze spielen konnte. Diese unbeschwerten Tage werden niemals wiederkehren!«

Er sah so verlassen dabei aus, dass es Eje das Herz zusammenschnürte. Doch er konnte im Moment nichts für ihn tun, für diesen einsamen jungen Mann, den er in all den schwierigen Jahren so lieb gewonnen hatte wie einen eigenen Sohn.

*

Er kam, als sie mit seinem Auftauchen nicht mehr rechneten, trat aus dem Schatten der Nacht, eine Fackel in der Hand, gehüllt in einen dunkel gefärbten, lumpigen Umhang, in dem ihn keiner der beiden jemals vermutet hätte.

»Alles in Ordnung?« Userkafs Stimme war rau.

»Keinerlei ungewöhnliche Vorfälle, Herr.« Vorsorglich hatte Imeni einen unterwürfigen Tonfall angenommen, während er sich noch eben lauthals über Userkafs unmenschliche Schikanen ausgelassen hatte. Seinem erst halb geleerten Krug mit Dattelbier versetzte er einen entschiedenen Tritt, der ihn in die Dunkelheit befördern sollte.

»Und bei dir, Ani?«

»Kann mich Imeni nur anschließen«, sagte Ani und versuchte, das kleine Amulett zurück in seinen Schurz zu schieben. »Nichts Auffälliges. Leider waren die Nachtwachen bislang ergebnislos.«

Doch Userkafs Adleraugen waren schneller gewesen.

»Und was ist das hier?« Er fasste beherzt zu, wog den Gegenstand zunächst in seiner Hand und hielt ihn dann erst an das flackernde Licht.

Das Amulett war knapp fingerlang. Der Untergrund bestand aus rötlichem Gold, auf den man türkisfarbene Fayence aufgebracht hatte. Eigentlich waren es nicht viel mehr als ein paar Umrisslinien – und doch erkannte man sofort, was sie darstellen sollten: den Totengott Anubis, mit spitzer Schnauze und aufgestellten Ohren.

»Woher hast du das?«, zischte Userkaf. »Solche Amulette wickelt man in die allerunterste Mumienschicht – und zwar nur bei denen, die es sich leisten können!«

»Ich wollte es dir ohnehin zeigen«, beeilte sich Ani zu versichern. »Ich hab mich nämlich auf die Lauer gelegt, tagsüber, und bin tatsächlich fündig geworden.«

»Was soll das heißen?«

»Wie es aussieht, ist uns dabei ein äußerst interessanter Informant ins Netz gegangen. Es gibt tatsächlich eine Bande von Grabräubern, wie wir vermutet haben, die bereits einiges erbeutet hat und offenbar weitermachen will, bis die Königsgräber vollkommen geleert sind«, sagte Ani.

»Werd endlich genauer!«, verlangte Userkaf.

»Einiges hat er schon ausgesagt und mit ein wenig Nachhilfe wird er *alles* auspacken. Dann haben wir sie: die Grabräuber und den Drahtzieher im Hintergrund gleich mit dazu!«

»Er hat also bislang nicht alles gesagt, was er weiß?«, fragte Userkaf mit seltsamem Unterton. »Und was hat es mit diesem geheimnisvollen ›Drahtzieher‹ auf sich, den er ins Spiel gebracht hat?«

»Er packt noch aus, dafür lege ich meine Hand ins Feuer. Dieser ›Drahtzieher‹ scheint jemand zu sein, vor dem er große Angst hat. Womöglich eine einflussreiche Persönlichkeit …«

»Hände sind schnell verbrannt!« Userkaf sprach auf einmal doppelt so schnell wie bisher. »Namen, Ani! Fakten, Daten! Du bringst mich zur Verzweiflung. Hast du denn alles vergessen, was ich dir so mühsam beigebracht habe?«

»Nur noch ein wenig Geduld!«, bat Ani. »Mein Informant wird reden. Ich bin mir ganz sicher!«

»Dein Informant!« Userkafs Spott klang beißend. »Wenn ich das schon höre! Willst du mir vielleicht erklären, wie man gute Polizeiarbeit macht? Alles, was du bislang vorgebracht hast, ist doch nichts als heiße Luft. Ein Windstoß – und du stehst mit leeren Händen da!« Er schnappte nach Luft. »Den Namen!«

»Den kann ich dir nicht sagen – noch nicht. Das hab ich ihm zugesagt.«

»Einem Mitwisser? Einem Schurken? Hast du jetzt völlig den Verstand verloren? Oder steckst du in der Sache etwa mit drin?« Userkaf war einen Schritt zurückgetreten und musterte ihn argwöhnisch. »Weißt du, wie sehr du mich enttäuscht hast? Ich hab dir eine echte Chance gegeben – und jetzt das!«

»Aber ich hab doch alles getan, um …«

»Schweig!«, donnerte Userkaf. »Denn jetzt wirst du dir mal anhören, wie die Sache für mich aussieht! Über endlose Wochen langweilst du mich Morgen für Morgen mit Nichtigkeiten, bis ich eines Nachts beschließe, mich mit eigenen Augen zu vergewissern, was eigentlich los ist. Kaum tauche ich auf, willst du ein kostbares Beweisstück verschwinden lassen, von dem unklar ist, wie es eigentlich in deinen Besitz gekommen ist, während dein Kollege nebenbei seine Trunkenheit zu verbergen sucht. Als Erklärung offerierst du mir schließlich irgendeinen Namenlosen, der auspacken könnte, den du aber leider aus unerfindlichen Gründen nicht benennen kannst.«

Er schlug den Umhang zurück und zog seinen Dolch.

»Den Namen, Ani, zum allerletzten Mal!«, verlangte er. »Sonst muss ich dich auf der Stelle verhaften – als Mitwisser und Mittäter!«

»Das ist nicht dein Ernst!«, rief Ani und wusste im gleichen Augenblick, dass es sich genau so verhielt. »Ich bin unschuldig und hab mit den Grabräubern nichts zu tun!«

Gebieterisch streckte Userkaf die freie Hand aus.

»Das Beweisstück!«, verlangte er. »Und danach deinen Dolch. Sofort!«

Ani gehorchte zögernd.

»Imeni – fessle ihn!«, verlangte Userkaf.

»Herr, ich denke, Ani würde doch niemals …«

»Willst du, dass ich auch dich in die Zelle werfen lasse?« Das türkise Amulett war bereits unter Userkafs Umhang verschwunden. »Dann tu gefälligst, was ich sage!«

Imeni zog die Seile aus dem Gürtel.

»Tut mir leid, Kleiner«, murmelte er, während er Anis Hände auf dem Rücken fesselte. »Aber noch ist nicht aller Tage Abend. Der beruhigt sich schon wieder. In der Zwischenzeit tun wir einfach, als ob …«

Ani stieß einen zustimmenden Laut aus, doch Userkafs Ohren waren offenbar gespitzt.

»Was habt ihr beiden da zu tuscheln? Zum Glück bin ich nicht unvorbereitet hierhergekommen!« Er führte zwei Finger an die Lippen und stieß einen Pfiff aus.

Wie aus dem Nichts erschienen zwei weitere Polizisten aus dem Dunkeln, junge, kräftige Männer, die Ani noch nie zuvor in der Wache gesehen hatte.

»Ja, da schaust du!«, rief Userkaf. »An tüchtigem Nachwuchs haben wir nämlich keinen Mangel. Wir sind nicht auf korrupte Krüppel wie dich angewiesen, merk dir das!«

Er wandte sich halb um, hob seinen Arm und zeigte auf Ani.

»Ins Loch mit ihm!«, befahl er. »Um die Verfolgung der Grabräuber kümmere ich mich ab jetzt selbst. Und hütet euch alle: Nur ein einziger falscher Schritt – und ihr werdet mich richtig kennenlernen!«

*

An die Hunde würde Eje sich niemals gewöhnen. Auch jetzt knurrten sie bei seinem Eintritt und legten die Ohren an, dabei hatten sie ihn schon unzählige Male zuvor gerochen. Anchesenamun hatte den Tick, keinen Schritt mehr ohne sie zu tun, von ihrer toten Mutter übernommen – beileibe nicht das einzige Erbe Nofretetes, wie er leider nur zu genau wusste.

»Ruf gefälligst deine Köter zurück!«, rief er, als die Hunde auf ihn zustürmten. »Ich mag das nicht – wie oft soll ich dir das noch sagen?«

»Aus, Tjesem! Platz, Tjesmet!« Ihre Stimme war schleppend, doch die Tiere gehorchten sofort. »Fühlst du dich jetzt besser, Großvater?«

»Schick die Frauen hinaus!«, ordnete er an und nach einem kurzen Befehl von ihr zogen sich die anwesenden Hofdamen lautlos zurück.

»Wieso liegst du am helllichten Tag auf dem Bett?«, fragte Eje, als er näher kam. »Ist etwas nicht in Ordnung? Bist du krank?«

Ihre Augen wurden schmal.

»Das würde einigen Leuten so passen, nicht wahr?«, sagte sie und setzte sich dabei halb auf. »Dass ich ihm doch kein Kind schenken kann. Aber sie haben sich alle getäuscht. Dieses Kind in meinem Bauch wird leben – und nicht vor der Zeit verdorren wie sein kleines armes Schwesterchen in seinem goldenen Mumienbett!«

Ihre Fehlgeburt vor drei Jahren! Eje hatte sie beinahe schon vergessen. Doch als er in ihr angespanntes Gesicht schaute, wusste er, welche Rolle dieses traurige Ereignis noch immer für Anchesenamun spielte.

»Was für ein Unsinn! Kein Mensch will, dass du dein Kind verlierst…«

»Damals war Tutanchamun selber noch ein halbes Kind«, fiel sie ihm ins Wort. »Unfähig, zu verstehen, was es für eine Frau bedeutet, solches Leid durchzumachen. So jedenfalls habe ich es mir zu seinen Gunsten ausgelegt. Inzwischen aber ist er zum Mann herangereift, ein Mann, der allerdings…«

Sie hielt plötzlich inne, musterte ihn kritisch.

»Du bist doch bestimmt nicht gekommen, um mit mir über alte Zeiten zu plaudern«, sagte sie. »Was ist los? Denn dass etwas los ist, sehe ich dir an!«

»Du korrespondierst nicht zufällig mit fremden Fürsten?« Nach reiflichem Überlegen hatte Eje sich zum Frontalangriff entschieden. Nur so konnte er sie aus der Balance bringen – falls das Glück auf seiner Seite war.

»Was soll das heißen?« Ihre Stimme war ruhig geblieben.

»Einigen meiner Männer ist ein erstaunlicher Brief ins Netz gegangen, unterzeichnet mit *Königin von Ägypten*. Es erschien mir naheliegend, dich als Erste danach zu fragen.«

Seine Miene war unbewegt. Nicht ein Muskel zuckte. Eine perfekte Selbstkontrolle, an der Eje lange gearbeitet hatte.

»Schau mich doch an«, sagte Anchesenamun steif. »Ich bin schwanger. Und dieser Zustand beschäftigt mich von früh bis spät.«

Eje machte ein paar Schritte auf sie zu, obwohl sie ihn nicht dazu aufgefordert hatte. Aus der Nähe verstand er, wovon sie redete. Er sah Schwellungen unter den Augen und Unreinheiten der Haut, die auch eine dicke Puderschicht nicht ganz kaschieren konnte. Einen dicken Pickel neben der Lippe. Erschöpft sah sie aus, fast ein wenig krank und alles andere als glücklich, wenngleich sie nach außen stets das Gegenteil behauptete.

»Das ist gut, denn du müsstest schon sehr töricht sein, um so etwas zu tun«, fuhr er fort. »Um nicht zu sagen, strohdumm. Kemet wird niemals von einem fremden Pharao regiert werden, woher auch immer er stammen mag – wer wüsste das besser als die einzige noch lebende Tochter der großen Nofretete?«

Er machte eine Pause, um seine Worte wirken zu lassen.

»Jeder, der auf diesen Wahnsinn verfällt, bekommt es mit

mir zu tun«, begann er erneut. »Ich habe so gut wie alle Menschen verloren, die ich einmal geliebt habe. Ich werde nicht zulassen, dass den beiden, die mir geblieben sind, etwas zustößt – oder sie sich gegenseitig verletzen.«

Sie war so abrupt hochgefahren, als wäre sie versehentlich in einen Ameisenhaufen geraten.

»Was soll dieses seltsame Gerede?«, rief sie. »Was willst du damit sagen, Großvater?«

Schon zum zweiten Mal kurz hintereinander hatte sie ihn jetzt so genannt, ausgerechnet Anchesenamun, die sonst Monate verstreichen ließ, ohne ihre Verwandtschaft auch nur zu erwähnen! Hieß das, sie fühlte sich schuldig und hatte Angst bekommen aufzufliegen?

Eje spürte, dass er auf einer heißen Spur war. Gleichzeitig aber sah sie so jung und mitgenommen aus, dass beinahe etwas wie Mitgefühl in ihm erwachte.

Er vertrieb es wieder, fast gewaltsam. Sein Kopf musste klar bleiben, klar und kühl. Nur so war es möglich, der Wahrheit ein Quäntchen näher zu kommen.

»Ich will damit nur sagen, dass ich an dich glaube, Enkelin«, antwortete er. »An deine Treue, deine Loyalität, vor allem aber an deine Klugheit. Tutanchamun ist Pharao und Gott – und er ist dein junger Ehemann. Das würdest du doch niemals vergessen.«

»Ich habe keinen Brief geschrieben«, sagte sie nach einer Weile. »An niemanden. Falls du das wissen willst. Und ob ich klug bin?« Ihre Mundwinkel begannen sich zu kräuseln. »Klug genug jedenfalls, um zu wissen, wohin ich gehöre. Und zu wem.« Anchesenamun streckte sich und suchte nach einer bequemeren Lage. Ihr Bauch hatte sich in den letzten Wochen beachtlich gerundet und ließ sich unter dem dünnen Gewand nicht mehr verstecken. Aber warum auch verstecken – sie hatte sich ja von Anfang an mit dieser neuen Schwangerschaft öffentlich gebrüstet. »Sind deine Fragen damit beantwortet?«

»So gut wie.«

Er stand auf, machte dabei jedoch eine zu schnelle Bewegung. Erneut schossen die Hunde auf ihn los, doch dieses Mal brachte eine Handbewegung seiner Enkelin die Tiere rechtzeitig zum Stehen.

»Diese beiden sind klug!«, rief Anchesenamun. »Sie lieben mich heiß und gehorchen mir aufs Wort. Solange sie in meiner Nähe sind, muss ich jedenfalls keine Angst vor bösen Menschen haben. Ebenso wenig wie mein Ungeborenes. Das beruhigt mich ein wenig.«

Wie ein kleines Mädchen sah sie ihn an, unschuldig, fast schon treuherzig. Die Wirkung jedenfalls war überwältigend. Konnte sie so durchtrieben sein, dass alles nur Verstellung war?

»Sonst noch was, Großvater?«

Er spürte zu seinem eigenen Erstaunen, dass er den Kopf schüttelte.

»Dann würde ich jetzt gerne ein Weilchen schlafen, wenn du gestattest.« Träge streichelte sie ihren Bauch. »Ich glaube nämlich, der künftige Erbe Kemets ist gerade sehr, sehr müde.«

*

Sie stritten Tage und Nächte – jedenfalls kam es Miu so vor. Manchmal flogen Türen, wie bei ihren eigenen Wutanfällen, übler noch waren aber die Gelegenheiten, bei denen Mama mit weißem Gesicht und zusammengepressten Lippen herauskam, auf ihr Zimmer lief und es bis zum nächsten Morgen nicht mehr verließ, während Papa so übereilt zur Werkstatt aufbrach, als wären ihm Dämonen auf den Fersen.

Etwas schwebte über der ganzen Familie, unfassbar und so bedrohlich, dass Miu sich dagegen hilflos fühlte. Nicht einmal ihre verletzten Gefühle konnten da noch länger im Mittelpunkt stehen. Was die Erwachsenen dazu bewogen hatte, ihr das Märchen von Mamas Tod zu erzählen, hatte sie bis heute nicht herausbekommen.

»Ich kann es dir nicht sagen, leider.« Sadeh wand sich jedes Mal, wenn Miu sie darauf ansprach. Natürlich redete Miu inzwischen wieder mit ihr und auch mit Großmama, doch die frühere Innigkeit war verschwunden und wollte sich nicht wieder einstellen. »Bitte frag nicht immer wieder dasselbe!«

»Ich bin längst alt genug, um auch komplizierte Dinge zu verstehen. Außerdem kann ich schweigen. Von mir würde keiner etwas erfahren! Warum erklärst du es mir also nicht?«

Sadeh fuhr zu ihr herum.

»Weil es uns alle in Gefahr bringen könnte – deinen Vater, Großmama, mich, vor allem aber dich! Und genau das möchte ich verhindern.«

»Streitet ihr deshalb ständig, Papa und du?«

Sadeh nickte.

»Und es hat mit der Sonnenstadt zu tun?«, bohrte Miu weiter. »Das hat es doch, oder?«

»Wie kommst du darauf?« Etwas in Mamas Tonfall verriet ihr, dass sie auf der richtigen Fährte war.

»Weil wir dort früher gelebt haben, alle zusammen«, sagte Miu rasch. »Aber als wir nach Waset gingen, waren wir auf einmal nur noch zu dritt.«

»Ich konnte nicht länger mit deinem Vater leben. Nicht, nachdem er …« Sadeh verstummte.

»Nachdem er was?«, fragte Miu.

»Hör endlich auf!« Mama klang zornig. »Man kann nicht immer seinen Willen durchsetzen. Manchmal muss man eben akzeptieren, dass gewisse Dinge so sind, wie sie sind. Und jetzt lass mich bitte allein. Ich hab schon wieder diese schlimmen Kopfschmerzen!«

Miu verzog sich in den Küchenhof. Pau strich ihr tröstend um die Beine. Ihr Bauch war dicker geworden und beim Streicheln waren die Zitzen deutlich zu spüren. Jetzt begann die anhänglichste Phase, wo die Katze nicht mehr nach draußen wollte, sondern sich am liebsten Tag und Nacht im Haus aufhielt.

Miu kraulte ihr das Köpfchen, so wie sie es am liebsten hatte. Pau schnurrte genüsslich.

In diesem Moment kam Anuket in den Hof gestürzt.

»Die Leibwache des Pharaos!«, schrie sie aufgeregt. »Schon wieder diese finsteren bewaffneten Kerle, die nach dir verlangen! Hört das denn niemals auf? Amun sei uns gnädig – was sollen wir denn jetzt nur tun? Der Herr ist in der Werkstatt, die alte Herrin außer Haus, und deine Mutter …«

»Ich gehe mit ihnen«, rief Miu.

Sollten sie doch zusehen, wohin sie alle kamen mit ihrer verdammten Geheimniskrämerei! Sogar Ani konnte ihr von nun an gestohlen bleiben. Er und kein anderer hatte nämlich den Brief verfasst, der Mama zurückgerufen hatte, das war Sadeh irgendwann herausgerutscht. Ani hatte also gewusst, dass Mama lebte, und Miu kein Wort davon verraten. Kein Wunder, dass er so verlegen gewesen war, als Sadeh plötzlich leibhaftig auf der Fähre aufgetaucht war!

Spätestens seit dieser Enttäuschung wartete Miu auf eine neue Botschaft des Pharaos, auch wenn es sie vor den Kopf gestoßen hatte, dass Tutanchamun zwei seiner Diener hatte sterben lassen.

»Aber du kannst doch nicht einfach …« Anuket gingen die Worte aus, was selten genug geschah.

»Mach dir keine Sorgen – ich kann sehr gut auf mich aufpassen!« Miu war bereits an ihr vorbeigelaufen.

In der Sänfte allerdings überschlugen sich ihre Gedanken. Wie schäbig sie in seinen Augen aussehen musste! Nicht einmal zum Umziehen war sie noch gekommen. Andererseits konnte sie darauf verzichten, dem Pharao nochmals gesalbt und geschmückt wie ein Opfertier vorgeführt zu werden – genau so hatte sie sich damals nämlich gefühlt!

Plötzlich stutzte sie. Woher wollte sie eigentlich wissen, dass Tutanchamun sie holen ließ? Genauso gut konnte es ein Befehl der Großen Königlichen Gemahlin sein, die ihre Meinung geändert hatte und sie inzwischen doch wieder zur Hofdame machen wollte.

Eine Vorstellung, die Miu ganz und gar nicht behagte.

Doch zum Umkehren war es ohnehin zu spät. Es blieb ihr nichts anderes übrig als abzuwarten. Der mittlerweile vertraute Weg zum Westufer erschien ihr unendlich. Sie ertappte sich dabei, dass sie voller Ungeduld auf ihren Fingernägeln herumbiss, eine Unsitte, die Raia ihr nur mühsam abgewöhnt hatte.

Als der *Palast der leuchtenden Sonne* vor ihnen auftauchte, verstärkte sich Mius Herzklopfen. Beim letzten Besuch hatte es ein rauschendes Fest mit einem sehr hässlichen Ausgang gegeben.

Was würde sie heute erwarten?

»Da bist du ja endlich«, sagte der Pharao, kaum hatte sie die Sänfte verlassen. »Nein, nicht zu Boden sinken, das kannst du dir heute sparen. Komm lieber, ich will dir etwas zeigen!«

Begleitet von den Männern seiner Leibgarde, die aber Abstand hielten, führte er sie am Palast vorbei.

»Wohin gehen wir?«, fragte Miu.

»Das wirst du gleich sehen.«

Es waren die Stallungen, ein Stück entfernt gelegen, die er anstrebte. Der Geruch nach Tieren und Futter schlug ihnen entgegen, noch bevor sie dort angekommen waren.

Vor den lang gestreckten Gebäuden stand ein Streitwagen, der verschwenderisch mit Gold überzogen war. Davor zwei Pferde, eines braun, das zweite so schwarz wie die Nacht.

»Meine neuen Gefährten«, sagte Tutanchamun mit einem aufgeregten Unterton, der Miu ganz neu an ihm war. »Zwei Wesen, denen ich völlig vertrauen kann.«

Er deutete auf den Braunen. »Er heißt *Wind*«, sagte er. »Und den Schwarzen habe ich *Sturm* genannt. Steig auf, Miu!«

»Auf den Wagen?«

»Wohin sonst? Wir machen einen kleinen Ausflug, den du niemals vergessen wirst!«

Zögernd gehorchte Miu. Die Tiere tänzelten und schnaubten. Und sie kamen ihr sehr groß vor, zu groß für ihren Geschmack.

Wenn man eingestiegen war, fühlte sich der Boden unter den Füßen eigenartig an. Er bestand aus einem dichten Flechtwerk aus Lederriemen, in der Mitte bedeckt mit Fell und Leinen. Als sie sich vorsichtig darauf bewegte, schien er leicht nachzugeben.

»Es ist wichtig, dass der Boden mitschwingt.« Dem Pharao waren ihre prüfenden Blicke keineswegs entgangen. »Umso wichtiger, je rauer der Untergrund ist, den der Wagen befährt. Die Wüste ist nicht eben und glatt, wie manche Leute denken. Da liegen jede Menge Steine herum, die einem den Hals brechen können, wenn man nicht aufpasst.«

»Du willst mit mir in die Wüste, Goldhorus?«, rief Miu.

»Genau das hatte ich dir doch versprochen. Erinnerst du dich nicht mehr?« Er stand neben ihr, vibrierend vor Ungeduld und Tatendrang.

»Und wo hält man sich fest?«, fragte Miu beklommen.

»Hier vorne. Siehst du den runden Bügel? Der ist genau dafür da.« Tutanchamun schnalzte, bereit zum Wegfahren, als plötzlich von der Seite etwas Rötliches angeschossen kam.

Er zog an den Zügeln und brachte die Pferde zum Stehen.

»Jamu«, rief er, »mein kleiner Löwe! Heute kannst du uns leider nicht begleiten. Und pass gut auf, dass du nicht unter ihre Hufe gerätst, denn das würdest du nicht überleben.«

»Er folgt dir auf Schritt und Tritt?«, fragte Miu, die der Anblick des anhänglichen Feuerkaters rührte.

»Wohin ich auch gehe! Als ob er nicht ohne meine Anwesenheit sein könnte. Ich danke dir sehr für dieses Geschenk, Miu!«

Bevor sie sichs versah, hatte er seine Armspange abgestreift und sie ihr über den Oberarm geschoben. Ein springender Löwe aus Karneol, der im Sonnenlicht mit dem rötlichen Gold des Untergrunds um die Wette leuchtete.

»Das kann ich nicht annehmen!«, murmelte sie entzückt.

»Und ob du das kannst – lass uns fahren! Die Achsen sind geprüft, die Räder untersucht. Ich verspreche dir, uns wird nichts geschehen.«

Es ging schneller voran, als Miu es jemals für möglich gehalten hatte, vorbei an den Stallungen, dann quer über einen großen sandbestreuten Platz, der aussah, als hätte man ihn gerade erst fertiggestellt.

»Was ist das?«, rief Miu, der Sandkörnchen wie winzige Geschosse um die Ohren flogen.

»Meine neue Rennbahn!« Tutanchamun trieb die Pferde weiter an. »Bald werde ich für alles gerüstet sein!«

Miu schaute über die Schulter nach hinten. Drei weitere Wagen folgten ihnen – die Männer der Leibgarde. Der Pharao schien fest entschlossen, kein Risiko mehr einzugehen. Trotzdem machte die Beschattung ihr zu schaffen, heute mehr als je zuvor, obwohl Miu gar keinen Grund dafür hätte nennen können.

Entschlossen wandte sie sich nach vorn. Vor ihr lag ein unbekanntes Abenteuer – und darauf wollte sie sich jetzt freuen.

Sie fuhren nach Westen, das konnte sie vom Stand der Sonne noch ablesen, doch schon bald löste sich für Miu jegliche Orientierung auf. Alles um sie herum schien nur noch gelb, ocker oder hellbraun zu sein, es gab keine Häuser mehr, keine Pflanzen, nur noch Sand und Steine.

Außerdem wurde es immer heißer. Die Luft flirrte, über allem lag goldener Dunst. Seth, der rote Gott der Dürre, blies ihnen seinen glühenden Atem entgegen, der die Haut verbrannte. Sand war inzwischen überall, schien jede Ritze zu füllen, war in Ohren, Nase, Augen und zwischen die Lippen geraten, was den Pharao nicht zu beeinträchtigen schien, ja offenbar nicht einmal besonders störte. Miu dagegen hatte immer mehr damit zu kämpfen, fühlte sich ausgetrocknet und atemlos.

»Gefällt es dir?«, rief er und sah sie fröhlich an, bevor er seine ganze Aufmerksamkeit wieder den Pferden und ihrem Weg durch das Nichts widmete, wie es ihr vorkam.

Tutanchamun jedoch schien sein Ziel genau zu kennen. Bei einer bizarren Felsformation hielt er an.

»Steig ab!«, rief er. »Du siehst aus, als hättest du eine Pause dringend nötig.«

Auf ein Handzeichen wurden ihnen von den Leibwächtern Tonflaschen gebracht, und das kühle Wasser, das Miu durch die Kehle rann, erschien ihr wie das köstlichste Getränk ihres ganzen Lebens.

»Bist du hungrig?«

Sie schüttelte den Kopf.

»Schade.« Der Pharao schob den Korb zurück, den einer der Männer ihm gereicht hatte. »Nicht einmal ein paar Früchte?«

»Später vielleicht.«

Es war so still, dass jede Bewegung überlaut wirkte. Die Wachen hatten sich in respektvolle Entfernung zurückgezogen.

Miu und der Pharao saßen sich auf einer eilig ausgelegten Decke schweigend gegenüber. Irgendwann ergriff er ihre Hand. Sie zögerte erst, ließ es dann aber geschehen.

»Ich habe oft an dich denken müssen, Miu«, sagte er mit jenem dunklen Blick, der jetzt so weich war und im nächsten Moment schon gnadenlos hart sein konnte. »Nicht nur, weil dein kleines rotes Tier mich vor dem Sterben bewahrt hat.«

Sie rührte sich nicht, aus Furcht, den Zauber des Augenblicks zu verderben.

»Seltsamerweise habe ich dir sofort vertraut, damals schon, im Palastgarten, als wir beide noch Kinder waren. Es gibt nur sehr wenige Menschen, von denen ich das sagen kann. Manchmal habe ich schon befürchtet, es gäbe gar keine mehr.«

»Du musst dich vorsehen, Goldhorus«, sagte Miu, während ihr Herz wie wild gegen die Rippen schlug. »Zweimal bist du dem Tod glücklich entronnen. Doch ich habe noch immer Angst um dich. Jemand will, dass du stirbst. Ich fürchte, er wird es wieder versuchen. So lange, bis man ihn verhaftet und unschädlich gemacht hat. Ich glaube, es ist der Mann mit dem Geier…«

»Ach, lass uns nicht länger von so traurigen Dingen reden! Sind wir nicht hier, du und ich, zusammen in dieser Landschaft, die an Weite und Schönheit nicht zu überbieten ist? Außerdem bin ich müde vor Sehnsucht nach dir, weißt du das eigentlich, kleine Miu?«

Jetzt empfand sie seine Augen wie Hände, die ihren Körper liebkosten.

Langsam beugte er sich zu ihr. Seine Lippen waren heiß, und es störte Miu nicht, dass Wind und Sand sie rau gemacht hatten, denn obwohl sie ihren Mund berührten, hatte der Kuss anfangs nichts Verlangendes. Sie empfand ihn als eine Art Trost, als Ausdruck seines Wunsches, ihr zu zeigen, was sie ihm bedeutete.

Sie erwiderte den Kuss, sanft und zärtlich, auch dann noch, als Tutanchamun immer leidenschaftlicher wurde. Doch das schien ihm nicht zu genügen. Er packte sie fester, zog sie eng an sich heran. Jetzt waren seine Hände plötzlich überall, und Miu spürte, wie ihr Körper steif wurde. Gleichzeitig hätte sie heulen können.

Jedes Mal der gleiche Ablauf!

War sie für ihn wirklich nur ein appetitliches Stück Fleisch, das er sich möglichst rasch einverleiben wollte?

Miu wand sich unter ihm heraus. Der Pharao war offenbar so überrascht, dass er es widerstandslos geschehen ließ.

»Ich kann nicht«, sagte sie. »Tut mir leid. Nicht wenn sie uns alle dabei zusehen.«

»Die Leibgarde?« Tutanchamun lachte, jenes große, hungrige Lachen, das sie anfangs so sehr an ihm gemocht hatte. »Damit muss ich leben, wenn ich Sicherheit will. Du wirst es auch lernen.«

»Ich glaube nicht«, sagte Miu, »dass ich das möchte!«

»Du weißt, dass ich es dir befehlen könnte?« Sein Blick war hart geworden.

»Jeder muss dir gehorchen, mein König, du mögest leben, heil und gesund sein«, erwiderte sie mit fester Stimme, obwohl sie innerlich zitterte. »Alles hier gehört dir, das Land, die Tiere und auch wir, die Menschen. Aber nicht das, was in unseren Herzen ist. So weit geht selbst deine Macht nicht.« Plötzlich fühlte Miu sich wie befreit. So lange hatte sie ihm das schon sagen wollen!

Er schaute sie an, als sähe er sie zum allerersten Mal.

»Was für ein seltsames Mädchen du doch bist«, sagte er, und sie spürte Enttäuschung, ja sogar Zorn hinter seinen ruhigen Worten. »Andere an deiner Stelle würden alles dafür geben, um nur ein einziges Mal meine Gunst …« Er schüttelte den Kopf.

»Ich dagegen möchte jetzt am liebsten nach Hause. Können wir fahren, mein König?«

*

»Wie oft soll ich dir noch sagen, dass du nicht mehr in den *Graureiher* kommen sollst!«, rief Nefer aufgebracht, kaum dass Ipi die Schenke betreten hatte.

»Das hat sich schon mal ganz anders angehört, alter Freund!«, sagte Ipi. »Damals, als du noch nicht hattest, was dein Herz so heiß begehrt hat.« Er ließ sich auf eine Bank fallen, angelte nach dem Weinkrug und trank ungeniert. »Und, hat das Amulett dir gebracht, was du dir davon erwartet hast?«

»Das weißt du Hundsfott doch selber am allerbesten!«, schrie Nefer, bevor er daran dachte, seine Stimme wieder zu senken. »Du hast mir den Herzskarabäus besorgt – das ja. Und dich selber dabei nach Kräften bereichert. Doch alles, was danach geschehen ist, wollte ich niemals! Ramose sollte Angst bekommen und anfangen nachzudenken, aber doch nicht …«

»Hier – ich hab dir etwas mitgebracht!«, unterbrach Ipi ihn und schob einen kleinen Gegenstand quer über den Tisch. »Manche Dinge lassen sich eben nicht ungeschehen machen. Ich hab ein wenig nachgeholfen, nicht mehr und nicht weniger. Du solltest mir eigentlich dankbar sein!«

»Behalt dein Raubgut!« Nefer schob das kostbare Figürchen wieder zurück. »Daran war mir niemals gelegen.«

»Ach, der feine Herr will auf einmal nichts mehr mit allem zu tun haben? Aber du steckst mit drin, Nefer, und zwar ganz schön tief, vergiss das nicht!«

»Und du hast dich ungefragt in meine Belange eingemischt!« In seiner Entrüstung hatte sich Nefer über ihn gebeugt, wich jedoch vor der unangenehmen Ausdünstung des anderen schnell wieder zurück. »Dabei hast du alles maßlos übertrieben. Vernichtest seine Duftvorräte, verwüstest sogar Mumien – und Ramose weiß nicht mehr ein noch aus. So wird er niemals daraufkommen, was ich von ihm verlange! «

Ipi hatte sich langsam erhoben.

»Du wirst jetzt doch keine Dummheiten machen?«, sagte er drohend. »Oder hat sie dich auch schon halb um den Verstand gebracht, die tote Frau des Balsamierers, die plötzlich wieder äußerst lebendig ist und sich in alles einmischen will?«

Nefer schüttelte den Kopf. »Ich habe Sadeh noch nicht einmal gesehen. Taheb war bei ihr, die beiden mögen sich sehr.«

»Weiber wie sie kenne ich nur zu gut«, erwiderte Ipi. »Die erwarten, dass alle nach ihrer Pfeife tanzen. Doch wenn etwas passiert, was sie aus der Bahn wirft, werden sie plötzlich ganz klein. So musst du es anstellen, Schreiber, wenn du etwas erreichen willst – und nicht einfach kuschen!«

»Geh jetzt!« Nefer klang erschöpft. »Und du solltest mich nicht Schreiber nennen, wie oft hab ich dir das schon gesagt? Ich hab im Moment ganz andere Sorgen. Unser

Junge ist nicht nach Hause gekommen, schon seit Tagen nicht…« Er fuhr sich mit der Hand über das Gesicht, als könnte er seinen Kummer damit wegwischen.

»Ani wird sich wohl rumtreiben, wie alle in seinem Alter! Ein heißes Weib hat ihn in den Fängen, wetten? Ein junger Polizist ist eben auch nur ein ganz normaler Mann!«

»Hau endlich ab!«

»Schon gut, schon gut!« Ipi ging langsam zur Tür. »Ich hab jedenfalls nicht vor, mich auf ewig in Geduld zu üben. Entweder Ramose und seine störrischen Weiber parieren – oder…«

»Oder was?« Nefer war plötzlich hellwach.

»Oder sie werden erleben müssen, wie Himmel und Erde die Plätze tauschen«, sagte Ipi und grinste breit.

*

Sie hatte schon geschlafen, als ein Geräusch sie plötzlich weckte. Anchesenamun fuhr hoch, und dabei umschloss ihre Hand den Dolch, der immer unter ihrer Kopfstütze lag.

»Was für eine reizende Begrüßung!« Tutanchamun entwand ihr die Waffe so geschickt, wie man einem Kind etwas Gefährliches aus der Hand nimmt, damit es sich nicht verletzen kann.

Wieso hatten die Hunde nicht angeschlagen?

Unwillkürlich presste sie die leichte Decke schützend gegen ihren Bauch.

»Du fragst dich sicherlich, weshalb deine Lieblinge mich einfach so hereingelassen haben.« Er klang spöttisch. »Weil sie bestechlich sind, so wie die meisten Lebewesen. Ein wenig krosses Antilopenfleisch – und schon hatte ich sie auf meiner Seite!«

Die Große Königliche Gemahlin schlief niemals im Dunkeln. Überall im Raum verteilte Öllampen zeigten ihr einen jugendlichen König, den die Sonne heute offenbar besonders stürmisch geküsst hatte. Seine Nase war gerötet; Stirn und Wangen ebenso.

Er hatte wieder einen seiner Wüstenausflüge hinter sich!

Anchesenamun fragte sich, wer die Frau gewesen sein mochte, die ihn dieses Mal begleitet hatte.

»Was willst du?«, sagte sie. »Der künftige Erbe Kemets und ich brauchen unseren Schlaf.«

»Deshalb bin ich hier.« Sein Mund war hart geworden. »Um dich an deine Pflichten zu erinnern – mir gegenüber ebenso wie dem Land Kemet.«

Anchesenamun beschränkte sich darauf, ihn fragend anzusehen. In seinem aufgebrachten Zustand war es das Beste, ihn nicht noch mehr zu reizen.

»Wir stehen in einer langen Tradition«, begann er, »die dir und mir große Verpflichtungen auferlegt ...«

»Ich verstehe nicht. Worauf willst du hinaus?«

»Hast du jenen Brief geschrieben?«, fragte er. »Antworte!«

»Das habe ich doch Großvater gegenüber schon beteuert. Und trotzdem ist er damit sofort zu dir gerannt.«

»Hast du – oder hast du nicht?« Er beugte sich über sie. Seine Augen funkelten. Und er hatte diesen entschlossenen Zug um den Mund, den sie nicht mochte. Etwas musste ihn heute sehr wütend gemacht haben. Tutanchamun sah aus, als hätte er sie am liebsten am Genick gepackt und kräftig hin und her geschüttelt, so wie es ihre Hunde taten, wenn sie etwas erbeutet hatten.

»Natürlich nicht!«, rief Anchesenamun. »Bist du etwa blind? Hier in meinem Bauch wächst dein Kind. Wozu bräuchte ich dann fremde Fürsten, die mit mir Nachkommen zeugen sollen?«

Es klang überzeugend, was sie vorbrachte – und dennoch gab es da etwas in ihrem Tonfall, das ihn stutzig machte. Sie klang genauso blasiert wie Nofretete, die ihn missachtet und beleidigt hatte, als er noch ein Kind gewesen war. Keine einzige Begegnung, bei der sie ihn nicht hochmütig hätte spüren lassen, dass er nichts anderes als ein Bastard war.

»Vielleicht weil du das Abbild deiner toten Mutter bist?«, antwortete Tutanchamun. »Einer Frau, die einen Stein in der Brust hatte, da, wo bei anderen das Herz schlägt?«

»Lass meine Mutter aus dem Spiel!«, rief Anchesenamun. »Sie ist tot und hatte schon mehr als genug zu ertragen.«

»Ich habe sie niemals gemocht, weißt du das? Sogar gehasst habe ich sie. Der ganze Pomp, den sie ständig brauchte! Dieser nervtötende Tanz um ihre Schönheit! Meine Mutter Kija war mindestens so schön wie sie, aber musste man deswegen vor ihr auf den Knien liegen, von Sonnenaufgang bis Sonnenuntergang? Unseren Vater hat deine Mutter Nofretete ganz krank gemacht mit ihrer Arroganz und Herrschsucht. Ein anderer als ich hätte ihre Mumie in den verwahrlosten Gräbern der Sonnenstadt zurückgelassen, doch ich habe sie zusammen mit Vater und den anderen Familienmitgliedern ins Tal der Könige umbetten lassen, damit sie ein Leben für die Ewigkeit hat.«

»Lügner!« Anchesenamun war blitzschnell aufgesprungen. »Gar nichts hast du! Ihre Mumie wurde geschändet – und die unseres Vaters mit dazu. Das haben deine Leute zu verantworten, mein geliebter Gemahl. Leute, die dich auf den Thron gebracht haben!«

»Was redest du da?« Tutanchamun umklammerte den Bettpfosten. »Wer hätte so etwas tun sollen?«

»Leute, die alles vernichten und vom Erdboden tilgen wollten, was jemals mit Echnaton und Nofretete verbunden war! Leute, denen sein fester Glaube an den einzigen Gott Aton stets ein Dorn im Auge geblieben ist, auch wenn sie selber heuchlerisch vorgaben, ihm zu huldigen. Uns beide haben sie gezwungen, die alten Namen abzulegen und neue anzunehmen, damit so schnell wie möglich alles vergangen und vergessen ist. Du könntest sie ja fragen, zumindest die, die noch am Leben sind – aber was würde dir das schon bringen? Sie würden dich doch nur wieder mit dreisten Lügen abspeisen!«

»Das ist nicht wahr«, beharrte er. »Das glaube ich dir nicht!«

»Dann lass doch mal nachsehen, was man in deinen schönen neuen Gräbern finden wird«, schrie sie. »Ich weiß genau, was damals geschehen ist. Ich war nämlich dabei und musste alles mitansehen, während man dich kleinen Jungen abgelenkt hat, damit der künftige König nur ja nichts davon mitbekommt. Das Volk hat vor Vergnügen gepfiffen und gejohlt, jenes grausame Volk, das noch kurz zuvor vor meinen Eltern auf die Knie gefallen war und sie wie Götter angebetet hatte …«

Sie stieß einen kleinen Schrei aus, presste die Hände auf den Bauch und ließ sich langsam zurück auf das Bett sinken.

»Ich darf mich nicht aufregen«, murmelte sie. »Das hat der Sunu mir dringend eingeschärft. Nicht, wenn dieses Kind gesund zur Welt kommen soll.«

Der Pharao hatte sich erhoben. Als er zu reden begann, klang seine Stimme kalt.

»Ich werde Maya auf der Stelle mit den Nachforschungen beauftragen. Die Gräber werden geöffnet. Alle! Mit eigenen Augen werde ich mich davon überzeugen, und wenn tatsächlich stimmt, was du an Ungeheuerlichem behauptest …«

»Ja?« Ihre Augen glänzten wie im Fieber. »Was dann, innigst geliebter Goldhorus?«

Zehntes Kapitel

Sie haben Ani eingesperrt!« Mit wächsernem Gesicht kam Taheb in den Küchenhof gestürzt.

Anuket rutschte vor Schreck fast die Mehlschüssel vom Schoß, während Miu unwillkürlich nach Sadehs Hand griff. Raia war die Einzige, die halbwegs kühlen Kopf bewahrte.

»Was soll das heißen?«, fragte sie. »Wer hat ihn eingesperrt? Und weshalb? So rede endlich, Taheb!«

»Wie könnte ich das, wo ich doch selber so gut wie nichts weiß!« Tahebs jämmerlicher innerer Zustand war ihr auch äußerlich anzusehen: die Augen vom Weinen dick geschwollen, die Haut fahl, ein flackernder Blick, der ihre Angst verriet. »Ani ist vorgestern nicht von der Nachtwache nach Hause gekommen, und zuerst hab ich mir nichts Böses dabei gedacht, weil ich nämlich glaubte, man hätte ihn vielleicht zu einem zusätzlichen Dienst eingeteilt. Nefer war es, der als Erster unruhig geworden ist, ausgerechnet er, der im letzter Zeit so oft Streit mit seinem Sohn …«

Sie hielt inne, als wäre ihr plötzlich etwas Wichtiges eingefallen.

»›Ich glaube, Userkaf hasst mich‹«, stieß sie hervor. »Das hat der Junge erst vor wenigen Tagen zu mir gesagt. Danach hat es ihm natürlich sofort leidgetan, ihr wisst ja, wie Ani ist: Er frisst immer alles in sich hinein. Mit ebenjenem Userkaf habe ich gerade gesprochen – er hält meinen Jungen für einen Grabräuber und deshalb hat er ihn auch verhaftet und eingesperrt!«

»Wer ist dieser Userkaf?«, wollte Raia wissen. »Mir scheint, als hätte ich den Namen schon einmal gehört.«

»Anis Vorgesetzter«, rief Miu und sprang aufgeregt herum. »Eigentlich sollte er uns helfen, den Mann mit dem Geierprofil ausfindig zu machen, aber er hat nichts unternommen, gar nichts!«

»Ani ein Grabräuber? Ganz und gar unmöglich! Um diese Verbrecher zu stellen, hat er wochenlang seinen Schlaf geopfert. Sogar tagsüber hat er sich auf die Lauer gelegt, das weiß ich von Iset, weil er ihr nämlich geholfen hat, als ihr beim Heimgehen übel wurde. Außerdem würde Ani doch niemals etwas anrühren, das ihm nicht gehört. Das kann nur ein Irrtum sein!«

Aber noch während sie redete, war ihr plötzlich, als griffen Seths eiserne Krallen nach ihrem Herzen. Keine zwei Tage war es her, da war im Garten neben ihr eine Ringeltaube vom Baum gefallen, am Kopf blutend, wie von einer unsichtbaren Steinschleuder getroffen. Ein böses Omen, wie Miu sofort gedacht hatte. Natürlich hatte sie diesen Gedanken gleich wieder wegschieben wollen, doch er war äußerst hartnäckig gewesen und hatte sich tief in ihr eingenistet.

Sollte sich jene dunkle Vorahnung nun bewahrheiten?

Nicht Ani, dachte Miu verzweifelt. Bitte nicht er!

Jetzt kam ihr die eigene Verstimmung der letzten Tage nur noch kindisch und selbstsüchtig vor. Während sie sinnlos vor sich hin geschmollt hatte, bezichtigte man ihn eines schwerwiegenden Verbrechens, das ihn das Leben kosten konnte.

Was hätte sie alles dafür gegeben, um jetzt bei ihm sein zu können!

»Wie konnte er nur in diesen schrecklichen Verdacht geraten?«, fragte Sadeh.

»Ich hab nicht die geringste Ahnung!«, antwortete Taheb. Sie haben mich ja nicht zu ihm gelassen. Nur von außen durfte ich dieses erbärmliche Loch sehen, in das sie ihn gesteckt haben – eine Art Verschlag, ohne Licht und Luft. So niedrig, dass er kaum aufrecht stehen kann! Er wird bestimmt große Schmerzen in seinem kranken Bein haben, das er dem Pharao und dessen Kriegszug nach Kusch verdankt …« Vor Weinen konnte Taheb nicht weiterreden.

»Anis Unschuld wird sich bestimmt bald herausstellen«, versicherte Miu betont zuversichtlich, auch wenn es in ihr gerade ganz anders aussah. »Er war doch nicht allein bei der Nachtwache. Wir sollten mit seinem Kollegen reden, diesem …«

»Imeni!«, schluchzte Taheb. »Das hab ich Nefer auch schon vorgeschlagen. Doch mein Mann sitzt nur wie versteinert herum und bringt kein Wort heraus, als ob er auf einmal seine Zunge verschluckt hätte. Auf Grabräuberei steht die Todesstrafe, und wenn sie mir meinen einzigen Jungen wegnehmen, will ich auch nicht mehr leben!«

Raia schloss sie fest in die Arme.

»Solchen Unsinn will ich nie wieder von dir hören!«, sagte sie. »Eine Frau wie du versteckt sich doch nicht wie eine ängstliche Maus, sondern kämpft wie eine Löwin – und wir werden dich dabei unterstützen.«

»Meinst du damit eure Kontakte zum Hof?«, stammelte Taheb. »Die sollen doch hinaufreichen bis in allerhöchste Kreise!«

Miu wurde noch flauer zumute, als Taheb sie auf einmal flehentlich ansah.

»Und wenn du zum Pharao gehst, Miu, und ihn bittest …«

»Das wird sie nicht!«, riefen Raia und Sadeh wie aus einem Mund.

Miu hatte ihnen den Wüstenausflug mit Tutanchamun gebeichtet, wenngleich nicht in allen Einzelheiten. Ihre Mutter und ihre Großmutter schienen trotzdem zu spüren, dass etwas vorgefallen sein musste, was eine Art Schlusspunkt zwischen ihr und dem Pharao gesetzt hatte. Eine Entwicklung, die bei beiden Frauen offenbar große Erleichterung ausgelöst hatte.

»Aber es geht doch um Ani, meinen Jungen!«, rief Taheb.

»Und um Miu, mein Mädchen, vergiss das nicht!«, erwiderte Sadeh mit fester Stimme, woraufhin Miu einen seltsamen Zwiespalt empfand. Einerseits gefiel es ihr, dass die Mutter so für sie einstand. Gleichzeitig aber fand sie es auch unangemessen, dass sie sich nun derart einmischte – wo sie sich doch all die Jahre keinen Deut um ihre Tochter geschert hatte.

»Vielleicht könnte eher Mayet etwas erreichen?«, schlug Miu vor, an Großmama gewandt.

»Die Königsamme?« Raia schüttelte den Kopf. »Ich fürchte, sie wird uns da nicht weiterhelfen können. Außerdem ist sie eine Person, die nur aktiv wird, wenn dabei auch für sie etwas herausspringt.«

»Was könnte ich ihr schon anbieten?«, sagte Taheb mutlos. »Gold oder andere wertvolle Dinge besitzen wir nicht. Ich hab sogar den *Graureiher* zugemacht, weil ich ohnehin nur noch in meine Töpfe geheult habe.«

»Den schließt du sofort wieder auf!«, befahl Raia. »Arbeiten ist die beste Ablenkung und in Schenken machen oftmals die neuesten Gerüchte die Runde. Außerdem könnt ihr es euch doch gar nicht leisten, Gäste zu verprellen. Wovon wollt ihr dann leben?«

»Vielleicht kann ich ja behilflich sein«, sagte Anuket, die bislang erstaunlich ruhig zugehört hatte. »Auch wenn ich nur eine arme, alte Dienerin bin.«

»Sag schon!«, rief Raia. »Du weißt ganz genau, wie wichtig du uns allen bist!«

»Na ja, ganz zufällig kenne ich Tija, die Frau von diesem Imeni. Vom Markt her, wo sie manchmal ihre Mandelkuchen verkauft. Eine nette Person und ziemlich schwatzhaft dazu. Falls die etwas weiß, dürfte es nicht schwierig sein, sie zum Reden zu bringen.«

»Weißt du denn auch, wo sie wohnen?«, fragte Sadeh. »Wir müssen Imeni unbedingt zu Hause aufsuchen. In der Polizeiwache, unter den Augen dieses Userkafs, erfahren wir garantiert nichts Brauchbares von ihm!«

»Ja, ich denke, ich könnte das Haus wiederfinden. Ich war schon einmal dort, um Kuchen bei Tija zu holen, heimlich allerdings, weil die Herrin« – ein rascher Blick zu Raia – »es doch nicht merken durfte und denken sollte, ich hätte ihn selber gebacken.«

Großmama konnte sich trotz der angespannten Lage ein Schmunzeln nicht ganz verkneifen.

»Worauf warten wir dann noch?«, sagte sie.

Schatzmeister Maya hatte den Trupp für die Nekropole mit Bedacht zusammengestellt, ausgesuchte Männer, die neben körperlicher Tüchtigkeit vor allem einen gemeinsamen Vorzug besaßen: Verschwiegenheit. Er selber kannte das Gelände und seine Tücken und hatte deshalb den Einsatz in die frühen Morgenstunden gelegt, weil er wusste, wie unbarmherzig die Sonne gegen Mittag auf den hellen Fels brennen konnte.

Außerdem war er im Besitz geheimen Kartenmaterials, das Auskunft gab über versteckte Zugänge. Die Gräber frontal öffnen zu lassen, erschien ihm zu gefährlich. Solch ein Verfahren würde unweigerlich Grabräuber anlocken, über deren frevlerisches Treiben die Gerüchte in Waset ohnehin nicht mehr verstummen wollten.

Über einen Nebenschacht gelangten sie mit ihren Lampen und Fackeln in das erste Grab. Doch bereits nach wenigen Schritten in dem schmalen Gang, der tief in den Fels führte, wurde offenbar, dass andere vor ihnen da gewesen sein mussten. Auf dem Boden Leinenstreifen, Holzsplitter und vereinzelt sogar Bruchstücke von Edelsteinen, als wäre der Ort in größter Hast verlassen worden. Dann, in der vordersten Kammer, ein wildes Chaos von Möbeln, Spieltischen, Schminksachen, alles bunt durcheinandergewürfelt, als hätte die Hand eines Riesen es ergriffen und einmal kurz zornig hin und her geschüttelt.

Der Jüngste, ein muskulöser Mann aus dem Delta, war mit seiner Fackel vorangestürmt, doch plötzlich stand er wieder schlotternd vor Schatzmeister Maya.

»Die Götter grollen uns«, stammelte er. »Das ist der Fluch, der jeden Eindringling bestraft!«

»Was genau hast du gesehen?«, fragte Maya streng. Dass

jetzt Panik unter seinen Leuten ausbrach, wollte er unbedingt verhindern.

»Eine schwärzliche Hand, Schatzmeister«, brachte der junge Mann hervor. »Mitten aus dem kaputten Holz ragt sie mahnend empor!«

Maya ließ die Männer warten und ging alleine weiter. Der goldene Sarkophag mit Einlagen aus blauem und türkisem Glas sowie rötlichem Chalzedon, die ein Federmuster darstellen sollten, war geöffnet. Leinenbinden quollen heraus. Und da war sie auch, die unheimliche Hand, von der der junge Mann geredet hatte!

Eigentlich hätte er nun alles überprüfen müssen. Doch eine Art heilige Scheu hielt ihn plötzlich davon ab, sich über den Sarg zu beugen und sich zu vergewissern, in welchem Zustand der Rest der Mumie war. Das zu tun, war einem Einzigen vorbehalten: demjenigen, dessen Vater Echnaton hier zur ewigen Ruhe gebettet lag – Pharao Tutanchamun.

Maya sprach ein stummes Gebet zu Anubis, dem dunklen Gott des Totenreichs, den viele in Kemet auch als Wächter der Schwelle zwischen Leben und Tod verehrten, und kehrte dann zu seinen wartenden Männern zurück.

»Gehen wir!«, sagte er. »Für heute haben wir genug gesehen.«

Sie verschlossen den Seiteneingang und verließen das Tal der Könige, während ihnen beim steilen Anstieg über den Berg die hochstehende Sonne die Schulterblätter schier versengen wollte.

Den ganzen Rückweg zum Palast über grübelte der Schatzmeister, mit welchen Worten er dem König den grausigen Fund am besten erklären sollte. Schließlich entschied er sich für größtmögliche Direktheit.

»Ich bringe schlechte Nachrichten, mein König, mögest du leben, heil und gesund sein«, sagte Maya, nachdem er zum Pharao vorgelassen worden war. »Deine Befürchtungen haben sich bewahrheitet – leider.«

Tutanchamun erhob sich langsam von seinem Thronsessel. Sein Gewand war königlich mit Gold geschmückt, wie es das Zeremoniell gebot. Für gewöhnlich wäre Anchesenamun an seiner Seite gewesen, kaum weniger prächtig ausgestattet. Doch heute war der Platz neben ihm leer.

»Die Mumien sind also tatsächlich geschändet worden?«, fragte er.

»Das Grab deines Vaters ist erbrochen und verwüstet. Viele der kostbaren Grabbeigaben fehlen und überall liegen zurückgelassene Teile herum. Der Sarg ist geöffnet...«

»Die Mumie!«, unterbrach der Pharao ihn. »Was ist mit der Mumie? Hat man ihn ...«

»Ich habe es nicht gewagt, in das Antlitz des Toten zu blicken.« Maya verneigte sich mit der ganzen Eleganz seiner hohen, schlanken Gestalt. »Das gebührt allein dir, Einzig-Einer. Aber wenn du befiehlst ...«

»Schon gut!«, unterbrach ihn der Pharao erneut. »Darum und um den Zustand der weiteren Gräber werden wir uns später kümmern. Vor allem aber müssen sie jetzt ergriffen und bestraft werden, jene verbrecherischen Frevler, die die ewige Ruhe der toten Könige stören. Finde diese Grabräuber und finde sie schnell – so lautet mein Befehl!«

»Ganz zu deinen Diensten, Goldhorus!« Der Schatzmeister nahm militärische Haltung an.

»Für den Erfolg der Aktion bist du mir persönlich verantwortlich. Ich verlasse mich ganz auf dich, Maya!«

Schwierige Kunden waren das, die sich nicht entscheiden konnten oder wollten. Der Mann hockte regelrecht auf seinem Silber, von dem er offenbar eine beachtliche Menge gehortet hatte. Ein Geizhals, den jeder Deben reute, den er für das Begräbnis seines Vaters ausgeben sollte, während die Frau, launisch und unzufrieden, sich darüber beklagte. Es würde alles andere als einfach mit ihnen werden, so etwas spürte der Balsamierer immer schon nach den ersten Sätzen.

Wie lange verhandelten sie nun schon über die Einzelheiten? Ramose kam es unendlich vor, weil alles sich im Kreis zu drehen schien. Kaum hatte er einen Vorschlag gemacht, erhob die Frau bereits Einwände, und wenn er diese dann entkräftet hatte, begann ihr Mann zu feilschen, als hinge sein Leben davon ab.

Irgendwann hatten sie schließlich einen wackligen Kompromiss erzielt, mit dem alle leben konnten, und Ramose wollte anlässlich des Vertragsabschlusses gerade Dattelbier anbieten, als plötzlich die Tür aufflog.

Ein Trupp Bewaffneter drang in den Raum, allen voran ein sehniger junger Hauptmann.

»Bist du der Balsamierer Ramose?«, bellte er.

»Der bin ich. Aber was …?«

»Du bist verhaftet! Wegen Grabräuberei. Angeblich soll sich ein besonders kostbares Amulett aus einem geschändeten Königsgrab in deinem Besitz befinden. Wo ist es?«

Ramose überlief es heiß und kalt. Seine Kunden öffneten und schlossen ihre Münder in stummem Entsetzen.

Der Herzskarabäus! Aber woher wussten sie …?

Der Hauptmann zielte mit seiner Dolchspitze direkt auf Ramoses Kehle.

»Gib das Amulett freiwillig heraus – oder ich lasse deine Bude so gründlich durchsuchen, dass du sie nicht mehr wiedererkennst!«

Was sollte er tun?

Leugnen hatte wenig Sinn, denn offenbar waren sie bestens informiert. Ihnen den Skarabäus jedoch auszuhändigen, würde seine Schuld offiziell besiegeln.

»Ich bin kein Grabräuber«, beteuerte Ramose in einem verzagten Versuch, sich reinzuwaschen. »Das müsst ihr mir glauben! Jemand erpresst mich und hat mir…«

»Schnauze!« Die kalten Augen des Hauptmanns waren auf einmal ganz nah. Er drückte den Dolch fester gegen Ramoses Kehle.

Ramose verspürte ein unangenehmes Brennen. Würde er ihm im nächsten Moment die Kehle durchschneiden? Angst stieg in ihm hoch und machte alles taub und kalt.

»Wir sind nicht an Ausreden interessiert«, fuhr der Hauptmann noch drohender fort. »Sondern einzig und allein an dem Amulett. Also?«

Die Zunge klebte Ramose am Gaumen und in seinen Schläfen pochte es. Wahrscheinlich würde ihm im nächsten Augenblick der Schädel platzen, so verzweifelt suchte er nach einem Ausweg. Hier ging es um alles, was er jemals geschaffen hatte. Sein Wirken, sein Leben, seine zweite Chance nach dem Untergang der Sonnenstadt, für die er einen so hohen Preis bezahlt hatte!

Sein Zögern schien dem Hauptmann zu lange zu dauern. Er nickte den Männern zu.

»Fangt an!«, sagte er. »Und tut euch keinen Zwang an. Er will es offenbar nicht anders.«

»Aber das dürft ihr nicht!«, rief Ramose verzweifelt. Wo

steckte nur dieser verdammte Ipi, der sonst ständig um ihn herumschwänzelte und jetzt wie vom Erdboden verschluckt schien, wo er ihn einmal gebraucht hätte? »Die Menschen, die uns ihre Toten anvertraut haben, verdienen Würde und Respekt. Das Gleiche gilt erst recht für die Mumien. Wer ihre Ruhe stört oder sie sogar besudelt…«

»Besudeln? Was erlaubst du dir?« Der harte Schlag, den der Hauptmann ihm auf die Wange versetzte, ließ ihn taumeln. Er hatte gut getroffen. Ramose spürte, wie das Fleisch unter den Wangenknochen zu schwellen begann. »Und das von einem wie dir, der nicht mal vor der Würde toter Könige zurückschreckt! Noch ein Wort – und du wirst deine Zähne einzeln vom Boden aufklauben können!«

Das Kundenpaar saß wie festgeklebt auf seinen Hockern, hatte die Augen weit aufgerissen und wagte kaum noch zu atmen. Trotz seines Schmerzes musste Ramose an das denken, was die beiden bald schon anrichten würden. Wenn sie in Waset verbreiteten, was sie hier gesehen hatten, war er für alle Zeiten ruiniert!

In seinem Kopf ging alles drunter und drüber, und für einen schrecklichen Moment wusste er plötzlich selber nicht mehr, wo er den Herzskarabäus eigentlich verwahrt hatte. Dann fiel es ihm wieder ein. An jenem Tag war es ihm klug erschienen, doch inzwischen hatte er seine Meinung geändert. Wie hatte er nur so unbedacht und naiv sein können! Das war ein mehr als jämmerliches Versteck, das sie bestimmt bald…

»Ich hab da was gefunden!« Einer der Bewaffneten kam aufgeregt zurück. Die anderen suchten weiter. Ramose hörte, wie es rumpelte und krachte, als wären sie darauf aus, seine Werkstatt in ihre Einzelteile zu verlegen.

»Nein.« Der Hauptmann schüttelte den Kopf, als er das Udjat-Auge sah, das sein Untergebener ihm entgegenstreckte. »Mach die Augen beim nächsten Mal besser auf, verstanden! Das ist nur billige Massenware, wie du sie überall bekommst. Weitersuchen!«

»Meister!« Zwei der Arbeiter, die Ramose schon seit vielen Jahren beschäftigte, hatte der Tumult aufgeschreckt. Eingeschüchtert standen sie plötzlich in der Tür. »Was geht hier denn vor? Die Soldaten …«

»Verschwindet!«, rief der Hauptmann. »Und haltet euch gefälligst aus allem raus – sonst nehmen wir euch auch gleich fest!«

Sie gehorchten blitzschnell.

Ein paar Augenblicke lang schien es ruhiger zu werden und eine Spur von Hoffnung kehrte in Ramoses Herz zurück. Zum Glück hatte er das Amulett in der Werkstatt versteckt. Nicht auszudenken, wenn diese brutalen Männer auch noch Raia, Sadeh und Miu heimgesucht und zu Tode erschreckt hätten! Doch schon im nächsten Moment wurde ihm erneut flau vor Angst. Was bildete er sich da bloß ein! Dass die Soldaten hier suchten, musste ja beileibe nicht bedeuten, dass sie sich nicht gleichzeitig sein Haus und seine Familie vornahmen …

»Ich hab es, Hauptmann! Das ist es doch, wonach du suchst, oder nicht?«

Der Soldat hatte offenbar in den Salbtopf gefasst, in dem Ramose das Amulett versenkt hatte. Seine Hand triefte vor Öl, doch trotzdem leuchtete der Karneol in sattem Blutrot.

»Das kostet dich den Kopf, Balsamierer!« Die Stimme des Hauptmanns verriet tiefe Genugtuung. »Weitermachen, Männer! Vielleicht hat dieser Verbrecher ja noch andere Kostbarkeiten versteckt. Wenn ja, dann werden wir sie alle finden!«

Er stieß Ramose vorwärts.

»Und ihr verschwindet jetzt auch!«, schrie er das Paar an, das bislang wie gelähmt vor Angst keinen einzigen Mucks mehr gemacht hatte. Wieselflink sprangen sie nun auf und rannten hinaus. »Ich bringe den Angeklagten gleich in den Palast«, teilte er den Soldaten mit. »Ihr kommt erst nach, wenn ihr hier jede einzelne Ritze genau inspiziert habt!«

»In den Palast?«, wiederholte Ramose, am ganzen Körper zitternd.

»So lautet der Befehl. Der Pharao wird dich persönlich in Augenschein nehmen.« Der Hauptmann bleckte die Zähne. »Bevor er dein Todesurteil unterschreibt.«

»Aber ich war es nicht, das musst du mir glauben. Man hat mir den Herzskarabäus unterge…«

Ramoses Hände wurden jäh nach hinten gerissen und gefesselt. Als Nächstes bekam er einen Knebel in den Mund gestopft.

»Ich kann dein dreistes Gestammel nicht mehr ertragen«, sagte der Hauptmann. »Spar dir besser deinen Atem. Du wirst ihn noch brauchen, wenn man dein Geständnis mit Stöcken und Lederpeitschen aus dir herausprügelt.«

Verzweifelt senkte Ramose den Kopf, als man ihn aus der Werkstatt hinausführte. Keiner seiner Arbeiter ließ sich blicken, was ihn trotz allem irgendwie erleichterte. Doch kaum waren sie draußen angelangt, trat ihnen jemand in den Weg.

Es war Ipi und sein Mund war zu einem breiten Grinsen verzogen.

*

Der Mann mit dem Geierprofil hörte schweigend zu. Es störte ihn nicht, dass der General wieder einmal außer sich schien, denn daran hatte er sich gewöhnt, in den langen Jahren, in denen er schon für ihn arbeitete.

Es waren ganz spezielle Aufträge, die er für ihn erledigte. Aufträge, die man sorgfältig und äußerst verschwiegen durchführen musste. Aufträge, bei denen es am günstigsten war, wenn man sich unsichtbar machen konnte. Eines Tages würden ihm dafür unermessliche Belohnung und große Ehrungen zuteil werden, hatte Haremhab ihm immer wieder versichert. Sobald der General erst einmal Krummstab und Wedel in Händen halten würde und Kemets Pharao geworden wäre.

Der Mann mit dem Geierprofil hatte keinen Anlass, nicht daran zu glauben, auch wenn er manchmal wünschte, dass jener Tag bald anbrechen würde. Doch in der Zwischenzeit war er auch mit der bisherigen Entlohnung zufrieden. Das Ledersäckchen mit dem Gold jedenfalls war so schnell in seinem Gürtel verschwunden, dass man beinahe an Zauberei hätte glauben können.

»Hast du mich verstanden?«, fragte Haremhab ungeduldig.

»Das habe ich, Herr«, erwiderte der Mann mit dem Geierprofil.

»Dann fass es noch einmal zusammen!«, forderte der General. »Ich will es aus deinem Mund hören.«

Der Mann stieß einen tiefen Seufzer aus und begann zu reden. »Es gibt zwei Probleme, die schnellstens gelöst werden müssen. Das eine ist die Suche nach den Grabräubern, bei der dieser Tropf von einem Schatzmeister dich um Unterstützung gebeten hat – eine Bitte, die du ihm selbstverständlich gewähren wirst. Das zweite, sehr viel dringlichere Problem sind die Mumien des Ketzerpaares. Sie müssen vernichtet werden, noch bevor der Pharao sie zu Gesicht bekommen kann. Denn sonst wird er sehen können, dass sie damals geschändet wurden ...«

»Wie willst du das anstellen?«, unterbrach Haremhab ihn brüsk.

Sie hatten sich am Nilufer verabredet, bei Einbruch der Dämmerung, damit keiner ihre Zusammenkunft bemerkte. Die Folge war, dass nun hungrige Mückenschwärme über sie herfielen, um sie regelrecht aufzufressen, obwohl es eher ungewöhnlich war für diese Jahreszeit, wo die Nächte schon merklich kühler wurden, weil der Winter nicht mehr lange auf sich warten lassen würde. Sie hätten es auch viel besser haben können. Ein kleines Stück flussabwärts stand eine kleine Schenke mit gutem Bier und ordentlichem Essen, die der Mann mit dem Geierprofil ab und zu besuchte; der General aber hatte den *Graureiher* als Treffpunkt strikt abgelehnt.

»Es gibt nur eine einzige sichere Methode«, sagte der Mann und seine große gebogene Nase schien auf einmal noch tiefer zu sinken. »Feuer.«

»Feuer?«, wiederholte Haremhab und schien erst dann richtig zu überlegen. »Ja, damit könntest du recht haben ...«

»Natürlich habe ich recht! Was verbrannt ist, kann nicht mehr inspiziert werden – weder jetzt noch später. Das Feuer muss allerdings stark sein und großräumig angelegt. Der Rest erledigt sich dann von selbst. Harzgetränkte Mumien brennen wie Zunder. Da bleibt kaum etwas übrig.«

»Dann gehen die kümmerlichen Überreste des großen Ketzers und seiner hochmütigen Frau also bald in Flammen auf. Und von diesem ganzen Aton-Irrsinn bleibt nur ein Häuflein Asche übrig!« Der Mund des Generals hatte sich grimmig verzogen. »Nichts auf der Welt sehne ich mehr herbei als diesen herrlichen Tag!«

»Und ich dachte immer, das wäre der Tag, wo du als Pharao endlich die Doppelkrone Kemets trägst ...«

»Schweig!«, donnerte Haremhab. »Was maßt du dir an? Du bist nichts als ein Werkzeug, kapiert!«

»Ganz wie du meinst, Herr.« Der Mann schien plötzlich ein Stück kleiner geworden zu sein, als könne er nach Belieben schrumpfen oder wachsen. »Ich wollte dich nicht beleidigen, was hätte ich schon davon? Lass uns lieber noch ein wenig an der Strategie feilen. Denn Fehler sollten wir uns dieses Mal besser nicht leisten.«

»Meinetwegen«, sagte der General knapp.

»Es muss nachts geschehen, um Zeugen auszuschließen. Und zwar gleichzeitig in beiden Gräbern, was die ganze Angelegenheit erschwert, denn die Leichen jetzt noch unbemerkt herauszuholen und neu zusammenzulegen, wäre zeitlich kaum noch möglich. Am geschicktesten wäre es, diese Grabräuber für unsere Zwecke einzusetzen. Sie kennen die Örtlichkeiten, sie müssen ohnehin schweigen, damit ihnen keiner ans Leder kann, und falls etwas schiefgeht und sie nicht überleben – wen kümmert es schon?

Möglicherweise wären dann sogar mehrere Probleme auf einen Schlag gelöst.«

»Keine schlechte Idee!« Haremhab schien beeindruckt. »Aber wie willst du diese Leute so schnell ausfindig machen? Und wie sie dazu bewegen, den Brand zu legen?«

Wie ein Raubvogel war der andere zu ihm herumgefahren. Fast glaubte der General, dabei das Geräusch riesiger Schwingen zu hören, die sich zusammenfalteten, aber da musste er sich wohl getäuscht haben.

»Lasst das ganz und gar meine Sache sein, Herr. Sagen wir: in drei Tagen?«

»In drei Tagen? Da will der Pharao endlich seine neue Rennbahn einweihen. Die kleine Königin wird langsam ungeduldig, doch es dürfte möglich sein, sie noch so lange hinzuhalten. Ich bin eingeladen worden, bei diesem Spektakel zu den Ehrengästen zu gehören. Was auch immer gleichzeitig im Tal der Könige geschehen mag – damit stehe ich außerhalb jeden Verdachts. Es wird ein bemerkenswerter Abend werden und ein Feuer im Grab ist danach vielleicht gar nicht mehr nötig ...«

»Die Erfahrung der vergangenen Monate hat uns gelehrt, besser mit einer Doppelstrategie vorzugehen«, sagte der Mann mit dem Geierprofil. »Lieber zu viel geplant als zu wenig. Falls das eine Vorhaben schiefgeht, wird das zweite gewiss gelingen.«

Die Augen Haremhabs begannen zu glänzen.

»Allmählich scheinst du zu deiner alten Form zurückzufinden, was mich sehr beruhigt. Also in drei Tagen! Der Zeitpunkt könnte gar nicht besser gewählt sein.«

*

Dass einer der neuen jungen Polizisten, die seine Zelle bewachten, gerne trank, hatte Ani sich gleich gedacht. Dass er sich auch noch als leidenschaftlicher Spieler entpuppen würde, ging auf Imenis geniale Intuition zurück. Ganz unauffällig hatte er Lederbecher und Knochenwürfel mit zum Dienst gebracht, unter dem Vorwand, die schier endlose Zeit vor den Zellen mit etwas Kurzweil zu vertreiben.

Nicht lange, und der unerfahrene Mann brannte vor Leidenschaft. Imeni ließ ihn eine ganze Weile bewusst gewinnen, bevor das Blatt sich wendete und der andere plötzlich zu verlieren begann. Um seine Sicherheit wiederzufinden, schüttete er jede Menge Dattelbier in sich hinein, wobei er allerdings nicht wusste, dass Imeni es zuvor großzügig mit Tijas Baldriantinktur versetzt hatte, die sonst die Katzen anlockte, wenn sie von ihren Streifzügen wieder nach Hause kommen sollten.

Die Bewegungen des jungen Polizisten wurden schwerfälliger, sein Sprechen immer schleppender. Imeni gönnte ihm noch den Triumph eines unerwarteten Doppelpaschs, für den der glückliche Gewinner sich großzügig mit dem stattlichen Rest aus dem Tonkrug belohnte, dann fiel er vornüber und rührte sich nicht mehr.

Das war der Anblick, auf den Imeni seit Tagen gelauert hatte. Er schloss die Tür auf, hinter der Ani in vollkommener Dunkelheit eingeschlossen war.

»Jetzt!«, flüsterte er. »Ich weiß, es ist eine Zumutung, aber ich muss es trotzdem sagen: Lauf!«

Blinzelnd kroch Ani heraus, reckte und streckte sich und versuchte dann, aufzustehen, was misslang.

»Dieses verdammte Bein«, schimpfte er, seine Augen reibend, die an das Licht nicht mehr gewöhnt waren. »Eines Tages schneid ich es mir noch ab!«

»Das wirst du schön bleiben lassen, Junge!« Imeni zerrte ihn fast gewaltsam hoch. Jetzt stand Ani auf den Beinen, wenngleich nicht besonders stabil. »Das bist du mir schuldig, wenn ich hier meinen Kopf für dich hinhalte.«

»Du bist ein wahrer Freund!«, sagte Ani. »Aber was wird Userkaf machen, wenn ich auf einmal weg bin?«

»Interessiert uns das?« Imeni grinste kurz. »Nein, tut es nicht. Komm, nimm diesen Knüppel und gib mir damit eins über den Schädel!«

»Bist du verrückt geworden?«

»Ganz im Gegenteil! Wir sind brutal überfallen worden, mein junger Kollege und ich – und als wir wieder aufwachten, war die Zelle leer und der Gefangene entwischt. Also, worauf wartest du noch? Und bloß nicht zu zaghaft. Aber auch nicht zu fest. Die Sache muss glaubhaft sein und dafür reicht eine prächtige Beule!«

Ani zögerte noch immer. »Und was ist dann mit ihm?«, fragte er und deutete auf den Schnarchenden. »Müsste ich nicht auch ihm …«

»Keine Sorge! Es reicht, wenn du mir eins verpasst. Er hat so viel Baldrian intus, dass sein Schädel ohnehin mächtig hämmern wird, wenn er wieder aufwacht!«

»Und du nimmst es mir nicht übel? Auch später nicht?«, fragte Ani sorgenvoll.

»Nur wenn du jetzt noch lange untätig vor mir herumhampelst!«, versicherte Imeni mit einem schiefen Grinsen.

Ani nahm den Knüppel, atmete tief aus – und schlug zu.

Danach vergewisserte er sich, dass Imeni nicht ohnmächtig war, und setzte sich in Bewegung.

An so etwas wie Rennen war zunächst gar nicht zu denken. Es war eher ein mühevolles Humpeln, das ihn vorwärtstrug. Bald schon begann der rechte, gesunde Fuß, gegen diese ungewohnte Belastung zu protestieren, während es im linken derart stach, als wären Hummeln hineingeraten. Schweißbäche strömten über seinen Körper. Nach den Tagen in der Zelle ohne Wasser und frische Kleidung stank er ohnehin schlimmer als ein Iltis. Jeder, der ihm näher kam, würde sich mit Grausen von ihm abwenden.

Über Nebenstraßen und kleine Gassen gelang es Ani, sich unbemerkt bis zum Nil durchzuschlagen. Der Anblick des großen Flusses, der in der Abendsonne kupfern glänzte, wirkte beruhigend auf sein aufgewühltes Gemüt.

Wie die Welt sich mit einem Schlag verändert hatte!

Noch vor Kurzem war er der Jäger gewesen, der die Verbrecher gestellt hatte. Jetzt war er selber zum Gejagten geworden, jenseits aller geltenden Gesetze. Sein Leben war nichts mehr wert, es sei denn, es gelänge ihm, das Blatt noch einmal zu wenden. Trotz der mageren Verpflegung und dem Hunger, der in seinen Eingeweiden rumorte, funktionierte sein Verstand wie gewohnt.

Er wusste, dass er unschuldig war und sich nichts vorzuwerfen hatte. Jetzt aber musste es ihm gelingen, seine Unschuld auch zu beweisen, bevor Userkaf ihn erneut zu fassen bekam. Das war seine einzige Chance, wenn er überleben und sich von den schweren Vorwürfen reinwaschen wollte.

Doch dazu brauchte er Kenamun – und die Hinweise, die jener ihm bislang noch verschwiegen hatte. Aber Kenamun wohnte im Wüstendorf wie in einer Festung –

unerreichbar für einen stinkenden, zutiefst verzweifelten Ausbrecher!

Wäre es nicht viel klüger, zuerst in den *Graureiher* zu gehen und sich dort wenigstens einigermaßen frisch zu machen?

Ani verwarf den verlockenden Gedanken sofort wieder.

Die Schenke wäre vermutlich der erste Ort, an dem sie nach ihm suchen würden. Doch weder Taheb noch Nefer besaßen die Stärke, einem scharfen Verhör standzuhalten, so viel war gewiss! Nein, die Eltern wollte und konnte er da nicht mit reinziehen – und der Rest der Familie …

In seiner Fantasie tauchten Mius schmale grünliche Augen vor ihm auf, ein Bild, das er in der schrecklichen Zeit im Loch tunlichst weggeschoben hatte. Wie wütend sie auf ihn sein musste, jetzt, wo sie sicherlich längst erfahren hatte, dass der Brief an ihre Mutter von seiner Hand stammte! Nun bereute er, Ramose damals das Versprechen gegeben zu haben, ihr nichts davon zu sagen.

Doch was nützte das alles jetzt noch?

Plötzlich schien alle Kraft aus ihm zu weichen, und vielleicht hätte er in diesem Moment aufgegeben, wenn nicht auf einmal Iset neben ihm gestanden hätte.

»Ani!«, rief sie erfreut, dann erst fiel ihr offenbar sein erbärmlicher Zustand auf. »Was ist denn mit dir passiert?«

»Das erklär ich dir alles später«, flüsterte er und ein Gefühl großer Erleichterung breitete sich in ihm aus. Dass sie ihm den Schurz mit dem blauen Band der Flusspolizei gelassen hatten, auch wenn der in sehr mitgenommenem Zustand war, machte alles einfacher. »Du gehst gerade nach Hause?«

Sie nickte. Ein leichter Wind hatte sich erhoben, der ihr Kleid enger an ihren runden Bauch schmiegte.

»Ja, sobald die Fähre endlich da ist. Und schau mich nur an! Ich werde allmählich zu einem Fässchen«, sagte sie, leicht errötend. »Unser Kleiner will wohl ein ganz Großer werden! Ich denke, es wird ein Junge, aber wenn es doch ein Mädchen wird, sei sie uns genauso willkommen. Kenamun behauptet allerdings, ich gefiele ihm mit Bauch noch besser als früher. Jedenfalls wenn er mal zu Hause ist.«

»Und? Wird er heute da sein?«

Wenn sie wüsste, was von ihrer Antwort alles für ihn abhing!

»Ich glaube schon«, sagte Iset. »So hat er es wenigstens heute Morgen gesagt. Willst du mitkommen und mit ihm reden?«

Ani sah den Funken der Hoffnung in ihren Augen aufglimmen. Natürlich – jetzt fiel ihm wieder ein, um welchen Gefallen sie ihn gebeten hatte! Aber sie hatte ja keine Ahnung, was inzwischen alles geschehen war.

»Gerne«, sagte er. »Wenn du mich in diesem Zustand überhaupt mitnimmst. Hinter mir liegt eine Verbrecherjagd der besonderen Art.« Er musste schlucken. Zu lügen lag ihm überhaupt nicht, aber jetzt musste es eben sein, bevor Iset noch misstrauisch wurde und zu viele Fragen stellte! »Manchmal müssen wir dabei sogar durch Schweineställe oder sogar Schlimmeres. Heute war leider keine Zeit mehr, mich wieder halbwegs in Ordnung zu bringen.«

»Mir macht das nichts aus.« Sie lachte unbekümmert. »So ist das nun mal in deinem Beruf! Wasser und Pottasche zum Sauberwerden kannst du von mir bekommen.

Und etwas Leckeres zu essen gibt es bei uns auch. Hast du heute keine Nachtwache?«

»Nein«, sagte Ani schnell und bückte sich nach ihrem Korb. »Heute nicht.«

Es entstand eine kleine bange Pause.

»Du wirst doch mit ihm reden, Ani?«, sagte Iset dann. »Bitte, tu mir den Gefallen!«

»Und ob ich das werde!«, versicherte er.

Inzwischen hatten sich an der Anlegestelle immer mehr Leute eingefunden. Jetzt machten die Ersten sich zum Einsteigen bereit.

Und hocherhobenen Hauptes, als wäre es das Selbstverständlichste der Welt, im Dienst schlimmer als ein Iltis zu stinken, betrat auch Flusspolizist Ani an der Seite von Iset die Fähre zum Westufer.

*

Als die Nachricht von Ramoses Verhaftung die Familie erreichte, gab es für Miu kein Halten mehr. Einer der Arbeiter hatte sie ihnen überbracht, ein magerer, schüchterner Mann, nicht mehr ganz jung, der immer noch unter dem Eindruck der schrecklichen Ereignisse zu stehen schien.

Sadeh fragte ihn gründlich aus, drückte ihm ein paar Kupferdeben in die Hand und schickte ihn schließlich nach Hause. Eigentlich wäre es an Ipi gewesen, sie zu informieren, doch der hatte sich bislang nicht bei ihnen blicken lassen.

»Ich gehe zum Pharao – und niemand wird mich aufhalten, auch du nicht!«, rief Miu. »Dann kann ich gleich auch für Ani bitten.«

»Ich will nicht, dass du dich wegwirfst«, widersprach Sadeh. »Und es würde bestimmt auch nichts nützen, so, wie die Dinge nun einmal liegen. Man hat ein kostbares Amulett bei Ramose gefunden, aus einem Königsgrab. Das ist ein schlagender Beweis, der gegen ihn spricht.«

»Beweis, Beweis! Was heißt das schon? Glaubst du etwa, Papa ist tatsächlich ein Grabräuber?«, rief Miu entsetzt. »So etwas Schlimmes würde er doch niemals tun!«

Sadeh zog die Schultern hoch.

»Ich kenne deinen Vater länger und besser als du«, sagte sie. »Ramose war nicht immer der Ehrenmann, als der er sich heute gibt. Vielleicht haben ihn gewisse Umstände dazu gebracht ...«

»Du hältst ihn für schuldig? Und Ani womöglich gleich mit dazu? Dann gehört in deinen Augen ja unsere halbe Familie zu den Verbrechern!« Miu war so wütend, dass sie am liebsten etwas an die Wand geworfen hätte. »Wenn du das glaubst, hättest du auch gleich in deinem Mennefer bleiben können!«

»Werde jetzt bitte nicht unverschämt, Miu!«, sagte Sadeh, die ebenfalls mühsam um Fassung rang. »Es ist doch niemandem damit gedient, wenn wir beide uns streiten. Wir müssen vielmehr ...«

»Gar nichts müssen wir! Ich bin schon lange kein Kind mehr, das du nach Belieben herumschubsen kannst, sondern weiß selber, was zu tun ist. Zweimal gab es einen Anschlag auf das Leben von Tutanchamun. Zweimal ist er durch mich gerettet worden. Der Pharao schuldet mir etwas – und genau daran werde ich ihn heute erinnern!«

»Sag du doch auch etwas, Mutter«, bat Sadeh, als Raia jetzt zu ihnen trat. »Miu will unbedingt in den Palast, um für Ramose zu bitten, aber ich bin dagegen. Was, wenn der Pharao die Situation ausnützt und sie zwingt …?«

»Lass sie gehen, Tochter«, sagte Großmama leise. »Das ist der einzige Faden, an dem sein Leben noch hängt.«

So machte Miu sich also auf den Weg, mit schweißnassen Händen und einem Zittern im Magen, das nicht aufhören wollte. Raia hatte ihr geholfen, sich halbwegs anziehend herzurichten, ihr das Haar frisiert und die Augen geschminkt, doch niemals hatte Miu sich hässlicher gefunden als an diesem strahlenden Morgen.

Die ersten Erntevorbereitungen hatten bereits begonnen. Nicht mehr lange, und es würde wieder von Steuerinspektoren wimmeln, die die Höhe der Abgaben festlegten. Nach der satten Überschwemmung war mit einem Höchstbetrag zu rechnen. Der Hapi hatte es dieses Jahr gut mit dem Pharao gemeint und die Unzufriedenheit im Volk schien verschwunden zu sein.

Miu hatte für all das kaum einen Blick. Nicht einmal die Graureiher, die majestätisch aufflogen, als die Fähre endlich ablegte, interessierten sie heute. Die Angst hatte sie fest im Griff. Ani und Papa – wie konnten sie nur beide in diesen ungeheuerlichen Verdacht geraten sein?

Eigentlich hätte sie jetzt nach einer geeigneten Strategie grübeln müssen, nach den richtigen Worten, um Tutanchamun gnädig und mild zu stimmen, doch ihr Kopf war heiß und leer, und außer ein paar zusammenhanglosen Brocken wollte ihr plötzlich gar nichts mehr einfallen.

Aufgeregt drehte sie an der kostbaren Armspange, die sie noch im letzten Moment angelegt hatte. *Als Dank für den kleinen Löwen, der mein Leben gerettet hat* – so oder so ähnlich hatte er es doch gesagt. Vielleicht würde ihn ja der Anblick dieses Geschenks zur Gnade bewegen.

Den Weg zum Palast legte sie wie in Trance zurück. Erst als sie vor dem großen Tor stand, fand sie in die Wirklichkeit zurück. Heute fühlte sie sich wie die allerärmste Bettlerin und dabei lagen doch gleich zwei Schicksale in ihren Händen. Am liebsten wäre sie weggelaufen und hätte sich irgendwo verkrochen. Aber es ging nicht. Sie musste stark und mutig sein. Davon hing alles ab.

Der Wächter, der ihr öffnete, kannte sie, das war schon mal ein gutes Zeichen. Allerdings musste sie die Frage, ob sie zu einer Audienz geladen sei, verneinen.

Das Tor wollte schon wieder zugehen, da rief Miu:

»Warte! Ich muss den Pharao trotzdem sprechen – sag ihm, es gehe um Leben und Tod!«

Sie ließen sie draußen warten, vor dem geschlossenen Tor, eine lange, lange Weile sogar, und Miu dachte schon, sie würde niemals eingelassen werden, als das Tor sich plötzlich wieder öffnete. Drinnen nahmen die Männer der Leibwache sie in Empfang und brachten sie – zu Mayet.

Die Königsamme empfing Miu in einem hellen Raum mit bunten Wandfresken und zögerte nicht, ihr Unverständnis augenblicklich kundzutun.

»Du darfst dich ihm nicht aufdrängen, Mädchen«, sagte sie. »So was mögen die Männer nicht, selbst wenn sie noch so sehr entflammt sind. Sie wollen die Jäger sein, das musst du dir merken. Und Tutanchamun allen voran!«

»Deshalb bin ich nicht hier, Mayet.« Nur mit Mühe gelang es Miu, die Tränen zurückzuhalten, die all die schöne Schminke ruiniert hätten. »Sie haben Papa verhaftet. Und Ani. Ich will den Pharao bitten, dass er …«

Mayet wich sofort zurück.

»Damit will ich nichts zu tun haben!«, rief sie. »Lass mich bitte mit solchen Dingen in Frieden!«

»Du musst mir helfen«, beharrte Miu. »Bitte! Ich will doch nur mit ihm sprechen!«

»Das stellst du dir alles zu einfach vor, Kind! Der Goldhorus hat ganz andere Sorgen…«

»Der Goldhorus wäre ohne mich bereits tot«, unterbrach Miu sie schroff. »Also? Wirst du mich zu ihm bringen?«

Mayet starrte sie verblüfft an.

»Dann komm!«, sagte sie schließlich. »Aber mehr als einen Versuch kann ich dir nicht versprechen.«

Wieder musste Miu warten und warten, denn Mayet wurde mehrmals abgewiesen, wie sie berichtete, doch schließlich war es so weit. Tutanchamun empfing sie in dem Raum, in dem sie ihn zum ersten Mal gesehen hatte. Heute widersprach er nicht, als sie sich vor ihm zu Boden warf, und es dauerte eine geraume Weile, bis er sie zum Aufstehen aufforderte.

Wie prächtig er ausgestattet war!

Der knielange Schurz aus allerfeinstem Leinen, gefältelt und blendend weiß. Ringe an vier Fingern. Schwere Armspangen. Auf der Brust ein goldenes Pektorale, ganz in Karneolrot, Lapislazuliblau und Türkis gehalten, das ein stattlicher Geier ausfüllte. Das Symbol der Göttin Nut, wie Miu dank Raias nimmermüden Erzählungen wusste. Das Schmuckstück war auffallend und wunderschön. Trotzdem ließ sein Anblick Mius Kehle noch enger werden.

Der Mann mit dem Geierprofil – ob er es noch mal versuchen würde?

Der Pharao musterte sie schweigend.

Seinem glatten Gesicht war nicht anzusehen, was in ihm vorging. Schließlich gönnte er ihr ein knappes Nicken, was Miu als Aufforderung auffasste.

»Man hat meinen Vater verhaftet, mein König, du mögest leben, heil und gesund sein«, begann sie ohne Umschweife. »Den Balsamierer Ramose. Doch er ist unschuldig ...«

»Das behaupten sie alle«, unterbrach er sie. »Später jedoch erweist sich oftmals, mit welch großer Schuld sie beladen sind.«

»Man bezichtigt ihn der Grabräuberei«, fuhr Miu fort, womöglich viel zu hastig, weil sie das untrügliche Gefühl beschlich, ihr bliebe nicht allzu viel Zeit. »Doch das ist unmöglich! Mein Vater hegt großen Respekt vor den Toten und er hat jeden Tag mit Mumien zu tun. Niemals würde er die Ruhe eines Grabes stören! Bitte lass ihn wieder frei, Goldhorus! Er kann es nicht gewesen sein.«

Sie hielt inne. Jetzt hatte sie nur von Papa gesprochen und Ani noch mit keinem Wort erwähnt! Doch vielleicht war es klüger, erst einmal seine Reaktion abzuwarten und erst dann fortzufahren. Und wo steckte überhaupt Jamu? Der Anblick des kleinen roten Katers hätte alles viel leichter für sie gemacht.

»So also kommst du wieder zu mir«, sagte der Pharao nach einer Weile. »Wie viele Gesichter ein Mensch doch haben kann! Die kleine Miu als große Fürsprecherin – was die Liebe nicht vermochte, vermag nun die Angst. Die Frage ist, wie weit du zu gehen bereit wärst, um deinen Vater zu retten.«

Er spreizte seine Hand, betrachtete sie, als wäre sie ein fremder Gegenstand.

»So weit vielleicht?«, fragte er. »Oder weiter, bis zum ganzen Arm? Oder noch weiter? Antworte, Mädchen!«

Mius inneres Zittern verwandelte sich in Wut. Wieso spielte er jetzt mit ihr? Weil er der König war und sie nichts anderes als eine angsterfüllte Bittstellerin? Er musste doch wissen, wie ihr zumute war! Nur mit größter Anstrengung gelang es ihr, einigermaßen ruhig zu bleiben.

»Sehr weit, mein König«, sagte sie mit fester Stimme. »Wenn du es befiehlst.«

Wieder schien er lange zu überlegen.

»Siehst du, kleine Miu«, sagte er schließlich. »Genau darum geht es mir nicht. Ich habe genug Speichellecker versammelt, die mir nach dem Mund reden, in der Hoffnung, sich dadurch einen kleinen Vorteil zu sichern. Du dagegen warst immer anders – bis heute. Du hast mich enttäuscht, Mutemwija. Sehr enttäuscht.« Er wandte seine Augen von ihr ab. »Du darfst dich jetzt zurückziehen.«

Im ersten Moment glaubte Miu, nicht richtig gehört zu haben. Doch sie *hatte* richtig gehört. Ein Blick in sein trotziges, verschlossenes Gesicht verriet es ihr.

»Bitte, Goldhorus«, rief sie in jäh aufsteigender Verzweiflung, »schick mich nicht so fort!« Sie hob den Arm und hielt ihm die Armspange entgegen. »Im Namen der roten Löwen, die wir beide so sehr lieben …«

»Es reicht!« Zu ihrem Entsetzen war er mit wütender Miene aufgesprungen. »Du hast mir einen großen Dienst erwiesen und ich habe mich dafür erkenntlich gezeigt. Damit sind die Waagschalen ausgeglichen. Es steht dir nicht zu, mehr von mir verlangen. Wenn dein Vater schuldig ist, wird er die Strafe erhalten, die er verdient, genau so, wie das Gesetz der Maat es verlangt.«

Auf ein Handzeichen von ihm traten zwei Männer der Leibwache zu Miu und führten sie hinaus. Kaum war die Türe einen Spalt offen, schoss Jamu wie ein kleiner roter Blitz in den Thronsaal, lief zum Pharao und schmiegte sich schnurrend an seine Beine.

Bei seinem Anblick brachen in Miu alle Dämme.

Sie begann zu weinen und konnte nicht mehr damit aufhören, auch dann nicht, als sie endlich wieder zu Hause angelangt war.

*

Dass dieser Krüppel entkommen war, hatte Userkaf ungemein wütend gemacht. Natürlich hatte er sofort nach ihm fahnden lassen, doch Ani besaß ein paar Stunden Vorsprung, die nicht so einfach aufzuholen waren. Imeni und den anderen Trottel, die sich so einfach hatten übertölpeln lassen, erwarteten empfindliche Strafen, doch auch das brachte Ani leider nicht zurück.

Die Eltern in der Schenke *Zum Graureiher* wussten nichts, da war Userkaf sich ziemlich sicher. Die Mutter hatte bei der Befragung sofort zu heulen begonnen, während der Vater ihn nur stumm wie ein Fisch angeglotzt hatte. Er sei ein ehemaliger Schreiber, so ging das Gerücht, was man diesem verkommenen Wirt heute gar nicht mehr zugetraut hätte.

Wohin würde einer wie Ani fliehen?

Natürlich kannte er durch seinen Beruf die Stadt und ihre Schlupfwinkel genau, und dennoch war es gar nicht so einfach, irgendwo ein sicheres Versteck zu finden, vor allem wenn man wie Ani die Seiten gewechselt hatte.

Ob er bei Verwandten unterkriechen würde?

Die wenigsten würden einen flüchtigen Angeklagten bei sich aufnehmen, aus Angst, selber mit hineingezogen zu werden. Trotzdem konnte es nicht schaden, demnächst einen kurzen Besuch bei der »kleinen Verwandten« vorzunehmen, die er von der Polizeiwache her kannte. Vielleicht wusste das hübsche Töchterchen des Balsamierers ja mehr über den Verbleib ihres hinkenden Cousins.

Wesentlich wahrscheinlicher aber war, dass Ani sich auf das Westufer abgesetzt hatte. Die vielen Höhlen im weichen Gestein boten ideale Schlupflöcher, vorausgesetzt, der Flüchtige hatte die Möglichkeit, sich mit Essen und Trinken einzudecken.

Lebensmittel aber konnte er auf dem Westufer nur aus dem Wüstendorf beziehen.

Userkaf durfte keine Zeit vergeuden. Und er beschloss, allein zu gehen. Abgesehen von der Ergreifung Anis galt es, herauszufinden, woher all jene Informationen über die Grabräuberbande kamen.

Er hatte gründlich nachgedacht und alles genau abgewogen. Schließlich war nur ein einziger Name übrig geblieben – Kenamun.

Die Vorstellung, sich ausgerechnet jetzt im Tal der Könige zu zeigen, war alles andere als erfreulich. Doch das Schicksal schien es gut mit ihm zu meinen, denn Userkaf traf den jungen Tunnelbauer zu Hause an, im Wüstendorf, wo er gerade eine gequetschte Hand auskurierte.

Kenamun wurde fahl, als er ihn erblickte. Keku, der kleine Kater, machte einen erschrockenen Satz zur Seite.

»Ich hab ein Hühnchen mit dir zu rupfen«, sagte der Polizist streng. »Fang erst gar nicht zu leugnen an, denn ich weiß ohnehin, dass nur du es gewesen sein kannst!«

»Aber doch nicht hier«, flüsterte Kenamun. »Meine schwangere Frau und meine Schwiegermutter – wenn sie uns hören!«

»Das hättest du dir früher überlegen müssen«, sagte Userkaf ungerührt. »Nämlich bevor du wie ein kleiner Singvogel zu zwitschern begonnen hast. Bist du von Sinnen, Mann? Was fällt dir ein, die Abmachungen zu verletzen und auszupacken? Und dann auch noch ausgerechnet vor einem hungrigen Schnüffler wie diesem Ani? Das kann dich den Kopf kosten!«

»Das hat Ani auch gesagt.« Kenamun drängte ihn in ein kleines Zimmer, in dem ein schmales Bett stand. »Er hat mich vor dem Versteck der Grabbeigaben erwischt. Was hätte ich tun sollen? Irgendetwas musste ich ihm doch preisgeben!«

»Aber nicht solch wertvolle Hinweise auf einen ›Drahtzieher‹! Das wirst du büßen, Freundchen!«

»Ich hab niemals mitmachen wollen, das weißt du genau«, stieß Kenamun hervor. »Nur weil ihr mich dazu gezwungen habt, hab ich schließlich die Tunnel gegraben.«

»Man sollte sich genau überlegen, wen man heiratet«, sagte Userkaf. »Und die Familie deiner Frau, an der so viel Schmutz klebt, ließ dir eben keine andere Wahl. Eine feine Sippe von Denunzianten.« Userkaf stieß ein meckerndes Lachen aus. »Da passt du ja ausgezeichnet dazu!«

»Aber damit ist jetzt Schluss!« Kenamuns Züge waren auf einmal verzerrt. »Ich lass mich nicht mehr zwingen, zu gar nichts mehr! Wir werden bald ein Kind haben und das …«

»… soll doch sicherlich nicht ohne seinen Vater aufwachsen?« Userkaf hatte ihn gepackt, ihm die Arme um den Hals geschlungen und hielt ihn nun darin gefangen wie in einer Zange aus Metall. »Denn das wird es unweigerlich, wenn du noch ein einziges Detail verrätst. Begrab deine Träume vom Aussteigen, Freundchen! Du wirst uns so lange behilflich sein, wie wir dich brauchen, hast du mich verstanden?«

Kenamuns Gesicht war rot angelaufen. Er gab einen gurgelnden Laut von sich.

»Dann ist es ja gut!« Userkaf ließ ihn los und Kenamun schnappte nach Luft.

»Was macht ihr da?« Iset stand auf einmal im Zimmer und schaute argwöhnisch vom einen zum anderen.

»Ich bin auf der Suche nach einem flüchtigen Verbrecher«, sagte Userkaf.

»Und da kommst du ausgerechnet zu uns?«, fragte Iset. »Ich bin schwanger und mein Mann ist verletzt. Wie sollten wir da jemanden verstecken?«

»Davon will ich mich jetzt mit eigenen Augen überzeugen, wenn du erlaubst!«

Userkaf drängte sie so grob zur Seite, dass der Kater beinahe zum Angriff übergegangen wäre, hätte Kenamun ihn nicht sanft weggeschoben, und begann mit der Inspektion der Räume. Das Lehmziegelhaus war so klein und derart übersichtlich geschnitten, dass er alles schnell durchhatte – mit Ausnahme einer Tür, die verschlossen war.

»Aufmachen!« Er rüttelte am Türknopf. »Und zwar auf der Stelle!«

»Das kann ich nicht«, ertönte von innen eine weibliche Stimme.

»Meine Mutter«, sagte Iset, die auf einmal schwer atmend neben ihm stand. »Und du störst sie gerade – auf der Toilette!«

»Das will ich mit eigenen Augen sehen!«, verlangte Userkaf. »Öffne, und zwar sofort!«

»Mutter!«, rief Iset bittend. »Mach auf. Hier ist Polizei …«

»Polizei?« Die Tür schwang auf. Sheribin saß breitbeinig auf dem Abtritt. »Ich erleichtere mich gerade. Ist das neuerdings auch schon verboten?«

Ärger und Scham färbten Userkafs Gesicht dunkel.

»Lass dich nicht weiter stören«, brummte er und zog sich zurück.

Auch als der Polizist schon aus dem Haus war, blieb alles zunächst still. Dann sprang Sheribin mit einem Seufzer der Erleichterung auf.

»Du kannst jetzt rauskommen!«, rief sie. »Die Gefahr ist vorüber.«

Stöhnend und ächzend kletterte Ani aus der Sickergrube. Dann schaute er an sich herunter, zuckte die Achseln und brach danach in lautes, befreites Lachen aus.

»Sieht ganz so aus, als wären meine Schweinejahre noch nicht vorbei!«, sagte er. »Was hab ich nur verbrochen, dass ich auf einmal so stinken muss?«

»Aber du lebst!«, rief Iset. »Und ich wette, hier wird dieses ekelige Scheusal garantiert nicht mehr nach dir suchen. Ist das nicht großartig?«

Elftes Kapitel

Wie bang sie auf Nachrichten warteten!

In dem gepflegten Anwesen des Balsamierers schien die Zeit stillzustehen. Die Frauen atmeten erst wieder auf, als Miu heil vom Palast zurückkehrte. Raia und Sadeh nahmen sie abwechselnd in die Arme und versuchten trotz ihres eigenen Kummers, sie zu trösten. Sogar Anuket schlich voller Anteilnahme um sie herum und wollte sie mit einem dicken, süßen Mandelbrei von ihrer Zerknirschung ablenken.

»Dich trifft keine Schuld, mein Mädchen!« Wie oft hatten Mama und Großmama Miu das inzwischen versichert! »Es war sehr tapfer von dir, dich für deinen Vater beim Pharao einzusetzen.«

Doch Miu wollte es trotzdem nicht glauben.

»Ich hab alles falsch gemacht!«, schluchzte sie. »Wenn Papa nun sterben muss, ist es ganz allein meine Schuld. Aber Tutanchamun war so kalt, so herablassend zu mir, als wären wir uns niemals nah gewesen!«

»Er ist der Goldene auf dem Thron, Miu, der König über ganz Kemet, das darfst du niemals vergessen«, sagte Raia.

»Dann sollte er auch gütig und gerecht handeln!«, rief

Miu. »Doch das tut er nicht. Er hat mich ja kaum angehört!«

Irgendwann schliefen sie alle vor Erschöpfung ein, doch die Nacht brachte ihnen keinen Trost. Ihre Sorgen und Ängste hatten sich eher noch verstärkt, als sie am anderen Morgen erwachten. Erschöpft fanden die drei sich im Küchenhof zusammen, wo Anuket mit haltlosem Plappern vergeblich versuchte, bessere Stimmung zu verbreiten, bis schließlich sogar sie aufgab und verstummte.

»Es tut mir leid, was ich über deinen Vater gesagt habe, Miu«, brach Sadeh nach einer Weile das Schweigen. »Er ist kein Grabräuber. Das ist mir inzwischen klar geworden. Jemand muss ihm das Amulett untergeschoben haben.«

Miu sah sie erstaunt an. »Wie kommst du auf einmal darauf?«, fragte sie.

»Ich war zornig und enttäuscht über ihn«, sagte Sadeh. »Und nur deshalb so hart. Ramose hat in einer bestimmten Sache nicht so reagiert, wie ich mir das vorgestellt hatte. Inzwischen denke ich, dass ich ihn wohl zu sehr bedrängt habe. Dein Vater hasst es, mit dem Rücken an der Wand zu stehen, so war er schon immer. Daran hätte ich mich rechtzeitig erinnern sollen.«

»Ich bin froh, dass du das sagst!«, rief Großmama. »Ramose ist kein schlechter Mann, auch wenn er sich in früherer Zeit nicht immer für den geraden Weg entschieden hat. Inzwischen weiß ich genug über ihn, um das behaupten zu können.«

»Du kennst ihn besser, als ich ihn jemals gekannt habe«, sagte Sadeh leise.

»Es wäre an dir gewesen, das beizeiten zu ändern, Tochter«, antwortete Raia. »Gebe Amun, dass deine Einsicht jetzt nicht zu spät kommt!«

Sadehs dichte Brauen schoben sich bedenklich zusammen. Miu befürchtete schon einen erneuten Zornesausbruch, als Anuket plötzlich mit einem Besucher im Hof erschien.

»Ich hätte eher kommen sollen, ich weiß!« Ipi verneigte sich in alle Richtungen. Er trug einen steifen, neuen Schurz und hatte sich offenbar von Kopf bis Fuß eingeölt, denn er glänzte im Sonnenlicht wie eine Speckschwarte. »Doch ihr glaubt nicht, was ich alles am Hals habe, seitdem sie unseren armen Meister verhaftet haben!«

Miu hatte sich bei seinem Anblick abrupt verschlossen. Sie war sogar hinter die sitzende Sadeh getreten, als suche sie deren Schutz.

»Tatsächlich haben wir dich früher erwartet«, sagte Sadeh. Ihre Haltung war kerzengerade, die Miene undurchdringlich, sie war unverkennbar die Tochter ihrer Mutter Raia. »Uns in dieser heiklen Situation so lange im Ungewissen zu lassen, war reichlich unverschämt von dir.«

»Was hätte ich tun sollen?« Ipi legte sein grobes Gesicht in Falten, ein vergeblicher Versuch, treuherzig zu wirken. »Die Soldaten haben unsere Werkstatt in einen Schutthaufen verwandelt. Den Männern und mir blieb nichts anderes übrig, als erst einmal wieder halbwegs für Ordnung zu sorgen – und das hat nun mal einige Zeit gedauert! Sollten vielleicht die Kunden etwas davon mitbekommen? Wir müssen doch auch an die Zukunft denken, das vor allem!« Die leidenschaftliche Rede schien ihn erschöpft zu haben. Mit einem Leinentuch, das er aus seinem Gürtel zog, tupfte er sich den Schweiß ab.

»Was soll das heißen?«, fragte Raia barsch. »Und antworte gefälligst deutlich – nicht wieder in tausenderlei Ausflüchten!«

»Aber gerne doch!« Ipi hatte sich Miu zugewandt, die ihn jedoch feindselig anstarrte. »Du kennst meine Gefühle, Mutemwija«, sagte er. »Nicht zum ersten Mal offenbare ich sie dir heute, doch das ist es mir wert. Ich liebe und begehre dich. Willst du meine Frau werden?«

»Bist du verrückt geworden?« Miu wich zurück. »Nein und noch mal nein! Lass mich endlich damit in Ruhe!«

Erstaunlicherweise gelang es Ipi, äußerlich ruhig zu bleiben. Nur das leichte Zittern seiner klobigen Hände verriet die innere Erregung.

»Dein Vater ist verhaftet worden und muss möglicherweise bald sterben. Was soll dann aus der Werkstatt werden? Du bist kein Mann und kannst sie nicht weiterführen. Ich aber könnte es durchaus – an deiner Seite, als dein treu sorgender Gatte …«

»Diese Überlegungen kannst du ruhig uns überlassen«, sagte Sadeh kühl. »Mein Mann ist kein Grabräuber und seine Unschuld wird sich herausstellen. Unsere Familie pflegt Probleme auf eigene Art und Weise zu lösen, also misch dich gefälligst nicht ein. Hast du außerdem gehört, was meine Tochter eben gesagt hat? Miu will dich nicht! Sie wird dich niemals heiraten. Belästige sie also nicht weiter.«

Wie ein schläfriges Reptil wandte Ipi sich von Miu ab und sprach nun direkt ihre Mutter an.

»Das hat dein Mann aber ganz anders gesehen«, sagte er. »Der Meister war einverstanden mit unserer Verbindung. Ja, er hat sie sogar ausdrücklich begrüßt.«

»Ramose? Das kannst du jemand anderem weismachen! Ich kenne meinen Mann und weiß, was er an Menschen schätzt und was nicht.« Sadehs Stimme war jetzt hart wie Metall. »Und falls es doch so sein sollte, wie du sagst, dann möchte ich es aus seinem Mund hören.«

»Falls du dazu noch Gelegenheit hast.«

Diese Worte waren Ipi unbedacht entschlüpft. Ein Fehler, wie er sofort spürte, denn die Stimmung der Frauen hatte sich augenblicklich noch mehr gegen ihn gewendet.

»Natürlich soll der Meister wiederkommen«, setzte er schnell hinzu. »Dafür beten wir doch alle. Was aber, wenn nicht? Dann wäre es doch das Sinnvollste, jemand wie ich würde …«

»Wir kommen morgen in die Werkstatt, um uns mit eigenen Augen von ihrem Zustand zu überzeugen«, sagte Raia. »Was danach geschieht, werden wir dir rechtzeitig mitteilen.«

»Ihr wollt mich rauswerfen? Nach allem, was ich für den Meister getan habe?« Jetzt schwitzte Ipi am ganzen Körper. »Das könnt ihr nicht!«

»Du hörst von uns«, sagte Sadeh knapp. »Geh jetzt!«

Er schlurfte hinaus, mit gebeugtem Rücken, als hätte er einen Schlag erhalten. Als Miu jedoch ein wenig später in den Garten kam, um im Teich zu baden, trat er plötzlich hinter einem Baum hervor.

»Da staunst du!« Er hatte schon wieder sein Dauergrinsen aufgesetzt. »So eine kleine Mauer kann mich nicht abhalten.« Er kam weiter auf sie zu.

»Halt!«, rief Miu und hob abwehrend die Arme. »Ich schreie, wenn du auch nur noch einen einzigen Schritt machst!«

»Was würde dann schon passieren? Sicherlich käme deine Mutter angelaufen, diese dürre, arrogante Ziege, oder es käme deine Großmutter herangekeucht, die schneller im Reich des Anubis sein wird, als ihr lieb ist, auch wenn sie sich jetzt noch wichtig macht. Da hätte ich aber große Angst!«

Er begann, sie zu umkreisen. Miu fühlte sich wie in der Falle.

»Was willst du?«, sagte sie und drehte sich notgedrungen mit, weil sie ihn keinen Moment aus den Augen lassen wollte. »Warum hast du mir aufgelauert?«

»Weil wir beide etwas miteinander zu besprechen haben.«

»Was sollte das schon sein?«, blaffte Miu, um ihre Furcht zu verbergen.

»Weißt du, was sie mit Grabräubern anstellen? Sie prügeln sie halb zu Tode, damit sie ihre Verbrechen gestehen. Danach werden ihnen die Augen ausgestochen oder man zieht ihnen bei lebendigem Leib die Haut …«

»Hör auf!«, schrie sie. »Hör sofort damit auf!«

»Ich sehe, du kapierst allmählich. Wenn du jetzt auch noch einsehen würdest, dass ich der Einzige bin, der dir helfen kann, dann wärst du schon ein ganzes Stück weiter.«

»Du mir helfen? Womit denn?«

»Ich könnte dir zeigen, wer dahintersteckt«, sagte Ipi. »Es gibt da gewisse Beweise für Ramoses Unschuld …«

»Was für Beweise?«, fuhr Miu ihn an. »Ich glaub dir kein einziges Wort!«

Er ließ sie sein fettiges Lachen hören, das ihr Gänsehaut bereitete.

»Nicht hier!«, sagte er. »Dazu müsstest du schon in die Werkstatt kommen. Heute Nachmittag zum Beispiel. Dort wirst du dann mehr erfahren.«

»Wer garantiert mir, dass du nicht lügst?«

»Niemand!« Ipi grinste noch breiter, als belustige ihn die Frage ungemein. »Aber du bist doch ein kluges Kind und weißt: Du hast keine andere Chance.«

»Was muss ich dafür tun?«, fragte Miu.

Womit hatte er sich eingerieben? Seine Haut glänzte ölig, doch verströmte sie keinen angenehmen Duft, sondern den süßlich-verfaulten Geruch, den Miu von ihm gewohnt war. Ein widerlicher Schwall drang ihr in die Nase, als Ipi sie plötzlich am Arm packte und eng an sich zog.

»Das weißt du doch, meine Schöne«, flüsterte er. »Ab jetzt liegt die Entscheidung einzig und allein bei dir: Muss der Meister sterben oder darf er leben?«

*

Angst war ein Gefühl, das Userkaf bislang fremd geblieben war. Er hatte sein Leben so eingerichtet, dass stets er es gewesen war, der andere zum Zittern gebracht hatte. Doch als jetzt der Mann mit dem Geierprofil die Wachstube betrat und ihn nach nebenan befahl, damit sie ungestört wären, spürte er, wie sein Magen sich verkrampfte.

Bislang hatte Userkaf jenen Mann nur vom Hörensagen gekannt. Der General hatte ihn beiläufig erwähnt, damals, als Userkaf seinen Rapport abgeliefert hatte. Damals hatte der General ihm die Anweisung gegeben, die Fahndung nach einem angeblichen Königsmörder augenblicklich einzustellen. Eine Weile hatte Userkaf sogar bezweifelt, ob jener Mann tatsächlich existierte, das hysterische Geschwafel von Anis kleiner Verwandten hin oder her. Doch als er jetzt plötzlich vor ihm stand und den engen Raum zu füllen schien, obwohl er weder besonders groß noch dick war, traten Schweißperlen auf Userkafs Stirn.

»Du bist Userkaf?«, fragte der Mann mit der scharf gebogenen Nase. »Und stehst den anderen hier vor?«

»So ist es«, erwiderte der Polizist bang.

»Dann bist du mein Mann.« Er ließ eine Pause folgen, bevor er fortfuhr. »Ich weiß, dass du die Grabräubereien koordinierst – und das bereits seit Langem. Außerdem hast du dafür gesorgt, dass deine Taschen dabei voller werden als die der anderen Beteiligten. Damit ist es jetzt vorbei. Ab sofort arbeitest du für mich.«

»Was fällt dir ein?«, rief Userkaf. »Ich bin Polizist und würde niemals …«

»Schweig!« Der Mann leckte sich bedächtig die Lippen. »Es gibt zwei Möglichkeiten, unter denen du wählen kannst: Entweder du stirbst, weil ich dich unverzüglich anzeige, sobald ich diese Wache verlassen habe. Alles wird ganz schnell gehen. Du hast im großen Stil Gräber geschändet und beraubt. Du hast die Totenruhe von Königen verletzt. Somit ist dein Leben verwirkt – und unser Gespräch hiermit beendet.«

»Oder?« Userkafs sonst so kräftige Stimme war plötzlich nur noch ein Wispern.

»Du stellst unter Beweis, dass du ein Mann bist, der seine Möglichkeiten zu nutzen weiß. Ohnehin werden sich gewisse Dinge in Kemet sehr bald ändern, wie ich dir versichern kann. Da empfiehlt es sich, beizeiten auf der richtigen Seite zu stehen, wenn du verstehst, was ich meine.«

»Nein, Herr, aber ich …«

»Du wirst mich sehr bald verstehen, sei unbesorgt! Jedenfalls brauche ich dich heute im Tal der Könige, sobald es dunkel geworden ist. Dazu sechs weitere tüchtige Handlanger, die ebenfalls den Mund halten können, es sei denn, sie legten es darauf an, gehängt oder lebendig an Sobeks hungrige Brut verfüttert zu werden.« Sein ruhiger Tonfall war eine Spur schärfer geworden. »Kann ich mich darauf verlassen?«

»Wir werden da sein«, flüsterte Userkaf. »Die Männer und ich. Wohin genau sollen wir kommen?«

»Zum Grab des großen Ketzers. Jenes Grab, das ihr, wie ich weiß, gründlicher ausgeweidet habt als das Innere einer fetten Ente, auf die der glühende Rost wartet.«

»Was sollen wir tun, Herr?«

»Böse Geister ausräuchern.« Der Mann mit dem Geiergesicht stieß ein bellendes Lachen aus. »Ja, ich glaube, das trifft es wirklich am besten!«

*

Gegen Mittag stand auf einmal Iset vor der Tür. Mius Freundin war wie üblich mit zwei großen Binsenkörben beladen, die dieses Mal allerdings leer waren.

»Alles verkauft!«, sagte sie zu Miu. »Die Leute sind besorgt. Deshalb steigt die Nachfrage nach Götterfiguren, zu denen sie beten können.« Sie wischte sich den Schweiß von der Stirn. »Außerdem hab ich gehört, was mit deinem Vater passiert ist. Da wollte ich auf der Stelle zu euch!«

Miu sah Raia und Sadeh fragend an, und als die beiden nickten, bat sie die schwangere Freundin herein. Anuket setzte ihr kühles Wasser vor.

»Vielleicht stellt sich alles ja als Irrtum heraus«, sagte Iset, nachdem sie getrunken hatte. »Ich hab gelernt, dem Schicksal zu vertrauen. Manchmal kann es die verschlungensten Wege gehen!«

»Im Allgemeinen magst du recht haben. Aber soll ich etwa die Hände in den Schoß legen und abwarten, bis eine höhere Macht mir meinen Mann wieder zurückgibt?«, sagte Sadeh.

»Möchtest du das denn überhaupt?«, fragte Iset. Das war ziemlich dreist, fand Miu, aber auch sie konnte die Antwort kaum erwarten. »Deinen Mann zurückhaben, meine ich?«, fügte Iset noch hinzu.

»Ja«, sagte Sadeh nach einer Weile. »Mehr als alles andere!«

»Dann wird bestimmt alles wieder gut!«, rief Iset. »Du musst nur ganz fest daran glauben.«

»Mein liebes Kind, dein Vertrauen möchte ich haben!« Sadehs Augen glänzten auf einmal, als wären sie feucht.

»Ich werde euch jetzt etwas erzählen, das euch sicherlich trösten wird.« Geheimnisvoll legte Iset den Finger auf die Lippen. »Doch ihr müsst schwören, dass nichts davon diesen Raum jemals verlässt!«

»Sag schon, was los ist!«, verlangte Raia.

»Ani ist geflohen«, sagte Iset. »Er hat es geschafft.«

»Woher willst du das wissen?«, fragte Miu, hin- und hergerissen zwischen Hoffnung und Angst. Wenn die Freundin doch nur recht behalten würde – Ani in Freiheit zu wissen, wäre das Allerschönste!

»Weil ich ihn mit eigenen Augen in Freiheit gesehen habe. In gewisser Weise hab ich ihm sogar dazu verholfen. Allerdings nicht so sehr wie Sheribin.« Iset begann zu kichern. »Meine Mutter besitzt wirklich ungeahnte Talente!«

»Ich verstehe kein Wort!«, rief Miu verwirrt. »Was hat das alles zu bedeuten? Und was hat ausgerechnet deine Mutter mit Anis Flucht zu tun?«

Iset war schlagartig wieder ernst. »Vergiss, was ich gerade gesagt habe. Je weniger ihr alle davon wisst, desto besser. Aber Ani geht es gut. Das soll ich euch von ihm ausrichten. Und er wird seine Unschuld beweisen – schon sehr bald.«

»Wie will er das anstellen?«, wollte Sadeh wissen. »Hat er Verbündete, die ihm dabei helfen? Weiß vor allem Taheb schon davon?«

Iset zuckte die Schultern. »Kenamun und er haben offenbar einen Plan ausgeheckt. Mich und das Ungeborene wollen sie allerdings unbedingt raushalten. Deshalb weiß ich nichts Näheres. Und Taheb? Nein, auch sie soll nichts wissen. So möchte es Ani. Für den Fall, dass man sie befragen sollte.«

»Und du glaubst, dieser Plan könnte gelingen?«, schaltete sich nun Raia ein, die bislang nur zugehört hatte.

»Nichts hoffe ich mehr.« Iset sah Miu vielsagend an. »Und zwar keineswegs nur meinetwegen.«

Der spezielle Unterton hatte Mius Neugierde geweckt. »Komm mit!«, sagte sie. »Pau ist inzwischen so dick, dass sie kaum noch laufen kann. Sieht ganz so aus, als hätte sie sich entschlossen, ausgerechnet unter meinem Bett zu werfen.«

Iset folgte ihr, und kaum waren die beiden allein, fragte Miu ohne Umschweife: »Was willst du mir noch sagen?«

»Dass er dich vermisst. Und ständig an dich denkt. Dass er davon träumt, bei dir zu sein«, antwortete Iset.

»Das alles hat Ani gesagt?« Mius Augen hingen an ihrem Gesicht.

»Natürlich nicht! Du kennst ihn doch. Ich hab es trotzdem hinter seiner Stirn gesehen – vor allem aber hab ich es in seinem Herzen gelesen. Und auf diese Sprache verstehe ich mich ganz besonders gut ...«

»Ach, Iset!« Miu ließ sich auf das Bett sinken. Schwerfällig kletterte Pau mit ihrem dicken Bauch ebenfalls hoch und schmiegte sich an Miu. »Daran kann ich gerade gar nicht denken. In meinem Kopf wirbeln ganz andere Dinge wild durcheinander.« Miu zögerte kurz, aber irgendjemandem musste sie es doch sagen! »Ipi war vorhin hier und hat mir einen seltsamen Vorschlag unterbreitet.«

»Dieser Widerling?«, rief Iset. »Was könnte einer wie er dir schon vorschlagen?«

»Angeblich hat er Beweise für Papas Unschuld.«

»Und du glaubst ihm?«, sagte Iset.

»Es ist die einzige Möglichkeit, die ich sehe. Oder fällt dir etwas anderes ein? Ipi will, dass ich zu ihm komme. In die Werkstatt, heute Nachmittag. Dort soll ich dann mehr erfahren.«

Iset war so abrupt aufgesprungen, dass die hochschwangere Katze einen erstaunlichen Satz zur Seite machte.

»Das wirst du hoffentlich bleiben lassen! Diesem Ipi traue ich nicht über den Weg. Was, wenn er dich nur dorthin lockt, um dann zudringlich zu werden?«

»Ich werde mich eben vorsehen. Außerdem sind ja noch

die anderen Arbeiter dort.« Miu klang fest entschlossen. »Ich muss versuchen, Papa zu helfen. Siehst du denn nicht, wie traurig und hilflos Mama und Großmama sind? Wir können doch nicht alle untätig herumsitzen und warten, bis er tot ist!«

Iset baute sich vor ihr auf. »Lass es sein, Miu«, bat sie. »Geh nicht zu diesem Ipi! Ich hab kein gutes Gefühl dabei. Willst du nicht lieber den Pharao aufsuchen und ihn bitten, dass er deinen Vater ...«

»Da war ich bereits – vergeblich. Weißt du, wie er mich behandelt hat? Wie ein lästiges Insekt! All das frühere Gerede von Freundschaft und Vertrauen! All seine schmelzenden Blicke – vergiss es! Er spielt bloß mit den Menschen. Das ist alles, was er auf seinem goldenen Thron gelernt hat. Inzwischen wünschte ich, ich wäre Tutanchamun niemals begegnet. Aber vielleicht gelingt es mir ja, ihn irgendwann zu vergessen.«

»Glaubst du das wirklich?«, sagte Iset leise. »Ich wünsche es dir.«

*

»Sieh an, der Händler der Ewigkeit!« Ramose schreckte aus seiner Agonie hoch, als er die bekannte Stimme vernahm. War jetzt seine allerletzte Stunde angebrochen? Aber wieso hatten sie ihn dann aus dem dunklen Loch hinauf in diesen hellen Raum gezerrt, in dem nichts weiter stand als ein Tisch und zwei Hocker? »Wie lange haben wir beide uns nicht mehr gesprochen? Es müssen nahezu neun Jahre sein!«

Verzweifelt versuchte Ramose, im Kauern eine würdigere Haltung einzunehmen. Doch an Händen und Füßen gefesselt, wie er seit Tagen ausharren musste, wollte es ihm nicht recht gelingen.

Eje kam näher und zog einen Dolch aus seinem Gürtel. Ein Schnitt – und schon waren die Fesseln durchtrennt.

Verblüfft rieb Ramose sich die schmerzenden Gelenke.

»Steh auf und mach es dir bequem!«, forderte Eje ihn auf. »Ich muss mich entschuldigen, dass ich erst jetzt zu dir komme. Aber man hat mich leider zu spät informiert, dass du der gefangene Grabräuber bist!«

»Ist das der letzte Dienst, den du mir vor meinem Tod erweisen möchtest, Göttervater?«, sagte Ramose. Wie seltsam die eigene Stimme in seinen Ohren klang, so ängstlich und dünn!

Eje reichte ihm einen Becher Wein.

»Trink!«, sagte er. »Und lass dir dabei ruhig Zeit. Anschließend werden wir beide uns unterhalten.«

Der Wein schmeckte leicht bitter. Sofort stieg erneut Furcht in Ramose auf. War der alte Mann gerade dabei, ihn mit Gift zu beseitigen?

Eje schien seine Befürchtungen zu spüren.

»Eine Prise Wermut«, sagte er lächelnd. »Nichts, was dich ängstigen müsste. Es wird dich entspannen. Manche behaupten auch, dass es bei der Wahrheitsfindung hilfreich sei.«

Wie von Zauberhand lag auf einmal der blutrote Herzskarabäus vor ihm auf dem Tisch. Ramose sog scharf die Luft ein. Wieso verfolgte ihn dieses Amulett?

Nichts als Unheil hatte es ihm bislang eingebracht!

»Damit hab ich nichts zu tun, das musst du mir glauben«, sagte er heftig. »Ich bin kein Grabräuber! Eines Tages hab ich dieses Amulett in meiner Werkstatt vorgefunden, zusammen mit einem seltsamen Stück Papyrus. Seit jenem Tag ist mein Leben Stück für Stück auseinandergebrochen. Und es ist mir bis heute nicht gelungen, es wieder einigermaßen zusammenzukitten.«

Eje musterte ihn ruhig.

»Du weißt, woher der Herzskarabäus stammt?«, fragte er.

Ramose nickte. »Ich hab die Rückseite gelesen. Er gehörte Pharao Echnaton.«

»Den alle inzwischen den großen Ketzer nennen.« Ejes Tonfall hatte etwas Lauerndes bekommen.

»Aus meinem Mund wirst du diese Schmähung nicht zu hören bekommen«, sagte Ramose. »Ich habe dem Pharao stets treu gedient, das weißt du. Im Leben wie auch …« Er schien sich plötzlich verschluckt zu haben.

»… im Tod«, vollendete Eje an seiner Stelle den Satz. »Du hast ihn niemals verlassen. Wenn einer das mit Fug und Recht für sich in Anspruch nehmen darf, dann du.«

Ramose hielt den Kopf gesenkt.

»Ich habe mich damals deinem Befehl gebeugt, Göttervater«, sagte er. »Was du mir in Aussicht gestellt hattest, klang überaus verlockend: ein Neuanfang, ein sicheres, bequemes Leben, eine größere Werkstatt in Waset – ich habe mit beiden Händen zugegriffen. Ein großer Fehler. Das weiß ich heute.«

»Wen sonst hätte ich darum bitten sollen?« Eje hatte sich erhoben und stand jetzt ganz nah vor ihm, die Fingerspitzen aneinandergelegt, als stelle sich ihm noch einmal die Frage von damals. »Du warst der beste Balsamierer der ganzen Sonnenstadt!«

»Ich hätte trotzdem ablehnen müssen«, sagte Ramose dumpf. »Denn dadurch habe ich meine Frau verloren. Als Sadeh zugetragen wurde, was ich getan hatte, hat sie sich angeekelt von mir abgewandt. Mit einem solchen Mann konnte und wollte sie nicht mehr leben.«

Er schien den Tränen nahe.

»Sie hat sogar gedroht, mir das Kind wegzunehmen. Nur durch Zwang konnte ich sie dazu bringen, mir wenigstens Miu zu lassen. Sie war noch so klein damals! Es schien mir einfacher, ihr weiszumachen, ihre Mutter sei gestorben, als sie mit einer Wahrheit zu konfrontieren, die uns beiden nur wehgetan hätte.«

»Du klingst noch heute sehr verletzt, wenn ich dich so reden höre«, sagte Eje.

»Das bin ich! Damals glaubte ich noch, Gefühle wären etwas, das ich mir nicht leisten darf. Heute aber weiß ich, ich hätte auf mein Herz hören müssen. Niemand darf sich anmaßen, Tote aus ihrer Ruhe zu reißen, um sie einer johlenden Meute vorzuwerfen. Auch nicht, um das unsterbliche Leben eines toten Königs und seiner Königin zu schützen.«

»Haremhab hätte keine Gnade gekannt«, sagte Eje. »Den Gott Aton hatten er und seine Anhänger bereits für tot erklärt. Nun wollten sie auch noch das königliche Paar auslöschen, das ihn zum einzigen Gott erhoben hatte, indem sie Echnatons und Nofretetes Mumien einer öffentlichen Schändung preisgaben. Wer in aller Welt hätte sich dem General entgegenstellen können? Tutanchaton, wie er damals noch hieß, war ein unmündiges Kind, das sich niemals hätte wehren können. Wir beide mussten so handeln, wie wir es getan haben!«

Ramose rutschte auf seinem Hocker unbehaglich hin und her. Er spürte die Wirkung des Wermuts in seinem Blut, fühlte sich erhitzt, beinahe fiebrig.

»Kann ein General Göttern Befehle erteilen?«, sagte er. »Mach Haremhab im Nachhinein nicht mächtiger, als er war, Göttervater! Er wollte unbedingt Pharao werden und dazu war ihm jedes Mittel recht. Das ist sein Teil der Schuld. Doch was habe ich getan? Ich habe dir zwei balsamierte Leichen ausgehändigt, damit du sie vor dem Volk als König und Königin ausgeben konntest und somit die Mumien von Echnaton und Nofretete nicht angetastet werden mussten.«

»Du warst sehr mutig damals, Ramose.«

»Mutig? Nein, das war ich sicherlich nicht! Aus Unbedachtheit und Gier habe ich das Leben dieser beiden unbekannten Toten für alle Ewigkeit zerstört. Als ich dann auch noch mit ansehen musste, wie man sie an die Streitwagen band und unter Lachen und Grölen der Zuschauer erbarmungslos durch die Straßen der Sonnenstadt geschleift hat …«

Ramose hielt im Reden inne und schlug sich leicht gegen die Stirn.

»Das also hat der geheimnisvolle Schreiber des Papyrus mit seinem seltsamen Satz gemeint. Er hat auf die Vergangenheit angespielt, und das konnte er nur, weil er offenbar genau wusste, was wir beide damals eingefädelt hatten! Allerdings hat er sich reichlich Zeit gelassen, mich daran zu erinnern.«

»Man hat dich erpresst?«, fragte Eje, dem keine von Ramoses Regungen entgangen war. »Indem man dir das Amulett zugespielt und dich damit an deine alte Schuld gemahnt hat? Was genau solltest du tun?«

»Ich weiß es nicht – das ist ja gerade das Seltsame daran! Jemand hat mir meine kostbarsten Öle gestohlen und sie ausgegossen. Dieser Jemand ist nicht einmal davor zurückgeschreckt, einige Mumien, die man mir anvertraut hat, zu verschandeln. Aber bis heute kam nicht eine einzige konkrete Forderung! Wie passt das alles zusammen? Und jetzt noch diese Anzeige wegen Grabräuberei! Gäbe es nicht unsere frühere Verbindung, mein Leben wäre verwirkt.«

»Sei unbesorgt«, sagte Eje. »Aber ich finde, wir sollten dich noch eine kleine Weile hierbehalten. Lass es nach außen ruhig so aussehen, als wärst du schuldig! Das könnte uns helfen, die wahren Schuldigen leichter dingfest zu machen.«

Eje trat zu ihm und legte ihm die Hand auf die Schulter.

»Was ist es, was dich am meisten ängstigt?«, fragte er. »Keine Angst, Ramose, ich will es nicht gegen dich verwenden! Du hast mir damals einen großen Gefallen erwiesen. Heute bin ich an der Reihe. Also vertrau mir – und rede! Vielleicht finden wir so heraus, wer beschlossen hat, dich zu vernichten.«

»Wenn Sadeh etwas zustoßen würde«, sagte Ramose sofort. »Jetzt, wo wir vielleicht wieder zusammenkommen könnten. Oder schlimmer noch, wenn Miu …«

Die beiden Männer sahen sich an. Im Raum war es sehr still geworden.

*

Verschwitzt kehrte Iset ins Wüstendorf zurück. Der Heimweg war ihr länger und mühsamer denn je erschienen, sie hatte eine Fähre verpasst, weil sie mit ihrem Bauch nicht mehr schnell genug laufen konnte, und bei der Flussüberquerung hatte sie sich das Gezeter einer alten Nachbarin anhören müssen, die halb taub war und deshalb besonders laut redete.

Sheribin nahm sie an der Schwelle in Empfang. Ani wartete ab, bis die Tür sich geschlossen hatte, bevor er sich ebenfalls zeigte.

»Vielleicht entscheidet sich alles bereits heute Abend«, sagte er. »Kenamun und ein paar andere Männer aus dem Wüstendorf sollen zu den Königsgräbern kommen, sobald es dunkel geworden ist. Jetzt rate mal, wer ihnen das befohlen hat!«

Iset und Sheribin sahen ihn fragend an.

»Userkaf!«, sagte Ani triumphierend. »Er und kein anderer ist der Drahtzieher, von dem dein Mann gesprochen hat. Userkaf, der mich der Grabräuberei bezichtigt und dafür sogar ins Loch gesteckt hat. Alles nur, um sich selber reinzuwaschen!«

»Was genau habt ihr vor?«, fragte Iset beklommen. »Auf einmal bekomme ich große Angst.« Keku schien es zu spüren und strich um ihre Beine.

»Ja, sie hat recht«, sagte Sheribin. »Mit diesem schrecklichen Userkaf ist nicht zu spaßen, das weißt du doch.« Ihre Hand berührte Isets Bauch. »Hier drinnen wächst ein Kind, das einen Vater braucht, vergiss das nicht!«

»Es gibt nicht nur korrupte Polizisten«, sagte Ani lächelnd. »Und einem von ihnen, der ganz besonders rechtschaffen und dem Pharao ergeben ist, hab ich vorhin eine Nachricht zukommen lassen. Imeni wird persönlich dafür sorgen, dass sie in den Palast gelangt. Dann werden Userkaf und seine Begleiter heute Nacht womöglich mit überraschendem Besuch zu rechnen haben!«

Falls er ein befreites Lächeln von ihr erwartet hatte, so hatte Ani sich getäuscht. Iset fühlte sich sogar noch verzweifelter als zuvor.

»Was wird dann mit Kenamun geschehen?«, sagte sie. »Wenn man ihn dort zusammen mit den anderen erwischt, ist er doch ebenfalls fällig! Wer wird ihm schon glauben, wenn er aussagt, man habe ihn zum Mitmachen gezwungen? Sie prügeln ihn einfach so lange, bis er seine Schuld eingesteht.«

Sie begann zu weinen. Sogar Keku stieß ein klägliches Quieken aus, als hätte er jedes Wort verstanden.

»Du darfst dich nicht aufregen, Liebes!«, sagte Sheribin mit besorgter Miene. »Das schadet euch beiden.«

»Kenamun hat es deinetwegen getan, Iset«, sagte Ani. »Wegen deiner Familie. Das hat er mir gestanden. Jetzt will ich endlich die wahren Gründe erfahren, und zwar von dir, Sheribin: Wer von euch hat etwas so Schlimmes verbrochen, dass man ihn damit erpressen konnte?«

Sheribin war sehr blass geworden.

»Ich kann es dir nicht sagen«, flüsterte sie. »Das hab ich jemandem schwören müssen.«

»Aber du musst es trotzdem tun«, rief Iset. »Deinem Enkelkind zuliebe. Und für Kenamun!«

Sheribin seufzte, dann griff sie nach dem Tisch, als suche sie Halt.

»Vielleicht ist es besser, wenn es einmal heraus ist«, sagte sie. »Damit diese Lügen endlich ein Ende haben.«

»So schlimm, Mutter?«, fragte Iset beklommen.

Sheribin nickte. »Die Vorfälle gehen zurück in die

Zeiten der Sonnenstadt. Als Pharao Echnaton alle Götter verboten hatte und die Menschen nur noch zu Aton beten sollten. Viele haben sich nicht daran gehalten und heimlich weiterhin die alten Götter verehrt. Doch wenn man dabei erwischt wurde, waren die Konsequenzen schrecklich.«

Sheribin berührte Anis Arm, als wollte sie Abbitte bei ihm leisten. Ihrer Tochter warf sie ebenfalls einen flehenden Blick zu. Würde Iset ihr vergeben können?

»Dein Vater war Vorlesepriester und Schreiber im Lebenshaus. Er hätte die Vorschriften also besser kennen müssen als jeder andere. Doch als deine Mutter zum zweiten Mal schwanger wurde, wurde auch er schwach. Nefer besorgte Taheb eine kleine Statue des Gottes Bes, der Schwangere und Neugeborene beschützen soll. Dabei wurde er beobachtet – und denunziert.«

Ani starrte sie an wie eine Erscheinung. »Aber ich habe doch gar keine Geschwister«, sagte er verdutzt.

»Meine Geschichte ist ja auch noch nicht zu Ende«, antwortete Sheribin. Iset merkte ihrer Mutter an, dass ihr das Weiterreden immer schwerer fiel. »Nefer verlor alles, was er besessen hatte: Haus, Stellung, Ansehen. Hals über Kopf musste er mit euch aus der Sonnenstadt in eine ungewisse Zukunft fliehen. Dabei erlitt Taheb eine Fehlgeburt. Der Gott Bes, für den Nefer so viel riskierte, hat ihr kein Glück gebracht.«

»Wer hat meinen Vater denunziert?«, fragte Ani. »Es klingt so, als wüsstest du das auch.«

Sheribin stieß einen tiefen Seufzer aus.

»Pached, mein Mann«, sagte sie. »Der ebenfalls Schreiber war und hoffte, damit aufzusteigen – was allerdings misslang. Wenig später hat man ihn selber wegen eines ähnlichen Verdachts angezeigt. Auch wir mussten fliehen und haben dabei alles verloren. Nefer allerdings glaubt bis heute, der Verräter von damals, der sein Leben zerstört hat, sei Ramose gewesen. Jemand muss ihm das eingeredet haben.«

Erschrocken schaute Iset von Sheribin zu Ani. Erst nach und nach sickerte die ganze Tragweite des Geschehenen in ihr Bewusstsein. Doch noch immer blieben viele Fragen zurück.

»Und wieso ist dein Vater zu unserem Gönner geworden, nachdem mein Vater ihn damals verraten hatte? Wie kann das sein?«

Anstelle von Ani antwortete Sheribin: »Pached hat seine Tat später bereut. Und er hat Nefer, bevor er starb, Pläne über die Lage der Königsgräber überlassen, als eine Art Wiedergutmachung, wie ich vermute. Wie er an diese Pläne gekommen ist, hat er mir niemals offenbart, und als er schließlich so krank wurde, hab ich irgendwann aufgehört, ihn danach zu fragen.«

Sheribin redete immer schneller, als wäre sie begierig, alles so lange Verschwiegene endlich auszusprechen und hinter sich zu lassen.

»Allerdings habe ich meinen Mann bis zum Schluss bestürmt, Nefer die Wahrheit zu sagen. Kurz vor seinem Ende hat Pached mir dann endlich versprochen, es zu tun. Doch da war es leider schon zu spät. Er starb, noch bevor er sein Versprechen einlösen konnte.«

Jetzt liefen dicke Tränen über ihre Wangen.

»Er hat uns mittellos zurückgelassen. Und als Nefer dann anbot, uns zu unterstützen, habe ich es einfach nicht fertiggebracht, ihm die Wahrheit zu gestehen.« Flehend sah sie

Ani an. »Ich hab mich immer scheußlich dabei gefühlt, das musst du mir glauben! Aber meine Kinder brauchten doch etwas zu essen …«

»Und dafür muss mein armer Kenamun jetzt büßen?«, stieß Iset hervor. »Weil er mit der Tochter eines Verräters verheiratet ist, der auch noch geheime Pläne weitergegeben hat? Wieso hast du mich niemals eingeweiht, Mutter? Ich bin doch schon lange kein kleines Kind mehr!«

Sheribin hatte schluchzend die Hände vor das Gesicht geschlagen.

Ani war schweigend hinausgegangen. Iset folgte ihm nach einer Weile. Keku tapste ihr hinterher und rollte sich auf ihrem Schoß ein, als sie und Ani nebeneinander vor dem Haus saßen.

»Mein Kopf brummt von diesen alten Geschichten«, sagte Ani. »Aber jetzt verstehe ich wenigstens, warum mein Vater immer so verbittert war, so hasserfüllt. Nicht nur an mir hat er das ausgelassen. Niemals habe ich ihn freundlich mit Ramose reden hören. Sogar Miu hat er meistens wie Luft behandelt.«

»Miu!«, rief Iset. »Gütige Isis, steh mir bei! Miu habe ich in der ganzen Aufregung ja vollkommen vergessen!«

»Was ist mit Miu?«, fuhr Ani sie an.

»Sie begeht gerade eine Riesendummheit! Ipi hat ihr eingeredet, er sei im Besitz gewisser Beweise, die ihren Vater retten könnten.«

»Ausgerechnet diesem Ipi traut sie?«, rief Ani. »Diesem widerlichen Kerl? Das kann ich nicht glauben!«

»Weil sie so verzweifelt ist und ihren Vater retten will! Ipi hat sie in Ramoses Werkstatt bestellt. Dort soll sie mehr erfahren.«

»Und wann? Weißt du das auch?«

»Sie müsste eigentlich gerade dort sein«, sagte Iset. »Aber wohin willst du denn …?«

»Zu Miu!« Ani sprang so ungestüm auf, dass der Kater ebenfalls einen wilden Satz machte. »Sie braucht dringend meine Hilfe!«

*

Anchesenamun hatte in blauem Lotosöl gebadet, sich mit weichen Tüchern abtupfen und anschließend massieren lassen. Nach den kundigen Griffen der jungen Nubierin fühlte ihr Körper sich weich und entspannt an, nur die Knöchel waren noch immer geschwollen. Ob sie jemals wieder so zierlich würden wie vor der Schwangerschaft? Manchmal empfand sie das Wesen in ihrem Bauch, das ihre Gestalt so stark veränderte, beinahe als fremd.

Doch solche Gedanken vertrieb die Große Königliche Gemahlin schnell wieder.

»Du bist willkommen, willkommen«, summte sie, während man sie ausgiebig für den festlichen Abend schminkte. »Der künftige Herrscher Kemets – mein Faustpfand für die Freiheit! Nicht mehr lange, und wir beide werden ein wunderbares Leben haben, mein Kleiner!«

Dienerinnen brachten verschiedene Gewänder zur Auswahl, und es dauerte eine ganze Weile, bis Anchesenamun sich entschied. Ihre Wahl fiel schließlich auf ein dünnes weißes Trägerkleid, das die voller gewordenen Brüste unterstrich und eng genug anlag, um den Bauch auf vorteilhafte Weise zur Geltung zu bringen.

Dann rief sie nach den Schmuckanlegerinnen.

Wenig später baumelten stilisierte Lotosblüten aus Lapislazuli an ihren Ohren und den schlanken Hals schmückte ein Collier mit einem prächtigen Skarabäus aus Türkis. Auf Ringe verzichtete sie ganz, weil sie sich nun schwerer über die Finger streifen ließen. Dafür waren ihre nach wie vor schlanken Arme überreich mit Goldreifen geziert.

Sie ließ sich die beiden größten Spiegel bringen und nickte erfreut, als sie ihr Bild zurückwarfen.

Jeder Zoll eine Königin. Niemals zuvor war sie schöner gewesen.

Anchesenamun hörte, wie die Hunde im Nebenraum zu knurren begannen. Eine Hofdame kam atemlos hereingelaufen.

»General Haremhab, Herrin!«, rief sie. »Ich sagte ihm schon, dass du noch beschäftigt bist. Er aber wollte sich nicht abweisen lassen und behauptet, es sei dringend.«

»Er soll hereinkommen«, sagte Anchesenamun. »Und ihr könnt euch alle zurückziehen. Bring mir noch geschwind meine Hunde. Danach brauche ich euch nicht mehr.«

Sie gefiel ihm, sehr sogar, das erkannte sie an seinem bewundernden Blick, noch bevor er den Mund aufgemacht hatte. Der General war bis heute ein anziehender Mann geblieben, über dessen Liebeskünste vielerlei Gerüchte im Umlauf waren, die ihr früher einmal imponiert hatten. Inzwischen jedoch interessierte sie solches Geschwätz nicht mehr. Haremhab war und blieb trotz allem ein Diener – und die künftige Herrscherin Kemets würde sich niemals mit einem Diener einlassen.

»Du bist bereit für heute Abend, Herrin?«, sagte er nach seiner Verneigung.

»Das bin ich, General. Deine Vorbereitungen sind ebenfalls abgeschlossen, wie ich annehme?«

»Alles wie besprochen.« Seine Augen ruhten nicht länger auf ihrem Gesicht, sondern glitten tiefer. Was maßte er sich an? Schließlich war sie nicht eine seiner Feldhuren, die er mit Blicken ausziehen konnte!

»Was, wenn der Pharao sein Vorhaben ändert? Mein Gemahl kann so sprunghaft sein in letzter Zeit. Gibt es dafür eigentlich auch einen Plan?«, fragte sie.

Das Gesicht des Generals verdüsterte sich prompt.

»Tutanchamun wird dieses Rennen fahren«, sagte er dumpf. »Und wenn ich ihn eigenhändig auf den Streitwagen heben muss.«

»Er liebt seine neuen Pferde«, erwiderte Anchesenamun. »Wind und Sturm seien seine engsten Vertrauten, das habe ich ihn erst gestern sagen hören. Wie überaus traurig wäre es doch, wenn Tutanchamun erfahren würde, dass der Mann, der sie ihm geschenkt hat, die Mumie seines toten Vater öffentlich schleifen und damit schänden ließ!«

Haremhab machte einen Schritt auf sie zu. Die Hunde legten die Ohren an und setzten sich auf.

»Spiel nicht mit mir«, sagte er drohend. »Alles, was geschieht, geschieht allein um deinetwillen. Falls ich aber annehmen müsste, dass du mich hintergehen willst, nachdem ich es getan habe …«

Sie erwiderte seinen Blick ohne Angst.

»Du willst Pharao werden«, sagte sie. »Doch das kannst du erst, nachdem der Falke zum Himmel geflogen ist. Vergiss das nicht, General.« Lächelnd ließ sie sich zurücksinken und wirkte auf dem nachtblauen Kissen wie eine kostbar dekorierte Götterstatue aus Fleisch und Blut. »Verlass uns jetzt! Das Kind und ich brauchen dringend Ruhe.«

Schon halb im Gehen, drehte Haremhab sich noch einmal um.

»Mich zu unterschätzen, wäre ein grober Fehler«, sagte er. »Das haben schon andere zu spüren bekommen. Ich weiß von jenem Brief an den König der Hethiter, den Ejes Leute abgefangen haben. Ich weiß auch, dass du ihn geschrieben hast, was Tutanchamun sicherlich brennend interessieren würde. Mach dir übrigens über die geschändeten Mumien keine Sorgen! Dieses Problem wird es schon morgen nicht mehr geben.«

»Wir machen uns keine Sorgen«, murmelte sie in seinen Rücken. »Der künftige Erbe Kemets und ich!«

*

Mit einem merkwürdigen Gefühl im Bauch näherte sich Ani der Werkstatt des Balsamierers. Langsam wurden die Schatten länger, und die Sonne verlor ihre Glut, doch ihm war heißer als sonst unter sengender Mittagshitze.

Von Anfang an hatte er Ramoses Gehilfen verabscheut, weil ihm Ipis gierige Blicke nicht entgangen waren, die er dem Mädchen zugeworfen hatte. Doch das war nicht der einzige Grund für Anis Abneigung. Etwas Ungutes ging von Ipi aus, eine Aura der Gemeinheit und Niederträchtigkeit, die Ani abstieß. Einem Ipi war alles zuzutrauen. Miu ausgerechnet in dessen Gewalt zu wissen, machte ihn wütend wie einen jungen Stier.

Zu seinem Erstaunen schienen die Arbeiter ihre Tätigkeit bereits beendet zu haben. Die Werkstatt war still. Nirgendwo auch nur ein Zeichen von Leben.

Ani rüttelte an der Haupttür. Vergebens.

Er klopfte und rief. Keinerlei Antwort.

War das ein gutes oder ein schlechtes Zeichen?

Wieder umrundete er das lang gestreckte Gebäude und fühlte sich schon ein wenig ratlos, als ihm plötzlich eine Szene einfiel, die ein paar Jahre zurücklag. Damals hatte er beobachtet, wie Ramose einen Seiteneingang benutzt hatte, und nach jenem sah er sich nun um.

Seine Erinnerung hatte ihn nicht getrügt. Da war sie, eine kleine, unscheinbare Tür, die man leicht übersehen konnte.

Ani bewegte den abgegriffenen Knauf – und befand sich im Inneren des Gebäudes.

»Miu!«, rief er. »Miu – bist du hier irgendwo?«

Die Räume, in denen die Mumien aufgebahrt waren, durchquerte er rasch. Allerdings fiel ihm auf, dass es hier keineswegs so peinlich ordentlich war, wie er es von früheren Besuchen her gewohnt war. Alles schien leicht verschoben, verschiedene Gegenstände standen sinnlos herum, man merkte, dass Ramoses ordnende Hand fehlte.

Die Gegenwart der präparierten Toten machte Ani nichts aus, auch nicht der Geruch, der in allen Räumen in der Luft hing. Überall schaute er nach, rief immer wieder Mius Namen, öffnete alle Türen, spähte in jeden Kasten.

Keine Spur von einem Kampf, was ihn beruhigte.

Doch wo steckten Miu und dieser Widerling? Hielt Ipi sie womöglich irgendwo gegen ihren Willen gefangen?

Als Ani als Letztes die Kammer erreicht hatte, wo die Amulette für die Grabbeigaben gelagert wurden, atmete er unwillkürlich leichter. Hier hatte er sich auch schon als

Heranwachsender am wohlsten gefühlt, als ob die Gegenwart so vieler Schutzgegenstände ihn behütet hätte.

Udjat-Augen, Isis-Schwingen, heilige Pillendreher, alles war genau so, wie er es im Gedächtnis bewahrt hatte.

Doch von Miu oder Ipi auch hier keine Spur.

Er wollte die Kammer schon wieder verlassen, da fiel sein Blick auf einen Streifen Papyrus, der unter einem Salbgefäß hervorblitzte. Mehr aus Gewohnheit denn aus Neugierde zog Ani ihn ganz heraus.

Erkenne dein Verbrechen an, las er – und erstarrte.

Er kannte diese kühne, wie gestochen scharfe Handschrift mit ihren charakteristischen Bögen nur zu gut. Unter Dutzenden hätte Ani sie herausfinden können, und seine eigene Handschrift war dieser hier sogar recht ähnlich, was allerdings nicht weiter verwunderlich war.

Denn der Mann, der diese Worte geschrieben hatte, hatte ihm ja Lesen und Schreiben beigebracht: Nefer, sein eigener Vater.

Doch da lag noch etwas auf dem Boden, gleich neben dem Tisch, das er erst jetzt bemerkte. Ani bückte sich danach, hob es auf und roch daran.

Ihr unverwechselbarer Duft, frisch, leicht, ein wenig geheimnisvoll!

Wie passte das zusammen – der Papyrus mit diesem seltsamen Satz und eines der breiten blauen Bänder, wie Miu sie so gern im Haar trug?

Sie war also hier gewesen. War das Band eine Botschaft, eine Art Hilferuf?

Wohin hatte Ipi Miu verschleppt?

Zwölftes Kapitel

Alles um sie herum war stickig und dunkel, nur Ipis Fackel spendete trübes Licht. Wenn die Finsternis sie nicht verschlucken sollte, musste Miu sich möglichst dicht hinter ihm halten. Inzwischen verstand sie sich selber nicht mehr. Welcher Wahnsinn hatte sie dazu getrieben, sich auf dieses Abenteuer einzulassen?

Ihren überstürzten Entschluss, Ipi zu folgen, bereute sie zutiefst.

Schon auf dem Weg von der Werkstatt ins Tal der Könige war es Miu immer mulmiger zumute geworden, je näher sie den Felsengräbern gekommen waren. Noch jetzt brannten ihre Beine von den Abschürfungen, die sie sich beim Abstieg zugezogen hatte, weil sie mit ihren abgelaufenen Binsensandalen auf dem rutschigen Schotter immer wieder ausgeglitten war.

Es war nicht so sehr das Grab an sich, welches ihr solch großes Unbehagen bereitete. Es belastete sie vielmehr der Frevel, der darin bestand, die ewige Ruhe von Bestatteten zu stören. Als Tochter eines Balsamierers waren Miu der Tod und alles, was mit ihm zusammenhing, von Kindesbeinen an weder fremd noch unheimlich gewesen. Leben und Sterben gehörten zusammen, das hatte sie von Papa schon als kleines Mädchen gelernt. Doch jetzt und hier ausgerechnet hinter Ipi in ein stockdunkles Nichts zu stolpern, war etwas ganz anderes.

»Ich geh nicht mehr weiter«, hörte Miu sich zu ihrer eigenen Überraschung plötzlich rufen. »Nicht einen einzigen Schritt! Es sei denn, du rückst endlich damit heraus, was wir hier eigentlich finden sollen!«

»Noch ein wenig Geduld, meine Schöne! Wir sind gleich am Ziel.«

»Das hast du vorhin schon behauptet.« Miu musste all ihren Mut zusammennehmen, um wirklich auf der Stelle stehen zu bleiben, weil der Abstand zwischen ihnen größer und die Dunkelheit damit tiefer geworden war. »Aber inzwischen sind wir endlos weitergelaufen. Deine Beweise – wo sind sie denn?«

»Bist du schwerhörig, Mutemwija?«, rief Ipi und ging ungerührt weiter. »Ich habe dir doch gesagt, dass wir gleich da sind!«

Er hatte die Fackel, und wenn Miu nicht in völliger Finsternis zurückbleiben wollte, blieb ihr nichts anderes übrig, als wieder zu ihm aufzuschließen.

Zu ihrer Angst gesellte sich nun aber Zorn, was sich gleich viel besser anfühlte. Denn eben noch hatte sie den Tod überall zu riechen geglaubt, hatte ihn als feinen Staub auf ihrer Haut gespürt und sogar auf den Lippen geschmeckt. Was hätte sie jetzt für den Anblick der strahlenden Sonne gegeben! Oder dafür, eine schmale Mondsichel am klaren Nachthimmel sehen zu können. Stattdessen kroch sie hinter Ipi einem ungewissen Ziel zu.

Er blieb plötzlich so abrupt stehen, dass Miu fast mit ihm zusammengeprallt wäre.

»Hier?«, sagte sie laut, um mit ihrer Stimme diese schreckliche Stille zu füllen. »Was soll hier schon sein? Ich sehe gar nichts!«

Sie waren in einer Art Vorraum angekommen und konnten sich endlich aufrichten, nachdem sie zuvor wegen der geringen Höhe des Gangs nur gebückt vorangeschlichen waren. Ipi steckte die Fackel in eine Wandhalterung, so gelassen und selbstverständlich, dass Miu eine schreckliche Gewissheit erfasste.

Ipi kannte sich hier offenbar bestens aus. Er musste schon öfter hier gewesen sein!

»Du gehörst zu den Grabräubern«, entfuhr es ihr. »Und alles, was man meinem unschuldigen Vater vorwirft, hast eigentlich du verbrochen!«

Sein Dauergrinsen erschien ihr im unruhigen Schein der Fackel wie eingemeißelt.

»So unschuldig, wie du es gern hättest, ist dein Vater nicht«, sagte Ipi. »Es gibt da einige Leute, die noch offene Rechnungen mit ihm haben. Und die muss Ramose nun bezahlen – so ist nun mal das Leben!«

Wo war sie hier nur gelandet?

Zuerst hatte Miu angenommen, die Mauern wären nackt und die Bilder, die sie dort zu sehen glaubte, nur eine Ausgeburt ihrer aufgewühlten Fantasie, doch sie hatte sich geirrt. Die unebenen Wände waren bemalt, wenngleich offenbar in großer Hast, denn man hatte ganze Felder farblich ausgespart, anderes wiederum nur mit ein paar dunklen Strichen skizziert, als ob die Arbeiter lediglich eine kurze Pause einlegt hätten, bevor sie gleich wieder ihre Tätigkeit aufnehmen würden.

Direkt vor sich erkannte Miu einen liegenden Anubis,

pechschwarz wie Anchesenamuns riesige Hunde, mit spitzen Ohren und gelben Augen, so lebensecht, dass man ihn fast knurren hören konnte!

Ipi war ihren suchenden Blicken gefolgt.

»Er bewacht dich hier unten und er bewacht dich gut! Denn allein wirst du den Ausgang niemals finden«, sagte er. »Das kannst du gleich vergessen. Es gibt da einen jungen, begabten Tunnelbauer aus dem Wüstendorf, der die besten Irrgänge anlegen und täuschend echte Scheintüren bauen kann. Seine Kunstfertigkeit bewundere ich schon seit Langem. Doch in diesem Grab hat Kenamun sich selber übertroffen.«

Sein Lachen hatte Ähnlichkeit mit dem Meckern eines Ziegenbocks. Miu bekam Gänsehaut, wie so oft in seiner Nähe.

»Kenamun? Ich glaub dir kein Wort«, rief sie. »Für einen wie dich würde Isets Mann keinen Finger rühren! Das sagst du doch alles nur, um mich einzuschüchtern, aber das wird dir nicht gelingen. Zum letzten Mal, Ipi: Rück endlich diese versprochenen Beweise heraus – oder ich will auf der Stelle wieder raus!«

»Beweise, Beweise, immer nur Beweise! Wir brauchen keine Beweise, um jemanden ins Gefängnis zu bringen. Warum willst du es nicht einfach kapieren?«, sagte er lauernd. »Ein so kluges Mädchen – und dann doch wieder so entsetzlich dumm!«

»Wovon redest du?«

»Von dir und mir natürlich! Dass wir für immer zusammengehören. Weil wir füreinander bestimmt sind. Du wirst meine Frau, Mutemwija. Hör endlich auf, dich dagegen zu sträuben, denn es wird ohnehin geschehen. Wenn es sein muss, dann meinetwegen schon hier, im Grab des großen Ketzers!«

»Niemals!«, schrie Miu. »Und wage bloß nicht, mich anzurühren! Du lässt mich jetzt sofort gehen oder …«

»So klug, wie du bist, hast du bestimmt auch ein hervorragendes Gedächtnis!« Er redete einfach weiter, als hätte er sie gar nicht gehört! Miu spürte, wie ihr innerlich ganz klamm zumute wurde. Warum nur war Mama jetzt nicht bei ihr oder Großmama, um diesen Widerling ein für alle Mal in seine Schranken zu weisen? »Dann weißt du sicherlich noch, wie ich dir von jenem Tag erzählt habe, an dem Himmel und Erde die Plätze tauschen werden?«

Auf einmal hielt er wieder die Fackel in der Hand. Was genau hatte er damit vor?

Mius Augen irrten hin und her.

»Dieser Tag ist heute, Mutemwija. Und damit du ihn auch in vollen Zügen genießen kannst, werde ich dich jetzt ein Weilchen allein lassen.«

Seine Stimme war leiser geworden, denn er hatte sich Schritt für Schritt von ihr entfernt.

»Untersteh dich!«, rief Miu. »Was fällt dir ein, Ipi? Komm auf der Stelle zurück!«

Sein Licht konnte sie noch sehen, doch ihre Beine weigerten sich, ihm zu folgen, so groß war ihre Abscheu.

»Du rufst nach mir?« Sie musste sich anstrengen, um ihn noch zu hören, so weit entfernt war er offenbar schon. »Welch lieblicher Ton – und wie lang hab ich mich vergeblich danach verzehren müssen! Doch noch immer vermisse ich in deiner Stimme den Schmerz der Sehnsucht und den Hauch des Verlangens. Ich denke, ich werde beides vorfinden, wenn ich wieder zu dir zurückkehre. Leb wohl, meine Mutemwija …«

Miu war allein.

Die Dunkelheit leckte mit gierigen Zungen nach ihr.

*

Der Mond war aufgegangen, als Ani den *Graureiher* erreichte. Die letzte Fähre für heute hatte ihn zum Ostufer gebracht. Wenn er nachher noch zurück zum Westufer wollte, musste er andere Wege finden, um den großen Fluss zu überqueren, was nachts gefährlich war, weil dann die Kinder Sobeks auf Jagd gingen.

Taheb räumte gerade die hinteren Tische ab und hielt mittendrin inne, als hätte sie auf einmal Anis Anwesenheit gespürt.

Langsam drehte sie sich zu ihm um.

Ihre Augen wurden groß. Sie hob den Arm, lächelte kurz, aber rührte sich nicht vom Fleck.

Nefer war schneller gewesen und stand schon neben ihm.

»Lass uns besser nach oben gehen«, flüsterte er. »Zweimal waren sie schon hier, um nach dir suchen. Sie könnten jederzeit zurückkommen!«

Ani folgte ihm, und offenbar gelang es auch Taheb, der jungen Bedienung ihre Abwesenheit plausibel zu machen, denn sie kam nur wenige Momente später ebenfalls hinzu und entzündete zwei Öllampen, bevor sie ihren Sohn näher in Augenschein nahm.

»Geht es dir gut? Was machst du nur für Sachen!« Unter Tränen umarmte sie ihn. »Keine Nacht mehr geschlafen haben wir, mein Junge. Die Sorge um dich frisst uns noch auf!«

»Aber ihr braucht euch nicht zu sorgen!«, rief Ani, die Augen fest auf Nefer gerichtet. »Denn ich habe nichts getan, für das ich mich schämen müsste. Ich habe nur leider einen korrupten Vorgesetzten, der mir alle Schuld zuschieben möchte – Userkaf!«

»Mit dem habe ich gesprochen«, sagte Taheb. »Aber da warst du noch eingesperrt.« Ihr Blick glitt zu seinem Bein. Ani schüttelte unmerklich den Kopf.

»Im Gefängnis hätte ich meine Unschuld doch niemals beweisen können«, sagte er. »Darum bin ich ja auch geflohen. Aber ich bin nicht meinetwegen hier, sondern wegen diesen Worten hier.« Er holte den Papyrusfetzen heraus und hielt ihn Nefer hin. »Deine Schrift, Vater! Ich hab sie sofort erkannt. Verstanden allerdings hab ich nicht, was du da geschrieben hast. Was hat dieser Satz aus deiner Hand in Ramoses Werkstatt verloren?«

Nefer war auf einmal wie erstarrt. »Woher hast du das?«

»Das habe ich doch schon gesagt«, wiederholte Ani ungeduldig. »Zufällig bei Ramose gefunden. Warum hast du das geschrieben, Vater?«

»Weil ist es die Wahrheit ist.«

»Du beschuldigst Ramose eines Verbrechens?«, sagte Ani. »Was soll er denn getan haben?«

»Unser Leben hat er zerstört! Dafür muss er büßen.« Nefers dunkle Augen loderten. »Die Schmähung. Die gefährliche Flucht. Niemals mehr Schreiber sein zu dürfen. Diese miese, kleine Schenke, in der ich allmählich verrotte – all das hat kein anderer als Ramose zu verantworten!«

»Ramose, der Mann meiner Cousine?«, rief Taheb. »Wie kommst du denn ausgerechnet darauf?«

»Jemand hat es mir versichert«, sagte Nefer. »Jemand Hochstehendes. Jemand, der keinerlei Anlass hatte, mich zu belügen.«

»Vielleicht ja doch!«, widersprach Ani. »Denn du hast jahrelang den Falschen beschuldigt. Ramose hat nichts damit zu tun!«

»Du hast doch keine Ahnung!«, stieß Nefer wutentbrannt hervor. »Führst hier mit der Unbarmherzigkeit der Jugend große Reden – und weißt gar nichts ...«

»Und ob ich etwas weiß!«, fiel Ani ihm ins Wort. »Nicht Ramose hat dich damals verraten, sondern Pached, Sheribins Mann.«

»Pached? Was redest du da für Unsinn? Pached war mein Freund – bis in den Tod! Und danach hab ich für seine Familie gesorgt, wie es ein guter Freund eben tut.«

»Das hast du vielleicht geglaubt! In Wahrheit war es sein schlechtes Gewissen, was ihn getrieben hat. Sheribin hat deine Großzügigkeit nur angenommen, weil sie verzweifelt war und Angst um die Zukunft ihrer Kinder hatte. Doch für diese Schwäche hat sie sich jedes Mal zutiefst geschämt.«

Ani war fest entschlossen, die ganze Wahrheit zu sagen – endlich, auch wenn sein Vater schon jetzt nach Luft rang.

»Pached hat dir jene Pläne über die Königsgräber zur Verfügung gestellt, bevor er starb«, fuhr er fort. »Weil er sein Gewissen zumindest ein wenig entlasten wollte. Den Mut allerdings, seine ganze Schuld zu bekennen, besaß er nicht.«

»Was für Pläne?«, rief Taheb dazwischen. »Und wieso

redest du auf einmal von Königsgräbern? Ich verstehe gar nichts mehr!«

Nefer machte eine Bewegung, als wollte er sich auf seinen Sohn stürzen.

»Du kommst hierher, nachdem du uns vor Sorgen halb um den Verstand gebracht hast, und wagst es, solche Ungeheuerlichkeiten zu behaupten?«, schrie er.

»Sheribin hat mir alles gestanden«, sagte Ani. »Und sie ist auch bereit, es jederzeit in deiner Gegenwart zu wiederholen. Der Verräter in der Sonnenstadt, der dich verpfiffen hat, war Pached, nicht Ramose. Womit hast du Mius Vater gedroht? Etwa damit, seiner Tochter etwas anzutun?«

»Was hat Miu denn damit zu tun?« Taheb stemmte die Arme in die Hüfte. »Ich verlange eine Erklärung von dir, Nefer. Aber überleg dir gut, was du jetzt sagst! Denn wenn es stimmt, was der Junge da behauptet ...«

»Miu ist verschwunden«, sagte Ani brüsk. »Darum geht es jetzt vor allem. Offenbar zusammen mit diesem Ipi, der sie zuvor in die Werkstatt gelockt hat. Dort hab ich vorhin ihr blaues Haarband gefunden.«

Er legte es vor seine Eltern auf den Tisch.

»Wo könnte Miu sein, Vater? Hast du vielleicht eine Idee?«

»Ipi, sagst du? Ausgerechnet Ipi?«, murmelte Nefer, der auf einmal äußerst nachdenklich schien.

»Du kennst ihn? Dann rede, wenn du etwas weißt!«, rief Ani.

»Er hat mir einmal einen großen Gefallen erwiesen, jedenfalls dachte ich das damals. Allerdings war er mir vom ersten Augenblick an nicht ganz geheuer, das müsst ihr mir glauben!«

Unsicher wanderte sein Blick zwischen Frau und Sohn hin und her.

»Wo kann er sie hingebracht haben?«, wiederholte Ani. »Denk nach, Vater! Wenn Miu jetzt etwas geschieht, würde ich dir das niemals verzeihen!«

»Ich habe aber nicht die geringste Ahnung!«, rief Nefer. »Er führt im Geheimen ein Doppelleben. Tagsüber spielt er den braven Gehilfen des Balsamierers, doch er hat noch eine zweite Existenz: Er gehört zu der Grabräuberbande, nach der du fahndest.«

»Zu denen, die Echnatons Grab geplündert haben?« Ani war kalkweiß geworden.

Und auch sein Vater schien endlich zu begreifen, das erkannte Ani an dessen jäh versteinerter Miene. »Du glaubst doch nicht etwa, er hat das Mädchen ausgerechnet in jenes Grab gebracht?«, sagte Nefer.

»Genau dort werden heute Nacht Soldaten des Pharaos die Grabräuber stellen, vorausgesetzt, alles läuft so, wie ich es eingefädelt habe. Vielleicht ist es ja bereits so weit. Dann könnte es für Miu lebensgefährlich werden!«, rief Ani.

Jetzt saß blanke Angst in Tahebs Augen.

»Du musst sie retten, Junge«, rief sie. »Sadeh darf ihre Tochter nicht zum zweiten Mal verlieren!«

»Nichts anderes habe ich vor«, sagte Ani grimmig. »Doch dazu muss ich erst einmal hinüber! Wie komme ich jetzt so schnell wie möglich zum Westufer, Vater?«

»Wir nehmen mein Boot, Ani. Du ruderst – und ich leuchte durch die Nacht.«

»Wir?« Anis Stimme zitterte leicht.

»Wir beide«, sagte Nefer. »Ich bin an deiner Seite, mein Sohn!«

Rings um die neue Rennbahn des Pharaos flackerten im aufkommenden Nachtwind aufgesteckte Fackeln an hohen Holzmasten. Der Sand der Bahnen war frisch aufgeschüttet worden. Zu langsam ansteigenden Trommelklängen füllte sich nach und nach die Tribüne am Kopfende. Keiner der Höflinge oder hohen Staatsbeamten fehlte. Sie alle waren gekommen, festlich herausgeputzt und je nach Amt und Bedeutung kostbar geschmückt.

Ein Raunen ging durch die Menge, als schließlich als Letzte die Große Königliche Gemahlin erschien, flankiert von ihren hochbeinigen Hunden, deren tiefschwarzes Fell das Weiß ihres Gewandes und das Gold des schweren Geschmeides noch strahlender wirken ließ. An der Seite einer Hofdame nahm sie in der ersten Reihe Platz. Auf einen knappen Befehl hin legten Tjesem und Tjesmet sich zu ihren Füßen nieder.

Hinter ihr beugte sich Haremhab leicht nach vorn. »Wo steckt Eje?«, flüsterte er. »Wir hatten doch vereinbart, dass der Alte unbedingt dabei sein soll!«

»Großvater kann sein Bett leider nicht verlassen«, flüsterte Anchesenamun zurück. »Zweimal war der Sunu heute schon bei ihm. Die Bürden des Alters machen ihm offenbar schwer zu schaffen.«

Mit einem zufriedenen Lächeln lehnte der General sich zurück.

Jetzt fuhr der Streitwagen des Pharaos ein, goldglänzend im Fackelschein. Sogar das Zaumzeug der Pferde war vergoldet; ihre Stirnriemen schmückten große Edelsteine.

Wind, der Braune, schien von dem ganzen Spektakel recht unbeeindruckt, während in dem schwarzen, schlankeren Hengst namens Sturm sichtlich die Aufregung schwelte. Er schnaubte und tänzelte, machte sogar Anstalten zu steigen. Erst die warme Berührung der Hand Tutanchamuns ließ ihn ein wenig ruhiger werden.

»Du hast den Wagen gründlich überprüft?«, fragte der Pharao, der ebenfalls ganz in Gold und Weiß gekleidet war, als er sich zum Aufsteigen bereit machte. Sein Kopf war unbedeckt und frisch rasiert, was ihn besonders jungenhaft aussehen ließ. »Räder? Speichen? Achsen? Alles in bester Ordnung?«

»Das habe ich, mein König, du mögest leben, heil und gesund sein.« Der Wagenmeister verneigte sich tief. »Erst heute Nachmittag habe ich die Räder eigenhändig mit besonders starkem Leder bezogen. Du wirst auf dem Sand wie ein Pfeil dahinfliegen!«

Tutanchamun griff nach den Zügeln.

»Dreißig scharfe Runden«, sagte er. »Heute Abend werde ich meinen eigenen Rekord brechen.«

*

»Ihr fangt hier an, am Grab der Ketzerhure«, sagte der Mann mit dem Geierprofil, der in einen langen, dunklen Umhang gehüllt war, wie ihn die Bewohner der großen Oasen trugen. »Ich will ein schönes starkes Feuer, das lange brennt. Von Nofretete soll nichts als ein Häuflein Asche übrig bleiben. Ihr habt doch ausreichend Holz und Zunder mitgebracht?«

»Das haben wir, Herr«, antwortete Userkaf. »Wo genau sollen die Männer das Feuer entfachen? Gleich hier am Eingang? Dann können die Flammen sich langsam nach drinnen fressen.«

»Unsinn!«, blaffte der andere. »Ihr kriecht hinein. Erst wenn ihr in der Grabkammer seid, legt ihr Feuer. Die Mumie muss verbrennen, kapiert? Ganz und gar!«

»Ihr? Ich soll da mit hinein?«, fragte Userkaf entsetzt. »Davon war bislang niemals die Rede!«

»Der Anführer steht stets ganz vorn«, sagte der Mann ungerührt. »Im Leben wie auch im Sterben. Das sollte einer wie du verstanden haben.«

»Aber wie sollen wir da heil herauskommen?«

»Mit euren Beinen. Womit sonst? Vorausgesetzt, ihr lauft schnell genug.« Er hatte den Umhang zurückgeschlagen, gerade weit genug, damit Userkaf den Dolch an seinem Gürtel blitzen sah.

War er allein gekommen? Jedenfalls war weit und breit kein anderer zu sehen. Was, wenn Userkaf seine Männer zusammenriefe und sie ihn gemeinsam unschädlich machten? Eine Vorstellung, die ihm sehr verlockend erschien.

»Versuch es lieber erst gar nicht!«, sagte der Mann mit dem Geierprofil, als wüsste er genau, was gerade in Userkafs Kopf vorging. »Was einen Verräter erwartet, ist ungleich schlimmer als ein wenig verbrannte Haut. Und jetzt fangt endlich an! Schließlich wartet ja noch ein zweites Grab auf uns.«

Steifbeinig näherte Userkaf sich den wartenden Männern.

»Wir gehen hinein«, sagte er. »Alle zusammen. Sobald wir tief genug drin sind, legen wir das Feuer.«

Keiner rührte sich.

»Habt ihr mich nicht verstanden?«, bellte Userkaf. »Er hat uns alle in der Hand! Wenn wir nicht gehorchen, sind wir tot.«

»Das sind wir vielleicht so oder so«, muckte einer Männer auf. »Wer sagt uns denn, dass er nicht vorhat, uns alle jämmerlich verbrennen zu lassen?«

»Das wird er nicht. Weil es nämlich noch eine zweite Mumie gibt, die auch zu Asche werden soll. Also?« Userkaf wandte sich zum Gehen. »Wo steckt eigentlich Kenamun?«, fragte er, weil ihm dessen Fehlen jetzt erst aufgefallen war.

»Zwei von uns mussten ihn nach Hause bringen. Er hat sich das Bein verletzt. Konnte kaum noch humpeln.«

Userkaf spürte, wie Zorn in ihm aufwallte.

»Mit diesem unverschämten Kerl rechne ich persönlich ab«, sagte er. »Sobald unser Einsatz beendet ist. Kommt, Männer, wir haben keine Zeit zu verlieren!«

*

Überall war Dunkelheit, war sogar in Miu hineingeflossen wie ein zäher Brei. Nur hinter ihren schmerzenden Lidern war es taghell, denn der alte Albtraum hielt sie unbarmherzig in seinen Fängen. Immer wieder drängte er sich vor ihr inneres Auge und diesmal schien er ihr mehr zu offenbaren als je zuvor. Aber was der Traum ihr zeigte, hätte sie lieber nicht gesehen.

Sie sitzt auf den Schultern des Geiermanns und kann sich die Augen nicht zuhalten, denn sie braucht ihre Hände, um sich an ihm festzukrallen, damit sie nicht herunterfällt.

Überall geifernde Gesichter, offene Münder, gellende Schreie. Die Menge ist wie entfesselt. Leiber drängen nach vorn, Leute schlagen um sich, wollen die Vorderen wegdrängen, um ja nichts zu verpassen. Sie bekommt einen harten Schlag in die Seite, der sie zusammenzucken lässt.

»Siehst du, was gerade passiert, Kleine? Jetzt bereiten sie dem Ketzer und seiner Hure auf ewig den Garaus! Pass gut auf!«

Grobe Hände packen sie, zerren sie herunter und schieben sie nach vorn. Sie hat keinen Boden unter den Füßen; ihre Beine baumeln ins Nichts. Der Geiermann hält sie wie in einem Schraubstock gefangen vor seiner Brust.

»Du hast doch die Augen ganz weit auf? Denn das hier sollst du niemals vergessen!«

Sie sieht zwei Streitwagen, golden und prachtvoll, in wilder Fahrt. Doch was ist das Dunkle, das sie hinter sich herschleifen?

Die aufjohlende Menge gibt ihr die Antwort.

»Nieder mit Echnaton, dem Ketzer! Nieder mit Nofretete, seiner Hure – schleift ihre Mumien, bis sie in Fetzen hängen ...«

Das Licht der Fackel, das sie ohne Vorwarnung traf, erschien Miu unerträglich grell.

»Ich bin zurück«, sagte Ipi, und seiner Stimme merkte sie an, dass er dabei grinste. »Bist du bereit, meine süße Braut? Oder soll ich deinen Aufenthalt in Stille und Abgeschiedenheit noch einmal um unbestimmte Zeit verlängern?«

Miu war aufgesprungen und drückte sich mit dem Rücken gegen die Wand. Die Rauheit des Felsgesteins machte sie schlagartig hellwach.

»Deine Braut? Niemals!«, rief sie. »Und wenn du mich bis zum Ende aller Tage hier unten einsperrst. Aber das wirst du nicht, denn ich habe heimlich ein Zeichen hinterlassen. Ani wird kommen und mich herausholen – und dann ist dein letztes Stündchen angebrochen!«

Die Idee, Ani ins Spiel zu bringen, war ihr ganz plötzlich eingefallen, dabei war es eher ein Zufall gewesen, dass sie ihr Haarband in der Werkstatt zurückgelassen hatte. Jetzt aber erschien es ihr wie das letzte bisschen Hoffnung, an das sie sich noch klammern konnte.

»Ani?« Ipi brach in lautes Gelächter aus. Seine Augen aber hatten für einen kurzen Moment erschrocken gewirkt. »Du musst eine ausgezeichnete Senet-Spielerin sein, bei dem taktischen Geschick, über das du verfügst. Doch mich führst du nicht hinters Licht. Ani hat nicht die geringste Ahnung, dass du hier bist!«

»Und wenn doch?« Sie spürte, dass sie ihn verunsichert hatte, und diesen Vorteil musste sie nutzen!

»Dann werden wir eben umso schneller sein müssen, meine Schöne.« Ipi packte sie am Handgelenk und zerrte sie weiter in die Dunkelheit. »Unser Hochzeitslager wartet gleich nebenan!«

*

Anis Kiefer tat weh, so fest hatte er die Zähne zusammengebissen, doch ob er wollte oder nicht, er musste schon wieder eine Pause einlegen. Nefer betrachtete ihn voller Mitgefühl. Es war wohl nicht das erste Mal seit Anis Rückkehr aus dem Kusch-Feldzug, dass seinem Vater wirklich bewusst wurde, was er ständig zu ertragen hatte.

»Schau mich nicht so mitleidig an wie einen geprügelten Hund«, sagte Ani, dem die verstohlenen Blicke nicht entgangen waren. »Hilf mir lieber auf, damit wir endlich zu Miu kommen.«

»Dieser Weg über das Geröll mitten in der Nacht ist

der reinste Wahnsinn.« Nefer hielt in der einen Hand die Fackel, die andere streckte er ihm entgegen. »Ein falscher Schritt – und wir liegen beide mit gebrochenem Genick dort unten!«

»Noch ein paar dieser Verzögerungen, und Miu lebt vielleicht nicht mehr«, knurrte Ani, den die eigene Hilflosigkeit immer wütender machte. »Gehen wir!«

Zum Glück hatten sie inzwischen den Kamm des steilen Berges erreicht, doch noch lag der Abstieg vor ihnen, der wesentlich schwierigere Abschnitt, wie Ani aus eigener Erfahrung wusste. War das dort drüben nicht der Felsvorsprung, der ihm damals Schutz geboten hatte? Alles in ihm sehnte sich nach Ruhe und Erholung, doch im Stillen redete er seinem Bein gut zu und zwang sich, nicht mehr an eine Pause oder gar an Aufgeben zu denken.

Plötzlich spürte er einen leichten Schlag auf der Schulter.

»Da bist du ja endlich«, sagte Kenamun, der auf einmal hinter ihm aufgetaucht war. Falls er über Nefers unerwartete Gegenwart erstaunt war, ließ er es sich nicht anmerken. »Allerdings bist du reichlich spät dran. Was hat dich aufgehalten?«

»Ipi hat Miu verschleppt«, sagte Ani. »Jedenfalls nehme ich das an. Ich hab meinen Vater zu Hilfe geholt. Wir vermuten, dass er sie in Echnatons Grab gebracht hat.«

»Dann sollten wir uns beeilen! Bei einem der beiden Königsgräber waren sie nämlich schon«, sagte Kenamun.

»Die Soldaten des Pharaos?«, fragte Ani hoffnungsvoll. »Sie sind da? Du hast sie gesehen?«

Kenamun zuckte die Schultern. »Ich meinte die Grabräuber. Von den Soldaten sah ich bisher noch keinen einzigen.«

*

Sein Körper war schweißbedeckt, der Kopf glühte. Auch die Pferde waren nass vor Anstrengung, aber sie galoppierten noch immer so schnell wie niemals zuvor. Der Stallmeister hatte recht gehabt – so musste es sein, wenn man flog!

Tutanchamun fühlte sich glücklich und stark, als beim Umrunden die Tribüne erneut in Sicht kam. Am liebsten hätte er die Hand gehoben, um die Zuschauenden zu grüßen, doch seine beiden Hände mussten jetzt am Zügel bleiben, dessen Leder sich tief in seine Ballen eingeschnitten hatte, so fest hielt er ihn.

Plötzlich lautes Knurren.

In wildem Lauf jagten zwei schwarze, schlanke Tierleiber auf den Streitwagen zu und sie trieben etwas sehr viel kleineres Rötliches vor sich her.

Jamu, verfolgt von den Hunden seiner Frau!

Für die Dauer eines Schlages schien das Herz des Pharaos auszusetzen, denn der Feuerkater schoss in seiner Panik direkt auf die donnernden Pferdehufe zu.

Tutanchamun riss hart am Zügel, um auszuweichen, hielt aber zu seinem Schreck plötzlich nur noch ein loses Ende in der Hand. Jamu war entkommen und in der Nacht verschwunden.

Sturm, der schwarze Hengst, war nun ohne Führung und stieg. Wind, der rechts lief, ließ sich ebenfalls nicht mehr bändigen und versuchte, nach der anderen Seite auszuscheren.

Der Streitwagen kippte.

Verzweifelt versuchte der Pharao, sich oben zu halten, doch er verfehlte den Griff und wurde auf dem Trittbrett herumgeworfen wie eine Puppe. Für die Pferde gab es kein Halten mehr. Wiehernd gingen sie durch, den schlingernden Wagen hinter sich her ziehend.

In der nächsten Kurve verlor Tutanchamun endgültig das Gleichgewicht. Bei voller Fahrt wurde er herausgeschleudert, stürzte auf den Sand und rührte sich nicht mehr.

Ein schriller Schrei, den die Große Königliche Gemahlin ausgestoßen hatte.

Dann erst kam Bewegung in die fassungslose Zuschauerschar.

Der Stallmeister und seine Gehilfen rannten auf die Rennbahn und fingen die scheuenden Pferde ein. Maya war der Erste, der bei Tutanchamun war und sich besorgt über ihn beugte.

Der Pharao atmete, schien aber ohne Bewusstsein.

Blut strömte über sein Gesicht, doch das war für Maya nicht einmal das Schlimmste, denn es stammte offenbar aus einer Platzwunde auf der Stirn. Sehr viel größere Sorgen bereitete ihm der linke Oberschenkel, der so unnatürlich verdreht war, als würde er nicht mehr zum restlichen Körper gehören. Sehen konnte er zwar nur eine kleine Wunde, doch sie blutete ungewöhnlich stark.

»Kannst du mich hören, mein König?«, rief er. »Schnell, bringt eine Trage – und viele, viele Tücher! Wir müssen ihn besser lagern und unbedingt das Blut zu stillen versuchen. Schafft vor allem den Sunu her. Der wird wissen, was sonst noch zu tun ist.«

Anchesenamun, gefolgt von Haremhab, rannte herbei und schob Maya zur Seite.

»Was ist mit meinem Gemahl?«, rief sie. »Atmet er noch? Muss er sterben?«

»Das weiß Amun allein.«

Totenblass gab Maya den Männern weitere Anweisungen. Als sie den Schwerverletzten anhoben, stieß Tutanchamun ein tiefes, schmerzerfülltes Stöhnen aus.

»Er lebt!«, rief Anchesenamun. Auch sie war blass und keuchte, weil sie so schnell gerannt war. »Habt ihr das gehört? Er lebt und kann wieder gesund werden! Das kann er doch, oder?«

Haremhab warf ihr einen seltsamen Blick zu. Plötzlich krümmte sie sich mit einem Laut des Entsetzens nach vorn und sackte gleich darauf zusammen. Blut rann über ihre Schenkel, tropfte dunkel auf den hellen Sand.

»Herrin!«, rief der General. »Was ist mit dir? So helft ihr doch!«

»Mein Kind!«, stieß sie schluchzend hervor, während man sie auf eine zweite Trage hob und hinter dem Pharao zurück in den Palast trug. »Der Erbe Kemets. Er muss doch leben!«

*

Miu suchte verzweifelt nach einem Ausweg. Ipi hatte sie so lange in der Grabkammer umhergescheucht, bis sie kraftlos nach Atem rang. Inzwischen brannte er vor Wut, das sah sie an der tiefen Zornesfalte zwischen seinen schütteren Brauen.

»Du machst alles nur noch schlimmer!«, keuchte Ipi.

»Entkommen kannst du nicht – und wenn ich dich jetzt zu fassen kriege, gehörst du mir!«

»Niemals!«, schrie Miu, obwohl sie gerade merkte, dass sie sich beim Rennen verkalkuliert hatte, weil der schmale Gang, auf den sie all ihre Hoffnungen gesetzt hatte, sich plötzlich als bloße Mauernische entpuppte. »Niemals – hörst du! Ich werde nicht deine Frau, weder hier unten noch sonst irgendwo.«

Unaufhaltsam kam er näher. Was hatte Raia ihr eingeschärft, für den Fall, dass sie in Not geraten war, ihre Angst aber nicht zeigen durfte?

In Mius Kopf war auf einmal alles weiß und leer.

»Gib auf, Mutemwija«, hörte sie ihn sagen. Er war nur noch wenige Schritte entfernt. »Ich will dir doch nicht wehtun! Aber wenn du so störrisch bist wie eine junge Eselin, kann ich für nichts garantieren.«

Das widerliche Gefühl von seiner Haut auf ihrer Haut, als er sie berührte. Und erst dieser süßliche Verwesungsgestank, stärker als je zuvor! Warum nur war sie auf einmal wie gelähmt, unfähig, auch nur ein Glied zu rühren, dazu verdammt, den Kuss des Anubis zu empfangen?

Du musst ihre empfindlichste Stelle treffen. Hatte Großmama das wirklich so gesagt? *Auf Anhieb. Denn du hast nur einen einzigen Versuch!*

Wie in Trance hob Miu ihr Knie und stieß so fest zu, wie sie nur konnte.

Sie hatte perfekt getroffen.

Ipi griff sich jaulend zwischen die Beine.

Grob stieß sie ihn zur Seite und rannte los, auf den schmalen Gang zu.

»Verdammtes Luder!«, schrie er hinter ihr her. »Du

kommst nicht weit. Und dann werde ich dir zeigen, was passiert, wenn man mich nicht respektiert!«

Miu rannte weiter, gebückt, blindlings, einfach geradeaus. Ein brandiger Geruch drang in ihre Nase – Feuer!

Erschrocken blieb sie stehen. Vor ihr gabelte sich der Gang, doch wohin sollte sie? Sie machte ein paar Schritte nach rechts, hielt aber inne, weil der Geruch sich verstärkte. Dann wieder zurück und diesmal nach links, doch da stand bereits Ipi mit hämischem Grinsen.

»Du gehörst mir!«, rief er. »Finde dich endlich damit ab. Sonst lasse ich dich hier verrotten!«

»Ich will ja tun, was du verlangst«, sagte Miu mit dünner Stimme, weil ihr nichts anderes mehr einfiel. Sie musste ihn irgendwie hinhalten. Allein das zählte. »Aber nicht hier. Es brennt. Riechst du das nicht?«

Endlich schien auch er es zu bemerken.

»Wir gehen zurück«, befahl er. »Du bleibst ganz dicht hinter mir. Und noch ein einziger Angriff auf mich – und du wirst dieses Grab nicht mehr lebendig verlassen, das schwöre ich dir!«

Mius Beine waren wie aus Blei. Jeder Schritt so schwer, als schleife sie dicke Ketten hinter sich her. Allein die Füße zu heben, erschien ihr als Last, sie ging langsam und schlurfend wie ein uraltes Weib. Angst drückte ihre Schultern nach unten. Auch wenn sie jetzt gehorchte und tat, was er verlangte, würde Ipi sie niemals freilassen. Das wusste sie, noch bevor er erneut zu reden begann.

»Du gehörst mir, verstanden? Warte nur, bis wir draußen sind!«

Ihr Fuß stieß an etwas Hartes. Nur mit Mühe unterdrückte Miu einen Schmerzensschrei. Auf einmal konnte sie sich wieder bewegen, bückte sich blitzschnell, griff zu, war wieder oben und ging danach sofort weiter, als sei nichts geschehen.

Ipis kantiger Schädel war nur eine doppelte Armlänge entfernt. Der große, raue Stein in ihrer Hand schien auf einmal zu glühen.

Ihre einzige Chance, wenn sie ihn überrumpeln wollte!

Miu atmete tief aus, dann hob sie den Arm, holte aus und schlug zu.

Sie hatte gut getroffen. Ipi ging zu Boden und rührte sich nicht mehr. Miu überwand ihre Angst und kroch über ihn, dem Ausgang zu. Er lebte. Sie spürte seinen Atem, auch wenn er wohl ohnmächtig war.

Sie war schon ein gutes Stück vorangekommen, als sie hinter sich sein wütendes Krächzen hörte.

»Ich kriege dich, du Miststück …«

*

Ani, Nefer und Kenamun erreichten keuchend das Grab. Alles schien still, nur der Schrei eines Nachtvogels ertönte über dem Tal.

»Wo sind sie jetzt, deine Soldaten?«, sagte Nefer. »Vielleicht konnte Imeni die Nachricht ja gar nicht in den Palast bringen! Vielleicht hat man ihn unterwegs abgefangen …«

»Vater!«, sagte Ani scharf. »Das bringt uns jetzt nicht weiter! Wo ist der Geheimeingang, Kenamun? Der, den Ipi auch nehmen würde!«

»Kommt mit! Nur ein Stück weiter.«

Von außen wirkte der Felsen unberührt, doch als

Kenamun einen Brocken zur Seite schob, öffnete sich plötzlich ein schmaler Schacht. Kenamun wollte schon hinein, als er plötzlich stutzte.

»Rindenreste und Zunderfasern«, sagte er. »Seht ihr? Da drüben auf dem Boden. Dort ist ein zweiter Eingang zum Grab, den haben sie offenbar benutzt. Vielleicht sind sie ja sogar noch drinnen!«

»Im Grab? Die Männer von Userkaf?«, rief Ani erschrocken. »Dann werden sie Miu verbrennen! Kommt, wir müssen sie rausholen!«

Nefer hielt ihn am Arm zurück.

»Was du da vorhast, ist lebensgefährlich«, sagte er.

»Na und? Miu *ist* mein Leben. Und jetzt lass mich endlich los! Du kannst tun, was du willst, aber ich muss zu ihr!«

Er kroch hinter Kenamun hinein, der ihm den Weg wies, und mit einem Seufzen schloss sich dann auch Nefer ihnen an. Es war eng und stickig, sie mussten sich bücken und sie schwitzten und stöhnten schon nach wenigen Schritten.

»Riecht ihr das?«, rief Kenamun. »Feuer! Macht schneller, jetzt kann es um Leben und Tod gehen!«

Heiße, brandige Luft schlug ihnen entgegen, die das Atmen immer schwieriger machte, doch sie krochen weiter, Schritt um Schritt.

»Hier liegt jemand!« Kenamun hatte innegehalten. »Es ist Ipi – er rührt sich nicht mehr.«

»Dann muss Miu hier auch irgendwo sein!« Kalte Angst kroch in Ani hoch. Was, wenn Ipi ihr etwas angetan hatte und sie gar nicht mehr am Leben war?

»Miu!«, schrie er. »Miu, hörst du mich? Ich bin es, Ani! Ich komme, um dich hier rauszuholen!«

»Da ist nichts«, sagte Kenamun.

Und Nefer stöhnte: »Vielleicht kann sie ja gar nicht mehr antworten.«

»Halt deinen Mund...« Ani erstarrte. »Da – seid ihr taub? Da hat doch jemand gerufen...« Er versetzte Kenamun einen wütenden Stoß in den Rücken. »Beweg dich. Das ist Miu!«

Sie krochen und stolperten weiter, bis sich der Gang endlich zu einem kleinen Vorraum öffnete. Unter der hockenden Gestalt von Anubis lehnte Miu an der Wand, röchelnd, halb besinnungslos.

»Sie muss hier raus!«, schrie Ani. »Wie schaffen wir das am schnellsten?« Er hustete, würgte. Die Luft schien zu brennen.

»Den gleichen Weg zurück. Es gibt keinen anderen mehr, wenn wir nicht verbrennen wollen!«, rief Kenamun.

Es gelang ihnen nicht, Miu auf die Füße zu stellen, dafür war sie zu schwach. Ani und Kenamun nahmen sie in die Mitte, trugen sie mehr, als dass sie sie stützten. Das war unendlich mühsam und sie kamen nur langsam voran. Anis Bein pochte und brannte, und irgendwann ließ er es zu, dass Nefer seinen Platz übernahm.

Endlich wehte ihnen vom Ende des Schachts frische Luft entgegen und sie konnten den Nachthimmel wieder sehen.

Draußen betteten sie Miu halb an den Felsen. Mit glasigen Augen schien sie gar nicht richtig zu begreifen, wo sie war.

»Jetzt muss einer von uns noch mal hinein, um Ipi zu holen«, sagte Ani.

»Diesen Verbrecher! Das kannst du vergessen!«, rief Nefer.

»Wolltest du nicht an meiner Seite sein und mir helfen, Vater? Hätte ich nicht dieses Bein …«

»Los, Nefer«, rief Kenamun und war schon wieder am Schacht. »Lass es uns so schnell wie möglich hinter uns bringen! Der Schurke soll ein richtiges Urteil bekommen.«

Ani kniete sich neben das Mädchen.

»Wie geht es dir?«, fragte er leise und nahm ihre Hand.

Über Mius Gesicht huschte der Schatten eines Lächelns.

»Ich lebe«, murmelte sie. »Und ich habe so sehr gehofft, dass du kommen würdest! Das hat mich aufrecht gehalten.«

Er zog das blaue Band aus seinem Gürtel.

»Das war sehr schlau von dir«, sagte Ani. »Hat er dir etwas angetan?« Er beugte sich nach von und berührte behutsam ihre Nase mit der seinen, so, wie sie es früher als Kinder immer getan hatten.

»Ipi?« Sie schüttelte den Kopf. »Nein, aber er hat immer wieder damit gedroht. Ich habe große Angst gehabt.«

»Das ist jetzt vorbei.« Ani streichelte ihr Gesicht. »Ab jetzt passe ich auf dich auf.«

»Immer?«, wisperte Miu.

»Immer!«, versicherte Ani – und erstarrte.

»Sieh an, die beiden Turteltäubchen! Der entflohene Grabräuber und seine hübsche kleine Verwandte – hab ich es nicht immer schon gewusst?«

Hämisch lächelnd stand Userkaf vor ihnen. In seinem Rücken eine Handvoll Männer, die ihn begleiteten.

In diesem Augenblick stolperten Kenamun und Nefer rußverschmiert aus dem Schacht.

»Wir konnten Ipi nicht mehr retten! Das Feuer war bereits viel zu wei…« Kenamun erstarrte mitten im Wort, während Nefer nach Luft rang.

»Die ganze, glückliche Familie auf einmal, welch günstiger Zufall!« Userkaf hatte seinen Dolch gezogen. »Sentimentalität kann tödlich sein, das werdet ihr gleich zu spüren bekommen. Und jetzt aufstehen und vorwärts mit euch!«

*

Plötzlich waren überall Soldaten.

»Wo ist euer Anführer?«, rief Userkaf ihnen zu. Er zeigte auf seine Männer und die Gefangenen. »Es ist uns nämlich gerade gelungen, eine Bande dreister Grabräuber festzunehmen!«

»Du bist Userkaf und stehst der Flusspolizei vor?«, fragte Eje, der langsam näher gekommen war.

»Das tue ich, Herr.« Sein Erstaunen über das Erscheinen des Wesirs war Userkafs Stimme anzuhören, die sofort einen untertänigen Tonfall angenommen hatte. »Seit nunmehr zehn Jahren.«

»Dann gehört zu deinen Leuten auch ein Polizist namens Imeni?«

»Das tut er, Herr.« Userkaf verneigte sich leicht.

»Imeni war heute mit einer interessanten Nachricht im Palast.« Ejes Stimme war hart geworden. »Leider hat es eine Weile gedauert, bis man ihn zu mir vorgelassen hat, sonst wären wir früher gekommen.«

»Imeni lügt – das weiß jeder!« Jetzt flackerte Angst in Userkafs Augen. »Und dieser da« – sein Finger wies auf Ani –

»lügt erst recht! Ich hab ihn mit Beutegut aus dem Königsgrab …«

»Schweig!«, donnerte Eje. »Deine Schuld stinkt zum Himmel! Es gibt genügend Zeugen, die sie bestätigen werden. Dein Prozess beginnt in wenigen Tagen. Nehmt ihn fest – und die anderen Verbrecher ebenso. Jetzt aber so schnell wie möglich zu den Gräbern! Wir müssen versuchen zu retten, was noch zu retten ist.«

Kenamun war nach vorne gesprungen und hatte sich bäuchlings vor ihm auf den Boden geworfen.

»Man hat mich durch Erpressung gezwungen, Tunnel und Schächte für diese Verbrecher auszuheben, Göttervater!«, rief er. »Doch ich hab es niemals gewollt. Nehmt mich mit!«, bat er flehentlich. »Im Namen meiner Frau und meines ungeborenen Kindes, das man bedroht hat – ich werde euch zeigen, wie man schneller ans Ziel gelangt! Lasst mich auf diese Weise meine Unschuld beweisen.«

»Dann komm!«, rief Eje. »Folgt ihm!«

Schon halb im Gehen, schob er den Mann energisch nach vorne, der bislang schweigend hinter ihm gestanden hatte.

»Ich sehe dort drüben deine Tochter kauern. In ziemlich mitgenommenem Zustand, wie mir scheint. Willst du dich nicht endlich um sie kümmern, Ramose?«

*

Die Wunde stank erbärmlich, trotz verschwenderisch aufgetragener Duftöle und des Räucherwerks, mit dem man das Krankenzimmer immer wieder gereinigt hatte. Auch die vielen Statuen der Löwengöttin Sachmet hatten keine

Linderung gebracht. Der linke Schenkel war inzwischen nahezu doppelt so dick wie der rechte, dunkel gerötet an der Bruchstelle, während der Rest des Beins kränkliche Blässe zeigte.

Unaufhörlich war das Fieber gestiegen.

Tutanchamun lag im Delirium, seit drei Tagen unfähig zu reagieren.

»Du kannst jetzt zu ihm«, sagte Eje, als er das Klopfen an der Tür hörte. »Und sei behutsam. Es kann jeden Augenblick vorbei sein.«

Anchesenamun schob sich herein, sehr blass und schmal wie ein Mädchen, als hätte die Göttin Hathor ihren Leib niemals mit einem Kind gesegnet gehabt.

»Es war wieder ein kleines Mädchen«, flüsterte sie. »Zu klein, um schon leben zu können. Der Sunu befürchtet, ich könne keine Kinder mehr bekommen.«

»Es ist zu spät, das zu bereuen«, sagte Eje. »Leider ist es für so vieles zu spät.«

»Es gibt keine Hoffnung mehr, Großvater?«, fragte sie. »Gar keine?«

Ein rasches Kopfschütteln, zu mehr schien der alte Mann in diesem Moment nicht in der Lage zu sein.

Anchesenamun beugte sich über den Kranken.

»Ich habe dich niemals richtig gekannt«, flüsterte sie. »Du warst ein Kind, als ich dich heiraten musste, ein unreifer Knabe, als man mich zwang, meinen Namen aufzugeben. Der Mann, zu dem du inzwischen geworden bist, ist mir stets fremd geblieben. Leb wohl, mein kleiner Gemahl! Die Barke der Nacht steht für dich bereit. Ich werde dich niemals vergessen!«

Ihre Tränen netzten sein glühendes Gesicht.

»Wenn er die Augen für immer geschlossen hat, bleibe nur noch ich dir«, sagte Eje dumpf. »Der General hat Waset verlassen und wird so bald nicht zurückkehren, dafür habe ich gesorgt. Auch ich werde zurück nach Norden gehen. Der neue Pharao wird das Land von Mennefer aus regieren. So habe ich es beschlossen.«

»Du?« Ihre Augen gingen auf.

»Wer sonst? Und jetzt lass uns beide allein!«

Kaum hatte sich die Türe hinter ihr geschlossen, stieß Tutanchamun einen tiefen Seufzer aus.

Dann fiel sein Kopf zur Seite. Er atmete nicht mehr.

Eje beugte sich über ihn, schloss ihm die Lider und küsste seine Stirn.

»Ich habe dich aufgezogen und mehr geliebt als einen eigenen Sohn«, sagte er. »Wie klug du warst, wie mutig und stolz. Wie sehr du das Leben geliebt hast und was für ein großer König du hättest werden können! Deinen Tod konnte ich nicht verhindern, eines aber werde ich mit allen Mitteln zu verhindern suchen, das schwöre ich dir bei meinem Leben: Der Mann, der dich töten wollte, soll niemals die Krone Kemets tragen. So lautet mein letztes Versprechen an dich.«

Eje ging hinaus. Alle, die vor der Tür bereits seit Stunden angstvoll gewartet hatten, starrten ihn an.

»Der Falke ist zum Himmel geflogen«, sagte er. »Pharao Tutanchamun ist tot.«

Epilog

Miu hatte sich festlich gekleidet und geschmückt wie eine Braut. Doch es war nicht ihre Hochzeit, zu der sie an diesem Frühlingstag aufbrach, sondern sie wollte zum *Palast der leuchtenden Sonne*. In einem Korb trug sie ihr letztes Geschenk für den toten Pharao. Jeder in Waset wusste, dass Kemets nächster König Eje heißen würde, auch wenn er die Doppelkrone erst nach der Beisetzung Tutanchamuns tragen konnte.

Man munkelte, er wolle seine eigene Enkelin heiraten. Und dass der Hof sehr bald ganz nach Mennefer umziehen würde, was entscheidende Auswirkungen auf die Stadt hätte. Viele Handwerker bangten um ihre Aufträge; Kaufleute sorgten sich darum, ob sie wie bisher noch reichlich kostbare Stoffe und Öle absetzen könnten.

Ängstliche Erwartung lag über Waset.

Von alledem spürte Miu nichts. Sie summte vor sich hin, als sie sich der Anlegestelle näherte, um ihre Aufregung in Zaum zu halten, schaute, sobald sie auf der Fähre war, in das Grün des Wassers, das träge und langsam floss, und versuchte, sich vorzustellen, was sie auf dem Westufer erwartete.

An den Werkzeugen der beiden Männer, die zufällig neben ihr standen, erkannte Miu, dass es Männer aus dem Wüstendorf waren, und plötzlich fiel ihr wieder jener vergessen geglaubte Tag ein, als andere Arbeiter einen Schwerverletzten zum Sterben nach Hause brachten. Sein gebrochenes Bein, das sich entzündet und vergiftet hatte und nicht mehr heilen wollte – viele sagten, an solch einer Wunde sei auch Tutanchamun gestorben.

Der wolkenlose Tag schien plötzlich etwas von seinem heiteren Glanz verloren zu haben. Mius Kehle wurde eng. Für sie war Tutanchamun sehr viel mehr gewesen als ein Pharao, auch wenn es zum Schluss gerade der König gewesen war, der sie am meisten enttäuscht hatte. Wie oft war sie diesen Weg zum Palast schon gegangen, mit ganz unterschiedlichen Empfindungen! Jeder Schritt war ihr vertraut – und dennoch würde heute alles anders sein.

Das bekannte Zeremoniell am Tor, die Frage nach der Audienz, die Bewaffneten, die sie drinnen in Empfang nahmen und eskortierten. Unwillkürlich schaute Miu in ihre Gesichter, doch sie erkannte keinen Einzigen wieder.

Nirgendwo eine Spur von Mayet. Großmama hatte Miu erzählt, sie sei krank vor Kummer und habe ihr Bett seit Wochen nicht mehr verlassen können.

Eje empfing sie im Thronsaal und auch hier hatte sich bereits einiges geändert. Den bunten, über und über mit Gold verzierten Thron, der für sie stets mit Tutanchamun verbunden gewesen war, hatte man entfernt. Stattdessen saß der Göttervater auf einem schlichten Thron aus dunklem Holz, dessen Lehnen mit Elfenbein und Gold verziert waren.

Miu wollte vor ihm zu Boden fallen, doch er winkte sie heran.

»Lass es uns nicht so offiziell machen«, sagte Eje. »Noch trage ich nicht Krummstab und Wedel.«

Neben ihm hatte ein roter Kater gelegen, der jetzt aufgesprungen war und seine Beine beschnüffelte – Jamu!

Ejes Hand fuhr langsam über seinen Rücken. Der Kater schnurrte, eine Szene voller Hingabe und Zuneigung.

»Ich danke dir, dass du mich empfangen hast«, sagte Miu mit klopfendem Herzen; zugleich war sie aber auch erleichtert, dass der Feuerkater einen neuen Herrn gefunden hatte.

»Das bin ich deinem Vater schuldig, und in gewisser Weise wohl auch deiner Mutter.« Ejes Stimme klang weicher, als Miu sie in Erinnerung hatte. Und eine leise Traurigkeit schwang darin, die sie berührte. »Sadeh ist noch nicht wieder nach Mennefer gereist?«

»Ich denke, sie wird hierbleiben. Schließlich haben Mama und ich jede Menge zu bereden. So einfach mache ich es ihr nicht! Auch wenn ich inzwischen weiß, was damals in der Sonnenstadt alles geschehen ist, kann ich noch immer nicht verstehen, wie sie mich allein lassen konnte. Mama wird sich gute Antworten einfallen lassen müssen, damit ich endlich damit abschließen kann. Papa und sie streiten sich übrigens immer noch gelegentlich. Aber gestern Morgen ist Mama aus Papas Zimmer gekommen …« Verlegen hielt sie inne. Wie kam sie dazu, vor dem künftigen König intimste Familiengeheimnisse auszuplaudern?

Eje begann zu lächeln.

»Weißt du, dass ich euch beneide?«, sagte er. »All die Menschen, die ich je geliebt habe, habe ich verloren. Und diesen jungen König, der morgen begraben wird, liebte ich am allermeisten. Dein Vater hat wunderbare Arbeit geleistet, Miu. Niemals habe ich eine bessere Balsamierung gesehen. So gerüstet, wird Tutanchamun ein schönes Leben in der Ewigkeit führen können.«

Miu sah ihn lange an.

»Dir hat er ebenfalls viel bedeutet«, fuhr der alte Mann fort. »Und du ihm auch, das habe ich gespürt. Du hast ihn geliebt …«

»Nein«, sagte Miu und fühlte sich auf einmal innerlich ganz frei und leicht. »Ich war verliebt und das ist etwas ganz anderes. Aber die Begegnung mit ihm hat mein Leben verändert. Und dafür bin ich ihm sehr dankbar.«

Sie zog die Armspange mit dem Löwen ab, die sie eigens für dieses Treffen angelegt hatte.

»Ich möchte, dass du ihm das mit ins Grab gibst«, sagte Miu. »Und das hier auch.« Sie nahm einen kleinen Blumenkranz heraus, geflochten aus Olivenblättern, Kornblumen und blauen Wasserlilien. »Ich hab ihn auf Papyrus gebunden. Er soll ihn in die Ewigkeit begleiten.«

Eje runzelte die Stirn. »Du willst die Armspange nicht als Erinnerung behalten?«, sagte er.

»Nicht nötig.« Miu tippte auf ihre Brust. »Hier drinnen werde ich Tutanchamun niemals vergessen.«

Sie zögerte und der alte Mann schien es zu merken.

»Heraus damit!«, sagte er. »Was willst du wissen?«

»Wirst du wirklich deine Enkelin heiraten?«, sagte Miu.

»Das werde ich. Auf diese Weise bleibt Anchesenamun jederzeit unter meiner Kontrolle. Die Ehe besteht nur formell, wenn du verstehst, was ich damit meine. Aber sie kann keinen anderen zum Mann nehmen, und das erscheint mir wichtig, nach allem, was geschehen ist.«

Miu nickte, und auf einmal tat ihr die junge Frau, die sie niemals gemocht hatte, beinahe leid.

»Was ist mit dem Mann mit dem Geierprofil?«, fragte sie weiter. »Ist er noch immer auf freiem Fuß?«

Ejes Gesicht verdüsterte sich.

»Wir wissen inzwischen, dass er in enger Verbindung zu General Haremhab stand, doch fassen konnten wir ihn bislang leider nicht. Man hat mir zugetragen, dass er sich jetzt wieder in Mennefer aufhalten soll. Ich werde meine tüchtigsten Leute damit beauftragen, ihn zu finden und festzunehmen. Einfach wird es nicht werden, das steht fest. Er scheint das Talent zu besitzen, sich unsichtbar machen zu können.«

Miu wandte sich zum Gehen.

»Eines noch.« Eje hielt auf einmal eine mit Perlen bestickte Kappe in der Hand, die ein Schlangenfries umlief. »Das wird mein Kranz sein, den ich ihm aufsetze. Sag deinem Vater, dass jede dieser Schlangen den Namen Aton trägt, wirst du das tun?«

Miu schaute ihn verwirrt an. »Ich verstehe nicht ganz …«

»Ramose wird es verstehen und allein darauf kommt es mir an. Vielleicht erklärt er dir irgendwann, was es bedeutet. Es ist einfach ein Ausdruck seiner und meiner Verehrung für das, was früher einmal war. Einstweilen grüß ihn von mir – den besten Balsamierer von Waset!«

*

Wie froh sie war, dass Ani vor dem Tor auf sie wartete!

Er trug sein Haar wieder ein wenig länger, was gut zu

seinem fein geschnittenen Gesicht und den dunklen Augen passte. Zuerst blickte er skeptisch drein, als er sie erblickte, doch als sie näher kam und ihn anstrahlte, lächelte auch er.

»Alles gut überstanden?«, sagte Ani.

»Alles gut überstanden!«, bekräftigte Miu. »Das war mein letzter Besuch im Palast.«

»Darauf würde ich bei einem Mädchen wie dir nicht wetten.« Ani war plötzlich wieder ernst geworden.

»Das kannst du aber«, sagte Miu und schmiegte sich in seinen Arm. »Wenn ich etwas verspreche, dann halte ich es auch! Das weißt du doch.«

»Soll das heißen, du willst tatsächlich meine Frau werden?« Seine Lippen berührten zärtlich ihre Stirn, dann ihren Mund.

»Ja«, sagte Miu. »Das will ich. Allerdings musst du dich noch ein wenig gedulden …«

»Wie lange?«

»Nicht mehr sehr lange! Nur bis Isets Kind gesund zur Welt gekommen ist. Und die neue Katze aus Paus Wurf mit uns in ein neues Haus ziehen kann. Stell dir vor: Sie ist schwarz *und* rot, als ob sie alle anderen Katzen, die ich jemals hatte, in sich vereinen würde. Und dann …«

Ani unterbrach ihren Redefluss, in dem er sie einfach küsste.

»Du wirst dich niemals ändern, Miu«, sagte er, als sie sich nach einer Weile voneinander lösten. »Genau das musst du mir versprechen!«

Nachwort

Ich sehe wunderbare Dinge«, rief Howard Carter 1922 seinem Geldgeber Lord Carnarvon zu, als er durch eine Öffnung den ersten Blick auf die Grabschätze des Tutanchamun warf – ein Satz, der für mich als Motto steht für meine Beschäftigung mit diesem Pharao, der mit achtzehn Jahren gestorben ist.

Jeder kennt seine Totenmaske. Über kaum einen der Könige des Alten Ägyptens glauben wir mehr zu wissen, sind uns doch seine spektakulären Grabbeigaben überliefert, die heute im Ägyptischen Museum in Kairo zu bestaunen sind. Und doch liegt vieles über ihn noch immer im Dunkeln – was für mich der Anreiz war, diesen Roman über Tutanchamun zu schreiben.

Wer versuchen möchte, diesen jungen Pharao besser zu begreifen, muss sich zunächst mit seinen Vorfahren beschäftigen. Eine wichtige Rolle spielt dabei sein Großvater, Amenophis III., der dem Land Wohlstand und sichere Grenzen bescherte, nicht zuletzt durch seine Politik, die Töchter fremder Fürsten als Nebenfrauen in seinen Harim aufzunehmen. Wahrscheinlich im Gefolge einer Prinzessin aus Mitanni kam Kija nach Ägypten, die eine Nebenfrau Echnatons und die Mutter von Tutanchamun wurde.

Über Tutanchamuns Vater gibt es mittlerweile eine Fülle von Publikationen und ein Ende ist noch immer nicht abzusehen. Dieses anhaltende Interesse an seiner Person ist umso erstaunlicher, wenn man bedenkt, dass alle Könige dieser Dynastie über lange Zeit wie vom Erdboden verschwunden waren, weil man sie aus den Königslisten gelöscht hatte!

Heute jedoch ist der »Echnaton-Boom« enorm. Nicht nur Ägyptologen, sondern auch zahlreiche Wissenschaftler anderer Fächer haben sich mit ihm beschäftigt. Dieser Mann, der als Amenophis IV. 1352/51 v. Chr. den Thron bestieg, brach radikal mit der Tradition seiner Vorfahren, indem er den Gott Aton zunächst über all die Götter erhob, denen das Alte Ägypten seit Langem huldigte, und ihn schließlich zum einzigen Gott erklärte. Ihm zu Ehren änderte er seinen Namen und nannte sich von nun an Echnaton; in Achet-Aton, der von ihm in wenigen Jahren der Wüste abgetrotzten Stadt, wurde Aton gehuldigt. Schließlich verbot Echnaton die Verehrung der anderen Götter; wer weiterhin an ihnen festhielt und sich dabei erwischen ließ, dem drohten harte Strafen.

Die Folgen für Kemet, das Schwarze Land, wie das Alte Ägypten sich nannte, waren drastisch. Die Menschen rebellierten, die großen Tempel, ihrer bisherigen materiellen Unterstützung beraubt, verfielen. Dazu kam, dass Echnaton keine aktive Außenpolitik mehr pflegte, was die Feinde an Ägyptens Grenzen erstarken ließ und zu zahlreichen Überfällen ermutigte.

Als Pharao Echnaton 1335/34 starb, war Ägypten so schwach wie lange nicht mehr. Auch seinem rätselhaften Nachfolger Semanchkare, der ihm für nur zwei weitere

Jahre auf dem Thron nachfolgte, gelang es nicht, die alte Stärke wiederherzustellen. Manche halten ihn für einen Bruder Echnatons, andere wieder für einen Halbbruder Tutanchamuns, wieder andere neigen der Annahme zu, dass Nofretete als Pharao für diese kurze Zeit weiterregiert habe, eine These, die auch mir besonders gut gefällt. Genaueres wissen wir leider nicht – ein Satz, den wir trotz guter Quellenlage leider oftmals im Hinblick auf die Geschichte des Alten Ägyptens sagen müssen.

Echnaton und Nofretete hatten keinen männlichen Erben. Deshalb geht der Thron nach dem Tod Semanchkares – wer auch immer er gewesen sein mag – an Tutanchaton, so hieß der neunjährige Prinz damals noch. Natürlich brauchte ein Junge seines Alters Ratgeber, und es ist anzunehmen, dass sie an seiner Stelle die Regierungsgeschäfte führten. Die wichtigste Rolle dürfte dabei Eje übernommen haben, ein reifer Mann und wohl der Vater von Nofretete. Ob die Vermählung des jungen Königs mit seiner Halbschwester auch auf dessen Rat basierte, ist nicht überliefert. Aber der Pharao heiratet seine acht Jahre ältere Halbschwester kurz nach der Thronbesteigung.

Drei Jahre später wird Achet-Aton aufgegeben; die Wüste holt sich schon bald wieder zurück, was man ihr durch Bewässerung und Begrünung so mühsam abgerungen hatte. Residenzstadt wird Mennefer (Memphis) im Delta; aber auch Waset (Luxor) bekommt als Sommerresidenz erneut Bedeutung. Das Wichtigste jedoch ist die radikale Abkehr vom Aton-Glauben. Der Reichsgott Amun (und mit ihm all die anderen Götter) wird wieder eingesetzt; die Tempel erhalten neue und größere Zuwendungen. Das junge Königspaar ändert seine Namen:

aus Tutanchaton wird Tutanchamun, aus Anchesenpaaton Anchesenamun.

Nach außen hin führen die beiden eine harmonische Ehe, so die Schlussfolgerung aus den uns überlieferten Bildern und Inschriften. Allerdings darf man dabei nicht vergessen, dass dies keine Zeugnisse von Privatpersonen sind, sondern Ausdruck politischer Propaganda. Wie es wirklich zwischen dem jungen König und seiner um einiges älteren Großen Königlichen Gemahlin ausgesehen hat, wissen wir nicht. Ihre Familienplanung jedenfalls verlief nicht glücklich. Es sind keine lebenden Nachfahren überliefert; stattdessen finden sich im Grab von Tutanchamun die Mumien zweier kleiner Frühgeburten, die mit ihm bestattet wurden.

Wie und vor allem woran starb Tutanchamun?

Diese Frage hat die Wissenschaft seit dem Fundtag des Grabes beschäftigt. Erste Mutmaßungen gingen von einem Schlag auf den Kopf aus. Später jedoch und dank des Einsatzes von Röntgenstrahlen kam man zu der Erkenntnis, dass ihm diese Verletzung wohl erst als Mumie zugefügt worden ist – Carter war offenbar mit seinem Fundstück recht ruppig umgegangen. Erst modernste Technik brachte Mediziner und Ägyptologen weiter: In der Computertomografie wurde deutlich, dass Tutanchamun nach einem Unfall einen wohl offenen Beinbruch hatte, der sich vermutlich entzündet und zu seinem Tod geführt hat – und dagegen war die ansonsten recht fortgeschrittene Medizin des Alten Ägyptens machtlos.

Er starb 1323/22 v. Chr. Mit Bezug auf einen Kranz mit Frühlingsblumen, die man in seinem Grab fand, kann man davon ausgehen, dass es im Winter war – die Balsamierungszeit von siebzig Tagen dazugerechnet, hat man ihn im Frühling im Tal der Könige bestattet. Als Kopfschmuck direkt auf der Mumie fand man ein schmales Diadem mit goldenen Kobras, auf dessen Rückseite ein einziger Name eingraviert war: Aton!

Wieso nicht Amun? Wieso Aton?

Hat ihm Anchesenamun diese Erinnerung an den gestürzten Gott ins Jenseits mitgegeben, weil sie Aton noch immer heimlich verehrte? War es Eje, der das Andenken an Echnaton und Nofretete bewahren wollte? Gab es jemand anderen im Umkreis des jungen Pharaos, dem das zuzutrauen gewesen wäre?

Leider kennen wir die Antwort nicht. Dieses und viele andere Geheimnisse hat Tutanchamun in sein Grab mitgenommen.

Sein Nachfolger auf dem Thron wurde Eje, der kurz darauf auch seine Enkelin Anchesenamun heiratete. Als er vier Jahre später stirbt, kommt General Haremhab durch einen militärischen Staatsstreich an die Macht. Er lässt die Namen von Echnaton, Semanchkare und Tutanchamun aus den Königslisten streichen und auf allen steinernen Denkmälern ausmeißeln.

Allerdings hat Haremhab mit seinen Nachkommen kein Glück. Deshalb adoptiert er schließlich einen ehrgeizigen jungen Offizier mit Namen Ramses, der seinerseits zum Begründer einer mächtigen Dynastie werden sollte …

Brigitte Riebe

Zeittafel

1374/73 v. Chr.
Der spätere Pharao Amenophis IV., der sich einmal Echnaton nennen wird, wird als zweiter Sohn des Pharaos Amenophis III. und seiner Großen Königlichen Gemahlin Teje geboren.

1352/51 v. Chr.
Pharao Amenophis III. stirbt in seinem 38. Regierungsjahr. Amenophis IV. besteigt in Waset den Thron. Nofretete wird Große Königliche Gemahlin.

1350–1348 v. Chr.
Bau des großen Aton-Tempels in Karnak. Schaffung des neuen Gottes Aton. Die alten Götter werden weiter verehrt, auch wenn Aton zur führenden Gottheit aufsteigt.

1347/46 v. Chr.
Amenophis IV. beschließt die Gründung einer neuen Residenzstadt, die Achet-Aton heißen soll (im Roman *Sonnenstadt* genannt). Amenophis IV. ändert seine Titulatur und seinen Geburtsnamen. Er heißt von nun an Echnaton.

1345 v. Chr.
Der Hof zieht nach Achet-Aton um.

1342 v. Chr.
Schließung von Tempeln der alten Götter im ganzen Land und Verfolgung ihres Andenkens.

1335/34 v. Chr.
König Echnaton stirbt. Pharao wird Semanchkare, über dessen Person verschiedenste Spekulationen im Umlauf sind. Eine davon besagt, Nofretete hätte als Pharao weiterregiert (unbewiesen).

1332 v. Chr.
Pharao Semanchkare stirbt und wird im Tal der Könige bestattet. Tutanchaton, Sohn Echnatons und (vermutlich) seiner Nebenfrau Kija, wird zum Pharao gekrönt. Große Königliche Gemahlin wird seine Halbschwester Anchesenpaaton.

1330 v. Chr.
Der Pharao ändert seinen Namen in Tutanchamun; seine Gemahlin heißt ab jetzt Anchesenamun.

1329 v. Chr.
Achet-Aton wird als Residenz aufgegeben. Neue Hauptstadt wird Mennefer, aber auch Waset wird oft vom Pharao und seinem Hofstaat besucht. Die alten Götter werden wieder in ihre alten Rechte eingesetzt.

1323/24 v. Chr.

Pharao Tutanchamun stirbt. Er wird in Waset im Tal der Könige beigesetzt. Die Begräbniszeremonie leitet der neue Pharao Eje.

1319–1292 v. Chr.

Pharao Eje stirbt. Machtübernahme durch das Militär. Haremhab lässt sich zum neuen Pharao ausrufen und streicht seine Vorgänger Echnaton, Semanchkare, Tutanchamun und Eje aus den Königslisten. Haremhabs Regierung schließt jetzt direkt an die von Amenophis III. an.

Glossar

Abju (auch Abydos genannt) Abju ist ein Ort und religiöses Zentrum in Mittelägypten. Hier befinden sich das Kultzentrum des Gottes Osiris, mehrere Tempel sowie Bestattungsareale. Der Bezirk wurde von ca. 4000 v. Chr. bis 641 n. Chr. durchgehend bebaut und erweitert.

Amun Er wird auch als »König der Götter« bezeichnet und bildet zusammen mit Mut und Chons die heilige Götter-Dreiheit von Theben. Auf Abbildungen trägt er meist eine hohe Federkrone.

Anchesenamun Sie wurde unter dem Namen Anchesenpaaton als Tochter des Pharaos Amenophis IV./Echnaton und seiner Gattin Nofretete geboren. Später legitimiert sie, umbenannt in Anchesenamun, durch ihre Heirat mit Tutanchamun dessen Recht auf den Thron.

Anubis Anubis ist der Gott der Toten. Er spielt während der Mumifizierung und Bestattung eine wichtige rituelle Rolle und ist für die Bewachung der Totenstädte zuständig. Abgebildet wird er als schwarzer Hund oder Schakal.

Aton Aton ist die göttliche Sonnenscheibe. Unter der Regentschaft von Pharao Amenophis IV./Echnaton erreichte seine Verehrung ihren Höhepunkt, als er zum ersten monotheistischen Gott erklärt wurde.

Bes Bes ist ein Gott in Zwergengestalt mit einem grostesken Maskengesicht. Er fungiert insbesondere als Beschützer der Geburt und der Familie und wird auch im Zusammenhang mit Sexualität verehrt.

Chons Chons ist ein Heil- und Orakelgott, besonders jedoch der Schutzgott gegen böse Tiere und Krankheiten. In der thebanischen Götter-Dreiheit bildet er neben Amun und Mut den kindlichen Part.

Deben Deben ist ein Gewichtsmaß. Ein Kupfer-Deben wiegt 13,6 g, ein Gold-Deben mit ca. 27,3 g das Doppelte. Später gibt es nur noch ein Deben-Gewicht mit 91 g.

Echnaton Pharao Echnaton wurde unter dem Namen Amenophis IV. zum Herrscher Ägyptens gekrönt. Der Namenswechsel erfolgte im Zuge der Einführung der ersten monotheistischen Religion, dem Aton-Kult, die sich jedoch nicht über seinen Tod hinaus durchsetzen konnte.

Goldhorus Goldhorus wird als Bezeichnung des regierenden Pharao benutzt. Außerdem ist der Goldhorus-Name der dritte Name eines Herrschers. Der Pharao legt sich diesen Namen bei seiner Thronbesteigung zu.

Hapi Hapi ist der Gott der Überschwemmung. Da der Nil die Lebensader Ägyptens war, stand er zudem für Fruchtbarkeit und Fortbestand alles Lebendigen.

Harim Im Harim wohnten die Gemahlinnen des Pharaos sowie dessen Geliebte. Abgesehen vom Herrscher und den Eunuchen, die über den Zugang wachten, war der Zutritt keinem Mann erlaubt.

Hathor Hathor wurde als göttliche Mutter der regierenden Pharaonen betrachtet. Sie zählt zu den wichtigsten Gottheiten und wird entweder mit Kuhhörnern, als Kuh oder mit Kuhkopf abgebildet.

Haus der Ewigkeit Mit Haus der Ewigkeit ist das Grab gemeint. Da die Ägypter an ein Leben im Jenseits glaubten, verkörperte die letzte Ruhestätte zugleich die Behausung für das Fortleben nach dem Tod.

Haus der Reinigung Im Haus der Reinigung fand die Leichenwäsche statt, begleitet von rituellen Handlungen und Sprüchen. Danach wurde der Leichnam in die Balsamierungshalle gebracht und endgültig für das Jenseits vorbereitet.

Horus Horus ist ein Falkengott, der als Erster eine überregionale Vorrangstellung unter den Göttern gewann. Obwohl er später von Re übertroffen wurde, behielt er eine Ausnahmestellung im Götterkreis. Er ist der Sohn von Isis und Osiris.

Horusauge Das Horusauge ist ein Symbol für die Werte, die das Leben sichern. Da diese vom Pharao zu garantieren sind, ist es zugleich ein Zeichen des irdischen Königs, das für seine Königswürde stand. Der Verlust des Auges hätte den Verlust des Landes bedeutet.

Isis Die Göttin Isis verkörperte die Tugenden der ägyptischen Frau und Mutter. Als Schwester-Gemahlin von Osiris und Mutter von Horus ist sie zugleich die symbolische Mutter der Pharaonen.

Karnak Karnak ist ein Tempelareal auf der Ostseite Thebens. Auf über 100 Hektar sind heilige Bezirke errichtet worden. Die hauptsächlich verehrten Gottheiten sind Amun-Re, Mut und Month. Der Komplex war über eine Sphinxenallee mit dem Tempel von Luxor verbunden.

Kemet Kemet ist die altägyptische Bezeichnung für Ägypten. Wörtlich übersetzt bedeutet es »das schwarze Land«. Damit ist der fruchtbare schwarze Nilschlamm gemeint, der nach der Überschwemmung am Ufer des Flusses hängen blieb.

Kusch Kusch oder Nubien ist das Gebiet südlich von Ägypten. Zur Zeit Tutanchamuns gehörte es zum Herrschaftsbereich des Pharaos und wurde vom sogenannten Vizekönig von Kusch regiert.

Lebenshaus Lebenshäuser waren Teil eines Tempels. Hier wurde alles »geheime« Wissen verfasst, in Bibliotheken aufbewahrt und in Schulen weitervermittelt.

Maat Maat ist das Prinzip der Gerechtigkeit, Wahrheit und Harmonie sowie Repräsentation der göttlichen Ordnung. Die Erhaltung der Maat ist das oberste Ziel der Menschen und des Staates, um zu verhindern, dass der schlimmste Feind Ägyptens, das Chaos, die Macht gewinnt.

Medjai Die Medjai waren eine Eliteeinheit der Polizei und des Militärs. Ursprünglich handelte es sich dabei um nubische Nomaden, die als Söldner angeheuert wurden.

Mennefer Mennefer – auch Memphis genannt – war die meiste Zeit der pharaonischen Herrschaft über die Hauptstadt Ägyptens. Die Stadt befand sich ca. 24 Kilometer südlich des heutigen Kairo.

Mitanni Die Mitanni sind ein Volk aus dem Gebiet von Tigris und Euphrat. Um 1370 v. Chr. wurden sie von den Hethitern und Assyrern besiegt. Zuvor waren sie einer der größten Feinde Ägyptens.

Mut ist eine Göttin, die wie Isis und Hathor als symbolische Mutter des Pharaos verehrt wurde. In Theben bildete sie mit Amun und Chons eine Dreiheit. Dargestellt wird sie oft in einem bunten Gewand; auf dem Kopf trägt sie eine Geierhaube und die Krone Ober- und Unterägyptens. Ihr Beiname lautet »Die Zauberreiche«. Ihr großer Tempel steht in Karnak.

Nut Nut ist die Himmelgöttin, deren Körper die Himmelswölbung symbolisiert. Sie ist die Mutter von Osiris, Isis, Seth und Nephthys.

Opet-Fest Das Opet-Fest war eines der wichtigsten ägyptischen Feste. Es wurde jedes Jahr in Theben abgehalten und dauerte bis zu 27 Tage. Während des Festes erneuerte der Pharao seine Herrschaft symbolisch für das nächste Jahr.

Osiris Osiris ist einer der bedeutendsten Götter des Alten Ägypten. Er tritt hauptsächlich in Zusammenhang mit Tod, Auferstehung und Fruchtbarkeit auf. Meistens ist er als Mumie abgebildet, wobei seine Hände aus der Umhüllung ragen und königliche Insignien halten.

Papyrus Der Papyrus ist die Wappenpflanze Ägyptens. Aus ihren Stängeln wurden sowohl der Beschreibstoff Papyrus als auch kleine Boote und Körbe hergestellt.

Pharao Der Pharao ist der König von Ägypten. Der Begriff leitet sich vom ägyptischen per-aa (großes Haus) ab, wie zuerst nur der Palast, später auch der Herrscher genannt wurde.

Re (auch Ra) Der Sonnengott Re wurde besonders in Heliopolis verehrt. Auf Abbildungen ist er meist mit einem Falkenkopf und einer Sonnenscheibe dargestellt.

Sachmet ist eine Löwengöttin, meist dargestellt in Menschengestalt, die einen Löwenkopf mit Sonnenscheibe trägt. Ihr Hauptkultort lag in Memphis. Sie wurde als Kriegsgöttin und Göttin des Zaubers verehrt, die ihre Pfeile nicht nur gegen irdische Feinde, sondern auch gegen Dämonen richtet. Außerdem galt sie als Göttin der Heilkunst, denn ein Arzt musste im Alten Ägypten auch Magie beherrschen. So galten die Ärzte sogar als Priester der Sachmet.

Seth Seth ist der Gott des Chaos und der Zerstörung. Der Legende nach ermordete er seinen Bruder Osiris und wurde aus Rache dafür von seinem Neffen Horus entmannt.

Sobek Der krokodilgestaltige Sobek ist der Gott des Nilwassers und der Fruchtbarkeit. In späterer Zeit wurde er zusätzlich als Schöpfer- und Urgott verehrt.

Sonnenstadt Die Sonnenstadt (altägyptisch Achet-Aton) ist die heutige Stadt Amarna in Mittelägypten. Zur Regierungszeit Echnatons war sie die Hauptstadt Ägyptens und das religiöse Zentrum des Landes.

Tal der Könige Im Tal der Könige sind die Pharaonen des Neuen Reiches in Felsgräbern bestattet. Es liegt auf der Westseite von Theben in Oberägypten.

Totenbuch Jedes Totenbuch – zum Teil auf den Sarg, zum Teil an die Wände des Grabes geschrieben – besteht aus einer individuell zusammengestellten Auswahl an Texten und Sprüchen für den Verstorbenen und ist dessen Bestattung beigegeben.

Totenfresserin Die Totenfresserin ist ein Fantasiewesen mit einem Krokodilskopf, Löwenvorderteil und einem undefinierbaren Hinterteil. Wer beim Gericht der Maat verurteilt wurde, wurde von ihr verschlungen.

Totengericht Im Totengericht wird das Herz des Verstorbenen gegen die Maat abgewogen. Nach einem rechtschaffenen Leben stehen beide im Gleichgewicht und der Tote kann im Jenseits weiterleben. Ist das Herz schwerer, wird es von der Totenfresserin verspeist und er erleidet den zweiten, endgültigen Tod.

Tutanchamun Tutanchaton, wie er zunächst hieß, wurde wahrscheinlich als Sohn des Amenophis IV./Echnaton und seiner Nebenfrau Kija geboren. Er bestieg den Thron Ägyptens nach der kurzen Herrschaft Semanchkares für mindestens neun Jahre als Pharao Tutanchamun. Sein früher Tod ohne einen legitimen Nachfolger beendete die 18. Dynastie der ägyptischen Geschichte.

Udjat(auge) Das Udjatauge ist ein religiöses Symbol, das als Amulett oder Abbildung schutzbringende Wirkung verspricht. Eine andere Bezeichnung ist Horusauge. Allerdings wird damit ein anderer Aspekt der Bedeutungsvielfalt wiedergegeben.

Waset Waset ist die altägyptische Bezeichnung für die Stadt Theben in Oberägypten. Hier befindet sich eines der wichtigsten religiösen Zentren des Landes.

Wesir Der Wesir ist der höchste Beamte im altägyptischen Staat und der engste Berater des Pharaos.

Literaturempfehlungen

Bob Brier: *Der Mordfall Tutanchamun*, Piper Verlag, München 2001

Anton Curic: *Die Medizin der Pharaonen, Heilkunst im Alten Ägypten*, H+L Verlagsgesellschaft, Köln 1999

Wolfgang Decker: *Pharao und Sport*, Philipp von Zabern Verlag, Mainz 2006

Joann Fletcher: *Tagebuch eines Pharaos, Amenophis III.*, Weltbild Verlag, Augsburg 2004

Renate Germer: *Das Geheimnis der Mumien. Ewiges Leben am Nil*, Prestel Verlag, München 1997

Christine El Mahdy: *Tutanchamun. Leben und Sterben des jungen Pharao*, Karl Blessing Verlag, München 2000

Manfred Reitz: *Alltag im Alten Ägypten*, Weltbild Verlag, Augsburg 1999

Hermann A. Schlögl: *Echnaton – Tutanchamun. Daten, Fakten, Literatur*, Harrassowitz Verlag, Wiesbaden 1993

G.F.L. Stangelmeier/Beat Biffinger: *Der Tut-anch-Amun-Skandal*, Argo Verlag, Marktoberdorf 2005

Joyce Tyldesley: *Mumien. Die Geheimnisse der Mumiengräber*, Tosa Verlag, Wien 1999

Hilary Wilson: *Im Dienst der Pharaonen. Ein Jahr im Alten Ägypten*, Deutscher Taschenbuch Verlag, München 2005

Danksagung

Mein Dank geht an Dr. Sabine Albers und Constanze Holler für die hervorragende ägyptologische Betreuung.

Danke auch an Dr. Fabio Monticelli, Institut für Rechtsmedizin der Universität Salzburg, für die Informationen zum Thema Oberschenkelbruch.

Ein herzliches Dankeschön an meine kleinen Testleserinnen und Testleser Carla, Elisabeth, Hannah, Johanna, Berni, Paul, Jeremias – und natürlich an Stella, the one and only!

... und an meine großen Leserinnen Ina, Pollo, Angelika, Moni, Carina und Brigitte ...

Manfred Theisen

Ohne Fehl und Makel

ca. 288 Seiten, ISBN 978-3-570-40029-6

»Born heißt Brunnen. Und Brunnen bedeutet Leben. Aber in Wahrheit töten sie alles, was nicht so ist, wie sie es wollen ...«
Fritz lebt in einem Lebensborn-Heim in Luxemburg, wo sein Vater leitender Arzt ist. Durch ihn weiß Fritz Bescheid: dass die Juden schlecht sind und die arische Rasse schnell vermehrt werden muss. Doch dann kommen ihm allmählich Zweifel, schließlich ist seine große Liebe Maria ganz anderer Meinung. Als Aniela, Marias ältere Schwester, ihr behindertes Kind nach der Geburt abgeben soll, muss Fritz eine folgenschwere Entscheidung treffen ...

Theresa Breslin

Das Nostradamus-Rätsel

448 Seiten, ISBN 978-3-570-40054-8

Als Nostradamus in seiner düsteren Prophezeiung das Massaker der Bartholomäusnacht voraussagt, hat er auch eine Botschaft für die 13-jährige Troubadourentochter Mélisande: Sie soll in der Blutnacht dem König das Leben retten. Doch ihr einflussreicher Gegner, der Comte de Ferignay, setzt alles daran, dies zu verhindern ...

40037

cbj

www.cbj-verlag.de